KB232952

한국남북문학100선

사랑손님과 어머니

주요섭／지음

▨ 작품해설
주요섭의 작품세계
신동한

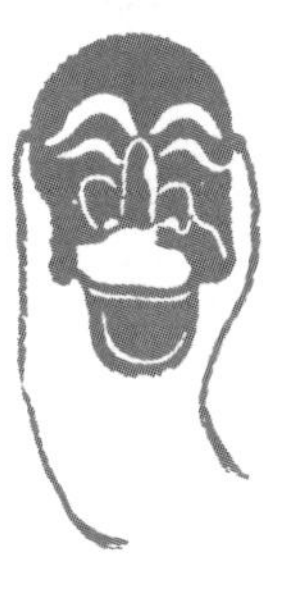

일신서적출판사

책머리에

언어는 인간만이 유일무이하게 구사할 수 있는 사상의 전달매체이다. 말은 시간적인 의미의 매체이며 글은 시간을 초월하는 공간적인 의미의 매체이다. 문자가 발명되어 기록으로 전해짐으로써 비로소 사상은 고금을 잇는 연결고리를 갖게 되었다. 이렇게 문자를 통해 선조의 사상과 지혜가 후세에 전달됨으로써 인류문명은 비약적으로 발전하게 되었던 것이다.

우리 나라도 세종대왕께서 세계에서 가장 훌륭한 문자인 한글을 창제하시어 우리만의 문자를 갖게 되었다. 그러나 안타깝게도 한자문화의 영향권에 오랫동안 머물러 있었던 것이 개화기를 맞아 우리 글에 대한 새로운 시각에 눈을 뜨게 되자, 비로소 우리 글로 씌어진 문학작품이 물밀듯이 쏟아져 나오게 되었다. 그러나 이처럼 많은 작품들을 여러분이 모두 읽을 수는 없는 실정이다. 따라서 한국문학사에 길이 남을 훌륭한 작품들을 신중히 선택하여 수록함과 더불어 여러분에게 실질적인 도움을 주고자 교과서에 나오는 작품들을 위주로 하여 《한국남북문학 100선》이라는 표제를 붙여 발간하고자 한다. 여기에는 납북작가들의 작품까지도 자료가 보충되는 대로 수록하여 여러분에게 편중된 작가의 작품만 읽는 우를 범하지 않도록 배려하였다.

이 《한국남북문학 100선》이 학생들뿐만 아니라 일반인에게도 널리 읽혀 우리 문학작품의 흐름과 이해에 많은 도움이 되었으면 하는 마음 간절하다.

사랑손님과 어머니

나는 금년 여섯 살 난 처녀애입니다. 내 이름은 박옥희구요. 우리 집 식구라고는 세상에서 제일 이쁜 우리 어머니와 단두 식구뿐이랍니다. 아차, 큰일났군. 외삼촌을 빼놓을 뻔했으니.

지금 중학교에 다니는 외삼촌은 어디를 그렇게 싸돌아다니는지 집에서 끼니때나 외에는 별로 붙어 있지를 않아 어떤 때는 한 주일씩 가도 외삼촌 코빼기도 못 보는 때가 많으니까요, 깜빡 잊어버리기도 예사지요, 무얼.

우리 어머니는, 그야말로 세상에서 둘도 없이 곱게 생긴 우리 어머니는, 금년 나이 스물네 살인데 과부랍니다. 과부가 무엇인지 나는 잘 몰라도 하여튼 동리 사람들이 나더러『과부 딸』이라고들 부르니까 우리 어머니가 과부인 줄을 알지요. 남들은 다 아버지가 있는데 나만은 아버지가 없지요. 아버지가 없다고 아마『과부 딸』이라나 봐요.

외할머니 말씀을 들으면 우리 아버지는 내가 이 세상에 나오기 한 달 전에 돌아가셨대요. 우리 어머니와 결혼한 지는 일 년만이고요. 우리 아버지의 본집은 어디 멀리 있는데, 마침 이 동리 학교에 교사로 오게 되기 때문에 결혼 후에도 우리 어머니는 시집으로 가지 않고 여기 이 집을 사고(바로 이 집은 우리 외할머니댁 옆집이지요) 여기서 살다가 일 년이 못 되어 갑자기 돌아가셨대요. 내가 세상에 나오기도 전에 아버지는 돌아가셨다니까 나는 아버지 얼굴도 못 뵈었지요. 그러기 아무리 생각해 보아도 아버지 생각은 안 나요. 아버지 사진이라는 사진은 나도 한두 번 보았지요. 참말로 훌륭한 얼굴이야요. 아버지가 살아 계시다면 참말로 이 세상에서 제일 가는 잘난 아버지일 거야요. 그런 아버지를 보지 못한 것은 참으로 분한 일이야요. 그 사진도 본지가 퍽 오래되었는데, 이전에는 그 사진을 늘 어머니 책상 위에 놓아두시더니 외할머니가 오시면 오실 때마다 그 사진은 치우라고 늘 말씀하셨는데 지금은 그 사진이 어디 있는지 없어졌어요. 언젠가 한번 어머니가 나 없는 동안에 몰래 장롱 속에서 무엇을 꺼내 보시다가 내가 들어오니까 얼른 장롱 속에 감추는 것을 내가 보았는데 그게 아버지 사진인 것 같았어요.

아버지가 돌아가시기 전에 우리가 먹고 살 것을 남겨 놓고 가셨대요. 작년 여름에, 아니로군, 가을이 다 되어서군요. 하루는 어머니를 따라서 저 여기서 한 십리나 가서 조그만 산이 있는 데를 가서 거기서 밤도 따먹고 또 그 산밑에 초가집에 가서 닭고깃국을 먹고 왔는데 거기 있는 땅이 우리 땅이래요. 거기서 나는 추수로 밥이나 굶지 않게 된다고요. 그래도 반찬 사고 과자 사고 할 돈은 없대요. 그래서 어머니가 다른 사람의 바느질을 맡아서 해주지요. 바느질을 해서 돈을 벌어서 그걸로 청어도 사고 달걀도 사고 내가 먹을 사탕도 사고 한다고요.

그리고 우리 집 정말 식구는 어머니와 나와 단 둘뿐인데 아버님이 계시던 사랑방이 비어 있으니까 그 방도 쓸 겸 또 어머니의 잔심부름도 해줄 겸 해서 우리 외삼촌이 사랑방에 와 있게 되었대요.

금년 봄에는 나를 유치원에 보내 준다고 해서 나는 너무나 좋아서 동무아이들한테 실컷 자랑을 하고 나서 집으로 돌아오노라니까 사랑에서 큰외삼촌이(우리 집 사랑에 와 있는 외삼촌의 형

주요섭(朱耀燮 : 1902~1972)

　소설가. 영문학자. 평남 평양 태생. 숭실중학 3년 때 도일하여 도쿄 아오야마 학원 중학부에 편입하였다. 3·1운동 후에 귀국하여 등사판 지하신문을 발간하다가 체포되어 10개월간 옥고를 치르고 중국으로 망명, 1927년 상하이 후장대학을 졸업, 이듬해 도미하여 스탠퍼드 대학원에서 교육학 석사과정을 이수하였다. 그 후 신동아 주간, 코리아타임즈 주필, 경희대학교 교수, 국제 펜클럽 한국본부위원장 등을 차례로 역임했다. 1921년 단편《깨어진 항아리》로 문단에 데뷔한 후《인력거(人力車)군》,《살인》등을 계속 발표하여 프로 문학 초기의 특성인 하층계급의 생활과 자연발생적인 것을 그려 신경향파 작가로 불렸다. 한편 시도 쓰기 시작하여《이상》,《자유》등 휴머니티를 엿볼 수 있는 작품들을 발표하였다. 30년에 장편《구름을 잡으려고》를 동아일보에 연재하고 계속 성인의 연정을 어린이의 눈을 통해 그린 그의 대표작《사랑손님과 어머니》를 연재했다. 그 후《아네모네의 마담》,《추물》등을 발표, 그의 중기(中期)의 작품활동을 장식했다. 광복 후에는 다시 강렬한 현실의식을 반영하는 경향으로 되돌아가《눈은 눈으로》,《대학교수와 모리배》,《잡초》,《죽고 싶어하는 여인》등을 발표했다. 초기에는 휴머니즘을 바탕으로 한 리얼리즘, 중기에는 인간의 내면세계를 추구한 예술적 정취를 풍기는 자연주의적 경향, 다시 말기에는 사회고발적인 현실의식을 짙게 풍겼으나 대표작은 거의 중기에 씌어진 작품들이다.

님말이야요) 웬 한 낯선 사람 하나와 앉아서 이야기를 하고 있었습니다. 큰외삼촌이 나를 보더니「옥희야」하고 부르겠지요.

「옥희야 이리 온. 와서 이 아저씨께 인사드려라.」

나는 어째 부끄러워서 비슬비슬하니까 그 낯선 손님이,

「아, 그 애기 참 곱다. 자네 조카딸인가?」

하고 큰외삼촌더러 묻겠지요. 그러니까 큰외삼촌은,

「응, 내 누이의 딸…… 경선군의 유복녀 외딸일세.」

하고 대답합니다.

「옥희야, 이리 온, 응! 그 눈은 꼭 아버지를 닮았네그려.」

하고 낯선 손님이 말합니다.

「자, 옥희야, 커단 처녀가 왜 저 모양이야. 어서 와서 이 아저씨께 인사해여. 너의 아버지의 옛날 친구신데 오늘부터 이 사랑에 계실 텐데 인사 여쭙고 친해 두어야지.」

나는 이 낯선 손님이 사랑에 계시게 된다는 말을 듣고 갑자기 즐거워졌습니다. 그래서 그 아저씨 앞에 가서 사붓이 절을 하고는 그만 안마당으로 뛰어들어왔지요. 그 낯선 아저씨와 큰외삼촌은 소리를 크게 내서 웃더군요. 나는 안방으로 들어오는 나름으로 어머니를 붙들고,

「엄마, 사랑방에 큰삼춘이 아저씨를 하나 데리구 왔는데에, 그 아저씨가아, 이제 사랑에 있는대.」

하고 법석을 하니까,

「응, 그래.」

하고 어머니는 벌써 안다는 듯이 대수롭잖게 대답을 하더군요. 그래서 나는,

「언제부터 와 있나?」

하고 물으니까,

「오늘부텀.」

8

「애구 좋아.」

하고 내가 손뼉을 치니까 어머니는 내 손을 꼭 붙잡으면서,

「왜 이리 수선이야.」

「그럼 작은외삼촌은 어데루 가나?」

「외삼촌도 사랑에 계시지.」

「그럼 둘이 있나?」

「응.」

「한방에 둘이 있어?」

「왜 장지문 닫구 외삼촌은 아랫방에 계시구 그 아저씨는 웃방에 계시구, 그러지.」

나는 그 아저씨가 어떠한 사람인지는 몰랐으나 첫날부터 내게는 퍽 고맙게 굴고 나도 그 아저씨가 꼭 마음에 들었어요. 어른들이 저희끼리 말하는 것을 들으니까 그 아저씨는 돌아가신 우리 아버지와 어렸을 적 친구라고요. 어디 먼 데 가서 공부를 하다가 요새 돌아왔는데 우리 동리 학교 교사로 오게 되었대요. 또 우리 큰외삼촌과도 동무인데 이 동리에는 하숙도 별로 깨끗한 곳이 없고 해서 윗사랑으로 와 계시게 되었다고요. 또 우리도 그 아저씨한테서 밥값을 받으면 살림에 보탬도 좀 되고 한다고요.

그 아저씨는 그림책을 얼마든지 가지고 있어요. 내가 사랑방으로 나가면 그 아저씨는 나를 무릎에 앉히고 그림책들을 보여 줍니다. 또 가끔 과자도 주고요.

어느 날은 점심을 먹고 이내 살그머니 사랑에 나가보니까 아저씨는 그때에야 점심을 잡수셔요. 그래 가만히 앉아서 점심 잡숫는 걸 구경하고 있노라니까 아저씨가,

「옥희는 어떤 반찬을 제일 좋아하누?」

하고 묻겠지요. 그래 삶은 달걀을 좋아한다고 했더니 마침 상에

놓인 삶은 달걀을 한 알 집어 주면서 나더러 먹으라고 합니다. 나는 그 달걀을 벗겨 먹으면서,

「아저씨는 무슨 반찬이 제일 맛나우?」

하고 물으니까, 그는 한참이나 빙그레 웃고 있더니,

「나두 삶은 달걀.」

하겠지요. 나는 좋아서 손뼉을 짤깍짤깍 치고,

「아, 나와 같네. 그럼, 가서 어머니한테 알려야지.」

하면서 일어서니까 아저씨가 꼭 붙들면서,

「그러지 말어.」

그러시겠지요. 그래도 나는 한번 맘을 먹은 다음엔 꼭 그대로 하고야 마는 성미지요. 그래 안마당으로 뛰쳐 들어가면서,

「엄마, 엄마. 사랑아저씨두 나처럼 삶은 달걀을 제일 좋아한 대.」

하고 소리를 질렀지요.

「떠들지 말어.」

하고, 어머니는 눈을 흘기십니다.

그러나 사랑아저씨가 달걀을 좋아하는 것이 내게는 썩 좋게 되었어요. 그것은 그 다음부터는 어머니가 날달을 많이씩 시게 되었으니까요. 달걀장수 노파가 오면 한꺼번에 열 알도 사고 스무 알도 사고 그래선 두구두구 삶아서 아저씨 상에도 놓고 또 으레 나도 한 알씩 주고 그래요. 그뿐만 아니라 아저씨한테 놀러 나가면 가끔 아저씨가 책상 서랍 속에서 달걀을 한두 알 꺼내서 먹으라고 주지요. 그래 그 담부터는 나는 아주 실컷 달걀을 많이 먹었어요.

나는 아저씨가 매우 좋았어요. 마는, 외삼촌은 가끔 툴툴하는 때가 있었어요. 아마 아저씨가 마음에 안 드나 봐요. 아니, 그것 보다도 아저씨 잔심부름을 꼭 외삼촌이 하게 되니까 그것이 싫

어서 그러나 봐요. 한번은 어머니와 외삼촌이 말다툼하는 것까지 내가 들었어요.

어머니가,

「야, 또 어디 나가지 말구 사랑에 있다가 선생님 들어오시거든 상 내가야지.」

하고 말씀하시니까 외삼촌은 얼굴을 찡그리면서,

「제길, 남 어디 좀 볼일이 있는 날은 으레 끼니때에 안 들어오고 늦어지니…….」

하고 툴툴하겠지요. 그러니까 어머니는,

「그러니 어짜갔니? 너밖에 사랑 출입할 사람이 어디 있니?」

「누님이 좀 상 들구 나가구료. 요새 세상에 내외합니까!」

어머니는 갑자기 얼굴이 빨개지시고 아무 대답도 없이 그냥 외삼촌에게 향하여 눈을 흘기셨습니다. 그러니까 삼촌은 흥흥 웃으면서 사랑으로 나갔지요.

나는 유치원에 가서 창가도 배우고 유희도 배우고 하였습니다. 유치원 여자 선생님이 풍금을 아주 썩 잘 타요. 그런데 우리 유치원에 있는 풍금은 예배당에 있는 풍금과는 아주 다른데 퍽 조그마한 것이지마는 소리는 썩 좋아요. 그런데 우리 집 웃간에도 유치원 풍금과 똑같이 생긴 것이 놓여 있는 것이 갑자기 생각이 났어요. 그래 그날 나는 집으로 오는 길로 어머니를 끌고 웃간으로 가서,

「엄마, 이거 풍금 아니유?」

하고 물으니까 어머니는 빙그레 웃으시면서,

「그렇단다. 그건 어찌 알았니?」

「우리 유치원에 있는 풍금이 이것과 꼭 같은데 무얼. 그럼 엄마두 풍금 탈 줄 아우?」

하고 나는 다시 물었습니다. 그것은 내가 이때껏 한번도 어머니가 이 풍금 앞에 앉는 것을 본 일이 없기 때문입니다.

어머니는 아무 대답도 아니하십니다.

「엄마, 이 풍금 좀 타 봐!」

하고 재촉하니까 어머니 얼굴은 약간 흐려지면서,

「그 풍금은 너의 아버지가 날 사다 주신 거란다. 너의 아버지가 돌아가신 후에는 그 풍금은 이때까지 뚜껑두 한번 안 열어 보았다…….」

이렇게 말씀하시는 어머니 얼굴을 보니까 금방 울음보가 터질 것만 같이 보여서 나는 그만,

「엄마, 나 사탕 주어.」

하면서 아랫방으로 끌고 내려왔습니다.

아저씨가 사랑방에 와 계신 지 벌써 여러 밤을 잔 뒤입니다. 아마 한 달이나 되었지요. 나는 거의 매일 아저씨 방에 놀러 갔습니다. 어머니는 나더러 그렇게 가서 귀찮게 굴면 못 쓴다고 가끔 꾸지람을 하시지만 정말인즉 나는 조금도 아저씨를 귀찮게 굴지는 않았습니다. 도리어 아저씨가 나를 귀찮게 굴었지요.

「옥희 눈은 아저씨 닮았다. 고 고운 코는 아마 어머니를 닮았지, 고 입하고! 응, 그러냐 안 그러냐? 어머니도 옥희처럼 곱지, 응?…….」

이렇게 여러 가지로 물을 적도 있었습니다. 그래서 나는,

「아저씨 입때 우리 엄마 못 봤수?」

하고 물었더니 아저씨는 잠잠합니다.

그래서 나는,

「우리 엄마 보러 들어갈까?」

하면서 아저씨 소매를 잡아당겼더니, 아저씨는 펄쩍 뛰면서,

「아니, 아니, 안 돼. 난 지금 분주해서.」

하면서 나를 잡아끌었습니다. 그러나 정말로 무슨 그리 분주하지도 않은 모양이었어요. 그러기 나더러 가란 말도 않고 그냥 나를 붙들고 앉아서 머리도 쓰다듬어 주고 뺨에 입도 맞추고 하면서,

「요 저구리 누가 해주지?…… 밤에 엄마하구 한자리에서 자니?」

하는 둥 쓸데없는 말만 자꾸만 물었지요.

그러나 웬일인지 나를 그렇게도 귀애해 주던 아저씨도 아랫방에 외삼촌이 들어오면 갑자기 태도가 달라지지요. 이것저것 묻지도 않고 나를 꼭 껴안지도 않고 점잖게 앉아서 그림책이나 보여 주시고 그러지요. 아마 아저씨가 우리 외삼촌을 무서워하나 봐요. 하여튼 어머니는 나더러 너무 아저씨를 귀찮게 한다고 어떤 때는 저녁 먹고 나서 나를 방안에 가두어 두고 못 나가게 하는 때도 더러 있었습니다. 그러나 조금 있다가 어머니가 바느질에 정신이 팔리어서 골몰하고 있을 때 몰래 가만히 일나서 나오지요. 그런 때에는 어머니는 내가 문 여는 소리를 듣고서야 퍼뜩 정신을 차려서 쫓아와 나를 붙들지요. 그러나 그런 때는 어머니는 골은 아니내시고,

「이리 온, 이리 와서 머리 빗고…….」

하고 끌어다가 머리를 다시 곱게 땋아 주시지요.

「머리를 곱게 땋고 가야지. 그렇게 되는 대루 하구가문 아저씨가 숭보시지 않니?」

하시면서.

또 어떤 때에는 머리를 다 땋아 주시고는

「응, 저구리가 이게 무어냐?」

하시면서 새 저고리를 내주시는 때도 있었습니다.

어떤 토요일 오후였습니다. 아저씨는 나더러 뒷동산에 올라가자고 하셨습니다. 나는 너무 좋아서 가자고 그러니까 아저씨가,

「들어가서 어머니께 허락 맡고 온.」

하십니다. 참 그렇습니다. 나는 뛰쳐 들어가서 어머니께 허락을 맡았습니다. 어머니는 내 얼굴을 다시 세수시켜 주고 머리도 다시 땋고 그러고 나서는 나를 아스러지도록 한번 몹시 껴안았다가 놓아 주었습니다.

「너무 오래 있지 말고, 응.」

하고 어머니는 크게 소리치셨습니다. 아마 사랑아저씨도 그 소리를 들었을 거야요.

뒷동산에 올라가서는 정거장을 한참 내려다보았으나 기차는 안 지나갔습니다. 나는 풀잎을 쭉쭉 뽑아 보기도 하고 땅에 누운 아저씨의 다리를 꼬집어 보기도 하면서 놀았습니다. 한참 후에 아저씨가 손목을 잡고 내려오는데 유치원 동무들을 만났습니다.

「옥희가 아빠하구 어디 갔다 온다, 응.」

하고 한 동무가 말하였습니다. 그 아이는 우리 아버지가 돌아가신 줄을 모르는 아이였습니다. 나는 얼굴이 빨개졌습니다. 그때 나는 얼마나 이 아저씨가 정말 우리 아버지였더라면 하고 생각했는지 모릅니다. 나는 정말로 한번만이라도,

「아빠!」

하고 불러 보고 싶었습니다. 그러고 그날 그렇게 아저씨하고 손목을 잡고 골목 골목을 지나오는 것이 어찌도 재미가 좋았는지요.

나는 대문까지 와서,

「난 아저씨가 우리 아빠래문 좋겠다.」

하고 불쑥 말해 버렸습니다. 그랬더니 아저씨는 얼굴이 홍당무처럼 빨개져서 나를 몹시 흔들면서,

「그런 소리 하문 못 써.」

하고 말하는데 그 목소리가 몹시도 떨렸습니다. 나는 아저씨가 몹시 성이 난 것처럼 보여서 아무말도 못하고 안으로 뛰어들어 갔습니다. 어머니가,

「어데까지 갔던?」

하고 나와 안으며 묻는데, 나는 대답도 못하고 그만 훌쩍훌쩍 울었습니다. 어머니는 놀라서,

「옥희야, 왜 그러니? 응?」

하고 자꾸만 물었으나 나는 아무 대답도 못하고 울기만 했습니다.

이튿날은 일요일인 고로 나는 어머니와 함께 예배당에 가려고 차리고 나서 어머니가 옷을 갈아입는 동안 잠깐 사랑에를 나가 보았습니다. 『아저씨가 아직 성이 났나?』하고 가만히 방안을 들여다보았더니 책상에 앉아서 무엇을 쓰고 있던 아저씨가 내다보면서 빙그레 웃었습니다. 그 웃음을 보고 나는 마음을 놓았습니다. 아저씨가 지금은 성이 풀린 것이 확실하니까요. 아저씨는 나를 이리 보고 저리 보고 훑어보더니,

「옥희 오늘 어디 가노? 저렇게 곱게 채리구.」

하고 물었습니다.

「엄마하구 예배당 가.」

「예배당에?」

하고 나서 아저씨는 잠시 나를 멍하니 바라다보더니,

「어느 예배당에?」

하고 물었습니다.

「요 앞에 예배당에 가지 뭐.」

「응? 요 앞이라니?」

이때 안에서,

「옥희야.」

하고 부드럽게 부르는 어머니 목소리가 들리었습니다. 나는 얼른 안으로 뛰어들어오면서 돌아보니까 아저씨는 또 얼굴이 빨갛게 성이 났겠지요. 내 원, 참으로 무슨 일로 요새는 아저씨가 그렇게 성을 잘 내는지 알 수 없었습니다.

예배당에 가서 찬미하고 기도하다가 기도하는 중간에 갑자기 나는 『혹시 아저씨두 예배당에 오지 않았나?』 하는 생각이 나서 눈을 뜨고 고개를 들어 남자석을 바라보았습니다. 그랬더니 하, 바로 거기에 아저씨가 와 앉아 있겠지요. 그런데 아저씨는 어른이면서도 눈감고 기도하지 않고 우리들처럼 눈을 뻔히 뜨고 여기저기 두리번두리번 바라봅니다. 나는 얼른 아저씨를 알아보았는데 아저씨는 나를 못 알아보았는지 내가 빙그레 웃어 보여도 웃지도 않고 멀거니 보고만 있겠지요. 그래 나는 손을 흔들었지요. 그러니까 아저씨는 얼른 고개를 숙이고 말더군요. 그때에 어머니가 내가 팔흔드는 것을 깨닫고 두 손으로 나를 붙들어 끌어낭기너군요. 나는 어머니 귀에다 입을 대고,

「저기 아저씨두 왔어.」

하고 속삭이니까 어머니는 흠칫하면서 내 입을 손으로 막고 막 끌어잡아다가 앞에 앉히고 고개를 누르더군요. 보니까 어머니도 얼굴이 홍당무처럼 빨개졌더군요.

그날 예배는 아주 젬병이었어요. 웬일인지 예배가 다 끝날 때까지 어머니는 성이 나서 강대만 향하여 앞으로 바라보고 앉았고, 이전 모양으로 가끔 나를 내려다보고 웃는 일이 없었어요. 그리고 아저씨를 보려고 남자석을 바라다보아도 아저씨도 한번

도 바라다보아 주지 않고 성이 나서 앉아 있는 어머니는 나를 보지도 않고 공연히 꽉꽉 잡아당기지요. 왜 모두들 그리 성이 났는지…… 나는 그만 으아 하고 한번 울고 싶었어요. 그러나 바로 멀지 않은 곳에 유치원 선생님이 앉아 있는 고로 울고 싶은 것을 아주 억지로 참았답니다.

내가 유치원에서 입학한 후 얼마 동안은 유치원에 갈 때나 올 때나 외삼촌이 바래다주었습니다. 그러나 여러 밤을 자고 난 뒤에는 나 혼자서도 넉넉히 다니게 되었어요. 그러나 내가 유치원에서 돌아오는 때면 어머니가 옆대문(우리 집에는 대문이 사랑대문과 옆대문 둘이 있어서 어머니는 늘 이 옆대문으로만 출입하시는 것이었습니다) 밖에 기다리고 섰다가 내가 달음질쳐 가면, 안고 집안으로 들어가곤 하는 것이었습니다.

그런데 하루는 어쩐 일인지 어머니가 대문간에 보이지를 않겠지요.

어떻게도 화가 나던지요. 물론 머릿속으로는『아마 외할머니댁에 가셨나 부다.』하고 생각했지마는 하여튼 내가 돌아왔는데 문간에서 기다리지 않고 집을 떠났다는 것이 몹시 나쁘게 생각하고 있는데 옆대문 밖에서,

「아이고, 애가 원 벌써 왔나?」

하고 어머니의 목소리가 들리더군요. 그 순간 나는 얼른 신을 벗어 들고 안방으로 뛰어들어가서 벽장문을 열고 그 속에 들어가서 숨어 버렸습니다.

「옥희야, 옥희 너, 여태 안 왔니?」

하는 어머니의 목소리가 바로 뜰에서 나더니,

「여태 안 왔군.」

하면서 밖으로 나가는 모양이었습니다. 나는 재미가 나서 혼자 흐흥흐흥 웃었습니다.

한참을 있더니 집에서는 온통 야단이 났습니다. 어머니 목소리도 들리고 외할머니 목소리도 들리고 외삼촌 목소리도 들리고,

「글쎄, 하루 종일 집이라군 안 떠났다가 옥희 유치원 파하구 오문 멕일 과자가 없기에 어머님댁에 잠깐 갔다왔는데 그동안에 이런 변이 생긴걸…….」

하는 것은 어머니 목소리.

「글쎄 유치원에서 벌써 이십 분 전에 떠났다는데 원 중간에서…….」

하는 것은 외할머니 목소리.

「하여튼 내 나가서 돌아댕겨 보리다. 원 고것이 어델 갔담?」

하는 것은 외삼촌의 목소리.

이윽고 어머니의 울음소리가 가늘게 들렸습니다. 외할머니는 무어라고 중얼중얼 이야기하는 모양이었습니다. 『이젠 그만하고 나갈까?』하고도 생각했으나 『지난 주일날 예배당에서 성냈던 앙갚음을 해야지.』하는 생각이 나서 나는 그냥 벽장 안에 누워 있었습니다. 벽장 안은 답답하고 더웠습니다. 그래서 이윽고 부지중에 나는 슬며시 잠이 들고 말았습니다. 얼마 동안이나 잤는지요? 이윽고 잠을 깨어 보니 아까 내가 벽장 안으로 들어왔던 것은 잊어버리고 참 이상스러운 데에 내가 누워있거든요. 어두컴컴하고 좁고 덥고 나는 무서운 생각이 나서 엉엉 울기 시작했지요.

그러자 갑자기 어디 가까운 데서 어머니의 외마디소리가 나더니 벽장문이 벌컥 열리고 어머니가 달려들어서 나를 안아 내렸습니다.

「요 망할것아.」

하면서 어머니는 내 엉덩이를 네댓 번 때렸습니다. 나는 더욱더

소리를 내서 울었습니다. 그때 어머니는 나를 끌어안고 어머니도 따라 울었습니다.

「옥희야, 옥희야, 응 인젠 괜찮다. 엄마 여기 있지 않니, 응, 울지 마라 옥희야. 엄마는 옥희 하나문 그뿐이다. 옥희 하나만 바라구 산다. 난 너 하나문 그뿐이야. 세상 다 일이 없다. 옥희만 있으문 바라구 산다. 옥희야 응, 울지마라. 응 울지 마라.」

이렇게 어머니는 나더러 자꾸 울지 말라고 하면서도 어머니는 그치지 않고 자꾸자꾸 울었습니다.

외할머니는,

「원 고것이 도깨비가 들렸단 말일까, 벽장 속엔 왜 숨는담.」

하고 앉아 있고 외삼촌은,

「에, 재수, 메유다.」

하면서 밖으로 나갔습니다.

이튿날 유치원을 파하고 집으로 오게 된 때 나는 갑자기 어제 벽장 속에 숨었다가 어머니를 몹시 울게 했던 생각이 나서 집으로 돌아가기가 어쩐지 부끄러워졌습니다. 『오늘은 어머니를 좀 기쁘게 해 드려얄 텐데…… 무엇을 갖다 드리문 기뻐할까?』하고 생각하였습니다. 그러자 문득 유치원 안에 선생님 책상 위에 놓여 있던 꽃병 생각이 났습니다. 그 꽃병에는 나는 이름도 모르나 곱고 빨간 꽃이 꽂히어 있었습니다. 그 꽃은 개나리도 아니고 진달래도 아니었습니다. 그 꽃은 나도 잘 알고 또 그런 꽃은 벌써 피었다가 져버린 후였습니다. 무슨 서양 꽃이려니 하고 나는 생각하였습니다. 나는 우리 어머니가 꽃을 사랑하는 줄을 잘 압니다.

그래서 그 꽃을 갖다가 드리면 어머니가 몹시 기뻐하려니 하고 생각하였습니다.

그래서 나는 도로 유치원 방안으로 들어갔습니다. 마침 방안에는 아무도 없었습니다. 선생님도 잠깐 어디를 가셨는지 보이지 않았습니다. 그래 나는 그 꽃을 두어 개 얼른 빼들고 달음질쳐 나왔지요.

집에 오니 어머니는 문간에서 기다리고 있다가 나를 안고 들어 왔습니다.

「그 꽃은 어디서 났니? 퍽 곱구나.」

하고 어머니가 말씀하셨습니다. 그러나 나는 갑자기 말문이 막혔습니다. 『이걸 엄마 드릴려구 유치원서 가져왔어.』하고 말하기가 어째 몹시 부끄러운 생각이 들었습니다. 그래 잠깐 망설이다가,

「응, 이 꽃! 저, 사랑아저씨가 엄마 갖다 주라구 줘.」

하고 불쑥 말했습니다. 그런 거짓말이 어디서 그렇게 툭 튀어나왔는지 나도 모르지요.

꽃을 들고 냄새를 맡고 있던 어머니는 내 말이 끝나기가 무섭게 몹시 놀란 사람처럼 화닥닥하였습니다. 그리고는 금시에 어머니 얼굴이 그 꽃보다 더 빨갛게 되었습니다. 그 꽃을 든 어머니 손가락이 파르르 떠는 것을 나는 보았습니다. 어머니는 무슨 무서운 것을 생각하는 늣이 방안을 휘 한번 둘러보시더니,

「옥희야 그런 것 받아 오문 안 돼.」

하고 말하는 목소리는 몹시 떨렸습니다. 나는 꽃을 그렇게도 좋아하는 어머니가 이 꽃을 받고 그처럼 성을 낼 줄은 참으로 뜻밖이었습니다. 어머니가 그렇게도 성을 내는 것을 보니까 그 꽃을 내가 가져왔다고는 그러지 않고 아저씨가 주더라고 거짓말을 한 것이 참 잘 되었다고 나는 속으로 생각했습니다. 어머니가 성을 내는 까닭을 나는 모르지만 하여튼 성을 낼 바에는 내게 내는 것보다 아저씨에게 내는 것이 나았기 때문입니다. 한참 있

더니 어머니는 나를 방안으로 데리고 들어와서,

　「옥희야 너 이 꽃 이얘기 아무보구두 하지 말아라, 응.」

하고 타일러 주었습니다. 나는,

　「응.」

하고 대답하면서 고개를 여러번 까닥까닥했습니다.

　어머니가 그 꽃을 곧 내버릴 줄로 나는 생각했습니다마는 내버리지 않고 꽃병에 꽂아서 풍금 위에 놓아 두었습니다. 아마 퍽 여러 밤 자도록 그 꽃은 거기 놓여 있어서 마지막에는 시들었습니다. 꽃이 다 시들자 어머니는 가위로 그 대는 잘라 내버리고 꽃만은 찬송가 책갈피에 끼워 두었습니다.

　내가 어머니께 꽃을 갖다 주던 날 밤에 나는 또 사랑에 놀러 나가서 아저씨 무릎에 앉아서 그림책을 보고 있었습니다. 갑자기 아저씨 몸이 흠칫하였습니다. 그리고는 귀를 기울입니다. 나도 귀를 기울였습니다.

　풍금 소리! 그 풍금 소리는 분명 안방에서 흘러나오는 것이었습니다.

　「엄마가 풍금 타나 부다.」

하고 나는 벌떡 일어나서 안으로 뛰어들어갔습니다. 안방에는 불을 켜지 않았습니다. 그러나 그때는 음력으로 보름께나 되어서 달이 낮같이 밝은데 은빛 같은 흰 달빛이 방안 절반 가득히 차 있었습니다. 나는 그 흰옷을 입은 어머니가 풍금 앞에 앉아서 고요히 풍금을 타는 것을 보았습니다.

　나는 나이 지금 여섯 살밖에 안 되었지마는 하여튼 어머니가 풍금을 타는 것을 보는 것은 오늘이 처음이었습니다. 어머니는 우리 유치원 선생님보다도 풍금을 더 잘 타시는 것이었습니다. 나는 어머니 곁으로 갔습니다마는 내가 곁에 온 것도 깨닫지 못하는지 그냥 까딱 아니하고 앉아서 풍금을 탔습니다. 조금 있더니 어머니는 풍금 곡조에 맞추어서 노래를 부르기 시작하였습니다. 어머니의 목소리가 그렇게도 아름다운 것도 나는 이때까지 모르고 있었습니다. 어머니는 참으로 우리 유치원 선생님보다도 목소리가 훨씬 더 곱고 또 노래도 훨씬 더 잘 부르시는 것이었습니다. 나는 가만히 서서 어머니 노래를 들었습니다. 그 노래는 마치도 은실을 타고 별나라에서 내려오는 노래처럼 아름다웠습니다. 그러나 얼마 오래지 않아 목소리는 약간 떨리기 시작하였습니다. 가늘게 떨리는 노랫소리, 그에 따라 풍금의 가는 소리도 바르르 떠는 듯했습니다. 노랫소리는 차차 가늘어져서 마지막에는 사르르 없어져 버렸습니다. 풍금 소리도 사르르 없어졌습니다. 어머니는 고요히 일어나시더니 옆에 섰는 내 머리를 쓰다듬었습니다. 그 다음 순간 어머니는 나를 안고 마루로 나오셨습니다. 어머니는 아무 말씀도 없이 그냥 꼭꼭 껴안는 것이었습니다. 달빛을 함빡 받은 내 어머니 얼굴은 몹시도 새하얗다고 생각되었습니다. 우리 어머니는 참으로 천사 같다고 생각하였습니다.

우리 어머니의 새하얀 두 뺨 위로는 쉴새없이 두 줄기 눈물이 줄줄 흘러내리고 있는 것을 나는 보았습니다. 그것을 보니 나도 갑자기 울고 싶어졌습니다.

「어머니 왜 울어?」

하고 나도 훌쩍거리면서 물었습니다.

「옥희야.」

「응?」

한참 동안 어머니는 아무 말씀도 없었습니다. 그러나 한참 후에,

「옥희야 너 하나문 그뿐이다.」

「엄마.」

어머니는 다시 대답이 없으셨습니다.

하루는 밤에 아저씨 방에서 놀다가 졸려서 안방으로 들어오려고 일어서니까 아저씨가 하이얀 봉투를 서랍에서 꺼내어 내게 주었습니다.

「옥희, 이거 갖다가 엄마 드리고 지나간 달 밥값이라구, 응.」

나는 그 봉투를 갖다가 어머니에게 드렸습니다. 어머니는 그 봉투를 받아들자 갑자기 얼굴이 파랗게 질렸습니다. 그 전날 달밤에 마루에 앉았을 때보다도 더 새하얗다고 생각되었습니다. 어머니는 그 봉투를 들고 어쩔 줄을 모르는 듯이 초조한 빛이 나타났습니다. 나는,

「그거 지나간 달 밥값이래.」하고 말을 하니까 어머니는 갑자기 잠자다 깨나는 사람처럼 「응?」하고 놀라더니 또 금시에 백짓장같이 새하얗던 얼굴이 발갛게 물들었습니다. 봉투 속으로 들어갔던 어머니의 파들파들 떨리는 손가락이 지전을 몇 장 끌고 나왔습니다. 어머니는 입술에 약간 웃음 띠면서 후 하고 한숨을 내쉬었습니다. 그러나 그것도 잠깐, 다시 어머니는 무엇에 놀랐는지 흠칫하더니 금시에 얼굴이 다시 새하얘지고 입술이 바르르 떨렸습니다. 어머니의 손을 바라다보니 거기에는 지전 몇 장 외에 네모로 접은 하얀 종이가 한 장 잡혀 있는 것이었습니다. 어머니는 한참을 망설이는 모양이었습니다. 그러더니 무슨 결심을 한 듯이 입술을 악물고 그 종이를 차근차근 펴들고 그 안에 쓰인 글을 읽었습니다. 나는 그 안에 무슨 글이 씌여 있는지 알 도리가 없었으나 어머니는 그 글을 읽으면서 금시에 얼굴이 파랬다 발갰다 하고 그 종이를 든 손은 이제는 바들바들이 아니라 와들와들 떨리어서 그 종이가 부석부석 소리를 내게 되었습니다.

한참 후에 어머니는 그 종이를 아까 모양으로 네모지게 접어서 돈과 함께 도로 넣어 반짇그릇에 던졌습니다. 그리고는 정신 나간 사람처럼 멀거니 앉아서 전등만 치어다보는데 어머니 가슴이 불룩불룩합니다. 나는 어머니가 혹시 병이 나지 않았나 하고 염려가 되어서 얼른 가서 무릎에 안기면서,

「엄마 잘까?」

하고 말했습니다. 엄마는 내 뺨에 입을 맞추어 주었습니다. 그런데 어머니의 입술이 어쩌면 그리도 뜨거운지요. 마치 불에 달군 돌이 볼에 와 닿는 것 같았습니다.

한참을 자고 나서 잠이 채 깨지는 않았으나 어렴풋한 정신으로 옆을 쓸어 보니 어머니가 없었습니다. 가끔 가다 나는 그런 버릇이 있어요. 어렴풋한 정신으로 옆을 쓸면 어머니의 보드라운 살이 만져지지요. 그러면 다시 나는 잠이 들어 버리곤 하는 것이었습니다.

어머니가 자리에 없다는 것을 알게 되자 나는 갑자기 무서워졌습니다. 그래서 잠은 다 달아나고 눈을 번쩍 뜨고 고개를 돌려 살펴보았습니다. 방안은 불은 안켰지만 어슴푸레하게 밝습니다. 뜰하나 가득한 달빛이 방안까지 희미한 밝음을 던져 주는 것이었습니다. 웃목을 보니 우리 아버지의 옷을 넣어 두고 가끔 어머니가 꺼내서 쓸어 보시는 그 장롱문이 열려 있고, 그아래 방바닥에는 흰옷이 한 무더기 널려 있습니다. 그리고 그 옆에는 장롱을 반쯤 기대고 자리옷만 입은 어머니가 주춤하고 앉아서 고개를 위로 쳐들고 눈은 감고 무엇이라고 입술로 소곤소곤 외고 있는 것이 보였습니다. 아마 기도를 하나 보다 하고 나는 생각했습니다. 나는 자리에서 일어나서 기어가서 어머니 무릎을 뻐개고 기어들어갔습니다.

「엄마 무얼 해?」

어머니는 소곤거리기를 그치고 눈을 떠서 나를 한참이나 물끄러미 들여다보십니다.

「옥희야.」

「응?」

「가서 자자.」

「엄마두 같이 자.」

「응, 그래 엄마두 같이 자.」

그 목소리가 어째 싸늘하다고 내게 생각되었습니다.

어머니는 돌아가신 아버지의 옷들을 한 가지씩 들고는 가만히 손바닥으로 쓸어 보고는 장롱 안에 넣었습니다. 하나씩 하나씩 쓸어 보고는 장롱 안에 넣곤 하여 그 옷을 다 넣은 때 장롱문을 닫고 쇠를 채우고 그러고 나서 나를 안고 자리로 돌아왔습니다.

「엄마 우리 기도하고 자?」

하고 나는 물었습니다. 어머니는 나를 밤마다 재워 줄 때마다 반드시 기도를 하는 것이었습니다. 내가 할 줄 아는 기도는 주기도문 뿐이었습니다. 그 뜻은 하나도 모르지만 어머니를 따라서 자꾸자꾸 해보아서 지금은 나도 주기도문을 잘 욉니다. 그런데 웬일인지 어젯밤 잘 때에는 어머니가 기도할 것을 잊어버리고 그냥 잤던 것이 지금 생각이 났기 때문에 나는 그렇게 물었던 것입니다. 어젯밤 자리에 들 때, 내가,

「기도할까?」

하고 말하고 싶었으나 어머니가 너무도 슬픈 빛을 띠고 있는 고로 그만 나도 가만히 아무 소리 없이 잠이 들고 말았던 것입니다.

「응, 기도하자.」

하고 어머니가 고요히 기도했습니다.

「엄마가 기도해.」

하고 나는 갑자기 어머니의 기도하는 보드라운 음성이 듣고 싶
어져서 말했습니다.

「하늘에 계신 우리 아버지시여.」

어머니는 고요히 기도를 시작하였습니다.

「이름을 거룩하게 하옵시며 나라이 임하옵시며 뜻이 하늘에
서 이루어진 것처럼 땅에서도 이루어지이다. 오늘날 우리에게
일용할 양식을 주옵시고 우리가 우리에게 죄 지은 자를 용서하
여 준 것처럼 우리 죄를 사하여 주옵시고, 우리를 시험에 들지
말게 하옵시고…… 우리를 시험에 들지 말게 하옵시고…… 시
험에 들지 말게…… 시험에 들지 말게…….」

이렇게 어머니는 자꾸 되풀이하였습니다. 나도 지금은 막히
지 않고 줄줄 외는 주기도문을 글쎄 어머니가 막히다니 참으로
우스운 일이었습니다.

「시험에 들지 말게, 시험에 들지 말게.」

하고 자꾸만 되풀이하는 것을 나는 참다못해서,

「엄마, 내 마저 하께.」

하고,

「다만 악에서 구하옵소서. 대개 나라와 권세와 영광이 아버지
께 영원히 있사옵나이다.」

하고 내가 끝을 마쳤습니다. 어머니는 한참이나 가만있다가 오
랜 후에야 겨우,

「아멘.」

하고, 속삭였습니다.

요새 와서 어머니의 하는 일이란 참으로 알 수가 없는 노릇입
니다. 어떤 때는 어머니는 퍽 유쾌하셨습니다. 밤에 때로는 풍

금도 타고 또 때로는 찬송가도 부르고 그러실 때에는 나도 너무
도 좋아서 가만히 어머니 옆에 앉아서 듣습니다. 그러나 가끔가
끔 그 독창은 소리없는 울음으로 끝맺는 때가 많은데 그런 때면
나도 따라서 울었습니다. 그러면 어머니는 나를 안고 내 얼굴에
돌아가면서 무수히 입을 맞추어 주면서,

「엄마는 옥희 하나문 그뿐이야, 응, 그렇지…….」
하시면서 언제까지나 언제까지나 우시는 것이었습니다.

어떤 일요일날 그렇지요, 그것은 유치원 방학하고 난 그 이튿
날이었어요. 그날 어머니는 갑자기 머리가 아프시다고 예배당에
를 그만두었습니다. 사랑에서는 아저씨도 어디 나가고 외삼촌도
나가고 집에는 어머니와 나와 단둘이 있었는데 머리가 아프다고
누워 계시던 어머니가 나를 부르시더니,

「옥희야 너 아빠가 보고 싶니?」
하고 물으십니다.

「응, 우리두 아빠 하나 있으문.」

나는 혀를 까불고 어리광을 좀 부려 가면서 대답을 했습니다.
한참 동안을 어머니는 아무 말씀도 아니하시고 천장만 바라다보
시더니,

「옥희야, 옥희 아버지는 옥희가 세상에 나오기도 전에 돌아가
셨단다. 옥희두 아빠가 없는 건 아니지. 그저 일찍 돌아가셨지.
옥희가 이제 아버지를 새로 또 가지면 세상이 욕을 한단다. 옥
희는 아직 철이 없어서 모르지만 세상이 욕을 한단다. 사람들이
욕을 해. 옥희 어머니는 홰냥년이다 이러구 세상이 욕을 해. 옥
희 아버지는 죽었는데 옥희는 아버지가 또 하나 생겼대, 참 망
측두 하지. 이러구 세상이 욕을 한단다. 그리 되문 옥희는 언제
나 손가락질을 받구 옥희는 커두 시집두 훌륭한 데 못 가구 옥
희가 공부를 해서 훌륭하게 돼두 에 그까짓 홰냥년의 딸, 이러

구 남들이 욕을 한단다.」

이렇게 어머니는 혼잣말하시듯 드문드문 말씀하셨습니다. 그리고는 한참 있더니,

「옥희야.」

하고 부르십니다.

「옥희는 언제나, 언제나, 내 곁을 안 떠나지, 옥희는 언제나 언제나 엄마하구 같이 살지, 옥희는 엄마가 늙어서 꼬부랑할미가 되어두 그래두 옥희는 엄마하구 같이 살지. 옥희가 유치원 졸업하구 또 소학교 졸업하구 또 중학교 졸업하구 또 대학교 졸업하구, 옥희가 조선서 제일 훌륭한 사람이 돼두 그래두 옥희는 엄마하고 같이 살지, 응! 옥희는 엄마를 얼만큼 사랑하나?」

「이만큼.」

하고 나는 두 팔을 쫙 벌리어 보였습니다.

「응? 얼만큼? 응! 그만큼! 언제나, 언제나, 옥희는 엄마만 사랑하지. 그리구 공부두 잘하구, 그리구 훌륭한 사람이 되구…….」

나는 어머니의 목소리가 떨리는 것으로 보아 어머니가 또 울까봐 겁이 나서,

「엄마, 이만큼, 이만큼.」

하면서 두 팔을 쫙쫙 벌리었습니다.

어머니는 울지 않으셨습니다.

「응, 그래, 옥희 엄마는 옥희 하나문 그뿐이야. 세상 다른 건 다 소용없어, 우리 옥희 하나문 그만이야. 그렇지, 옥희야.」

「응!」

어머니는 나를 당기어서 꼭 껴안고 내 가슴이 막혀 들어올 때까지 자꾸만 껴안아 주었습니다. 그날 밤 저녁밥 먹고 나니까 어머니는 나를 불러 앉히고 머리를 새로 빗겨 주었습니다. 댕기

도 새댕기를 드려 주고, 바지, 저고리, 치마, 모두 새것을 꺼내 입혀 주었습니다.

　「엄마, 어디 가?」

하고 물으니까.

　「아니.」

하고 웃음을 띠면서 대답합니다. 그러더니 새로 다린 하얀 손수 건을 내리어 내 손에 쥐어 주면서,

　「이 손수건 저 사랑아저씨 손수건인데, 이것 아저씨 갖다 드 리구 와 응. 오래 있지 말고 손수건만 갖다 드리구 이내 와, 응.」

하고 말씀하셨습니다. 손수건을 들고 사랑으로 나가면서 나는 접혀진 손수건 속에 무슨 발각발각하는 종이가 들어 있는 것처 럼 생각되었습니다마는 그것을 펴 보지 않고 그냥 갖다가 아저 씨에게 주었습니다.

　아저씨는 방에 누워 있다가 벌떡 일어나서 손수건을 받는데 웬일인지 아저씨는 이전처럼 나보고 빙그레 웃지도 않고 얼굴이 몹시 파랬습니다. 그러고는 입술을 질근질근 깨물면서 말 한마 디 아니 하고 그 수건을 받더군요. 나는 어째 이상한 기분이 돌 아서 아저씨 방에 들어가 앉지도 못하고 그냥 되돌아서 안방으 로 도로 왔지요. 어머니는 풍금 앞에 앉아서 무엇을 그리 생각 하는지 가만히 있더군요. 나는 풍금 옆으로 가서 가만히 그 옆 에 앉아 있었습니다. 이윽고 어머니는 조용조용히 풍금을 타십 니다. 무슨 곡조인지는 몰라도 어째 구슬프고 고즈넉한 곡조야 요. 밤이 늦도록 어머니는 풍금을 타셨습니다. 그 구슬프고 고 즈넉한 곡조를 계속하고 또 계속하면서.

　여러 밤을 자고 난 어떤 날 오후에 나는 오래간만에 아저씨 방엘 나가 보았더니 아저씨가 짐을 싸느라고 분주하겠지요. 내 가 아저씨에게 손수건을 갖다 드린 다음부터 웬일인지 아저씨가

나를 보아도 언제나 퍽 슬픈 사람, 무슨 근심이 있는 사람처럼 아무말도 없이 나를 물끄러미 바라다만 보고 있는 고로 나도 그리 자주 놀러 나오지 않았던 것입니다. 그랬었는데 이렇게 갑자기 짐 꾸리는 것을 보고 나는 놀랐습니다.

「아저씨, 어데 가우?」

「응, 멀리루 간다.」

「언제?」

「오늘.」

「기차 타구?」

「응, 기차 타구.」

「갔다가 언제 또 오우?」

아저씨는 아무 대답도 없이 서랍에서 이쁜 인형을 하나 꺼내서 내게 주었습니다.

「옥희, 이것 가져, 응. 옥희는 아저씨 가구 나문 아저씨 이내 잊어버리구 말겠지!」

나는 갑자기 슬퍼졌습니다. 그래서,

「아니.」

하고 얼른 대답하고 인형을 안고 안으로 들어왔습니다.

「엄마 이것 봐. 아저씨기 이것 니 줬디요. 아저씨기 오늘 기차 타구 먼데루 간대.」

하고 내가 말했으나 어머니는 대답이 없으십니다.

「엄마, 아저씨 왜 가우?」

「학교 방학했으니깐 가지.」

「어디루 가우?」

「아저씨 집으루 가지 어디루 가.」

「갔다가 또 오우?」

어머니는 대답이 없으십니다.

「난 아저씨 가는 거 나쁘다.」
하고 입을 쭝긋했으나 어머니는 그 말에 대답 않고,
「옥희야, 벽장에 가서 달걀 몇 알 남았나 보아라.」
하고 말씀하셨습니다.
나는 깡총깡총 방안으로 들어갔습니다. 달걀은 여섯 알이 있었습니다.
「여스 알.」
하고 나는 소리쳤습니다.
「응, 다 가지고 이리 나오너라.」
어머니는 그 달걀 여섯 알을 다 삶았습니다. 그 삶은 달걀 여섯 알을 손수건에 싸놓고 또 반지에 소금을 조금 싸서 한귀퉁이에 넣었습니다.
「옥희야, 너 이것 갖다 아저씨 드리고, 가시다가 찻간에서 잡수시랜다구, 응.」
그날 오후에 아저씨가 떠나간 다음 나는 방에서 아저씨가 준 인형을 업고 자장자장 잠을 재우고 있었습니다. 어머니가 부엌에서 들어오시더니,
「옥희야 우리 뒷동산에 바람이나 쐬러 올라갈까?」
하십니다.
「응, 가, 가.」
하면서 나는 좋아 덤비었습니다.
잠깐 다녀올 터이니 집을 보고 있으라고 외삼촌에게 이르고 어머니는 내 손목을 잡고 나섰습니다.
「엄마 나 저 아저씨가 준 인형 가지고 가?」
「그러렴.」
나는 인형을 안고 어머니 손목을 잡고 뒷동산으로 올라갔습니다. 뒷동산에 올라가면 정거장이 빤히 내려다 보입니다.

「엄마 저 정거장 봐. 기차는 없군.」

엄마는 아무 말씀도 없이 가만히 서 계십니다. 사르르 바람이 와서 어머니 모시 치맛자락을 산들산들 흔들어 주었습니다. 그렇게 산 위에 가만히 서 있는 어머니는 다른 때보다도 더한층 이쁘게 보였습니다. 저편 산모퉁이에서 기차가 나타났습니다.

「아 저기 기차 온다 !」

하고 나는 좋아서 소리쳤습니다.

기차는 정거장에 잠시 머물더니 금시에 삑 하고 소리를 지르면서 움직였습니다.

「기차 떠난다.」

하면서 나는 손뼉을 쳤습니다. 기차가 저편 산모퉁이 뒤로 사라질 때까지, 그리고 그 굴뚝에서 나는 연기가 하늘 위로 모두 흩어져 없어질 때까지, 어머니는 가만히 서서 그것을 바라다보았습니다. 뒷동산에서 내려오자 어머니는 방으로 들어가시더니 이때까지 뚜껑을 늘 열어 두었던 풍금 뚜껑을 닫으십니다. 그러고는 거기 쇠를 채우고 그 위에다가 이전 모양으로 반짇그릇을 얹어 놓으십니다. 그러고는 그 옆에 있는 찬송가 책을 맥없이 들고 뒤적뒤적하시더니 빼빼 마른 꽃송이를 그 갈피에서 집어내시더니,

「옥희야 이것 내다 버려라.」

하고 그 마른 꽃을 내게 주었습니다. 그 꽃은 내가 유치원에서 갖다가 어머니께 드렸던 그 꽃입니다. 그러자 옆대문이 삐걱 하더니,

「달걀 사소.」

하고 매일 오는 달걀장수 노파가 달걀 광주리를 이고 들어왔습니다.

「이젠 우리 달걀 안 사요. 달걀 먹는 이가 없어요.」

하시는 어머니 목소리는 맥이 한푼어치도 없었습니다. 나는 어머니의 이 말씀에 놀라서 떼를 좀 써보려 했으나 석양에 빤히 비치는 어머니 얼굴을 볼 때 그 용기가 없어지고 말았습니다. 그래서 아저씨가 주신 인형 귀에다가 내 입을 갖다 대고 가만히 속삭였습니다.

「애, 우리 엄마가 거짓부리 썩 잘하누나. 내가 달걀 좋아하는 줄 알문성 생 먹을 사람이 없대누나. 떼를 좀 쓰구 싶다만 저 우리 엄마 얼굴 좀 봐라. 어쩌문 저리두 새파래졌을까? 아마 어데가 아픈가보다.」
라고요.

〈1935〉

아네모네의 마담

　티룸 『아네모네』에 마담으로 있는 영숙이가 귀걸이를 두 귀에 끼고 카운터 뒤에 나타난 날, 『아네모네』 단골손님들은 영숙이가 머리를 움직일 때마다 한들한들 춤을 추는 그 자줏빛 귀걸이의 아름다움을 탄복하였다. 아니 그보다도 그 귀걸이가 가져온 영숙이 자신의 아름다움에 황홀하였다.
　「아, 고것이 귀걸이를 달구 나서니 아주 사람을 죽이네그랴.」
하고 한편 구석에서 차를 마시다 말고 수군거리는 사람도 있고,
　「어, 마담이 아주 귀걸이루 한층 더 뗴서 귀부인이 됐는걸, 허허허…….」
하고 크게 웃는 사람도 있고 양주 두어 잔에 얼굴이 붉어진 신사 한 분은 돈을 치르러 와 가지고,
　「그 귀걸이 참 곱다.」
하면서 귀걸이를 만시는 체하며 영숙이의 매끈한 뺨을 슬썩 만지는 것이었다.
　오늘 영숙의 가슴은 사탕 도둑질해 먹다가 들킨 어린아이 가슴처럼 죄고 불안스러웠다. 그는 몇 번이나 변소로 들어가서 콤팩트를 꺼내 그 똥그란 면경에 비치는 얼굴, 아니 그 귀걸이를 보고 또 보았다. 카운터 뒤에 나서 있는 때에도 크게나 작게나 손님들이 귀걸이에 대해서 무슨 말이고 하는 것이 들릴 때마다 그는 그 한들한들하는 귀걸이를 손으로 어루만지었다. 그리고 거리로 통한 출입문이 열릴 때마다 그의 얼굴은 금시로 홍당무

같이 빨개지고 두 손끝이 바르르 떠는 것이었다.

문이 열릴 때마다 가슴이 내려앉는 것 같았다. 그는 기다리는 것이었다. 마치 자기 일생에 가장 큰 운명을 지배할 사건이 그 문을 열고 들어설 때를 기다리는 것처럼 조바심이 되는 것이었다.

문이 열릴 때마다 무슨 무서운 것이나 예기하는 사람처럼 힐 끗 그쪽을 바라다보는 것이었다. 바로도 못바라보고 힐끗 곁눈으로 도둑질해 보는 것이었다.

문이 방시시 열렸다. 시꺼먼 사각모가 먼저 나타났다. 이어서 사각모 아래로 어떤 창백한 얼굴이 보였다. 문을 조심스레 미는 손이 보였다. 전문학교 학생의 제복이 보였다. 그 순간 영숙은 가슴이 내려 앉았다. 그는 도망을 가듯이 고개를 숙이고 카운터 뒤로 뚫린 판장문 밖으로 나갔다. 귀걸이가 판장문에 부딪치어 서 옥을 굴리는 듯한 쨍그렁 소리가 났다. 물론 그 소리는 영숙이 혼자서만 들을 수 있었다.

그 뒤는 바로 부엌이었다. 영숙이는 차 끓이는 화덕 앞을 지나 변소로 또 들어갔다. 변소문을 안으로 잠그고 그는 잠시 두 손을 가슴에 대고 오도카니 서 있었다.

「어떡할까?」

하고 그는 스스로 물었다. 그는 콤팩트를 꺼내서 그 조그만 면경에 비친 콧잔등을 들여다보았다. 그는 무의식하게 분가루를 콧잔등에 두세 번 찰싹찰싹 두드리었다. 그러나 그가 콤팩트 면경을 꺼낸 목적은 거기 있는 것은 아니었다. 그는 살짝 고개를 돌려 똥그란 면경 앞에 나타나는 귀걸이를 보았다. 귀걸이가 한들한들 떨리었다.

「고만 빼고 말까?」

하고 그는 생각하였다.

그 순간, 그러나 그는 결심한 듯이 콤팩트를 핸드백 속에 홱 집어 넣고 살그머니 카운터 뒤로 기어나왔다. 그는 고요히 찻집 안을 휘둘러보았다. 역시 저어편 그 구석 자리에 그 학생은 와 앉아 있는 것이었다. 언제나와 마찬가지로 그 학생은 지금 영숙이를 정면으로 바라다보고 있는 것이었다. 그 언제나 무엇을 열망한 듯한, 열정에 타고 넘치는 듯한 그 눈모습으로!

영숙이는 얼굴이 화끈 다는 것을 인식했다. 그러자 귀밑에 달린 귀걸이가 찰싹찰싹 뺨을 스치는 것도 인식하였다. 『귀걸이가 차기도 차다.』 하고 그는 생각하였다.

축음기 소리판에서는 뚜뚜르두두, 뚜뚜르두두 하고 박자 잰 재즈가 숨이 찰 듯이 쏟아져 나왔다. 영숙이는 빨개진 자기 얼굴을 어둠 속에 감추고 서서 소리판을 한 장씩 한 장씩 골라내고 있었다. 여러 장을 젖히고 나서 영숙이는 소리판 한 장을 들고 물끄러미 들여다 보았다.

이 소리판 한 장! 영숙이에게 이상스러운 인연을 가져다 준 소리판 한 장이었다.

그것은 아마 약 한 달 전 일이었다. 하아얀 저고리를 입은 보이가 한벌 접은 하아얀 종이를 영숙이에게 전해 주던 것이! 그리고 보이는 고갯짓으로 저어편 한구석에 혼자 앉아 있는 어떤 제복 입은 학생을 가리키었다. 그 학생을 바라다본 영숙이의 첫 인상이 『몹시도 창백한 얼굴』이었다. 그 창백한 얼굴에서 발사되는 두 개의 시선, 그것이 영숙이를 이상스런 감정으로 인도하는 것이었다. 그 두 눈은 뚫어질 듯이 영숙이를 응시하는 것이었다. 그 눈 모습은 마치 몹시 사랑하는 애인을 건너다보는 순결하고도 열정에 찬 그러한 눈이었다.

영숙이는 얼른 그 시선을 피하면서 종이를 펴들었다. 그때 영

숙이 가슴 속에서는 무엇이 털썩 소리를 내고 떨어지는 듯싶었다. 그러나,

〈슈베르트의 《미완성 교향악》을 한 장 틀어 주시면 고맙겠습니다.〉

오직 그것이었다. 영숙이는 다시 그 학생을 건너다보았다. 역시 열정에 찬 두 눈이 영숙이를 집어삼킬 듯이 바라보고 있는 것이었다. 영숙이는 그 소리판을 찾아서 축음기 위에 걸어놓았다.

심포니의 조화된 멜로디가 담배 연기로 자욱한 방안 구석구석에 울릴 때 그 학생은 잠시 빙그레 웃었다. 그 웃음은 얼굴이 창백한 탓이었던지 어째 몹시 구슬픈, 고적한 미소였다. 그러나 그 다음 순간 그 학생은 눈을 스르르 감았다.

영숙이에게는 이 학생의 얼굴은 어디서 한두 번 보았던 듯한 낯 익은 얼굴이었다. 어디서 보기는 분명 보았는데 언제 어디서인지를 꼭 집어낼 수 없는 그러한 어슴푸레한 기억이었다. 아마도 그 학생이 찻집에를 더러 왔을 테니까 아마 이전에 무심히 몇 번 보았을 것이었다. 그러나 그 학생의 얼굴이 그렇게 창백하고 그 두 눈이 그렇게 열정과 애수에 차 있는 것은 이날 밤 비로소 처음 보는 듯싶었다.

영숙이는 가끔 곁눈으로 이학생을 보았으나 그 학생의 마음은 심포니의 음악을 타고 허공으로 떠돌아 다님인지 그는 눈을 감은 채 죽은 듯이 앉아 있었다. 소리판 한 면이 다 끝나고 스르르 턱 하고 멎자 그 학생은 눈을 번쩍 떴다. 영숙이는 얼른 외면을 하고 축음기 바늘을 바꾸어 끼웠다.

그날 저녁 이후에 서너 번이나 영숙이는 보이를 통하여 그 창백한 얼굴의 소유자로부터 편지를 받았다.

〈슈베르트의 《미완성 교향악》〉

오직 이 문구 하나뿐이었다.

그 학생은 매일 왔다. 매일 저녁 아홉 시쯤 되면 와서는 꼭 한 구석에 마치 자기가 정해 논 자리라는 듯이 그 자리에 가 앉아서 홍차 한 잔 마시고는 두 시간 가량 앉아서는 정해 놓고 영숙이를 바라다보는 것이었다. 세상에 다른 아무 존재도 없이, 오직 영숙이만 있다는 듯이 그 두 눈은 영숙이를 바라다보는 것이었다. 애정과 욕망과 정열에 가득 찬 눈이었다. 그런데 영숙이는 첫날부터 이 시선이 반가운 것을 감각한 것이다. 어떤 때는 너무도 선이 변치 않고 한 곳에만 머물러 있는 것이 어째 남의 주의를 사게 되지 않을까 염려되는 때도 있었으나, 그가 용기를 내어 그 학생 쪽으로 돌릴 때 잠시라도 그 학생의 시선이 딴 데로 옮겨진 것을 발견할 때는 어째 서운한 생각이 드는 것이었다.

어떤 날 밤에는 한번 그 학생이 들어오는 것을 보자 영숙이는 자진하여서 《미완성 교향악》을 축음기에 걸어 놓았다. 역시 그 구석에 혼자 앉았던 그 학생은 이 낯익은 음악이 들려 오자 잠시 빙그레 웃었다. 역시 그 어딘가 구슬픈 빛이 감추어 있는 그런 웃음이었다. 영숙이는 얼굴뿐 아니라 제 전신이 빨갛게 물드는 것 같은 느낌을 일었다. 혹 실없는 사내들이 가끔 농남을 설기도 하고 돈 치르는 체하고 슬쩍 손목을 잡아 보기도 할 때에는 얼굴을 붉히지 않으리만큼 벌써 마담 생활에 익숙해진 영숙이었다. 그러나 이 말없는 시선 앞에서는 어쩐 일인지 전신이 수줍음으로 휩싸이는 것 같은 느낌을 억제할 수 없는 것이었다.

가끔 이 학생은 다른 학생 하나와 둘이서 올 때도 있었다. 둘이 와서도 그들은 남들처럼 이야기를 하지도 않고 둘이 다 벙어리 모양으로 우두커니 앉아서 한 학생은 담배를 피우며 천장이나 바라다보고 있고 이 학생은 역시 영숙이만 바라다보는 것이었다. 그러다가 《미완성 교향악》이 나오면 그는 역시 잠시 빙그레 웃을 뿐이었다. 이 빙그레 웃는 모양을 보면 영숙이는 몹시 기쁘기도 하고 몹시 슬프기도 한 야릇한 감정을 맛보는 것이었다. 그래서 이 빙그레 웃는 구슬픈 미소를 보기 위하여 어떤 날 밤에는 영숙이는 《미완성 교향악》을 세 번 네 번씩 걸어 놓기도 하였다.

그 학생은 그렇게도 영숙이를 열정에 찬 눈으로 바라다보면서도 한번도 다른 사람들처럼 영숙이와 수작을 건네 보는 일은 없었다. 아니 카운터에도 가까이 오는 일이 일체 없었다. 찻값도 반드시 보이에게 물고가고 한번도 친히 카운터에 와서 내는 법이 없었다.

영숙이는 그 학생의 이름도 기실 모르는 것이었다. 그러나 웬일인지 그 학생과 평범한 이야기라도 한마디 주고받았으면 하는 욕망이 걷잡을 새 없이 끓어오는 때가 가끔 있었다.

『왜 사내가 저렇게 용기가 없을까? 슈베르트의 《미완성 교향악》만 자꾸 써서 보내지 말구 〈내일 오후 두 시에 아무 데서 좀 만날 수 없을까요?〉 이렇게 왜 좀 못써 보낸담?』
하고 혼자 야속스럽게 생각한 때도 가끔 있었다. 사실 영숙이는 여러 사나이에게, 좀 만나자는 둥, 사랑의 여신이라는 둥, 나의 천사라는 둥 하는 문구를 늘어 놓은 편지를 많이 받았다. 그러나 그는 한번도 그 사나이들과 조용히 만나 본 일은 없었다. 그런데도 만일 이 이름도 모르는 학생이 그런 편지를 한번만 보내 준다면 그는 곧 춤이라도 출 듯싶었다. 요새 와서는 무슨 일인지 이 학생은 《미완성 교향악》이 나오기만 하면 곧 상 위에 두 팔을 올려 놓고 그 속에 머리를 파묻고 죽은 듯이 엎디어 있는 것을 가끔 본 일이 있었다. 어쩐 일인지 영숙이에게는 이 학생이 그처럼 엎디어서는 소리없이 울고 있는 것이라고 생각되는 것이었다. 소위 제 육감이라고 할까, 하여튼 그 학생은 남에게 말 못하는 무슨 고민과 슬픔을 품고 있는 것이라고만 영숙이에게는 생각되었다. 그리고 그 고민의 원인이 영숙이 자신에게 있는 것이 아닐까 하고 생각되어서 퍽이나 송구스럽고 번민되는 것이었다.

「왜 나한테 모든 것을 털어놓고 이야길 못할꼬?」
하고 영숙이는 가끔 초조하고 원망스런 눈으로 그 학생을 바라다보곤 하는 것이었다.

영숙이는 자기 자신도 인식하지 못하는 가운데 자연히 몸맵시에 대하여 더한층 주의를 하게 되었다. 그리고 어떻게 했으면, 이 학생과 잠시라도 이야기를 해볼 도리가 없을까 하고 궁리궁리하던 끝에 마침내 이 귀걸이를 사서 달고 나선 것이었다. 귀걸이를 끼고 나서면 조선서는 흔치 않은 일이라 필연코 그 학생도 『귀걸이가 곱다』라든가, 『얼굴과 어울린다』라든가   하는 무슨 말이고 건네어 보게 될 것을 바랐던 것이다.

영숙이는 지금 자기가 골라 든 《미완성 교향악》 소리판을 들고 방금 뱅글뱅글 돌고 있는 재즈가 끝나기를 기다리었다. 그 학생은 웬일인지 오늘 밤에는 벌써부터 상 위에 올려 놓은 두 팔 속에 머리를 파묻고 엎디어 있는 것이었다. 그와 함께 온 다른 학생은 담배를 피워 물고 앉아서 옆에 엎드린 친구를 불쌍한 동물이나 바라보듯이 딱한 표정으로 바라다보는 것이었다.

「자기 자신이 용기가 없으면 저 학생을 통해서라도 내게 말 한마디만 해주면 될 것을 !」
하고 영숙이는 그 학생의 행동이 안타깝게 생각되었다.

그때, 온 방안 공기를 쩌렁쩌렁 울리던 재즈 소리가 뚝 그치고, 스르르 스르르, 턱 하더니 축음기가 멎었다. 영숙이는 바늘을 갈아 끼우고 재즈판을 들어내 놓고 《미완성 교향악》을 걸었다. 그 학생이 인제 자기를 바라다보며 빙그레 웃을 그 창백한 얼굴을 연상하면서 영숙이는 판을 돌리고 그 위에 바늘을 얹어 놓았다.

곱고 조화된 음률이 방안을 가득 채웠다. 영숙이는 고개를 돌려 그 학생을 바라다보았다. 귀걸이가 찰싹찰싹 그 뺨을 스치었다.——귀걸이가 매끄럽기도 매끄럽다 하고 그는 생각하였다.

웬일일까? 그 학생은 빙그레 웃어 보이기는커녕 두 팔 새에 파묻은 얼굴을 들지도 않는 것이었다. 영숙이는 이해할 수 없어서 멀거니 그 학생 쪽을 바라다보고 서 있었다.

잠시 동안의 시간이 흘렀다. 심포니의 음률은 방안 구석구석을 신비경으로 변화시키는 것처럼 우아하고 신비스러웠다.

그러자——

그것은 마치 일종의 벼락처럼밖에 더 생각되지 않았다. 영숙이는 그때 그 순간에 돌발한 괴이한 사건을 순서적으로 기억할 수는 없었다.

「그때 그래 무슨 일이 생겼어?」

하고 누가 물으면 영숙이는 도무지 그 갈피를 찾아서 이야기할 수가 없을 것이다. 도무지 예기치 못했던 돌발 사건이 생기는 때 사람의 신경은 놀라고 떨리어서 그 사건 진행의 참된 모양을 순서적으로 기억할 수는 없게 되는 것이다.

하여튼 영숙이가 맨처음 본 바는 창백한 얼굴이었다. 상 위에서 번개처럼 획 올라오는 창백한 얼굴이었다. 그러고는 그는 무슨 고함 소리를 들은 것처럼 기억되었다. 마치, 고막을 찢을 듯이 강렬한 무슨 외침이었다. 그 고함 소리가 무엇이라고 말했는지는 조금도 기억이 나지 않았다. 그 소리가 그 학생의 입에서 뛰쳐나왔다는 것만이 기억이 되었다.

그리고 그다음 순간 영숙이는 카운터 앞에 우뚝 선 그 학생을 보았다. 성난 호랑이처럼 씩씩거리는 그 숨소리를 똑똑히 들었다. 그러자 무엇이 와지끈 하고 깨지었다. 음악 소리는 뚝 그치고 사람들의 비명 소리가 들리었다. 영숙이는 귀걸이가 찰싹찰싹 뺨에 와서 스치는 것도 감각하지 못하리만큼 어안이 벙벙해지고 말았다.

그뒤에는 한참 동안 혼란이 있었다. 사람들이 외치는 소리가 들리고 창백한 얼굴의 소유자와 함께 왔던 학생이 무엇이라고 온 방안을 향하여 몇 마디 소리를 지르고 그러고는 영숙이보고도 무엇이라고 한두 마디 했지마는 영숙이는 그 말을 깨달아 들을 수가 없었다.

그리고 그 다음 순간 영숙이는 한 학생에게 끌리어 문밖으로 나가는 창백한 얼굴을 보았다.

한참 동안 와글와글 온 방안이 끓었다. 영숙이는 넋을 잃은 사람처럼 교의 위에 한참을 주저앉아 있었다. 축음기에서 다시 음악소리가 울려나오는 것을 듣고야 비로소 영숙이는 정신을 수습하였다. 카운터 위에는 보이가 주워서 올려 놓은 깨어진 소리판이 여러 조각 놓여 있었다. 깨진 소리판은 슈베르트의 《미완성 교향악》이었다.

한 두어 시간쯤 뒤에 아까 창백한 얼굴의 소유자를 억지로 끌고 나갔던 그 학생이 혼자서 다시 왔다. 그는 방안을 한번 휘 둘러보더니 카운터로 가까이 와서 카운터 위에 팔을 기대고 섰다. 마침 찻집 주인이 와 있었으므로 그 학생은 주인에게 소리판 값을 물었다.

「참으로 미안하게 됐습니다.」
하고 그는 사과하였다. 아까 그 소란이 있을 때 앉았던 손님은 다 가고 새로 손님들이 들어온 고로 손님들은 아까 그 소란을 모르는 모양이었다. 그래서 아무도 이 학생의 소리를 들으러 모여들지 않았다. 오직 보이만이 곁에 와 서서 귀를 기울였다.

「이야기를 대강이라도 들으시면 용서해 주실 줄 믿습니다. 아까 그 학생은 내 가까운 친구입니다. 아주 똑똑한 수재지요. 그런데 무슨 운명의 장난인지 그는 어떤 남편 있는 부인을 사랑하게 되었습니다.」

이때 영숙이는 가슴이 몹시도 들먹거리는 것을 감각하였다. 그는 고개를 축음기 쪽으로 돌리고 서서 이 학생의 말을 한마디라도 놓치지 않으려고 바싹 귀를 기울였다.

「그 부인은 하필 다른 사람이 아니고 바로 우리 학교 교수 되는 이의 아내입니다. 언제 어디서 어떻게 기회가 되어서 서로 사랑하게 되었는지는 나도 잘 모릅니다. 또 지금 길게 이야기할 필요도 없겠지요. 하여튼 두 사람의 사랑은 순결하고 또 열렬하였습니다. 그러나 이러한 세상에 있어서 그 사랑은 언제까지나 비밀일 수밖에 없었습니다. 현 사회에서는 매음 같은 더러운 성관계는 인정하면서두, 집안 사정상 별로 달갑지 않은 혼인을 한 젊은 여인이 행이랄까 불행이랄까 남편 외의 딴사람에게서 한 사람이 한번만 가져 볼 수 있는 그 고귀한 첫사랑을 바칠 수 있는 대상을 발견할 때 우리 사회는 그것을 더럽다고 낙인해 버리고 조금두 용서치를 않으니까요! 그 사랑이 얼마나 순결하구, 얼마나 열렬한 것을 이해해 줄 수 있는 사회두 아니구 또 이해해 보려구 하지두 않는 사회니까요. 더러운 기생 오입은 묵인하면서두 순결하고 고귀한 사랑은 그 사랑의 대상이 한번 다른 사람과 결혼한 사람이라는 다만 한가지 이유하에 기생 오입보담두 더 나쁜 일처럼 타매하구 비방하는 그런 우스운 사회니까요. 이

거 설교가 너무 길어졌습니다.」

새로 손님이 들어왔으므로 보이는 주문을 받으러 다녀와서 다시 가만히 서서 귀를 기울였다.

영숙이도 얼른 부엌으로 뚫린 조그만 문으로 커피 두 잔을 얼른 주문한 후 카운터에 몸을 기대고 서서 묵묵히 귀를 기울였다.

「두 분의 사랑은 퍽으나 불행했습니다. 더구나 약 한 달 전에 그 부인이 병환으로 병원에 입원하게 되었습니다. 떳떳한 사이 같으면야 아침부터라두 병원에 가서 살 수두 있으련만 두 사람의 사이가 그쯤 되고 보니 어디 내놓구 문병인들 갈 수가 있나요? 만일 이 사회에서 조금이라두 이 연애 관계를 알게만 된다면 이 사회는 통 떠들어 일어서서 그 부인을 무슨 파렴치한이나 되는 것처럼 타매할 것은 뻔한 일이니 어디까지든지 두 분의 사랑은 비밀 속에 감추어 두지 않을 수 없는 처지였지요.」

영숙이는 자기도 모르게 몸을 떨었다. 그러고는 교의 위에 사뿐 내려앉아서 다시 귀를 기울이었다.

「문병두 한번 못 가구 이 친구는 하루 종일 거리를 싸돌아다녔습니다. 아침마다 한번씩 병원으루 전화를 걸어서 병의 차도나 물어 보고 그러구는 타는 가슴을 움켜 쥐구서 헤매는 것이었습니다. 밤이 되니 잠 한숨 잘 수 있겠습니까? 나는 ㄱ의 마음을 좀 붙잡아 보려구 이리저리 많이 끌구 다녔지요. 그러다가 그 친구는 마침내 이『아네모네』에 애착을 느끼게 되었답니다. 첫째 그는 여기서 슈베르트의 《미완성 교향악》을 들을 기회가 있는 데 기뻐한 것이지요. 그 친구의 말에 의하면 이 슈베르트의 《미완성 교향악》은 두 분 연인 사이에 가장 아름다운 추억을 실은 레코드인 모양입니다. 하루 종일 가슴 속이 바작바작 타다가도 여기 와 앉아서 그 교향악 한 곡조를 듣고 있으면 지나간 날 아름다운 기억들이 마음속에 끓어오르고 마치 그 부인과 함께 어떤 아름다운 동산을 거닐고 있는 것 같은 그런 느낌을, 네 잠시나마 그런 아름다운 환영 속에 취할 수 있고, 또 어쩐지 병도 그리 중하지 않고 곧 나아질 것처럼, 마치도 그 음악의 선율이 그 부인을 어루만져 병을 쾌차시킬 것 같은 그러한 환영에 잠겨진다구요. 또 그뿐 아니라 저기 저 그림!」
하고 말하면서 그 학생은 영숙이 등뒤에 있는 벽을 가리키었다.
　「저 그림은 그 유명한 《모나리자》가 아닙니까?」
　영숙이는 힐끗 돌아다보았다. 거기에는 커어단 《모나리자》그림이 걸려 있는 것이었다. 영숙이가 카운터 뒤에 서 있으면 바로 머리 뒤로 그 그림이 보일 것이었다. 영숙이는 또 한번 몸을 떨었다. 귀밑을 살짝살짝 스치는 귀걸이가——따갑기도 하구나——하고 느껴지었다. 그 학생은 이야기를 계속하였다.
　「그 친구는 저 《모나리자》를 바라다보기 위해 매일 여기 왔습니다. 교향악은 다른 찻집에서도 들을 수 있지마는 저 《모나리자》를 걸어 논 집은 이 서울 장안에 여기 한 곳밖에 없으니까요.」
　부엌에서 차가 나왔다. 영숙이는 그 차를 보이에게 넘겨 주고 또다시 교의에 말없이 앉았다.
　「모나리자! 그 친구는 자기 애인을 《모나리자》라고 불렀답니다. 애인의 얼굴이 저 그림과 같은 것은 아닙니다. 그러나 이상한 일로 얼굴 모습은 완전히 다르면서도 그 부인이 빙그레 웃을 때에는 꼭 저 《모나리자》를 연상시킨다구 합니다. 그래서 그 친구는 자기 방 벽에도 애인의 사진 대신으로 《모나리자》를 걸어 놓았더군요. 그러나 그 좁은 방안에 앉아서 그 《모나리자》를 바라보면 가슴이 터져오는 고로 밤마다 이곳으로 뛰쳐나와서 저 그림두 바라보고 또 그 《미완성 교향악》두 듣구 이렇게 해서 그의 혼란한 마음을 위안시켜 왔던 것입니다.」

저편에서 어떤 손님이 보이를 커다랗게 불렀다. 보이는 이야기가 더 듣고 싶은 모양이었으나 억지로 갔다.

「그런데, 그런데, 아까 저녁때에 입원해 있던 그 부인이 고만 세상을 떠났습니다. 거의 미친 사람처럼 된 내 친구를 겨우 이리루 끌구 왔었는데 그만 그《미완성 교향악》이 그의 가슴을 찢어 놓았나 봐요. 그래서…… 사정이 그만하니까 아까 그 행동은 용서해 주시기 바랍니다. 참으루 미안했습니다. 난 또 어서 가 보아야 하겠습니다. 마음이 놓이지를 않으니…….」

이튿날 밤.

찻집 『아네모네』에서는 언제나 그러한 것처럼 재즈 소리가 흘러나왔다. 방안 공기는 어느새 담배 연기로 안개낀 것처럼 자욱해 있었다.

「아, 그런데 이 마담이 웬 변덕이 그렇게 많단 말야? 응, 어저께 귀걸이를 새로 낀 것이 썩 어울린다구 야단들이기 한번 보려구 일부러 왔는데 그 귀걸인 어쨌소, 그래?」

하고 어떤 사나이가 말했다.

영숙이는 아무 대답도 없이 빙그레 웃어 보일 따름이었다. 그 웃음은 어딘가 구슬프고 고적한 기분을 띤 웃음이었다.

〈1936〉

추 물

　언년이가 아기를 뱄다는 일은 언년이 자신이 생각할 적에도 거짓부렁처럼 생각되었다. 언년이를 한번만 본 사람이면 누구나 다 언년이가 아기 뱄다는 소문을 들으면,

　「원 그것두 그래두 서방이 있든 게지, 하하.」

하거나,

　「아니 세상에 그걸…….」

하거나 하고 무슨 큰 기적이나 발견한 듯이 서로 권하고 웃었을 것이다.

　그처럼 언년이는 얼굴이 못생기디못생긴 추물이었다. 툭 불거진 이마가 떡을 두어 말 치리만큼 넓은 데다가 그 밑에 툭 불거진 두 알의 왕방울 눈은 금붕어를 연상시키었다. 두 눈이 툭 불거진 사이로 콧마루는 아주 없는 셈이어서 이른바『꺼꺼대 상판』인데다가 펀펀하게 내려오던 코가 입 바로 위에까지 와서는 몽톡하게 솟아 오른 콧잔등이 좌우 쪽으로 개발코가 벌룩벌룩하였다. 윗입술은 언청이가 되어서 왼편이 버그러졌는데 아랫니는 뻐드렁니가 되어서 언제나 입을 꼭 다물 수는 없는 형편이었다. 턱은 웬일인지 앞으로 쭉 내뻗치어서 고개를 숙인다고 해도 남 보기에는 언제나 쳐들고 있는 듯이 보이는 것이었다.

　서양서는 언젠가 추물 대회를 열어서 가장 밉게 생긴 여자를 뽑아 추물여왕을 삼고 무슨 상을 주었다던가 어쩐가 하거니와 우리 언년이가 그때, 그 대회에 참석할 수만 있었던들 여왕은

떼논 당상이었을 것인데 명색없는 조선에 태어났기 때문에 그런 대회가 열렸었던 것을 알지도 못하는 것이었다.

조물주가 하도 할일이 없어서 갑갑했던지 이런 실없는 장난질을 한 모양인데 그래도 그 얼굴에서 취할 데가 있다면 그 두 귀일 것이다. 자세히 보면 그 두 귀는 보통 귀 이상으로 곱게 생긴 귀이었다. 그러나 도리어 이것이 미운 얼굴의 조화를 깨뜨리어 그 얼굴을 더한층 밉게 만든 것이었다. 차라리 그 귀가 넓적 펀펀하고 좀더 올라붙거나 좀더 내려붙거나 했던들 얼굴의 조화는 망치지 않았을 것이었다.

예수는 이천 년 전에 『사람을 외모로 비판하지 말라.』고 가르쳤지만 『원수를 사랑하라.』한 그의 가르침이 지상 공문으로 내려온 것과 마찬가지로 이 진리의 가르침도 또한 시행되어 보는 일이 없는 것이었다. 역시 사람은 무엇보다도 먼저 외모를 보는 것이고 외모가 훌륭하면 속에는 개차반을 품고 다녀도 높은 사람이 되었고, 특히 여자에게 있어서는 얼굴의 아름다움이 거의 그 일생을 결정짓는 가장 중요한 요소로 되어 있는 이러한 세상에서 추물인 우리 언년이는 불행할 수밖에 별 수가 없었던 것이다.

어려서부터도 언년이는 별명도 많았다. 『토끼』니, 『꺼꺼대』니, 『개발코』니, 『황소』니, 『언청이』니 하는 별명들로 불리었고 서울로 와서는 다시 『원숭이』니, 『금붕어』니 하는 새로운 별명을 더 얻었다. 사람은 어릴 때부터 벌써 불구자나 추물의 불행을 멸시와 놀림감의 가장 좋은 대상으로 삼는 잔인성과 비열을 누구나 가지고 있다. 아마 자기는 그래도 저것보다야 낫지 하는 일종의 열등감의 소유자가 만족을 얻는 데 희열을 느끼는 모양이다.

물론 언년이는 아주 어려서부터 이 놀림을 받아 왔다. 그러나 어려서는 그녀가 자기 얼굴이 그처럼 못난 데 대해서 별로 큰 설움을 느끼지는 않았었다. 동무들이 하도 따라다니며 놀려대면 한바탕 싸우고 나서는 잠시 훌쩍거리기도 했으나 오 분이 지나가기 전에 모두 잊어 버리고 또다시 그 짓궂은 애들과 더불어 숨박꼭질도 하고 땅재먹기도 하고 하는 것이었다. 언청이가 된 입으로 음식을 먹는 것을 보고 『토끼새끼처럼 흐물흐물 먹는다.』고 할아버지가 머리를 쓰다듬으면서 웃음의 말씀을 하던 그 시절이 어느덧 지나가 버리고 동리 총각들이 꼴을 베다말고 모여 앉아서,

「언년이 말이냐? 토끼처럼 흐물흐물 먹는 꼴이란!」

하고 박장대소를 하는 시절이 이른 때 차차 언년이는 자기 얼굴에 대한 관심이 갑자기 더럭더럭 자라가는 것이었다.

그러다가 그녀가 자기 얼굴이 그처럼 못난 것이 너무도 설워서 차라리 죽어 버렸으면 하고까지 생각하게 된 때는 그녀가 열여섯살 난 봄이었다.

언년이가 물동이를 이고 오다가 먼발로라도 그 총각이 보이면 혼자서 얼굴을 붉히고 다리가 허둥허둥하여 어쩔 줄을 모르게 되고, 개나리꽃 울타리 안에 숨어서서 앞길로 지나가는 그 총각을 몰래 도둑질해 내다 보면서 불룩불룩하는 가슴을 두 손으로 누르고 있었던…… 그 총각의 입으로부터서,

「흥! 꼴에다가! 우물에 가서 네 상판때길 비춰 봐라.」

하는 싸늘한 비웃음을 받고 난 그날 언년이는 그 우물에다가 얼굴만 비춰 볼 것이 아니라 자기 몸 전체를 던져 버리고 싶어졌던 것이다. 그러나 그렇게까지 할 용기는 나지 않고 그냥 집 뒤 언덕을 타고 졸졸졸 흐르는 작는 시냇물 속에 비친 둥근 달에다가 미운 얼굴을 들이밀어 보고 보고 하면서 밤새도록 치마끈을 적시었던 것이다.

  언년이의 부모도 언년이를 시집보낼 일이 적이 걱정이 되었던 모양이었다. 그래서 꽤 일찍부터 매파를 내세워 먼 동리로 구혼을 시작했던 것이었다. 그들도 같은 동리 안에서는 언년이를 데려갈 총각이 없는 줄을 잘 알았기 때문에 먼 동리 모르는 곳으로 시집을 보낼 심산이었던 모양이다.

  「그저 복스럽게 생겼쉔다. 남자루 태어났드라문 주원장이나 상산 됴자룡이가 됐을 상이디요. 그런데 네자루 태어났으니낀 집안 범절에 오죽하갓쉔까! 그까짓 상판이나 뺀뺀하문 멀합네까? 그저 후해야디요. 부자집 맏메누리깜입넨다. 일 년 내내 가야 고뿔 한번 안 씻구 아홉에 나맹선부툼 글쎄 밥짓구 농사하구. 하루같이 조밭 김을 홈차서 맸대문 그만 아니요? 어디 뿐인가요. 바누질을 또 어떻게 곱게 하는디! 칠골 아낙을 다 돼 봐야 언년이만큼 바누질하는 체니가 하나투 없디요. 자 이걸 좀 보소. 이게 그 체니 솜씨웨다가레!」

  이렇게 매파는 언년이를 묘사하는 것이었다. 그리고 언제나 언년이가 바느질한 저고리를 견본으로 가지고 다니면서 실물을 구경하라고 펴놓곤 하는 것이었다. 사실 언년이 바느질은 그 동리에서 유명할 만큼 고운 바느질이었다. 얼굴로 올 재주가 모두 손가락으로 갔는지, 누가 보든지 언년이가 바느질을 그렇게 곱게 하리라고는 생각도 못하리만큼 뛰어나는 바느질이었다. 물론 몇 해를 두고 밤을 새워가며 배운 연습의 결과이었다. 언년이 어머니는 벌써부터 언년이의 살림 밑천은 오직『일 잘하는 것』이리라는 것을 간파했던지 아주 어렸을 때부터 심하게 언년이를 가르쳐 주었던 것이었다. 언년이의 바느질 솜씨 견본인 그 저고리가 몇 백번이나 총각을 둔 집 안방에 펼쳐졌었는지는 오직 그 매파 늙은이 혼자만이 아는 일이다. 매파의 노력이 성공을 했는지 또 혹은 언년이의 바느질이 성공을 가져왔는지 하여튼 백 리나 밖에 있는 어떤 농가와 혼사는 성립되었던 것이다.

그러나 첫날밤에 언년이는 소박을 맞고 말았다. 첫날밤 신방을 뛰쳐나간 신랑은 언년이와 마주앉기도 싫어하였다. 언년이는 생과부로 있으면서 소처럼 일하였다. 사실 그녀는 소처럼 건강하였고 소처럼 꾸준했고 소처럼 누그러져 있었다. 기회만 주었더라면 소처럼 젖도 듬뿍 내었을 것을!

이리하여 언년이는 남편이 일본 대판엔가 어딘가로 간다고 집을 나가 버린 후에도 시부모를 모시고 여러 해를 살았다. 아무리 황소 같기로니, 아무리 꺼꺼대거니, 아무리 개발코거니, 아무리 언청이거니, 그녀도 젊음과 건강이 용솟음치는 한 개의 여자이었다. 날이갈수록 그녀는 생애의 공허를 느끼고, 남편을 원망하는 마음, 사내를 그리는 마음, 미지의 새 세계를 그리워하는 마음이 자꾸만 늘어 나가는 것이었다.

「팔젤 고티야갔수다.」
하고 사주장이 늙은이까지 탁 터놓고 이야기해 주었다.

언년이로서 팔자를 고친다는 오직 한 가지 길은 여러 해 전부터 서울 가 살고 있는 일가집을 찾아가는 일이었다. 언제나 장날처럼 사람들이 득시글득시글 뒤끓는다는 서울로 가보면 그렇게 사람이 많다니까 자기의 미운 얼굴도 그리 유표스럽게 눈에 띄지도 않을 성싶었고 또 그렇게 떠들썩한 속에 묻혀 살게 되면 클클한 심화도 좀 나아지리라고 생각되었던 것이다.

그래서 언년이가 조그만 보따리를 한 개 꾸려 이고 시골 정거장에서 경성행 기차에 몸을 실은 것은 재작년 어떤 봄날이었다.

서울에는 창경원 벚꽃 구경이 한창이라고 사람 사태가 날 지경이었다. 정거장에 내리니 저고리에 빨간 헝겊 오라기들을 하나씩 꽂은 시골뜨기 남녀들이 하나 가득 차 있어서 어디로 가야 나갈 문이 나서는지 알 수 없었다. 그러나 다행히 봉네 어미(이 여자는 언년이의 사촌형뻘이 되는 사람이었다.)가 정거장까지 마중나와 주었기 때문에 고생 안하고 찾아갈 수가 있었다.

언년이는 자기도 다른 사람들처럼 빨간 헝겊 오라기를 하나 얻어 가슴에 꽂고 싶었으나 봉네 어미 수다 바람에 어리둥절한 채로 밖으로 끌려나오고 말았다.

「언년이 서울 구경 첨이디! 너이 새수방한테선 상게두 아무 소식두 없니? 데건 관광단이야, 촌에서 꽃구경을 오누라구. 우리두 오늘 밤엔 창경원에 나가야디. 이 구름다리루 올라가야 돼. 넘어디디 말구, 발 아렐 잘 보라구, 응! 차푀 어드캤나? 꺼내 들구 있다가 주구 나가야 되디…….」

서울 와 사는 지 오 년이 넘었건만 봉네 어미는 시골 사투리를 떼어 버리지 못한 것이었다.

「뎌게 데건 던차디! 이제 또 데 던찰 타고 한참 가야 우리 집이 돼. 데 집딜말이가? 데까지꺼이 무어 큰가? 이제 두구 보라우. 참 훌륭한 집이 많디. 이제 차차 구경하디.」

이 모양으로 서울 구경 첨하는 언년이보다 봉네 어미가 더 신이 나서 지껄이는 것이었다. 『이 모든 훌륭한 것들을 나는 벌써 다 모두 잘 알고 있다.』 하는 자랑스러운 마음이 언년이 앞에서 걷잡을 수 없이 발동되었기 때문이다. 아마도 봉네 어미로서는 이렇게 남 앞에서 뽐내 본 일이 일생에 이번 한번밖에 없었다고 말할 수 있었을 것이다.

그날 밤으로 언년이는 봉네 어미와 그 밖에 처음 보는 여자들 몇몇이 함께 창경원 벚꽃 구경을 갔다. 말이 꽃구경이지 사실인 즉 사람 구경을 가는 것이라 하지만 하여튼 사람이 그렇게도 많이 한곳에 모인 것을 처음보는 언년이는 그저 입을 헤 하니 벌리고 섰을 수밖에 없는 것이었다.

몇 해 전에 한번 예수장이 양고자가 왔다고 온 동리가 떠들썩할 적에 키가 구척이나 되고 홀태바지를 입은 사람이, 머리는 노랗고, 눈은 새파랗고…… 그야말로 그날 밤 꿈자리가 다 사납도록 괴상스럽고 무서운 양고자를 한번 본 일이 있는 언년이에게는 그 수없는 양고자 남녀들이 서로 맞붙잡고 (원 망측두 하디.) 궁둥이를 들썩거리면서 돌아가는 그림이 하얀 휘장 위에 번뜻번뜻 나타나는 것도 참으로 이상스럽고 재미있는 구경이려니와 얼굴에 분을 하얗게 바른 처녀애들이 낮같이 밝혀 논 무대 위에 나타나서 나붓나붓 춤도 추고 카랑카랑 노래도 부르고 하는 광경이야말로 천상 선녀가 하강한 것이어니 하고 멀거니 바라다보고 서 있었다. 이렇게 정신이 팔려 바라다보고 서 있을 적에 갑자기 그녀는,

「애고머니나!」

소리를 지르도록 놀라면서 몸을 흠칫하였다. 그때 그녀가 어떤 감촉을 받고 그렇게 소스라치게 놀랐는지 언년이 자신으로도 꼭집어서 그 감촉을 묘사할 수는 없었다. 그저 한 손이 짜르르 하는 것 같았다. 그것은 다만 한순간에 지나지 않은 것이었다. 그녀가 자기 몸을 돌아볼 적에는 벌써 그렇게 짜르르한 감촉을 준 원인이 어디 있었는지 알 수 없었다. 그녀는 손잔등을 가만히 다른 손으로 느껴졌다. 그리고 그 어떤 억센 손에서 꼭 쥐여지는 그 짜르르한 감촉이 몹시 그리워지는 것이었다. 그녀는 가만히 손을 내려 치마 폭을 쌌다. 그러나 그 몹시 짜르르한 감촉의 기대는 그녀의 온몸을 폭풍처럼 휩싸버리는 것이었다.

이제 그녀는 무대 위에 나타나는 온갖 신선놀음에서 정신이 떠났다. 그녀의 눈은 그냥 한 무대 쪽을 쳐다보고 있었지마는 그녀의 전신경은 손잔등으로 모이는 것 같았다. 아니 손잔등뿐

아니라 그녀의 전신의 피부로 전 정신이 집중되는 것 같았다. 슬쩍 누가 몸을 스치고 지나갈 때마다 그녀는 몸을 바르르 떨었다. 이렇게 정신이 피부로 집중이 되고 보니 그녀를 스치고 지나가는 사람은 퍽 많은 것을 느끼었다. 때로는 팔과 팔이 맞닿도록 일부러 옆에 바싹 다가서 보는 남자도 있었다. 또 때로는 남자의 숨결이 그녀의 귀밑으로 바싹 스치는 것을 감각할 수도 있었다.

언년이는 지금 자기가 어디에 있다는 것까지 잊어버리게 되었다. 어쩐지 자기는 지금 이 세상에서 가장 어여쁜 색시가 된 것처럼 생각되었다. 그리고 저편 어디서 세상에 둘도 없을 귀공자가 자기를 기다리고 있는 것처럼 생각되는 것이었다. 언년이 자기는 지금 큰 정승의 외딸로 연당에서 글을 읽고 있고, 귀공자는 방금 담장에 드리운 무명필을 타고 넘어 들어오는 것 같은 환상을 느끼었다. 바로 그때,

「그 색시 맵시 곱다.」

하고 누가 바로 귀밑에서 속삭이는 것이었다. 언년이는 그 자리에 자지러져 버릴 듯싶었다.

「저리 좀 갑시다.」

하는 속삭임이 또 뒤에서 났다. 그것은 무명필을 타고 넘어 들어 온 귀공자의 부드러운 속삭임이었다. 언년이는 꿈에 걷는 사람처럼 사람들 틈을 이리저리 피하여 빠져나왔다. 그 귀공자가 어디서 그녀를 기다리고 있는가? 그것은 생각할 여지도 없었다. 오직 황홀한 환상 속에서 그녀는 사람이 적은 으슥한 곳으로 향하여 발을 옮겨 놓았다. 오직 바로 옆으로 어떤 사내가 따르고 있다는 것만을 인식하면서.

언년이가 전등불로 장식해 놓은 환한 꽃가지 아래 이르렀을 때 비로소 그녀는 자기 혼자뿐임을 인식했다.

54

「에, 재수없다, 히히히.」

하면서 두 남자가 급히 저편 어두움 속으로 사라지는 것이 보이었다. 바로 그 목소리는 조금 전에,

「저리 좀 갑시다.」

하던 그 귀공자의 목소리가 아니던가!

그러나 바로 등뒤에서 이번에는

「얘, 여기 하나 있다. 님을 홀로 기다리는가, 허허허.」

하는 소리가 나더니 검은 제복을 입고 사각모자를 쓴 청년 셋이 언년이를 둘러싸다시피 하고 모여들었다.

그러나 바로 그 다음 순간,

「에키!」

하더니 세 학생은 뒤로 물러섰다.

「괴물일세, 괴물이야.」

「그 꼴에 그래두 바람은 들어서…….」

「하하하.」

세 학생은 이런 소리를 주고받으면서 저편으로 가 버렸다.

지금까지 아름다운 꿈속에 들었던 언년이의 환상은 산산이 부서지고 말았다. 그녀는 부지중 손으로 자기 얼굴을 만지어 보았다. 특히 언청이 된 입술이 먼저 만져지는 것이었다. 자기는 정승의 딸도 아니요, 연당에서 임을 기다리는 미인도 아니요, 꺼꺼대요, 언청이인 추물로서 소박맞고 갈 데 없어서 서울로 올라온 자기인 것이었다.

그녀는 갑자기 그 웅성웅성하는 사람떼가 미워졌다. 조금 전까지 선녀들처럼 보이던 그 분바른 계집애들은 더한층 미웠다. 그녀는 이 수많은 군중으로부터 멀리멀리 떠나 버리고 싶었다. 그녀는 꽃나무를 떠나서 사람들 없는 어둑신한 곳을 향하여 달려갔다. 얼마 안 가서 밧줄로 막아서 더 못가게 된 데에 이르러

서 그녀는 풀밭에 펄썩 주저 앉았다. 그리고 하염없이 울었다.

「어머니는 나를 왜 낳았던고?」

하고 그녀는 자기를 세상에 낳아 준 어머니를 원망하였다.

「서울은 또 무얼 먹갔다구 왔던고?」

하고 자기 자신도 원망하였다.

언년이의 울음은 풀밭에서 『잃어버린 사람 수용소』로 옮겨가고 다시 거기서 그 이튿날 아침에야 봉네 어미 집으로 옮겨갔다. 그는 봉네 어미의 집 주소도 몰랐던 고로 봉네 아버지가 찾으러 올 때까지 수용소에 머물러 있지 않을 수 없었던 것이다.

「꽃구경이 훌륭하든가?」

하는 봉네 할머니 말에 언년이는,

「다시 꽃구경 가는 년은 개딸년이다.」

하고 혼잣속으로만 대답하였다.

「숙자 어머닌 남편 뺏길 염려는 통 났구료.」

「호호호, 그래두 일은 참 잘한다우.」

「그래두 좀 웬만해야지. 그건 너무 못났어. 난 꿈자리 사나울까 봐 걱정인데 !」

언년이가 일하고 있는 주인 댁에 놀러 온 양상 미인이 주인아씨인 숙자 어머니와 이렇게 주고받고 있는 이야기를 언년이는 뜰 한 모퉁이에서 빨래를 하면서 모두 들었다. 언년이는 서울 온 지 두 달 만에 이집 식모로 들어온지 지금 며칠 안 되었다.

「흥, 내원 별 꼬락서닐 다 보갔네. 제가 도깨비처럼 채리구 댕기는 년이 남의 흉보구 있네. 상판대기가 빤빤하문 머이나 되나 !」

안방의 화제가 언년이 자신을 중심으로 전개되었다는 것을 알게 되자 언년이는 혼자 이렇게 중얼거렸다.

「나두 첨엔 너무 꼴이 사나와서 그만 내보낼라구 그랬다우.」
이것은 주인아씨의 목소리였다.
「그래두 그이가(아마 남편을 가리키는 모양) 불쌍한데 두어
두라고 해서…… 그래서 두어 보니 일은 참 잘해요. 또 튼튼하
구 부지런하구…… 또 그리구 며칠 봐나니깐 이제는 눈에 익어
서 그리 과히 숭치두 않은걸…….」
「어디 시골서 왔대지?」
양장 미인의 목소리.
「응, 시집가던 첫날밤…….」
하더니 그 아래는 소곤소곤 잘 들리지 않고 조금 있더니 하하하
히히히 호호호 하는 큰 웃음소리가 터져나왔다.
「봉네 어미가 모두 주둥이질을 해 놔서…….」
하고 언년이는 분노가 치밀어 오르는 것을 겨우 참으면서 다시
혼자 중얼거리었다.
『일 잘해 줬으문 됐디. 상판 타령들은 왜 하누!』
그러면서도 언년이는 이 끓어오르는 분노를 겉으로 발표할
수는 없었다. 그녀는 아무러한 모욕이라도 달게 받으면서 붙어
있어야 밥을 얻어 먹을 수 있다는 것을 지나간 두 달 동안에 너
무나 역력하게 경험한 것이었다. 그것은 지나간 두 달 동안 그
녀는 조금도 과장 없이 열일곱 집을 경유하여 마침내 이 집에까
지 온 것이었다. 그녀는 식모로 들어간 지 하루나 이틀 만에 으
레 쫓겨나오곤 한 것이었다.
「글쎄 일이야 어떨는지 모르지만, 이게야 꺼꺼대에다 언청이,
또 그 흥흥 하는 말소리야 어디 들어줄 수 있어야지.」
해서 퇴짜 놓는 아씨.
「언청이 된 건 그래두 괜찮은데 원숭이 밑구멍처럼 얼굴이 왜
그래 ?」

해서 내보내는 아씨.

「여보 일보다두 손님들 오문 창피해서 안됐쉐다.」

해서 내보내도록 아내에게 명령하는 사랑나리.

이리하여 언년이는 이틀 만에나 사흘 만에나, 고작 오래야 닷새만이면 다시 봉네 어미 집으로 어정어정 기어들곤 하는 수밖에 없었던 것이다.

무엇보다도 봉네 어미가.

「오죽하문야!」

하고 웃곤 하는 꼴에는 창자가 모두 비틀어지는 듯싶어서 견딜 수 없는 노릇이었다. 그래서 이제는 어떻게 해서든지 다시는 봉네 어미 집으로 찾아들지 않도록 해야겠다고 마음을 다지고 또 다져 그녀는 주인에게 잘 보이려고 부지런히 일을 해주는 것이었다.

여름도 어느덧 다 지나가고 가을이 된 어떤 일요일이었다. 주인 내외는 방금 걸음발을 떼는 숙자를 데리고 문 밖으로 놀러 나간다고 나가고 언년이 혼자서 집을 지키고 있었다. 그녀는 아깝도록 곱게 하는 그 바느질로 주인나리의 양말 구멍을 꿰메고 앉아 있었다. 그러나 이날에 한하여 그녀의 바느질은 조금도 곱게 되어지지 않았다. 마치 여름내 몸이 빨아들였던 더위를 한목에 발산해 버리려는 듯이 그녀의 전신은 열정으로 끓어오르는 것이었다.

「일생을 혼자 지내리라, 혼자 지내리라!」

하고 결심하는 것은 매일 저녁 자리에 누울 때마다 있는 일이었다. 그러나 몸덩어리의 자연스런 욕구는 그렇게 쉽사리 눌려지는 것이 아니었다. 여름내 그녀는 이 욕구와 싸워온 것이었다. 푹푹 찌는 더운 방에서 빈대와 씨름하노라 밤을 밝히면서도 가끔 주인 내외가 나란히 누웠을 생각이 머리에 떠오르면 그녀는 한참이나 멀거니 두 손에 머리를 파묻고 앉아 있는 것이었다. 빨래감으로 주인나리의 옷이 나오면 어떤 때 그녀는 몰래 그 남자옷을 힘껏 움켜쥐어 보는 때도 있었다. 어떤 때는 밥상을 들고 들어가다가 주인나리의 숨결이 갑자기 높아지는 것 같은 환각이 생기어 쓰러질 뻔한 때도 있었다. 그렇다고 언년이가 이 주인나리에게만 욕정을 느끼는 것이 아니었다. 때로는 매일 물을 길어오는 그 텁석부리 물지게꾼이 몹시 그리운 밤도 있었다. 또 어떤 때는 비웃장수, 사랑에 간혹 찾아오는 남자 손님, 심지어 어떤 때는 대변 퍼 가는 늙은이를 그리워하는 때까지 있었다. 또 때로는 생전 처음 보는 남자와 한자리에 눕는 꿈을 꾸고 소스라쳐 깨는 때도 여러번 있었다.

『내가 이다지도 음탕한 년인가?』

하고 혼자 얼굴을 붉히고 저 자신을 책하는 때가 많았다. 그러나 콧구멍만한 뜰 하나를 격한 안방에서는 지금 주인 내외가, 하는 생각이 들 때마다 그녀는 싸늘한 벽을 안아 보려고 팔을 허위적거리는 것이었다.

가을이 되면서 언년이는 더한층 이 욕구의 비등을 억제할 수 없는 것이었다.

이날도 그녀의 양말을 꿰매고 앉아서 특히 한가한 틈을 타는 이 악마의 유혹 앞에 몸을 떨고 있었다. 남자의 양말을 손에 잡기만 해도 온몸의 근육이 떨리는 듯싶었다.

이때다.

「대문 열우!」

언년이는 자기 귀를 의심하였다. 분명 남자의 목소리였다. 더구나 귀에 익은 목소리였다.

그녀는 벌떡 일어섰다. 그러나 웬일인지.

『대문을 열면 큰 죄를 저지른다.』

하는 예감이 그녀를 붙잡았다. 그녀는 주저주저하였다.

대문이 덜컹덜컹한다.

「대문 열어요.」

또다시 그 목소리다. 언년이도 자기 자신도 무엇을 하는지 모르게 고무신을 짝짝이로 끌면서 나가 대문 빗장을 덜컥 빼었다.

대문이 열리자 텁석부리 영감은 물지게를 모로 돌리면서 대문 안으로 들어왔다. 언년이는 공연히 혼자 부끄러워져서 고개를 숙였다. 그러고는 금시에 또 서운해지고 허전해졌다.

「오늘은 퍽 일르우.」

하고 언년이는 물지게꾼을 따라 부엌으로 가면서 태연하게 말을 건넸다. 텁석부리는 그 소리를 들었는지 못들었는지 아무 소리 없이 독에다 물을 주룩주룩 부어 넣더니 빈 지게를 지고 마당으로 나왔다.

「주인들은 모두 어디루 갔나?」

하고 텁석부리는 혼잣말하듯 말하였다.

「오늘은 공일이라구 문 밖으로 소풍나간다구 애기꺼정 데리구 나갔다우.」

「문 밖으로? 그럼 쉬 안들어오시겠군!」

하고 텁석부리는 혼잣발하듯이 중일거리었다.

「저녁꺼정 자시구 들어오신답데다.」

「흥, 혼자 집보기 무섭지 않은가?」

텁석부리는 또 혼잣말하듯이 중얼거리며 대문께로 갔다. 텁석부리는 대문을 열고 빈 물지게를 한 통 밖으로 먼저 내보내고 몸이 반쯤 대문 밖으로 나가더니 금시에 몸이 다시 안으로 들어왔다. 그러더니 물지게를 도로, 들여다가 대문 안에 벗어 놓고서 대문을 닫고 안으로 바로 제집 대문 빗장 지르듯이 빗장을 질렀다. 언년이는 이때까지 여우에게 홀린 사람처럼 멀거니 보

고만 있다가 텁석부리가 아주 안으로, 대문을 잠가 버린 것을 보고서야 갑자기 정신을 차린 듯,

「왜 그라우?」

하고 눈을 크게 뜨고 보았다. 텁석부리는 아무 소리도 없이 언년이를 향해 벙긋 웃어 보였다. 언년이는 오직 그 싯누런 이빨을 알아볼 수 있을 따름이었다. 언년이는 갑자기 몸을 날려 달아났다. 고무신이 한 짝 벗겨져서 땅에 구르는 것도 깨닫지 못하고 언년이는 단숨에 자기 방까지 뛰어들어갔다.

이 이야기 맨 시초에 말한 아기 뱄다는 것은 곧 언년이가 텁석부리 물지게꾼의 씨를 배 안에 키우고 있었다는 것이다.

일요일 낮에 그 일이 있은 후로 텁석부리는 영 부지거처가 되고 말았다.

집에 물이 없어서 『그 망할 놈의 텁석부리 영감』을 애가 타게 찾아다니는 것으로 외면에는 보였으나, 기실 언년이 내심에는 남모르는 초조와 절망과 비애가 차 있는 것이었다. 그러나 텁석부리는 다시 나타나지 않았다. 물은 다른 지게꾼에게 사먹기로 교섭이 확정되어 문제는 귀결되었지만 언년이 가슴 속 비밀은 귀결을 못짓고 있었다.

그 일요일 밤새도록 언년이는 얼마나 그날 낮에 생겼던 일을 되풀이해 생각해 보았으며 또 얼마나 장래 대한 단꿈을 꾸어 보았던고! 언년이는 이전부터 그 텁석부리는 홀아비라는 말을 어디선가 들어서 알았던 고로 이미 이만큼 일이 된 이상 그와 행랑살이라도 살림을 오붓하게 한번 차려 보리라 하는 달콤한 공상에 담뿍 취해 있었던 것이다. 그런데 이틀이 못 가서 그 꿈은 산산이 부서져 버리고 만 것이었다.

「그 망할 놈의 뒤상.」

하고 언년이는 혼자 욕을 하면서도 그래도 가끔 가다가 집이 비

고 혼자서 집을 보고 있게 되는 날은 속으로 은근히 또 그 일요
일처럼,

「대문 열우.」
하는 텁석부리 목소리가 금시에 들려올 듯도 싶어서 안절부절을
못하는 때가 많았다. 그러나 날이 자꾸 흘러서 첫눈이 내리게
된 때 언년이는,

『이제는 그 뒤상을 다시 찾을 도리는 영영 없구나. 나를 버리
구 갔구나.』
하는 사실을 확실히 인식하게 되는 그와 동시에,

『그 망할 녀석이 씨를 내 속에 넣어 주었구나?』
하는 인식이 또한 부인할 수 없는 사실로 되고 말았다. 새로운
한 생명이 자기 몸속에서 나날이 자라나고 있다는 인식을 얻게
되자 언년이는 때로는 몹시 기쁜, 또 때로는 몹시 우울한 감정
이 교차되는 것을 금할 수 없었다. 그 새로운 생명의 아버지를
생각할 때에는 어떤 날은 몹시 그럽게 생각되었고 또 어떤 날은
몹시 원망스럽게 느껴지고, 또 어떤 때는 아주 막 미워서 앞에
보인다면 얼굴에 침이라도 뱉어 줄 것처럼 서두를 때도 있었다.
그러나 차차 봄이 되면서 주인아씨의 입으로부터,

「참 이상한 일두 다 있지. 다른 사람이라면 꼭 애기를 뱄다구
하겠는데. 원 그럴 리두 없구. 알 수 없는 노릇이야!」
하는 소리를 듣게끔 되어서는 언년이는 세상 만사에 모두 흥미
를 잃고 오직 절반 이상을 자란 어린애의 출생에 기대하는 초조
스러움과 일종의 공포에 가까운 감정이 그녀의 가슴에 가득 차
있는 것이었다.

　이젠 그녀는 텁석부리가 다시 나타난다는 기대도 단념해 버
리고 일편단심 뱃속에서 자라나는 어린것에 대하여 전 정신을
바쳤다. 그녀는 남들이 아비 모르는 아이를 낳았다고 비웃을 것

도 두려워 하는 바 아니었다. 자기도 다른 여자들처럼 아기를 낳을 수 있다하는 이 기쁨은 넉넉히 그런 조소를 코웃음쳐 버릴 만큼 강한 것이었다.

그러나 그녀는 차차 이 장차 낳을 어린아기에 대한 여러 가지 세세한 조목을 붙여서 생각하기에 이르렀다. 그리하여 마침내 그녀는 밤마다 남몰래 냉수를 떠놓고 칠성님께 빌기를 시작하였다. 그녀가 칠성님께 비는 조목은 대개 아래와 같았다.

그녀는 아들은 싫다 하였다.

꼭 딸을 점지하시되 그야말로 오래 전부터 주위들은 물찬 제비 같고, 돌아 오는 반달 같고, 양귀비 뒤태도 같은 그러한 일색을 보내 줍시사고 비는 것이었다.

그녀는 세상에서 가장 어여쁜 딸을 낳아 보고 싶었던 것이다. 그것은 이 매정한 세상에 대하여 언년이로서 보낼 수 있는 오직 하나의 복수일 것이라고 그녀는 생각하는 것이었다. 한동리서 자라면서 어렸을 때부터 곱기 자랑을 하고 다니던 이쁜이보다도 더 고운 딸, 봉네보다도 더 고운 딸, 주인집 딸 숙자보다도 더 아름다운 딸을 낳고 싶었다. 그렇게 고운 딸을 낳아 가지고,

『자 보아라.』

하고 봉네 어미 앞에 내밀고 싶었다. 주인아씨 앞에 내대고 싶었다. 온 세상에 광포하고 싶었다. 그리만 된다면 그녀가 이때까지 이 세상에서 받아 온 온갖 조소도 모두 잊어버릴 수 있다고 생각되었다. 자기 자신이야 아무리 불행한 일생을 보냈더라도 세상에서 제일 어여쁜 처녀의 어머니 되는 자랑만 가질 수 있다면 넉넉히 위안이 되고도 남음이 있으리라고 생각하였다.

지금 그녀에게 있어서 이 세상 희망이라고는 오직 그것 하나밖에 없다고 단정하였다. 그녀의 온 장래가 여기에 결정지어진다고 생각하였다.

기적을 비는 마음! 그것은 우리 못나고 천대받고 조롱받고 무능하고 또 눌림받는 인간들의 공통된 기원인 것이다.

이러구러 어느덧 열 달이 차매 언년이는 봉네네 집 건넌방 웃목에 그렇게도 칠성님께 빌었던 딸을 순산하였다.

「에미나이루군.」

하는 봉네 어미의 탄식 소리는 언년이의 귀에는 음악보다 더 좋았다. 딸이다! 내 일생의 자랑이 될 어여쁜 내 딸이다. 내 일생 받아 온 천대와 조롱을 속해 줄 내 딸이다.

이렇게 생각하매 그녀는 자연 눈물이 흘러내림을 금할 수 없었다.

그녀의 눈물을 달리 해석한 봉네 어미는,

「아들이 쓸데 있나? 딸이 더 둏디.」

하고 위안을 해주었다.

「어디 봐.」

하고 언년이는 봉네 어미가 깜짝 놀라리만큼 크게 소리를 버럭 질렀다. 그러나 봉네 어미가 쳐들어 주는 새 생명을 바라다 보는 순간 언년이는,

「억.」

하고 외마디 소리를 지르면서 눈을 감았다. 봉네 어미는 아기를 다시 옆에 뉘면서,

「제에미 고대루군.」

하고 웃음 섞인 목소리로 말하는 것이었다.

언년이는 앞이 캄캄해지는 것 같았다. 온갖 기대, 온갖 꿈, 온 생애가 그냥 산산이 부서져 버리는 것을 느끼었다.

그렇게도 백 날을 칠성님께 빌어서 낳은 딸이, 그렇게도 세상에 둘도 없이 어여쁜 딸이 되라고 상상하였던 것이 낳아 놓고

보니 언청이였던 것이다.

「언청이가 언청이를 낳았다. 하하하!」

이렇게 세상이 언년이 들으라고 소리소리 지르는 것 같았다.

언년이는 그래도 자기 눈이 잘못 보지나 않았나 하여 다시 고개를 돌려 옆에 누워서 발깍거리는 어린 살덩이를 들여다보았다. 그녀의 눈앞에 뚜렷이 나타나는 새로운 생명은 언년이의 일생의 부끄러움을 속해줄 희망이 아니라 그 부끄러움에 새로운 부끄러움을 끼얹어 주는 한 개의 절망이었다. 아무리 바라다보아야 그 얼굴이 그 얼굴이었다. 눈도 못 뜨고 발깍 거리는 아직 채 자리도 안잡힌 그 얼굴이언만 윗입술이 둘로 갈라진 언청이는 너무도 뚜렷하였다. 더 자세히 들여다보면 콧마루도 언년이 모양으로 없었다. 더 자세히 보면 턱도 유난히 앞으로 삐죽 내민 것처럼 보이는 것이었다. 보면 볼수록 언년이 자신과 똑같이 생긴 것처럼 보였다. 그녀는 고개를 돌렸다. 생각하면 생각할수록 분하고 원통한 일이었다. 밖에서 간간이 사람들의 떠드는 소리나 웃는 소리가 들려 오면 그때마다 모두 언년이 자기와 또 어미를 닮고 세상에 새로 나온 이 새 생명을 조롱하고 비웃는 소리처럼만 생각되는 것이었다.

「추물이 추물을 낳았다.!」

「하릴없이 판에 박아 낸 거야!」

「호호호호!」

언년이는 손으로 두 귀를 막았다. 그러나 그 조롱소리는 더욱더 크게 그녀의 귀에 들려 오는 것 같았다. 눈을 감으면 웃는 얼굴들의 환영이 보였다.

봉네 어미의 웃는 얼굴! 숙자 어머니의 웃는 얼굴! 숙자 아버지의 웃는 얼굴! 텁석부리 물지게꾼의 싯누런 이빨! 그러고는 갑자기 밤에 혼자서 흘러내리는 냇물가에 앉아서 미운 얼굴을 물속에 어른거리는 달 속으로 비춰 보면서 끝도 없이 울고 있는 처녀의 환영이 나타났다.

『저것이 자라나면 또 그러한 쓰라린 일생을 되풀이할 것이로구나.』

「차라리 애기 적에 가거라.」

하고 그녀는 혼자 중얼거렸다.

그녀는 가만히 옆에 있는 바느질 곱게 된 저고리를 들어 이 바둥거리는 아기를 푹 덮어 버렸다. 그러고는 그 억센 손으로 말랑말랑하는 살덩이를 지그시 눌러 보았다. 누르고 누르면서 그녀는 저도 모르게 중얼거리는 것이었다.

「뒈데라, 뒈데라, 뒈데라 !」

갑자기 아기의 발깍 소리가 그쳤다. 언년이는 몸서리 치면서 얼른 손을 떼었다. 바느질 곱게 된 저고리를 바라다보니 그 밑에 덮여 있는 아기가 그처럼 밉게 생긴 아기라고는 생각되어지지 않았다.

그녀가 지나간 반년 동안 꿈꾸던 그런 아주 이쁜 아기가 바로 그 아래 누워 있을 것처럼만 생각되는 것을 금할 수 없었다. 그 지고리가 달사달삭하였다. 그러나 언년이는 그 저고리를 다시 들치고 그 아래 누워 있는 아기 얼굴을 다시 들여다볼 용기는 나지 않았다.

그녀는 고개를 돌렸다.

「그래두 자라나문 좀 나아디갔디…… 그래도 체니티가 나문 좀 고와디갔디 !」

하고 그녀는 중얼거렸다.

「그래두 좀 크문……그래두 좀 크문야 설마…….」

하고 되풀이하고 또 되풀이하면서 언년이는 불어 오른 자기 젖을 두 손으로 꾹꾹 눌렀다. 젖을 짜고 또 짜면서 그녀는 긴장이

녀가 누운 자리가 젖에 젖어서 끈적끈적해지는 것을 겨우 감촉
하면서 그녀는 손을 더듬더듬하였다. 매끈매끈하는 아기의 살을
그 억센 손에 감촉하면서 그녀는 스르르 잠이 들었다.

〈1936〉

대학교수와 모리배

대학교수는 우울했다.

통분했다.

지구라고 부르는 땅덩이 위에는 별 괴물이 다 살고 있었다.

소위 만세일계(萬世一系)의 천황(天皇)을 신이라고 맹신하고, 신풍(神風)의 힘을 빌어 이 지구 위에 사는 전인류를 정복해 한 손아귀에 넣을 수 있다는 미신에 감쪽같이 속아 전생명과 전재산을 아낌없이 희생하는 어리석은 대중이 어떤 섬에 살고 있었다.

이 섬 현해탄 저쪽 반도에 살고 있는 식민지 사람들은 그런 엉터리 미신을 절대 믿지 않으면서도 통치자의 압력에 못 이겨 끽소리 못하고 통치자의 꼭두각시로 만족하고 있는 바보였다.

또 태평양 건니 쪽 대륙에는 원자력의 절대성을 믿고 핵무기만 사용하면 일본이라는 섬나라는 문제없이 패배시킬 수 있다고 믿는 『문명인』이 살고 있었다.

결국 이 제삼자가 전쟁에 이기고 그 덕에 한(韓)반도 사람들은 해방되었다.

아! 감격의 눈물은 쉴새없이 흐르고. 만세 소리는 천지를 진동시켰으며 만백성의 가슴은 희열로 가득 차게 되었다. 사개국 연합군이 함께 한반도에 진주하여 일본군 무장 해제만 하고는 즉시 물러갈 거고, 독립국 건설은 기껏 한 반 년쯤 걸리겠지 하고 생각하는 삼천만 명 민중 중의 이 대학교수도 한 사람이었다.

청천벽력이라는 문구는 많이 들어왔지만, 38선을 기점으로 미국·소련 양국 군대가 한반도를 분할 점령한다는 소식이야말로 정말 청천벽력이었다. 우물 안 개구리였던 대학교수는 너무나 달콤했던 꿈에서 너무나 싱겁게 깼다.

해방되었다고 너무나 감격했던 정비례로 대학교수의 우울은 신경쇠약에 걸릴 정도로 심각하게 됐다.

정신적 타격만이 아니었다.

사십 평생에 처음 맛보는 굶주림.

하기는 그가 중학, 전문학교 재학시 고학을 했기 때문에 배도 많이 곯아 봤으나 그때 배고픔은 자기 혼자 겪는 것인 동시에 학업을 닦기 위한 잠정적인 고생이라는 생각으로 자위할 수 있었다.

그러나 지금에는 자기 혼자뿐 아니라 가족까지 굶기는 고통, 생활 방도의 무능을 자각하는 그는 삶에 대한 공포감과 자포자기감에 사로잡혀 있는 것이었다.

일전에는 한 대학에서 강의하는 동료 하나가 일부러 찾아와서, 대학교수 집어치우고 담배 밀조 공장을 차려 놓으면 자본 얼마 안 가지고도 벼락부자가 될 수 있다고 권고했었다. 자본금은 장서 몇 권만 내다 팔면 넉넉하다고 하며, 농담이 아니라 진담이니 한 번 해보자고 간곡히 권하는 것이었다.

한참 동안 그 친구 얼굴을 빤히 바라보던 그는,

「나는 담배를 끊었소.」

하고 딴전을 해 보내고 말았다.

눈이 내린다. 방은 얼음장처럼 차다.

대낮에도 이부자리를 펴고 쓰고 앉아 있어야만 견딜 수 있었다.

아내는 안 나오는 젖꼭지를 어린것에게 물려 봤으나 애기는 투정만 했다.

애기를 내려놓고 부엌으로 내려간 아내는 한 손에는 미국제 통조림 우유 가루통, 한 손에는 숟갈과 사발을 들고 방안으로 도로 들어왔다.

그녀의 두 손이 유난히 교수의 눈에 띄었다. 북덕갈구리같이 되어 버린 손, 옴두꺼비 등처럼 돼 버린 손등! 교수가 그녀와 결혼할 때 신랑 자신이 무엇보다도 가장 홀렸던 것이 신부의 아름다운 손이었었고, 그의 친구들도 그녀의 손에 찬사를 아끼지 않았었다.

결혼식 때 주례 앞에서 그녀의 무명지에 결혼 반지를 끼워 줄 때, 사모관대하고 쪽도리 쓰고 하는 구식 결혼식이 아니고 서양식인 바에야 서양식 그대로 그 붓끝같은 손가락에 키스를 할 수 있었으면 얼마나 좋을까 하는 생각에 그의 입술이 달았던 기억이 아직 남아 있었다.

그런데?

교수의 눈은 둥그래섰나.

결혼 반지가 보이지 않기 때문이었다. 그녀의 손이 북덕갈구리같이 된 후에도 무명지에는 반지가 언제나 빛나고 있었다. 낮이나 밤이나, 아무리 궂은 일을 할 때에도 그 반지는 그녀의 손가락에 낀 채였었다. 그 반지는 교수와 아내의 사랑의 상징, 백년해로하겠다는 맹세를 인 찍은 고리, 죽을 때까지, 아니 죽어서 무덤 속에 묻힐 때까지, 그녀의 몸이 한 줌 흙으로 환원한 뒤에까지 그 반지만은 녹슬지 않고 썩지도 않고 영원토록 광채를 발하게 될 물건이 아닌가!

그의 가슴이 섬뜩했다. 남편의 표정이 그녀의 눈에 어떻게 띄

었는지 우유 타려던 손이 치마 속에 숨겨져 오들오들 떨고 있었
다.

교수는 고래고래 소리 지르고 싶은 충동을 억누르느라고 몸
을 푸들푸들 떨면서 후닥닥 일어나 밖으로 나갔다. 한 달 이십
퍼센트의 금리(金利)를 토색하는 옆집 고리대금업자 노파의 피
둥피둥한 모습이 퍼뜩 그의 눈앞에 어른거렸다.

이날 해질 무렵 눈이 두 자나 쌓인 남산 꼭대기 난간에 홀로
기대어 서 있는 자기 모습을 그는 발견했다. 어떻게 해서 거기
까지 올라오게 되었는지 저 자신도 몰랐다. 술 취한 것이 절대
아니었다. 술을 입에 대 본 것은 까마득한 옛날이었다. 재작년
만 해도 !

고요한 밤에 어린것들을 옆에 나란히 눕혀 놓고 강의 준비를
하던 시절, 정치적 자유와 학문하는 자유는 물론 거부되어 있었
지만 그래도 이럭저럭 입에 풀칠은 할 수 있었다. 마치 동화에
나오는 고양이처럼, 자유를 찾으려고 주인집을 뛰쳐나가 돌아다
니다가 며칠 못 가서 굶는 자유보다도 구속받으면서도 목숨을
이어가는 것이 상책이라고 자각하고 도로 주인집으로 기어들어
왔다는 그 고양이처럼.

그 당시 정세로 보아서는 단지 하나의 희망적 관념이기는 했
지만, 언제든 일본이 망하는 날이 오려니 일맥 광명을 마음속
깊이 간직하면서 자기가 죽을 때까지 이 민족의 젊은이들에게
절름발이 교육이나마 베푸는 데 자긍심을 가지고 있었고 그것이
자기 일생의 임무라는 자각을 가지고 그날그날을 참고 견디어
왔던 것이었다.

그러던 오늘? 해방·자유·독립의 환상을 그리며 미친 듯이
감격했던 그날부터 이태가 지나지 않은 이때 긴긴 밤에 전기불
이 일 초도 안 들어오고, 초 한 자루 값이 사십원. 사십원이 아

쉬워서 촛불조차 못 켜고 어둡고 추운 방에 우두커니 앉아서 팔랑개비처럼 한 곬으로만 도는 정신적 혼돈을 되풀이하면서 헤아릴 수 없는 분노와 자포자기.

몸이 떨리고 허기증이 나고.

담배 꽁초라도 있었으면!

외국 군대보다도 더 썩어빠지고 비루해진 동족을 마구 저주해주고 싶은 심정으로 그날그날을 보내는 그였다. 소위 지도자라는 것들이 자기의 민중을 이렇듯이 무자비하게 속이고 착취하고 걷어차 버린 전례가 역사상 또는 지리상 어디 언제 또 있었던가?

정작 나이보다 십 년이나 더 늙어 보이는 아내! 시집 올 때에는 그래도 남부럽지 않을 정도로 마련해 가지고 와서 아끼고 아끼던 물건들을 해방 직후부터는 곶감 뽑아 먹듯이 뽑아 먹고 난 이때, 결혼한 이래 이십여 년간 현모양처로 자타가 인정해 온 그녀의 도톰한 입에서 결국,

「남들은 다 공공연한 도둑놈들이 됐는데 당신 혼자 그 알뜰한 절개를 지켜 무슨 소용이우? 누가 당신 충렬비 세워 준답디까!」하는, 쌓이고 쌓였던 포달이 급기야 둑 무너진 홍수처럼 쏟아져 나오고야 말았었다. 이 말이 그에게 무척 야속스럽게 생각되었으나 다시 생각해 보면 꼬챙이같이 여윈 아내와 자식들을 앞에 놓고 체면이니 양심이니 하고 잠꼬대하고 있는 자기 자신이 정말 쓸개빠진 바보라고 생각되기도 했다. 이만큼 이 고결한 교수가 타락해 버린 것이었다.

박교수라는 이는 소학교에 다니는 딸을 시켜 학과 파한 후 미국 담배 행상을 하게 해 아버지가 대학에서 받는 월급보다 몇 배나 되는 큰 돈을 벌어들이고 있다는 말을 들은 지 벌써 오래건만, 자기는 자기 딸을 그런 데로 내세울 만한 용기도 주변도

없는 것을 스스로 타매하는 것이었다.

눈 맞아가며 남산 꼭대기에 서 있는 교수는 될 수 있는 대로 공허한 머리를 가지려고 애쓰면서 발 아래 깔린 서울 시가지를 내려다봤다.

거리거리는 명암(明暗)의 모자이크인 양 사방이 고요하고 사람은커녕 개 한 마리 얼씬 안하고 있는 것 같았다.

눈만 펑펑 쏟아지고 있다.

바로 옆에 인기척을 느끼는 교수는 본능적인 공포를 깨달으면서 본능적인 방어 태세를 취했다. 두껍고 값진 외투를 입은 비대한 사나이 하나가 그의 옆으로 바싹 다가서며 유심히 얼굴을 들여다보는 것이었다.

「아, 이거 !」

하고 그들 둘이 한꺼번에 놀라고 반가운 소리를 냈다.

「자네 웬일인가 ?」

「자넨 또 웬일인가 ?」

「참 별 데서 다 만나네. 세상이 좁긴 좁아. 나두 별놈이거니와 자네도 별놈일세. 지금이 어느 때라구 이런 곳을 혼자 유유히 산책하고 있다니.」

「피차 일반이지, 뭐야.」

「고민, 심각한 고민, 또 그리구 걷잡을 수 없는 죄의식·절망·환멸, 그것들이 사람에게 이런 괴이한 행동을 하도록 만드는 거야.」

「나 역시 마찬가지지……..」

「아니, 자네는 고민할 건덕지가 없는 사람이라는 걸 난 잘 알구 있어. 해방 덕택에 지금 당당한 교수로 승급됐을 뿐 아니라 자유롭게 가르칠 수 있게 되고.」

「빛 좋은 개살구지, 아무것도 아냐. 자네야말로 원래 수단도 좋고 활동가니까. 지금 한몫 잘 보겠네그려.」

「그렇구말구, 한몫 톡톡히 잘 보지. 모리배, 전형적인 모리배!」

「모리배라니? 무슨 말을 그렇게……..」

「흥, 원래 고지식한 학자님이라 모리배라는 문자도 못 들었나 보군. 왜 요새 신문마다 때리는 모리배라는 족속이 있지 않나.」

침묵.

한참 뒤 모리배가 다시 입을 열었다.

「고민·절망·환멸! 이것이 모리배의 심정이야. 자네들 유의 모순된 생활을 나도 대강 짐작은 해. 그러나 자네들 같은 책버러지 꽁생원들은 이러니저러니해도 아직 양심을 견지하고 있다는 사실을 나는 믿고 탄복하고 존경하고 있어. 이런 혼란 중에서도 건국의 기둥이 될 동량들을 가꾸어 내는 위대한 사명을 어깨에 지고 있는 자네들이 아닌가. 나 같은 놈이야 참말로 인제 인종지말이 다 됐지. 나 같은 놈 신문에서 아무리 욕을 해도 눈썹 하나 까딱않고 모리에만 급급하고 있는 게 사실이지. 그러나 말이지, 모리배보다도 너 진찌 악질은 탐관오리들이야. 똑바로 말하자면 탐관오리는 제일 더러운 쓰레기통이요, 모리배는 정정당당한 상인이지. 탐관오리는 법률상으로 보나 도덕상으로 보아 틀림없는 죄인이지만, 모리배는 권력자가 억지로 제정해 놓은 법률에는 위법행동을 하고 있다고 볼 수 있지만, 하나님 앞에서는 범죄자가 절대 아니란 말야. 내 말 알아듣겠나? 장사꾼이란 언제나 어디서나 무슨 수단 방법으로든지 싸게 사서 비싸게 파는 것이 상도덕이거든……..」

침묵!

양담배를 꺼내 미제 라이터로 불을 피워 문 모리배는 교수에

게도 한 대 권했다. 교수는 담배 끊었던 맹세를 파계하고 말았
다.

「후우! 여보게, 내가 무슨 수단이 좋아서가 아니라 술 잘 먹
고 돈 잘 쓰고 계집 소개 잘해서 돈푼이나 꽤 벌었지. 그렇다고
내가 돈 버는 것만으로 만족하고 있다고 생각하나? 흥, 만족!
여보게, 내가 이 눈 내리는 밤중에 술도 안 먹고 맑은 정신으로
이 꼭대기까지 혼자서 올라오게 된 동기를 이해해 줄 수 있겠
나? 여보게, 저 아래 눈 속에 싸여 깨끗해 보이는 지붕들을 지금
이 시각에 모두 떠들고 볼 수 있다면 그 안에서는 술·돈·계집
이란 삼위일체(三位一體)가 난무하고 있는 걸세. 노상 그 삼위
일체 속에 파묻힌 내가 돈, 돈, 돈을 벌면서도 문득 내가 이로
인하여 내 영혼이 영원한 벌을 받게 되려니 하는 공포를 느끼곤
한다네. 왜 우리 학교 다닐 때 구약성경 배우지 않았나. 소돔과
고모라! 소돔과 고모라가 유황불 세례를 받기 바로 일초 전까
지도 술과 돈과 계집에 도취되어 있었다고 성경에 씌어 있지.
그런데 말일세, 지금 이 서울 장안에 그래 의인(義人) 열 사람이
있을까? 천사는 소돔 성내에 의인 열 사람만 있어도 그 의인들
의 덕을 살펴서 만 사람의 죄를 용서하고 멸망시키지 않겠다고
그랬지. 그런데 바로 자네가 열 사람 의인들 중 하나란 말야. 그
러니까 이 서울 안에 자네 같은 사람이 단 열 명만 있으면 우리
같은 모리배도 그 덕에 하나님의 진노를 면하고 살아갈 수 있단
말야. 난 그걸 진심으로 감사해.」

모리배는 지폐 한 뭉치를 꺼내 교수의 포켓에 틀어 넣었다.
교수는,

「아니, 이게 무슨 짓인가? 날 모욕하는 건가!」
하고 분개했다.

「모욕이라니, 천만에. 여보게, 오해하지 말게. 이것이야말로

나로서는 아무런 악심 없이 정정당당하게 돈을 써 보는 유일한 기회야. 지옥에 빠진 나로서. 무어라구? 옹졸한 소린 제발 말아 줘. 소위 지도자들 또는 관리들은 이 돈뭉치 열 개 스무 개도 더 되는 뇌물을 안겨 주어야만 서류에 도장을 찍어 준단 말야. 그 개자식들하고 술자리에 앉아서 하룻저녁 쓰는 돈의 십분지 일도 못되는 적은 돈일세. 그러나 제발 거절하지 말아 줘. 지금 나는 아무런 사심 없이 조건 없이 깨끗하게…….」

말을 채 끝내지 않은 모리배는 횡하니 언덕 아래로 뛰어내려 갔다.

교수는 얼이 빠져 산 아래로 천천히 걸어 내려갔다.

무조건 그 돈뭉치에는 매력이 있었다. 어서 집으로 돌아갈 궁리. 그 돈을 가지고!

결혼 반지를 도로 찾아다 낀 아내의 손가락이 그의 눈앞에 어른거렸다.

전차길에 다다르니 막 전차가 정류장에 서 있었다.

승객들은 목숨내기로 이리 밀고 저리 밀리면서 아우성 치고 있었다

얼결에 만용이 솟은 교수는 사람떼를 뚫고 결사적으로 전차에 올라탔다.

교수는 단숨에 집에까지 뛰어갔다.

구두 벗을 경황도 없이 방안으로 뛰어들어서는 그는 숨찬 목소리로,

「여보, 이 돈!」

하고 소리치면서 손을 포켓에 넣었다.

「앗!」

무서운 고함 소리.

소매치기 !

「아, 아, 소매치기, 아, 아 !」

그는 소리질렀다.

아내는 놀란 눈으로 남편이 쑥 내민 빈 손을 바라봤다.

이를 부득부득 가는 대학교수는 펴든 빈 손을 언제까지나 언제까지나 내리지 못하고 선 채 몸을 와들와들 떨었다.

〈1946〉

눈은 눈으로

「몸뻬는 몸뻬지만 저렇게 지어 입으니까 맵시가 있수!」

「그러기말요. 더구나 저 낫세에!」

동리 여인들은 가끔 이런 이야기를 주고받았다.

「저 낫세에!」

하고 말하는 사람들도 이 여자의 참말 나이는 몰랐다. 머리가 하얗게 센 것을 보면 오십이 지났으리라고 보이기는 했으나, 얼굴에 주름살이 과히 많지 않고 더구나 싱싱하게 빛나는 두눈을 똑똑히 보는 사람은 그녀가 아직 사십 미만일 것이라고 생각했다.

그녀의 눈! 깊은 물속처럼 그윽하면서 신비스런 광채를 발산하는 눈. 눈두덩에 꺼멓게 멍이 들어 있으면서도 무슨 비밀이 담긴 것같이 보이는 눈이었다. 웃음을 잃어버린 것 같은 그 눈에는 우울이 깃들어 있으면서도 남을 위압하는 날카로움이 있었다.

「젊었을 적엔 굉장히 미인이었었겠어.」

하는 찬사에 반대하는 이가 하나도 없었다.

고독한 여인이었다.

입이 무겁고 성낼 줄 모르고 사리가 밝은 여자였다.

「심상한 여자가 아니야! 분명코 무슨 곡절이 있는 사람이야.」

하고 근처 사람들은 생각했다. 그러나 이 여자에게서 천기를 발견할 수는 없었고 어디까지나 고상한 몸가짐을 가지는 여자였다.

이 골목 안 집에 들어와 사는 지 이미 칠 년여가 되었으나 이웃 누구와 말다툼 한번 한 일 없는 그녀였다. 그렇다고 또 누구에게나 책 잡힐 언동을 한 적도 없었다. 그녀에게서 어딘가 넘겨볼 수 없는 위압감을 모두가 느끼고 있는 것이었다.

『개고기』라는 별명으로 유명한 경방단원(警防團員) 기하라라는 자까지도 이 여인에게는 딱딱거리지 못하고 농담도 못 건네고 경이원지(敬而遠之)하는 태도로 대하는 것이었다.

방문 오는 손님이나 친지도 별로 없는 고적한 생활을 하는 여인이었다.

그런데 그녀의 직업은?

삯바느질이 그녀의 직업이었다. 바느질을 곱게 하면서 품삯도 비교적 싸기 때문에 고객이 많았다.

그녀의 집 안팎은 언제나 티끌 한 점 없이 깨끗했다. 가구도 조촐(그러나 천스럽지는 않은)하였고, 입는 옷도 언제나 값이 싼 옷뿐이었으나 그러면서도 언제나 산뜻하고도 청아한 기운이 그녀의 몸에 감돌았다.

「간호부 출신이 아닐까?」
하고 말하는 사람들도 더러 있었다.

말을 별로 안하는 성미를 가진 여자이면서 말할 때에는 언제나 꼭 조선말만 했다. 나이가 정말 오십 가까웠다면 일본말 못하는 것이 흉잡힐 것은 아니었으나,『국어 상용(일본어 전용을 뜻함)』을 강요하는 애국반 반상회 때나 관청에서는 일본말 몰라 가지고는 아무 일도 못하는 시절이었다.『국어 상용』이라고 인쇄한 삐라나 뿌려 가지고는 일본어 상용이 실시되지 않는 것을 못마땅하게 여긴 일본인 통치자들은, 마지막 발악으로 일본어 모르는 시민이 관청에 갈 때에는 통역을 데리고 가서라도 일본어로 말해야만 서류 접수를 한다.

관청 말단 직원은 대부분 조선 사람이면서도 어떤 시민이 조선말로 말을 걸면,

「아레 미로, 아레 미로(저것 봐, 저것 봐).」
하고 해라조로 말하면서 벽에 써 붙인『국어 상용』포스터를 가리킬 따름, 사무 취급을 안해 주는 것이었다.

그녀가 하루는 어떤 일로 시청에 가게 되었다. 창구 안에 앉아 있는 조선인 계원에게 조선어로 말하자 그 계원은『아레 미로』하면서 벽에 붙인 포스터를 가리켰다. 그 포스터를 힐끗 쳐다보고 난 그녀는 미소를 지으면서,

「여보시오. 당신은 날 때부터 조선어를 써 왔고 지금 일본어도 잘하니 당신이 잠시 내 통역 노릇을 해주면 되지 않소?」
하고 대들었다.

언어 문제뿐 아니라 기타 사소한 문제도 곧잘 화를 내어 시민들의 일을 안 봐주기로 소문났던 이 계원도 그녀의 태연자약한 태도에 기가 질려, 청사 중앙 책상에 앉아 있는 일본인 과장과 국장의 눈치를 슬슬 살피면서, 사무처리를 해주었다는 일화가 사람들의 입에 오르내렸다.

애국반 반상회 때에도 그녀는 조선어만 꼭 사용했다. 그녀가 일본어를 통 모르는가 하면 그렇지도 않은 성싶었다. 남들이 일본말을 지껄이고 있는 것을 그녀가 다 잘 알아듣는 것이 분명했고, 또 몇몇 사람만 알고 있는 사실이었지만, 일본 글로 씌어진 공문서를 줄줄 내리읽으면서 잘 해득하는 『유식』한 여자였다.

일반 시민에게 신사참배(神社參拜)를 그렇게도 혹독하게 강요하였지만 그녀가 신사참배 가는 행렬에 한번이라도 참가하는 것을 본 사람은 없었다. 매달 초하루, 초여드렛날, 열여드렛날,

스무여드렛날——이렇게 정기적으로 전주민이 꼭 가야만 되는 신사참배에 그녀만은 한사코 빠졌다. 이것을 반장이 눈감아 주었으나 그 반장이 불공평하다고 시비하는 사람은 하나도 없었다.

정회(町會) 주최로 한 달 기한 매일 아침 여섯 시에 소학교 교정에 각 가족 대표 한 사람씩 나와 모여 라디오에서 방송하는 곡조에 맞추어 체조를 하고 나서 집단적으로 신사까지 걸어가서 참배하기로 되어 있었다. 첫날 출석 성적이 좋지 못한 데 화가 난 경방단장은 결석하는 자는 필수품 배급 통장에서 제명해 버린다는 협박 공문(公文)을 프린트해 돌렸기 때문에 이튿날부터 출석률은 백 퍼센트에 달했다. 그러나 그녀만은 이 협박에도 굴하지 않았다.

신사참배를 더 강화가기 위해서 일참(日參) 제도가 생겼다. 신사에 모신 일본 귀신에게 평양 시내 전체 가족들(일본인과 조선인을 막론하고)이 번갈아 매일 참배하여 전쟁에 일본이 이기도록 빌어야 한다는 취지 아래, 『日參』이라고 한자로 쓴 나무 패쪽을 각개 애국반에 비치하고 가족 돌림으로 그 패쪽과 애국반에 소속된 가족 명부를 가지고 신사로 올라가서 참배하고는 가족 명부에 그 신사지기의 도장을 받아 참배했다는 것을 확인하는 제도였다. 도장받아 가지고 온 가족은 패쪽과 명부를 옆집으로 넘기면 그 집에서 그 이튿날 식구 하나가 그걸 가지고 신사로 올라가 참배하고 나서 도장받은 명부와 패쪽을 그 다음 집으로 돌리는 것이었다. 한 애국반이 평균 십여 세대로 조직되어 있었기 때문에, 『일참』번이 대개 매달 두 차례씩 돌아왔다. 그러나 그녀에게 그 패쪽과 명부가 돌아오면 그녀는 신사참배에 가지 않고 곧장 그녀의 집 동쪽 큰방에 세들어 사는 가족에게 넘기고 말곤 했다. 그래서 세들어 살던 가족이 이틀 거푸 신사참배를 하게 되었었다. 그러나 세들어 살던 가족이 시골로 소개

(疎開)해 내려가자 혼자 살게 된 그녀는 패쪽 명부를 그냥 옆집으로 넘겼다. 관청에서 만일 따지게 된다면 혼자 사는 몸이라 집을 비우고 외출할 수 없지 않느냐는 핑계를 댈 작정이었다. 좀도둑이 왕성하던 시절이라, 집을 비워 둘 수 없다는 구실은 정당한 것이었으나 열성분자로 이름난 경방단장이 알았다가는 벼락이 내릴 판이었으므로 옆집 식구가 대신 참배해 주어 그녀에게 올 화를 면하게 해주는 것이었다.

그러면 이 여인의 이름은 무엇이었던가?

대문 기둥에 단 문패에는 『김 소사』라고만 씌어 있으니 과부임에 틀림없었다.

김 소사가 살고 있는 집은 목 꺾어 가운데 부엌이 있게 지은 집으로 부엌 아래위로 온돌방 한 간씩, 동쪽 온돌방 앞에는 반 간 넓이 마루가 있고 옆으로 반 간 곳간이 있었다. 뜰은 모두 다섯 평이 될까말까?

쪽마루 없는 단칸방에 김 소사가 살고 동쪽 방에는 어린애 하나 딸린 젊은 내외가 세들어 살고 있었다. B29 미국 폭격기가 거의 매일 평양 하늘 위에 떠돌게 되고 아직 폭격받은 일은 없었으나 인심이 흉흉해졌다. 당국에서는 시골로 소개하라고 권장(실은 도시 주민에게 배급해 줄 식량이 날로날로 줄어들기 때문이었지만)하고 있었고, 그것을 이용하여 셋방 들어 살던 젊은 부부는 평양을 떠나 버렸다. 그러나 정회(町會)에 가서 소개 수속도 하지 않고 도망가듯 가 버린 것으로 보아 B29보다는 징용(徵用)이 무서워서 어디 깊은 산속에 숨어 버린 것처럼 그녀에게는 생각되었다.

1945년 8월.

기진맥진한 『대일본제국』은 전국적으로 매일 수천만 명 사람들이 방방곡곡에 있는 신사(神社)로 가서 『신풍(神風)』의 기적을 빌었으나 가엾게도 그들의 귀신은 귀가 먹었던 모양이었다. 일본을 돕기 위한 신풍이 황해 바다에서 일어나지 않고 일본을 망하게 하려는 신풍이 북쪽 대륙에서 냅다 불어 내려왔다.

『쨩꼬로(일본인들이 중국인을 낮춰 부르는 이름)』들을 긁기고, 발길로 차고, 종으로 부리기를 백년 천년 계속할 수 있을 줄로 믿었던 왜놈들이 『게다』짝을 거꾸로 신고 쥐구멍을 찾아 헤매게 된 것이었다. 십 년 동안이나 왜놈 군대의 말발굽 밑에 깔려 신음해 오던 만주 지방 중국인들에게 끓어오른 복수의 불길!

체면도, 정신도, 또 그렇게 자랑삼아 오던 『야마도 다마시[大和魂]』까지 다 팽개친 일본인 피난민들이 한반도로 홍수처럼 밀려내려왔다.

조선 사람들은 어찌하여 그 일본 연놈들을 압록강 물속에 처박아 버리지 못하고 순순히 받아들여 피난처를 제공했나?

굴욕의 관습화? 유린된 신경은 마비되어 버렸던가!

만주로부터 도망해 오는 일본인 및 조선인 수용——평양시에만도 무려 사만 명이 배정되었다. 『애국반』서기들은 비지땀 흘리면서 빈 집, 빈 방, 빈 마루, 빈 창고 조사에 바쁘게 싸돌아 다녔다.

B29가 매일 밤낮 가리지 않고 평양 상공을 날고 있는 것이 무서워서 전등은 말도 말고 담뱃불조차 얼씬하지 못하게 하는 캄캄한 길거리에는 『지까다비』신은 수천 쌍의 피로한 발들이 아스팔트를 버석버석 밟으며 들이밀렸다. 일본 여자들과 어린이들——그들은 이 조선이 얼마나 고마웠을까!

밤새워 역에 나가 기다리는 애국 반장들! 기차가 와 닿을 때마다 불없이 캄캄한 플랫폼에 내려서는 숱한 몸뻬 입은 여인들과 어린이들!

「나이찌징[內地人——日本人].」

하고 크게 부르는 소리가 어둠속에 크게 울리었다. 그러고는 나이찌징 무슨 정(町), 제 몇 조(組)에 피난민 몇 명씩이 할당, 선포된다. 밤새도록 비워도 비워지지 않을 듯한 숱한 사람들로 북적거리던 플랫폼이 텅빈다. 조금 뒤 나이찌징만을 태운 기차가 또 들어와 멈춘다.

죠센징(한국인)은 왜 안 오나? 관청에서는 분명 피난민 수송에는 내선(內鮮) 사람 가리지 않고 공정하게 배차한다고 계속 선언하고 있건만 죠센징 태운 기차는 들어오지 않는다.

왜놈의 앞잡이라고 오해받는 조선인 부녀자들이 만주 각지에서 미친개 맞아죽듯 하는 동안 왜족 부녀자들은 감쪽같이 특별 열차에 실려 압록강을 건너오고 있었다.

일본 여자들과 어린이들이 평양 시내 각 학교 건물 (아직 병영으로 전환되지 않은), 상사(商事) 기관, 종교 기관 건물들을 다 채우고 넘쳐서 신시가(新市街) 일본촌 사삿집들까지 찬 후인 사흘째 되는 날에는 처음으로 조선인 부녀자 피난민의 선발대가 겨우 도착했다.

일본 연놈들보다 뒤늦기 사흘! 그동안 얼마나들 혼이 났을까?

「센징(조선인) 피난민은 센징 시가로!」
라는 명령이 내렸다. 푹푹 찌는 더위, 물 한 방울 안나오는 수도, 쌀 없는 도시!

먼저 온 일본인 피난민들에게는 바로 역에서 주먹밥이니 빵이니 다 나누어 주고 난 지금 센징에게는 나누어 줄 음식이 없으니 수용 할당받은 주인집에서 피난민을 먹이도록 하라는 명령이 내렸다.

──아, 조선인에게 무슨 식량이 남았기에 피난민을 먹이라고 하는 건가. 우리 자신이 오늘 아침 굶었는데 흥, 그 퀴퀴한

비스켓 배급 줄 때에도 나이찌징에게는 많이 주고 한또징[半島人]에게는 주나마나 하는 차별 대우를 해오지 않았는가. 정거장에 준비되어 있었던 주먹밥과 빵은 너희들끼리 다 먹어치우고 우리더러 뭘 나누어 먹으라고!

　1945년 8월 보름날!
　만세 소리!
　조선 독립 만세!
　천지를 진동하는 만세 소리!
　너무 즐겁고 억해 마구 흘러내리는 눈물!
　터져 나오는『동해물과 백두산이 마르고 닳도록』
　거리거리에 나부끼는 태극기!
　이날 정오『일본 천황』의 특별방송을 듣자마자 벌떡 일어선 김 소사는 카미다나라고 불리는 조그만 나무 궤짝을 벽 시렁으로부터 뜯어 내려 방바닥에 던지고 발로 밟기 시작했다. 강제에 못 이겨 벽에 걸어두고 해마다 새것으로 바꿔 걸어야만 했던 원수의 나무함! 그것을 발로 밟아 부수는 쾌미!
　그 다음 그녀는 일장기(일본기)를 서랍에서 끄집어냈다. 기를 띄워야 되는 날 만일 안 띄우면 배급을 뗀다, 잡아 가둔다, 협박받아 오던 그 원수의 깃발!
　「야, 이 히노마루! 흥, 좀 봐라!」
하고 고함지르는 그녀의 양미간에는 서릿발 같은 찬기운이 돌았다. 그녀는 그 기를 찢고, 물어뜯고, 짓밟았다. ——김 소사가 이렇듯이 격분하는 것을 본 사람은 일찍 없었다.
　찢기고 짓밟힌 일장기!
　바깥 거리거리에는 사람의 홍수, 트럭에 가득가득 실린 청년들이 관자놀이에 핏대줄이 툭툭 불어오르도록 만세를 부르고 거리거리에 나부끼는 태극기의 사태!

기쁨과 만족과 기대와 희망으로 가득 찬 거리를 김 소사는 걸었다. 그녀는 애국반장은 아니었으나 만주서 피난오는 동포들을 맞으러 여러 사람과 함께 정거장을 향해 걷는 것이었다.

바로 이날 아침까지 들이밀리는 일본인 피난민 사태는 평양 조선인 시민들의 큰 두통거리요, 염려요, 절망이었었다.

그러나 이날 오후 동포 피난민을 맞는 시민들은 멀리 떠나 있던 친지들을 맞아들이는 기분으로 돌변했다. 바로 아침까지 누구나가,

「요놈의 왜종자들이 자꾸자꾸 쫓겨와, 바로 저희 나라로 가지 않구 여기서 주저앉기만 하니 어떡헐 작정이란 말인구.」
하고 짜증을 내던 시민들이 오후부터는

「아, 동포 여러분! 어서들 오십시오. 얼마나 놀라고 고생하셨수. 아! 우리는 인제 독립국 국민이 됐소. 자기네 피난민을 먼저 실어다 놓고는 저희들끼리 주먹밥이니 빵이니 다 처먹고는, 우리에게는 남은 쌀이 없으니 뒤로 오는 너희네 피난민들은 너희가 먹여야 한다. 죽을 쒀 먹건 미음을 끓여 먹건 맘대로 하라던 그놈들이 인제 자기네가 모두 다 이땅에서 쫓기어 나갈 신세가 된 것을 알자 얄밉게도 쌀창고에 불을 지르고 식료품을 대동강에 집어넣고 막 개지랄하고 있소. 하나 인제 자유를 찾은 우리에게 무슨 염려가 남아 있겠소. 때마침 삼천리 강산에 풍년이 들었소. 이제부터 우리는 우리가 지은 쌀을 우리가 먹을 수 있게 됐소. 쌀을 깡그리 공출해 일본으로 실어가고 우리에게는 만주산 좁쌀만 배급해 주던 일본놈들이 다 쫓기어 가게 된 것이오! 자! 어서들 오시오. 오죽들 놀라고 피곤하겠소. 자, 건넌방이 비어 있고 마루도 비어 있소. 임시로 좁은 대로 지내 봅시다. 얼마 안 가서 신시가 쪽발이들 모두 현해탄 건너로 쫓겨 갈 것

이니 그놈의 집들, 점포들, 창고들이 다 우리 것이 되지 않겠소. 주먹밥이라니 말이 되오? 우리 한솥에 밥을 지어 정답게 나누어 먹읍시다.」

김 소사 역시 전에 없었던 명랑한 기분으로,

「아, 얘들아, 이 안방으로 들어오너라. 에그, 얼마나 피곤하구 배가 고플까! 쯧, 쯧. 염려 마라. 너희들은 참 행복하다. 모두 훌륭한 장래가 기약되어 있으니 응, 착하다.」
하고 수다스럽게 피난민 가족을 환영했다.

김 소사의 집으로 들어온 피난민 일행은 삼십 미만으로 보이는 어머니와 연년생으로 보이는 두 사내아이와 돌이 방금 지났으리라고 보이는 처녀애였다.

김 소사가 친히 세수물을 떠다 놓고 피난민 아이들 세수를 손수 시켜 주었다.

「응! 너희들이 조선말을 할 줄 모르는구나! 그게 너희들 잘못이 아니고 못나디못난 너희 조상들의 죄다. 앞으로는 너희들 다 모국어를 배우게 된다.」
하고 그녀는 혼잣말하듯 했다.

이 어린이들의 어머니는 아랫도리는 몸뻬, 위에는 하얀 홑적삼을 입었다. 그동안 얼마나 놀라고 피곤했는지 말 한마디 못하고 그냥 방안으로 들어가 쓰러지고 말았다.

저녁을 먹자마자 어린이들은 아무렇게나 쓰러져 잠이 들었고 김 소사와 피난민 여인은 각기 부채를 들고 툇마루에 마주 앉았다.

이미 황혼이 내리덮였건만 날씨는 그대로 푹푹 찌는 것이었다. 울 밖에 서 있는 단 세 그루 꺽다리 포플라 나무도 영양 부족인양 드문드문 돋은 잎사귀 하나 까딱 않고 졸고 서 있었다.

두 여인은 묵묵히 앉아 있었다.

  피난민 여인의 가슴 속에 어떤 복잡한 생각이 교차되고 있으리라는 것을 너무나 잘 이해할 수 있는 김 소사는 잠잔히 이 여인의 얼굴을 바라보면서 속으로 동정을 아끼지 않았다. 너무나 돌발적이었던 일이라 아직 꿈결같이 얼떨떨하리라고 김 소사는 생각했다. 영문을 잘 모르면서도 떨리는 가슴, 공포, 불안——몇 해 내리 개미가 쌀알 모으듯이 모아 놓았던 조그만 소유 물품들에 대한 미련, 내버리고 온 이불장과 이불, 부엌 기명, 서랍 속에 잠겨 있을 어린애 재킷…… 아! 아!

  김 소사는 그 누구보다도 특히 이런 감정을 잘 이해할 수 있었고 동정심이 남보다 강하다. 저 먼 날 자기 자신도 이런 변을 맛본 일이 있었던 것처럼 이런 때에는 침묵만이 가장 큰 위로가 되는 줄을 잘 알고 있었기 때문에 그녀는 침묵을 지켰다. 피난민 여인이 먼저 입을 열기 전에는 언제까지나 그녀는 말을 꺼내지 않고 기다렸다.

  그녀의 머릿속에는 안개 속 같은 추억이 배회하고 있었다.

  추억!

  추억이란 안하는 것이 상책이다.

  그러나!

  그때로부터 벌써 이십 년의 세월이 흘렀다. 그동안에 타고나서 이미 싸늘해진 재가 되어 버렸으리라고 생각했던 그 추억을 오늘 이 밤에 새삼스레 다시 불꽃같이 일으킬 필요가 어디 있는가? 야속한 건 사람의 기억력! 몇십 년 후에도 재를 헤치면 그 밑에는 아직 불씨가 빨갛게 살아 있고, 환경이 부채질해 주면 그 불은 세차게 다시 피어오르는 것이었다. 더 명료하게 더 아프게! 그 기막히는 기억. 몸서리쳐지는 기억, 이 기억이 김 소사의 뇌리에 다시 용솟음쳐 끓어오를 때, 이 마주앉아 있는 피난 온 여자, 풀기 한 점 없이 축늘어져 앉아서 하염없이 어두운 허공만 쳐다보고 있는 이 젊은 여자의 처지가 남의 일 같지 않게 생각되었다.

「과히 상심 마우.」

하고 김 소사는 마침내 입을 열고야 말았다.

젊은 여인으로부터는 아무런 대꾸도 없었다. 한참 뒤 좀더 다가 앉은 김 소사는 여인의 손을 꼭 잡았다.

「너무 상심 마우. 인제 겨레 모두 다 즐거워할 때가 오지 않았소! 앞을 바라보고 마음을 굳게 먹고.」

하고 말하던 김 소사는 흠칫했다. 손을 잡아 보니 이 여자의 앉은 모습이 어쩐지 수상하게 보였다. 아무 대답 안하는 그 여인은 울기 시작했다. 오랫동안, 발이 저리고 아파 올 만큼 오랫동안, 꼼짝않고 꿇어 앉아 있는 모습과 우는 태도! 비록 조선 저고리를 입기는 했지만 어딘가 좀 어색하게 보이는 점. 말 한마디 하지 않고 침묵만 지키고 있는 이유? 김 소사는 손을 슬그머니 놓았다.

혹시나?

「아니, 여보 당신은? 아니⋯⋯.」

김 소사는 말을 맺지 못했다.

「고멩, 고멩(용서하십시요)!」

하고 일본말로 시작하는 젊은 여자는 두 손바닥 다 방바닥에 대고 머리가 방바닥에 닿도록 절을 두세 번도 아니고 칠팔 번 연거푸 절을 하는 것이었다.

일본 여자? 한복으로 변장한 왜년!

김 소사는 저도 모르는 사이에 이 젊은 여인을 왈칵 떼밀었다. 뒤로 밀쳐진 여인은 엎드린 채 흐느끼고 있었다.

「에이, 이 비겁한 종자!」

하고 김 소사는 유창한 일본어로 소리질렀다.

젊은 여자는 일본어로『용서하세요.』를 몇 차례 거듭하면서,

「조선옷을 입는 것이 안전하다고들 그래서요, 하, 하, 하.」

하고 변명하는 것이었다.

김 소사는 말없이 벌떡 일어섰다. 조선옷으로 변장한 일본 여인을 발길로 한번 걷어찬 김 소사는 건넌방으로 들어가 방바닥에 쓰러졌다.

가슴이 두근거렸다.

응, 원수는 외나무다리에서 만난다고!

『눈은 눈으로 갚고 이빨은 이빨로 갚으라.』고 성경에 뚜렷이 씌어 있다. 그것은 하나님의 지시라고까지 명기되어 있었다.

아, 이십 년의 세월!

잊어버리자, 잊어버리자 하면서도 잊어버리지 못하는 그녀의 마음속 상처는, 마치 수술받은 자리가 날이 궂을 때마다 근질근질해지는 것처럼 가끔 더치곤 했었다.

그랬었는데 바로 오늘 오후 늦게!

피난민 여인이 어린것 셋을 데리고 지친 모습으로 걸어오는 것을 볼 때 그녀는 이십 년 전 자기 자신의 환영을 역력히 봤던 것이었다.

저녁 식사 뒤 피난민 세 아이가 나란히 누워 세상 모르게 자고 있는 것을 볼 때 이십 년 전 자기 자신의 환영은 아까보다 더 강하게 나타나는 것이었다. 이 이남일녀 세 어린이들은 김 소사 자신이 이십 년 전에 경험한 참상처럼 악착한 운명을 최후 순간에 겨우 모면하고 나서 나란히 누워 잠들었거니 하는 생각에 눈물이 저절로 핑 돌았었다. 이십 년 전 자기 자신의 아이들이 당했던 비극과 비슷한 경우에 빠졌던 이 아이들이 사무치면 사무칠수록 더 사무치는 경우에 빠졌던 아이들이 이렇게도 무사하게 김 소사 자신의 보호의 날개 아래로 기어든 것은 대견하기도 했

고 행복하기도 했다. 끝까지 이 세 어린이를, 제 자식 대신 보호해 주고 양육해 주리라고 그녀는 결심했던 것이다.

그랬었거늘! 아, 그년이 왜년이고 고것들이 악독한 왜종의 피를 물려받은 악귀들이라니! 그 원수의 왜새끼들을 애무해 주고 손수 밥까지 지어 먹였다니! 아, 이 무슨 운명의 작희인고! 그해 그날, 이십 년 전 그날, 왜놈들이 내 남편과 두 아들과 하나의 딸을——진주처럼, 보석처럼 길러 온 세 아이를 한꺼번에 그렇게도 잔인하게 도륙한——.

바로 이십 년 전 구월 일일 정오! 곳은 일본 도꾜. 그날 아침까지도 김 소사는(그때에는 과부가 아니었고 남편과 세 명의 자식을 가진 현모양처였다.) 종달새럼 노래하고 토끼처럼 뛰노는 세 아이들을 기르고 있었다.

지진!

언제까지나 언제까지나 요지부동일 줄로 믿었었던 땅덩이가 등이 가려웠는지 한번 흔들렸다. 한 일이 분간 진동이 이십 세기 현대식 대도시를 개미집만도 못하게 파괴시키고 말았다. 그런데 가증한 일본 정부는 이 천벌을 엉뚱하게도 조선인의 작희라고 선전하고 미련한 일본인 대중은 분노를 애매한 조선 사람들에게 향해 폭발시킨 것이었다.

그날 폐허가 된 도꾜 시 이리저리를 도망다니고 숨던 일이 어제런 듯 생생하게 그녀에게 회상되었다. 간이 콩알만해 가지고 아들들은 양손에 잡고 어린 딸은 등에 업고——단지 조선 사람이었던 탓으로 이리 쫓기고, 저리 쫓기고, 무섭고 초조하고, 떨리던 생각!

「여보, 큰일났소. 조선 사람은 불문곡직하고 무조건 미친개 때려잡듯 하는구료. 방금 넷이서 함께 걸어오다가 나는 마침 소변이 마려워 잠시 뒤떨어졌기 때문에 그 덕에 혼자 겨우 살아 남았소. 그저 칼, 몽둥이, 대나무, 창, 도끼, 식칼 아무거나 들고 때려죽이는걸.」

하고 말하는 남편은 온몸을 와들와들 떨고 있었다. 그 모양이 지금 그녀의 눈앞에 선하게 나타났다. 이십 년이 지나간 이 밤에 조그만 방에 홀로 누워 있는 김 소사는 그날 들은 소름끼치는 목소리를 다시금 듣는 성싶었다. 바로 어제 생긴 일인 듯이!

「와 와 와, 조선놈을 죽여라, 죽여!」

피와 굶주린 악귀들의 아우성 소리.

그러나 죽음을 눈앞에 두고도 사람은 먹어야만 살 수 있는 동물이다. 먹어야 산다! 미천한 짐승이나 곤충과 꼭 같은 동물, 그것은 만고불변의 진리.

그러나 골목골목에서 조선 사람 죽이기를 기다리고 있는 이 학살터에서 조선 사람이 어떻게 어디서 먹을 것을 구할 수 있다는 말인가! 그러나 어린것들! 이제 기운이 지쳐 버려 배고프단 말조차 할 기운이 없이 느른히 누워 있는 어린것들! 너무나 조용히 누워 있어 혹시 죽었는가 겁이 나서 가서 흔들어 보곤 했다.

남편과의 말다툼도 인겐 더한 기운도 흥미도 없었다.

어른은 차치하고라도 어린것들만은 먹여 살려야 할텐데.

남편의 용모는 그가 아무리 일본옷을 입고 있다 해도 『나는 조선 사람이오..』 하고 얼굴에 써붙인 것이나 다름없었다.

그래도 여자는 일본옷 입고 일본 여자 걸음걸이 흉내를 잘 내면 무사히 통과될 성싶은 생각이 든 그녀는 거리로 나섰던 것이었다. 먹을 것을 구하려고, 먹을 것을!

그녀는 뛴다.

일본 여자가 뛰는 흉내를 내어 뛴다. 먹을 것을 손에 들었으니 마음이 더 조급해진다. 아이들이 그동안에 혹시나? 아니다,

아니다. 이 빵을 갖다 먹이면 모두 기운을 차릴 게다.

숨이 차 현기증이 난다. 금방 길에 쓰러질 것 같다.

그러나 어버이의 본능은 생리(生理)보다 강했다.

다 왔다.

「악아, 이 빵 받아라. 받아라, 받아라. 먹어라, 먹어라. 살았다, 살았다, 자, 이 빵!」

그런데 웬일일까? 꼭 닫혀 있어야 될 문이 쫙 열려 있는 것을 그녀는 봤다.

그녀는 급히 뛰어들어갔다.

「악아, 악아, 이 빵을! 여보, 여보!」

앗! 피! 피투성이! 홍건히 괸 피! 시뻘건 피!

「애들아, 일어나렴. 엄마가 먹을 거 사왔다. 여보, 빵 사왔어요.」

어린이들도 남편도 아무 대꾸 없이 그냥 누워 있었다.

나란히 자는 듯이 누워 있는 아이들과 남편은 빵을 먹을 수도 없고 영원히 다시 일어날 수도 없는 몸들이 되어 있었다. 배고픔도, 고통도, 어머니도, 아내도 다 없어진!

아, 하느님! 갑자기 웬 안개가 이처럼 낄까? 내 눈이 왜 이리 까마득해질까?

그것이 이십 년 전 일이었다. 그러나 오늘 밤 그 기억이 새롭게 격동과 피곤을 가져다 주는 것이었다. 노곤해져서 손가락 하나 달싹하기 싫었다. 그러나 잠은 들 수 없었다.

달이 밝기도 했다.

김 소사는 얼마 동안이나 가만히 누워 있었는지 저도 잘 모른다.

「이 원수를!」

그녀는 일어나 앉았다. 피곤이 금시 사라져 버렸다.

뜰에 나서니 달빛에 눈이 부셨다. 그녀는 머리를 들어 달을 쳐다봤다. 구름 한 점 없는 광활한 하늘에 별들이 총총. 저 별들, 반짝거리는 저 별들이 어쩌면 저렇게도 차고 매정하고 무감각할까!

피난민 가족이 잠자고 있는 방. 김 소사의 눈은 자석에 끌리는 쇠붙이인 양 그 방으로 끌려갔다. 방안에는 옷 입은 채로 쓰러져 자고 있는 어린이들의 상반신 위에 달빛이 비치어 똑똑히 볼 수 있었다. 그 고수머리들! 그 토실토실한 팔들!

내 아이들, 이십 년 전에 한목에 죽은 내 아이들이 이전의 그 모양대로 세상으로 환생하여 저렇게 나란히 누워 자고 있는 걸까? 너무도 흡사하다.

조선 저고리로 변장한 일본 여자는 저쪽 어두운 구석에서 새우잠을 자고 있었다.

김 소사는 오싹 소름이 끼치는 것을 감각했다.

복수!

눈은 눈으로 갚고, 이빨은 이빨로, 도끼는 도끼로 갚고!

이놈들아, 너희들이 내 자식들을 무단히 죽였겄다. 오늘 밤 나는 너희들을 내 손으로 죽일 권리와 의무를 갖고 있다. 왜놈들아, 너희는 무슨 까닭으로 내 남편과 어린것들을 도끼로 패죽였니! 도끼는 도끼로, 어린것은 어린것으로 갚는다!

그녀는 장독대께로 갔다. 번들번들 빛나는 물건이 이내 그녀의 눈에 띄었다. 멈칫 선 그녀는 몸을 바르르 떨었다.

그녀는 도끼를 들어 둘러메었다. 묵직하다. 이것으로 한 놈씩 골사박을 패면 팍팍 잘 패일 것이다.

달빛 아래 상반신을 드러내 놓은 어린이들은 아무것도 모르고 쌕쌕 자고들 있다. 나란히 누워 자는 어린이들의 모습은 곱기도 했다. 김 소사 자기의 자식들이 자는 모습은 저보다 몇 갑절 더 고왔었다.

남편, 아들, 딸의 피의 호소! 이 호소는 신성한 것, 절대적인 것이었다. 남편과 아들들과 딸의 피의 호소를 거부할 권리가 나에게 있겠는가? 없다. 피, 피, 피, 피!

김 소사는 도끼를 힘있게 둘러멨다. 입술을 질근 깨물었다. 두다리에는 쥐가 일었다.

『에익!』 단숨에 팍, 팍, 팍, 팍 내리칠 수 있는 것이다. 팩, 팩, 팩, 팩 네 번만 패면 연놈들이 다 찍 소리도 못하고 죽을 것이다.

피의 호소! 남편과 자식들의 피의 호소가 지금 그녀의 두 팔에 밀물 밀듯 올라오는 것이었다. 그 두 팔이 앞으로 홱 넘어오기만 하면 만사는 끝나는 것이다.

피는 피로 갚아야지!

탕, 탕, 탕!

어디 가까운 데서 요란스러운 폭파 소리가 들려 왔다.

갑작스런 소리에 놀란 그녀의 팔은 별안간 맥이 탁 풀리고 도끼는 땅에 떨어졌다.

탕, 탕, 탕, 탕 계속하는 탕탕 소리. 이게 무슨 소릴까?

갑자기 하늘과 땅이 낮같이 밝아졌다. 달빛은 언제나 그윽한 빛이요, 달이 이미 서산을 넘고 있었다. 그런데 지금 갑자기 천지를 환하게 빛내는 시뻘건 불기둥들!

「아이고, 아이고, 아이고!」

하고 외치는 사람들의 아우성 소리가 사방에서 들려 왔다.

탕, 탕, 탕!

총소릴까? 왜놈 군인들이 최후 발악으로 평양성을 둘러빼는 것일까?

조선 사람의 환희가 도수를 넘어 일본인 주민들에게 공포감

을 주고 있으니 좀 자중해 달라는 담화를 일본군 사령부에서 발
표했다는 풍설을 초저녁 때 들었었다.

그런데——

「불! 불! 저 불길.」

하고 떠드는 아우성 소리에 놀란 김 소사는 고개를 들어 보았
다. 가까운 언덕에서 불기둥이 하늘을 향해 기어오르는 것이 그
녀의 눈에 띄었다. 삼십 자, 아니 오십 자도 더 되게 높이 보이
는 불기둥이었다.

「어딜까?」

하고 불구경 나온 군중 하나가 물었다.

「신사(神社)지 어디야.」

하고 한 사람이 단언했다.

「아니, 도청 건물이 아닐까?」

「아니야, 도청 건물은 만수대에 있는데 방향이 다르지 않아.
칠성문 근처가 분명하니까 신사가 분명해.」

「그래그래, 분명 신사 주변 솔밭 속에 왜놈들이 가솔린 드럼
들을 숨겨 두었는데, 가솔린 드럼이 터지지 않고는 불길이 저렇
게 셀 수가 없서든.」

「암 그렇지. 아까 탕탕탕 하던 소리가 가솔린 드럼 터지는 소
리였어, 분명.」

「어, 시원해. 그놈의 신사가 불에 타다니…….」

「참 유쾌하다. 그런데 누가 감히 그렇게 대담하게 신사에 불
을 질렀을까? 일본군은 아직 중무장한 채로 있는데.」

「어찌 됐건 시원해…… 이젠 죽어두 한이 없겠어…… 그 지
긋지긋하던 신사참배!」

이렇게들 떠들어대고 있는 사람들은 바로 오늘 아침까지도
이 신사에 끌려가 참배하고 온 사람들이었다.

——용감한 손. 성냥을 그어 신사 건물에 댄 손은 누구의 손일까!——하고 김 소사는 생각해 봤다.

그 손! 그 손은 한 젊은 여성의 손일지도 모른다. 신사참배 거절 때문에 경찰서 유치장에 구금되어 있으면서도 끝끝내 거부하다가 결국 유치장에서 죽어 송장이 되어서야 석방이 되어 나온 예수교 목사 한 분이 있었었다. 그 목사의 딸이 이 원수의 신사에 불을 질렀기가 십상 팔구다.

그 손은 아무개의 손이라도 좋다! 그 손은 개인의 손이 아니라 전체 민족의 손이다.

타라, 타! 타 없어져라. 일본 민족의 수호신, 일본 족속의 최고의 숭배와 신앙의 대상인 신사가 지금 타서 재로 변하고 있다. 아, 하, 그렇게도 숱한 절을 매일같이 받은 너, 어찌하여 지금 너 자신을 살릴 기적을 행사하지 못하느냐? 너는 그동안 공절을 받고 있었구나. 아, 탄다. 잘도 탄다. 타라, 타 죽어라, 영원히 타죽어라. 그래서 우리 나라 이 땅에, 아니 세계 어디에 있었건 너는 타서 재가 되고 다시는 이 세상에 지어지지 못하게 되라.

아, 개인 개인간의 복수는 없어도 좋다. 너희들 국신(國神)을 우리 손으로 태워 버림으로써 우리 민족 전체의 복수가 실현되었다.

아, 불아. 통쾌한 불아.

불의 새빨간 광휘를 온몸에 받고 서 있는 김 소사의 눈에서는 눈물이 줄줄 내리흘렀다. 억제할 수 없는 만족과 행복의 눈물!

〈1947〉

시계당 주인(時計堂主人)

　돌날 아침 때때저고리를 입히울 때, 아기는『때때, 때때！』중 얼거리며 만족했었다. 그러나 그뒤 얼마 안되어 오줌에 젖은 바짓가랑이가 척척해 죽겠는데 기저귀 갈아채워 주려고 하는 사람은 하나도 없어 화가 치민 아기는 으아아 하고 악을 쓰며 자빠졌다.

　그랬더니 누군가가 살그머니 안아 일으켜 주는데 무엇인지 산뜻한 것이 귓바퀴에 와 닿으면서, 곧 이어 쨋깍쨋깍 하는 이상스런 벌레 소리가 들려 왔다.

　놀라기도 하고 무서워지기도 한 아이는 울음을 뚝 그치고 눈을 떴다. 누님이 안고, 웃으면서 내려다보고 있는 것이었다. 귓가에 쉬지 않고 들리는 쨋깍 소리에 귀가 솔가운 그는 머리를 살랑살랑 흔들었다. 그러자 누님은 그 차갑고 매끈매끈한 물건을 얼른 쳐들어 아기 눈앞에 뱅글뱅글 돌렸다. 방향이 달라진 쨋깍 소리가 그 반들거리는 동그란 물건에서 나오는 것이 분명했다. 포동포동한 손을 내미는 아기는 그 쨋깍거리는 동그란 물체를 붙잡으려고 했다.

　잡히기만 하면 으레 입으로 가져 갈 것이다.

　누님은 반들거리는 동그란 물건을 감췄다. 발버둥치기 시작하는 애기는 다시 울음을 터뜨렸다.

　언뜻 무엇이 손에 와 닿는다. 매끈매끈하다. 창선이는 그걸 입으로 가져 갔다. 아직 이가 돋아나지 않은 윗잇몸이 딱딱하고 매끄러운 감촉을 감각했다. 숨어 내다보니 아랫니 한 개 뾰족한 끝에서는 대가닥 하는 소리가 났다. 입안에서도 쩍깍 소리를 계속내는 그 물체가 그의 혀를 간지럽게 해주는 것이었다. 좋아하는 창선이는 『아아아』하면서 몸을 흔들었다.

　「아니, 이게 무슨 장난이야?」

하는 아버지의 성급한 목소리가 들려 오는 동시에 손등에 털이 유달리 많이 돋은 커다란 손이 내려와 창선이에게서 시계를 빼앗았다.

　창선이는 또 울기 시작했다.

　「아니, 원, 장난감이 없어서 하필 시계를 준담.」

하고 중얼거리는 아버지는 창선이를 안고 가겟방으로 나갔다. 창선이는 그냥 울고 있었다.

　「오, 오, 우리 아기, 착한 아기…… 자, 시계 실컷 구경해라.」

　벽에 걸린 커단 괘종 앞에서 아버지는 창선이의 두 발을 모아 쥐고 높이 치켜들었다.

　희고, 넓적하고, 둥그런 판 위에 큰 거미발처럼 시껌한 두 개의 시계바늘이 방향을 달리해 벋어 있고, 그 아래 유리알 댄 어둑신한 가슴 속에서는 금빛으로 번쩍번쩍 빛나는 동그란 추가 쉴새없이 왔다갔다 움직이고 있었다. 그 가슴 속에 자기 얼굴이 어렁귀하게 반사되는 것을 창선이는 봤다. 그 속에 동무 하나가 나타난줄로 생각하는 그는 두 팔을 허위적거리면서 『따따따따』 부르면서 마주 바라다봤다.

　아기를 안은 아버지는 가게 안을 한 바퀴 돌았다.

　유리창문들과 출입문을 단 앞면만 제외하고 나머지 사면 벽에 빈틈없이 괘종들이 걸려 있었다. 크고 작은 갖가지 괘종, 여러 모양의 괘종들이 크고 작은 갖가지 추들이 제각기 흐느적흐느적, 하느적하느적, 홀래홀래 분주히들 움직이고 있었다.

가게 앞면에는 전체 유리로 짠 진열함이 있고 그 속에 조그만 회중시계와 손목시계들이 진열되어 있었고, 선반 위에도 여러 모양 작은 시계들, 금속 시계줄, 그리고 시계끈들이 규칙적으로 나열되어 있었다.

유리함 안에 놓여 있는 여러 모양의 시계들을 만져 보고 싶은 창선이는 손을 내밀었지만, 손은 매끈매끈하는 유리판 감촉을 느낄 뿐 시계가 잡히지 않았다. 『배배배배』 하면서 그는 유리판을 자꾸 쓸었다.

사방에서 여러 음계와 속도의 혼잡된 박자 합창이 들려 왔다. 덱걱덱걱, 사릉사릉, 잭깍잭깍, 털털털털, 찌릉찌릉———여러 가지 벌레들의 합창 소리처럼 들렸다.

『데에엥』하고 제일 큰 괘종이 점잖고 느리게 시간을 치기 시작하자 이 소리에 놀란 창선이는 아버지의 품에 머리를 박고 바르르 떨었다.

『스르릉 뗑, 스르릉 뗑』하고 천천히 치는 소리 속에 염치없고 방정맞게 『땡땡땡땡』 급속도로 쳐버리고 마는 시계도 있었다.

이 숱한 시계들의 여러 음계의 조화와 대위와 혼란스런 헌화 속에 젖먹이 시절부터 자라온 창선이는 시계들과 친밀한 생활을 하게 되었다. 밤에 잠들었다가 우연히 밤중에 깨어, 아까 낮에 복남이와 더불어 놀다가 그리 대수롭지도 않은 일로 싸우고는 서로 비쭉해서 종일 말도 않고 지내온 것이 싱거웠다고 생각될 때, 문득 옆방에서 부시럭거리는 시계 소리, 쉴새없이 소리 내는 시계 소리에 정신이 집중되곤 했다. 듣고 있노라면 시계 소리는 자꾸자꾸 자라온, 집안을 채워 버리는 것같이 생각되기도 했다. 덱걱덱걱 굵고 느린 놈, 재깍재깍 빠르고 또렷한 놈———오래오래 들으며 누워 있으면 그 소리들은 언뜻 수다한 종류의 곤충들, 즉 모기·파리·빈대·벼룩·바퀴·설설이·지네

· 개미 · 나비 · 메뚜기 · 벌——이런 여러 벌레들이 다 모여, 얼기설기 몰려 돌아가는 시계 치륜들 틈에 숨어 군악을 연주하는 것 같은 느낌을 주기도 하는 것이었다.

한 달에 시계 한 개씩 바꾸어 차고 다니는 특권을 혼자 향락하는 유창선이는 고등보통학교 동창들의 흠모와 질시를 받으면서 중등 교육을 마쳤다.

졸업과 동시 아버지를 도와 시계 수선공이 되었던 그가 아버지가 돌아가시자 곧 시계당 주인이 되었다.

이래 이십 년을 하루같이 그는 시계와 함께 살아 왔다.

철없을 시절에는 시계라는 물건은 하나의 신비스런 장난감, 동무들에게의 자랑감밖에 별것 아니었으나, 시계당 주인이 된 날부터 그에게는 시계 수선과 매매가 그의 생계를 잇는 직업이 된 것이었다. 그는 자기 직업에 충실했을 뿐 아니라 취미까지 느꼈다. 시계들과 함께 먹고, 시계와 함께 자고, 시계를 사랑했다. 그 기기묘묘한 기계의 구조를 해부하고 연구하는 데 호기심도 느꼈고, 또 일종의 기술적인 자만심과 명예도 느끼게 되었다. 시계를 수선하고 애무하고, 깨끗이 닦아 주고, 언제나 잘 돌아가도록 손질해주고, 시계마다 제각기 시간을 꼭 맞추어 돌도록 조절해 주는 데 행복을 느껴 온 그였다. 이미 수만 개의 시계를 수선한 그였다.

소위 『대동아전쟁』이 거의 끝날 무렵 거의 날마다 날아오는 B29에 공포를 느껴 직장을 버리고 안전한 시골로 피해 가는 사람들이 꽤 많았으나, 창선이만은 부모가 물려준 유업인 동시에 자기가 사랑하는 시계들과 목숨을 같이할 결심으로 움찍 않고 시계방을 지켜 온 것이었다.

그런데 그가 그렇게도 아끼고 자랑삼아 오던 시계들이 청천벽력을 맞는 운명이 놓이리라고는 꿈도 못 꾸며 사는 그였었다.

20세기 문명시대에 시계 구경을 못한 외국 군대가 있었던 것이다. 조선을 해방시켜 준 은인이라고 조선 사람 전체가 눈물 흘리며 환영해 준 외국 군대가 창선이의 시계방을 하루아침에 쑥밭으로 만든 것이었다. 그가 삼십여 년 가꾸어 온 시계방을 한 시간에 망쳐 놓은 것이었다.

시계방을 발견한 소련 군인들은 벌떼처럼 달려들어 약탈하는 것이었다. 군인 하나하나가 손목시계 열 개씩을 두 팔에 차고 너무 만족하여 개선 장군들처럼 거리를 활보하며, 가끔 시계를 귀에 대보고는 히죽버죽하고, 쩩깍 소리를 멈춘 시계를 발견할 때에는 태엽 감아 줄 줄은 모르고, 길에 던지고 발로 밟아 으깨 버리는 것이었다.

길에 버림받고 외국 군인의 무지스런 군화에 밟혀 산산조각 난 시계들을 쓸어 모으는 창선이는 엉엉 울었다.

생옥수수를 속째 우적우적 씹어먹고, 날생선을 뜯어먹고, 호박을 생째로 먹으면서 시계를 밟으며 꿱꿱 소리 지르는 그들, 털이 부크르하고 우둔하게 생긴 소련 군인들이 징그럽고 더럽고 밉고 무서웠다.

B29가 매일 오던 당시에도 이렇듯이 무섭지는 않았었다. 장기간 주둔할 목적으로 진주한 군대가 아니라 단순히 일본 군대 무장 해제를 목적으로 들어온 군대인만큼 설사 한 달밖에 더 머물을까? 하고 평양 시민들은 생각하고 있었다.

그러나 일본군 무장 해제가 끝이 났는지 아니 났는지 알 수 없고, 곧 철수하리라고 믿었던 소련군이 부지하세월 그냥 머물면서 갖은 악행을 다 감행하는 것이었다. 미친 듯이 목이 쉬도록 만세불러 환영했었고, 조선인 전체가 몇 해 동안 입에 대보지 못한 쇠고기와 닭과 술을 실컷 대접했는데도 거기 대한 감사는커녕 도리어 강도질로 보답하다니. 강도질은 또 약과——그 저께 밤에는 아무개 네 갓 시집온 색시를, 어젯밤에는 꽃같은 처녀를 겁탈하지 않았는가. 또 소위 유지라는 인사가 소련군 장교들 특별 환영연을 한다고 집으로 초대했는데 술 치는 여자로 기생을 고용했더라면 좀 덜 봉변을 할 것을, 자기 귀여운 딸을 시켜 술을 치게 하다가, 바로 그녀의 부모 눈앞에서 딸이 강간 당했다는 소문이 돌았다. 아니 이 육십 넘은 할머니들까지 강간을 당했다.

참다못한 주민은 자위책으로 골목마다 나무판자로 담을 높이 쌓고, 밤마다 골목길 문 쇠를 잠가 아무도 얼씬하지 못하도록 해 놨건만, 둔하기 곰 같은 러스케 군인들이 색시 사냥에 나설 때에는 그 높은 담을 원숭이 재주 이상 재주로 훌훌 넘어 들어오는 것이었다. 그래 다음에는 집집마다 잠자리 머리맡에 놋대야와 망치를 놓고 자다가 한 골목 안에 러스케가 침입하면 서로 놋대야를 두드려 여자들을 피신시켰다.

거의 빈 시계가게는 덧문까지 닫아 폐문해 버리고 안방에 들어 앉아 무료한 나날을 보내고 있었던 창선이는 어느 날 저녁 거리에 나섰다. 아랫거리에 시계 점포를 가진 장씨를 만나보고 싶어서였다. 장씨 역시 가게 폐점해 버리고 뒷문으로 통하는 것이었다.

「참 잘 왔소. 심란해서 혼자 한잔하던 참인데——자 한잔 듭시다.」

하며 반갑게 맞아주는 것이었다.

그들 둘이서는 설왕설래, 과부 설움 과부가 안다고, 신세타령 주고받으며 취토록 마셨다.

밤이 꽤 늦었다. 밖에 나서니 몸이 오싹했다. 밤이 늦으면 남자에게도 통행이 위험했다. 소련 군인들 대부분이 무장 강도들이기 때문이었다. 간이 콩알만해 가지고 뛰다시피 걸었다. 자기 집 뒷문이 있는 골목으로 들어섰다.

꼭 닫혀 있어야 할 쪽대문이 활짝 열려 있는 것을 보고 그는 놀랐다. 머리끝이 쭈뼛하고 전신에 소름이 끼쳤다.

허둥지둥 좁은 뜰안에 들어섰다. 전등이 환하게 켜진 안방 안에서 연출되고 있는 악몽 같은 광경!『헉!』소리를 지르고 그는 뜰에 펄썩 주저앉았다. 안방 안의 전개되고 있는 광경의 인식도가 너무 높아졌는지, 인식의 한계를 넘어섰는지 악몽을 꾸는 것 같기도 하고, 추악한 조각(彫刻)의 파편들이 머리에 남아 있을 뿐——전율, 증오, 구역질——산산이 풀어헤친 아내의 머리털, 멧돼지보다도 더 육중해 보이는 군복 입은 사나이의 몸부림치는 광경, 기절했는지 혹은 아주 죽어 버렸는지 미동도 않는 아내의 몸, 괴성을 연발하던 러시아 군인도 복상사를 했는지 움직이지 않는 것이었다. 온 몸이 노곤해진 창선이도 움직이지 못하고 멍하니 마당에 앉아 있었다.

얼마 뒤 긴 한숨을 쉬면서 일어난 소련 군인은 홍홍거리면서 뜰 아래로 내려섰다. 저도 모르는 사이에 창선이는 땅에 납작 엎드렸다. 뚜벅뚜벅 군화 소리기 차차 멀어지는 것을 인식하면서 그는 그냥 엎드려 있었다. 군화 소리가 안 들리게 되자 자기 가슴의 맥박이 땅 위에 팔락팔락 뛰노는 것을 느꼈다.

그는 가만히 일어섰다. 두 다리가 부들부들 떨렸다. 쪽대문께까지 겨우 걸어가 쪽대문을 붙드니 팔이 와들와들 떨렸다. 겨우 쪽대문을 닫았으나 돌쩌귀가 부서졌는지 바로 서질 못했다.

방문까지 왔다.

짜개진 옷장문. 여기저기 흩어져 있는 옷가지들. 검은 머리 흐트리고, 적삼이 찢기고 아랫도리 내놓은 채 그린 듯이 누워 있는 아내의 모습. 기절했는지 죽었는지 확인할 수 없다고 거듭 생각하면서도 차마 방안으로 들어설 수가 없었다. 멍하니 서 있는 그의 마음에는 뒤늦게나마 분노와 적개심과 연민의 정이 솟아올랐다. 그 순간 그의 머리에는 아내와 처음 만나던 날의 회상, 이십여 년 같이 살아오는 동안 겪어 온 행복과 불행, 파란곡절, 그리고 일본이 망하기 일 년 전에 일본 군대에게 끌려간 뒤 여태 살았는지 죽었는지 소식을 모르는 외아들 등의 얼굴이 환등처럼 지나갔다. 이런 생각에 잠긴 그는 눈을 감고 서 있는 것이었다.

입을 틀어막고 흐느껴 우는 아내의 신음 소리가 들렸다. 그는 눈을 떴다. 몸을 도사리고, 치맛자락으로 입을 막고, 어깨를 들먹거리는 아내의 모습. 언뜻 그의 눈에서도 뜨거운 눈물이 샘솟았다.

아! 연약한 조선의 아내여, 딸이여, 어머니여, 할머니여! 아, 비겁한 조선의 남편이여, 아들이여, 아버지여, 할아버지여!

울 줄밖에 모르는 이 민족.

후닥닥 일어선 아내는 샛문을 통해 부엌으로 나가는 것이었다. 와들와들 떨리는 두 다리를 가까스로 달래면서 부엌문까지 간 창선이는 문을 잡아당겼다. 안으로 고리가 잠겼는지 문이 열리지 않았다.

「여보.」

그는 아내를 부르려고 했지만 목소리가 나오지 않는 것이었다. 황급히 문을 몇 차례 낚아채 봤지만 열리지 않는 것이었다. 겁을 집어먹은 그는 안방으로 들어가 샛문을 밀어 보았다. 열리지 않았다. 발길로 차서 겨우 열었다.

아내는 허공에 둥둥 떠 있는 것이었다. 부엌 대들보에 줄을 걸고 목을 맨 것이었다.

「헉, 헉, 헉.」하며 급히 부엌으로 뛰어내려간 그는 아내의 몸을 어깨에 메고 목 맨 줄을 풀었다.

아내의 머리를 깎아 주고는, 징용 나가서 죽었는지 살았는지 아직 돌아오지 않는 아들의 옷을 입은 창선이는 고향을 등지고 남쪽을 향해 길을 떠났다. 목적지는 서울——서울에는 여러 해 전부터 외삼촌이 살고 있는 것이었다.

낮에는 숨고 밤에만 걸어 보름 만에 서울에 도착한 그가 서울 시내에 들어서기는 했지만 서울 지리에 익숙지 못한 그였다. 몇 해 전까지는 시계 도매상한테 시계 사가려고 몇 차례 서울에 와 본 일이 있었을 뿐 그것은 지나간 사 년, 제2차 세계대전 말기 에는 시계 사가는 고객수가 대폭 줄었기 때문에 서울까지 올 필 요가 없게 되었었다. 그런데다 몇 해 전부터 미국 공군 폭격 대 비책이라는 명목으로 군데군데 주택들을 강제로 많이 헐어 버렸 기 때문에 삼촌댁 찾는 데 무척 애를 썼다. 찾아다니며 살펴보 니, 비맞아 추하게 된 현수막들과 솔잎이 노랗게 마른 아치들이 거리거리에 그냥 있고 미국 군대 진주를 환영 경축하는 기분이 남아 있는 것을 역력히 볼 수 있었다. 38선 이남 미군 진주가 이 북 소련군 진주보다 한 달이나 늦어진 탓이라고 생각되었다. 그 리고 가끔 보이는 미국 군인들은 모두 너무나 깨끗하여 더러운 소련군과는 비교도 안 될 뿐 아니라 거리에서 노략질하는 꼴도 눈에 안 띄고 더구나 시계방들이 버젓이 문 열고 영업하고 있는 것을 볼 때 그는 자기의 눈을 의심하지 않을 수 없었다. 눈을 비 비고 자세히 살펴보니 노략질당한 흔적이 없고 진열이 잘 되어 있었으며 어느새 영문으로 쓴 간판이 다 달려 있는 것이었다.

『그럼 미군은 시계를 돈 주고 사 가지는 모양이로구먼.』 하고 그는 생각했다. 그러나 몰려다니는 군인떼를 유심히 봐도 시계 열 개씩 팔에 차고 다니는 자는 하나도 없고, 대다수가 카메라 한 개씩을 메고 다니는 것이었다.

『아하, 카메라 장사들 전부 망했겠군.』

하고 그는 생각했다. 그러나 그의 생각이 그르다는 걸 곧 발견했다. 미군이 메고 다니는 카메라는 그들이 가지고 온 것이라는 설명을 들은 것이었다.

『아하, 카메라 메고 전쟁터에 나가는 미국 군인. ——그래도 승전을 했으니.』

그는 머리를 저었다.

서울서 삼촌 댁에 기숙하며 며칠간 무위도식하며 거리만 쏘다녔다. 거리거리에서 이북 사투리를 많이 들었다. 자유 찾아 월남한 사람이 자기 혼자만이 아니라는 것, 매일 수백 수천 명씩 계속 38선을 넘어온다는 사실을 알게 되었다.

서울로 모여드는 사람들이 이북 사람들뿐도 아니었다. 각 지방에서 자칭 애국자들이 꾸역꾸역 서울로 모여들고 있다는 소문을 그는 들었다.

「왜, 그 한때 계룡산, 정읍, 아니 신도안에 상투쟁이들 모여들었던 것처럼 벼슬 탐내는 놈들이 올라오고 있다더라.」

하고 삼촌이 말하는 것이었다.

그런데 좌익측에서는 어느새 『인민공화국 정부』를 조직해 놨는데, 우익측에서는 『건국 준비위원회』만 만들어 놓고는 밤낮 몰려 다니면서 만세나 부르고 시속 40마일 달리는 트럭에서 거리를 향해 뿌리는 선전 삐라가 공중에 나부끼는 것이었다. 이 민족 유사 이래 최대 경사인만큼 흥분이 쉬 가라앉을 수 없는 것이 당연한 일이라고 할 수도 있겠지만, 흥분만으로는 독립 국가가 세워질수 있을까? 하는 의문은 시계 수리공인 창선이에게도 엄습해 오는 것이었다.

객지에 와서 일자리를 구할 수도 없으니 본의는 아니지만 번둥번둥 놀 수밖에 없었다. 놀 바에는 애국단체 회합에 참석해 보라는 삼촌의 지시에 따라 몇 군데 가 보았으나 모두가 다 조리에 맞지 않는 공담 공론만으로 핏대를 올리는데, 독립 국가 건설 운동인지, 아이들 장난인지 분간할 수 없었다. 아이들 장난으로 끝나도 오히려 좋겠는데, 날이 갈수록 공담 공론이 욕설, 비방, 모략중상으로 타락되었다. 『죽일놈』이라는 낱말이 일상 용어가 되었고, 두 사람이 모여도 정당, 세 사람이 모여도 정당, 정당들 사태가 일어났다. 한데 정당이면 정강 정책이 있어야 할 텐데, 그런 건 제정할 생각도 않고, 남들을 가리켜 『민족 반역자』니, 『반동분자』니, 『친일파』니, 『친미파』니, 서로 욕지거리만 퍼붓는 것이었다.

삼촌이 관계하고 있는 정당엘 몇 차례 따라가 봤다. 당원이라고는 불과 수백 명인데, 절반 이상이 모두 크고 작은 감투를 이미 쓰고 있는데도 불구하고, 정당 활동보다도 감투 쟁탈전으로 시간을 낭비하고 있는 것이었다.

사무실 이 모퉁이 저 모퉁이에서 쑥덕공론하고 있는 축들 꼴을 눈여겨보면 시골서 논밭 판 돈푼이나 가지고, 감투 사러 올라온자들…… 대원군과 민비가 재생하여 정당을 차려냈는지…….

이 정당에서 상당히 높은 감투를 쓰고, 말도 제일 많이 하고, 분주하기도 제일 분주해 보이고, 남들로부터 절도 제일 많이 받는 영감들…… 그들은 거의 다 해방 전에는 남들보다 앞장서서 열렬한 『황국 신민』이 되었고, 학병 권유 연설을 하며 전국을 돌아다니던 자들이 아니면, 부의원 선거 때마다 격에 맞지 않는 서양식 대례복을 입고 입후보했노라고 떠들고 다니며, 당선만 시켜 주면 『황국에 진충 보국』하겠노라고 맹서한 자들이었다.

그리고 또 재정 위원장——1919년 3월 1일 독립 만세 운동

직후부터 전 조선반도를 편람하면서 부인들 또는 기생들의 금은 비녀, 가락지 등을 거두고, 부자들의 돈을 강탈해 가지고는 임시정부가 있는 상해에는 근처에도 안 가고 압록강 건너 안동현 근처에 수년간 숨어 있다가 강을 도로 건너와서 토지를 사 벼락 대지주가 된 작자들이었다.

창선이는 우울했다. 비관이었다.

일본이 항복하기 몇 달 전 일본 정부가 강제로 집들을 헐어 버린 빈터에는 넝마전이 벌어졌다. 모든 물자가 통제되어 배급품으로만 목숨을 이어야 했고, 소위『암시장』에서 물건을 사고 팔다가 경제경찰에게 들키면 형벌을 받는 전쟁 때 일본인들이 몰래 감추어 두었던 물자들이었다. 8월 15일 오후부터 일본인들이 재산 약탈은 약과요 생명의 위협까지 느끼게 되자, 싼값에 내다 팔고는 집을 비우고 집단수용소로 들어가 살게 되어 그 숱한 물자가 거리거리 노점에 진열되게 된 것이었다.

어깨를 서로 비킬 수 없을 정도로 많은 사람들이 들끓으면서 눈이 벌개 돌아가는 것이었다. 창선이가 볼때 몸서리 쳐질 정도로 사람사람들 눈에는 탐욕과 사향과 교활이 넘쳐 흐르고 있었다.

좀더 명랑하고 희망이 보이는 광경을 발견하고 싶은 창선이는 온 장안 거리거리 다 헤매 봤으나 발만 부르틀 따름 어디서고 광명을 볼 수는 없었다.

「요오, 야나기무라상.」

하고 부르는 소리가 들려 왔다. 『그렇다. 유창선이의 창씨 개명이 야나기무라였던만큼 그의 호적에 아직 그 이름대로 남아 있는 것이었다.』

「야, 나까야마상. 웬일이오? 언제 월남했소?」

「바루 메칠 전에…… 노형이 갑자기 피양서 자취를 감춘 뒤 대강 소문은 들었지만…… 아, 그거 참 뭐라구…….」

「무어라니요…… 그저 미친개한테 물렸거니 하구 체념하고 있디오.」

「그런데 이남 땅에 진주한 미군은 유부녀 겁탈은 아니한 모양이드군요.」

「암, 그렇다뿐이요, 노략질두 안해요. 아니 도리어 저희들이 가지고 온 물자를 어찌두 해피 쓰구 내버리는 물건이 얼마나 많은지, 미군 부대 쓰레기통 뒤지는데 권리금이 다 붙었다오…… 그런데 왜 월남했소, 당신은?」

「왜 월남하다니! 그 러스케놈들이 눈이 비뚤어데서 내가 가진 시계포만 못 보구 지나갔간쉔가? 이젠 괜찮겠디 하구 문을 열문 여는 대로 손해란 말요. 그런데 풍문에 들으니 서울은 자유 텐디요, 미군은 노략질 않는다구 하길래 얼마 남지 않은 물건 싸가지구 올라왔디요. 와보니 참말 텬국이구료. 허어, 그런데 참 잘 만났소. 당신과 나와 텬생 연분이 있나 부웨다.」

그들 둘은 냉면집으로 들어가 마주앉았다.

그들보다 먼저 와 앉아 있는 두 청년은 혀가 돌도록 취해 있있다 —— 점심 시간 조금 지난 오후 두 시인데. 대낮에도, 그것도 몇 잔이고 맘대로 자유로 마실 수 있는 시절이 온 것은 유쾌한 일임에 틀림없었다. 그러나 대낮에 대취한 두 청년은 방약무인의 태도로 횡설수설 지껄이고 있는 것이었다.

「그렇구말구요. 기분 운동만으로는 안 되지요. 소위 지도자라는 자들도 이미 지도자 자격을 잃었지요.」

「동감입니다, 동감. 절대적 동감. 과거엔 어찌 되었건 늙은이들은 다들 물러나고 우리 청년들이 지도권을 쥐어야만 되지요.」

「그렇구말구. 우리 청년들의 어깨가 무거워졌어요. 그 후루쿠사이(늙어 냄새나는)한 노인들 전적으로 다메데스요(글러먹었어요).」

　술을 잔으로 마시는 것이 아니라 컵으로 들이켜는 청년들이었다. 한 청년의 얼굴은 점점 더 빨개가고 다른 한 청년의 얼굴은 점점 더 창백해지는 것이었다.

　「우리 청년들의 활약 시대가 왔지요. 자 보셔요, 우리 둘의 예로만 보드라도 오늘 첨 만났지만 이렇게 동지가 된 기분이 생기지 않습니까!」

　「그렇구말구, 동지, 자 악수!」

　「무엇보다도 우선 농촌으로 가야지요. 농민 계몽이 시급한 문제니까요…… 아직 우리 나라 민도가 너무 낮아 놔서…….」

　「그건 우리 청년들 손에 달렸지요.」

　「그러믄요. 그리구 목적 달성을 위해서는 수단 방법을 가려서는 안 되지요, 안 돼.」

　「옳은 말씀. 하, 그런데 일을 하기 위해서는 우선 돈…… 운동 자금이 마련돼야지요.」

　「그렇지요. 동감입니다. 돈 없이는 아무 일도 안 되니까요.」

　「그렇구말구. 그러니까 돈 벌기 위해서는 아무런 짓을 해도 괜찮지. 돈을 벌어 놓고야 건국 사업을 본격적으로 시작할 수 있으니까.」

　「그렇지. 왜놈들이 손 번쩍 들고 모두 다 제 나라로 쫓겨갈 판이니 돈 벌 기회는 얼마든지 있지.」

　「암, 천재일우의 기회지. 그저 닥치는 대로 아무런 짓이라도 해서 돈을 벌어야지.」

　「참, 훌륭한 말씀…… 우리 의기가 상통하는구료. 그런데 이 일은 서로 비밀을 지키기로 맹세해야 돼.」

　냉면을 단숨에 먹어 버린 창선이는 같이 간 친구를 독촉하여

자리를 차고 일어나 나왔다. 더 앉아 있다가는 그 청년들을 향해 싸움을 걸게 될지도 모르는 자기의 울분을 억누르면서.

냉면집을 나온 그들 둘은 다방으로 들어갔다…… 해방 직후부터 비온 뒤 대순 돋아나오듯 번성하는 다방으로.

한 시간 뒤 박배양이와 작별하고 집으로 돌아온 유창선이는 저녁밥이 맛이 있는지 없는지 인식 못하도록 깊은 생각에 잠겨 먹고, 그날 밤새도록 잠을 못 잤다. 냉면집에서 엿들은 두 청년의 대화와 다방에서 들은 박배양의 은근한 목소리가 그의 기억에서 사라지길 거절하기 때문이었다. 그들 세 사람의 목소리가 유성기 소리판에 녹음되어 축음기 위에서 밤새도록 돌고 또 도는 듯이 같은 말을 되풀이해 오고 있는 것이었다.

「왜놈들이 손 번쩍 들고 모두 제 나라로 쫓겨갈 판이니 돈 벌 기회는 얼마든지 있지…… 그저 닥치는 대로 아무런 짓이라도 해서 돈은 벌어야지…….」

그리고 다방에서 머리 맞대고 속삭이던 배양이의 은근한 계획!

서울로 올라오는 즉시 배양이는 단골 거래해 오던 일본인 시계포 주인 야마다를 찾아가 봤노라는 얘기였다. 그랬더니 야마다가 분에 넘치도록 무척 반가워하면서 당장 요리집으로 끌고 가서 술을 사주며 어떤 제안을 하더라는 것이었다.

배양이가 한 시간 동안 얘기한 골자는 이러했다.

야마다의 시계포가 미군의 약탈을 받은 일은 한번도 없었지만, 조선 사람 강도가 너무 많아져서 발을 펴고 잘 수가 없는데 며칠 전에 시계보다도 현금 만 원을 강도한테 강탈당했다고. 그래 그 점포 위층에서는 하루도 더 살기 싫고, 서울 치안이 확보될 때까지는 고향인 일본으로 가 살다가 질서가 바로잡히면 도로 오겠는데, 그 정돈기가 일 년이 걸릴지 이태가 걸릴지 모르

는 만큼 그동안 위탁받아 점포를 지켜 주면 고맙겠다는 요청이
더라고.

「그래 내가 사방 알아봤더니 눈치 빠르고 돈냥이나 가진 일본
인들은 상덤과 주택을 우리 되선인에게 임시 빌려 준다는 임대
차 계약을 맺고는 당분간 일본인 집단 수용소에 들어가 살며 미
군 군정청에 귀국 신청을 낸대요. 그래 귀국할 차례가 오면 웃
옷에 개패같은 번호표를 달고 집단으로 용산역까지 걸어가 미군
이 제공하는 무료 특별 열차 타고 부산으로 간다고 말들을 합디
다. 그래 야마다를 다시 만났더니 그의 조건이 지금 당장 수용
소에서 기거할 비용과 일본땅에 내려서 고향까지 갈 노비조로
현금 이만원 만 돌려주면 나머지 홍정은 일 년이나 이태 후 다
시 와서 끝맺자는 거거덩요. 조건이 우리에게 이롭지 않쉔까?
터놓구 니야기하자문 나 홈차 그 가겔 차지하겠지만 내겐 지금
돈이 만 원밖에 없어요. 그래서……」

「가겔 송두리 채 맽기구 간다는 수작인가요?」

「그러믄요. 그자식 수작이 세상에 믿을 사람 없구 나만 신용
하구 상덤을 맽길 수 있다는 거야요. 우선 이만 원만 선금을 받
고 후사는 두 나라 평화조약이 체결되어 자기가 도루 올 때까지
보류해 두자는 거예요.」

창선이는 솔깃하지 않을 수 없었었다.

며칠 뒤. 먹물도 채 안 마른 『박배양』, 『유창선』 두 사람의
문패가 커단 시계포 문설주에 나란히 걸렸다. 곱게 뜯어 낸『야
마다』의 문패는 배양과 창선 둘이 함께 가지고 일본인 합숙소로
가서 야마다에게 주었다.

그로부터 두 주일 뒤 야마다의 가족은 각기 가슴에 명찰을 달
고, 륙색·손가방 등 조그만 휴대품만 가지고 용산역까지 걸어
갔다. 그의 가족을 역까지 배웅하고 돌아온 유창선, 박배양 두

사람은 즉시 시계방 정리에 착수했다.

해방이란 참 좋은 것이었다. 어깨춤이 저절로 나는 것이었다. 이런 횡재…….

시계포 재고품 정리를 끝내고 보니 두 주일 전 야마다 입회 아래 꾸민 인보이스에 나타난 개수보다 실제 재고품은 상당히 축나는 것이었다. 계약 체결한 후 그날 밤 야마다가 상당량의 시계를 꺼내 어디 딴 데 맡겼던지 감췄던지 한 게 분명했다.

「역시 섬놈 근성을 발휘했구먼.」

하고 둘은 욕했다.

그때로부터 일 년 뒤 미군 군정청 물자영단에서는 참대 고리짝 수만 개를 팔았다. 물건이 가득 든 고리짝인데 그 물건이 무엇인지 모르는 채 그냥 한 개 오백 원 균일로 선착순으로 내파는 것이었다. 휴대품만 가지고 귀국한 일본인들이 미군 군정청에 맡기고 떠나간 재물이었다.

커다란 고리짝들까지 실어 보낼 차량이 없으니 맡기고 가면 창고에 보관해 두었다가 기회 보아 이 다음에 고향 주소로 우송해 주겠노라는 군정청 포고를 믿고 맡기고 간 물건이었는데 어쩐 일인지 서울 현지에서 싸구려로 팔아 버리는 것이었다.

속에 무엇이 들었는지도 모르고 무턱대고 도박하는 기분으로 고리짝 한 개 오백 원씩 주고 사다가, 결박지은 노끈 자르고 뚜껑 열어 보다가 너무 좋아서 춤추는 사람들이 많았고 기대에 어긋나 얼굴을 찡그리는 이들도 더러 있었다. 오백 원짜리 고리짝 속 이불 갈피에 싸인 지폐 십만 원이 튀어나오거나 혹은 수백 개의 시계가 나와서 기절할 뻔한 행운아들도 더러 있어서 장사꾼들은 너도나도 고리짝 불하 맡는 일에 머리 싸매고 덤벼들었다. 그 통에 그 불하권을 맡은 미군 장교들은 공술도 참 많이 마셨고, 조선 갈보의 몸맛도 실컷 맛보았다.

유창선 박배양 둘이서 시계 점포 정리를 끝내자 사방 벽에 걸린 괘종들이 열 시를 치기 시작했다. 의자등에 등을 기대로 편히 앉아『럭키스트라이크』라는 미국 담배 한 꼬치를 피워물고 피로를 푸는 창선이의 가슴에 행복감이 피어오르고 있었다. 어렸을 적부터 옆방에는 밤새 벌레 합창대가 모여 합창하고 있거니 하고 생각하면서 각종 시계 돌아가는 소리에 황홀하고 했었던 행복감을 새삼 다시 느끼는 그는 만족의 웃음을 지었다.『럭키스트라이크』담배를 계속 피우면서 그는 지나간 한 달 동안 자기에게 생긴 이상스런 곡절을 되새기고 있었다. 건국 운동이라는 아름다운 방패를 내걸고, 협잡과 중상모략, 암살, 주먹다짐, 욕지거리만이 횡행하는 이 사회에서 자기만은 그래도 정직하게(고지식하다는 평을 받을는지 모르지만) 자기가 평생 가지고 있었던 직업에 다시 안착되어 안도감을 느낄 수 있게 된 데 기쁨과 자긍을 느끼는 것이었다.

담배 꽁초를 재떨이에 비벼 끈 그는 일어섰다. 시렁에 세워둔 일기책을 집어 내리어 책상 위에 펴놓고 만년필을 손에 들었다. 그는 쓰기 시작했다.

〈아버지의 유업이었고 내 평생 직업이었던 시계당을 약탈당하고 아내는 씻을 수 없는 굴욕을 당하게 만들어 놓고 난 나는 한 달 동안 낙망했었다. 그러나 오늘 다시 이 점포 안에 앉아 생각에 잠겨 봤다. 시국의 추이는 인간의 힘으론 좌우할 수 없고 오직 운명이 세상 만사를 지배한다는 신념이 생긴다. 내 평생 내 손으로 수리한 시계가 무려 수만 개에 달하려니와 이렇게 오늘 밤 이 시계점을 둘러보니 시계라는 기계는 우주의 법칙을 상징하는 정묘 기계가 아닌가 하는 생각이 문득 든다. 시계가 잠시도 쉬지 않고 끊임없이 규칙적으로 이어나가는 시간은 일정한 궤도가 있어 거기에는 곁길이 없고 지름길도 없이, 오직 한 초 한 초 정확하게 꼬박 꼬박 차서대로 해결지어 나가는 것처럼 우주의 모든 문제도 시계와 같은 방법으로 해결되는 것이 아닐까? 휴식이 있을 수 없고, 길고 짧음도 없이, 불규칙이 없고 탈선도 없는 절대적인 앞으로 앞으로 전진!

시계가 가진 치륜에 정확하게 콕콕 박히는 한 초 한 초가 우주의 진보적 역사 노선에 한 점 한 점 진척을 그어나가는 것이다.

시계의 참가치가 딴 데 있는 것이 아니라 절대적인 정확성을 지리적 조건과 현실에 충실하는 데 있는 것이다. 일정한 위도선과 경도선의 일정한 고정된 노선을 밟아 나가는 시계라야 시계다운 구실을 할 수 있는 것이다. 정확한 노선을 밟고 있는 것을 푼수없이 뻐기거나 그 반대로 각박한 현실을 초월한답시는 로맨티시즘에 흐를 때 혹은 지정된 노선으로부터 탈선할 때 그 시계는 쓸모없는 폐물이 된다는 진리를 나는 지금 이 자리에서 깨달았다.

괘종이건, 회중시계건, 좌종이건, 손목시계건, 크건, 작건, 둥글건, 네모났건, 금을 입혔건, 은을 입혔건, 니켈을 입혔건 불관하고 시계란 각자가 맡은 노선에서 한 치도 한 초라도 벗어나면 그 순간 그 시계는 아무런 가치도 없는 금속품으로 전락하고 만다. 각자에게 주어지고 한정돼 있는 노선을 거부하거나 딴 방향 혹은 딴 속력으로 달리는 시계, 즉 시간 못 지키는 시계는 한 개의 장식품이 될는지는 모르나 자기 사명을 수행하는 시계는 아니다. 외양이 제아무리 아름답고 화려하고 내부 장치가 제 아무리 정묘한 시계라 할지라도 자기에게 지정된 시간 노선을 똑바로 맞추지 못할 때 시계로서의 가치는 소멸되는 것이다.

지정되어 있는 선로 위에서 남보다 앞서 가도 소용없고, 남보다 뒤서 가도 소용없는 것이 시계다. 독자적인 독립성, 자발적인 자유 행동은 용인받지 못하는 것이 시계다. 지정된 지리적 위도선 위에서 영원토록 정확한 시간을 지키는 것이 시계의 임무다.

나의 결론은 이렇다. 조선 땅 서울에서 시간이 바른 시계, 옳은 시계, 유용한 시계 노릇을 하려면 워싱턴 시간에 맞추어 놔도 잘못이요, 모스크바 시간에 맞추어 놔도 잘못이다.

서울 시간은 오랜간만에 본 노선에 올라섰다. 앞으로 서울의 시계는 영원토록 서울 시간에 지켜나가야 할 책임을 지고 있다. 서울 시각 외딴 곳 시계를 발맞추어 보려고 하는 시계는 시계의 반역자다. 소용없는 존재다.

지금 서울 시간은 밤 열 한 시 사십 칠 분 칠 초이다.〉

〈1947년 7〉

극진한 사랑

사랑하는 이여!

써놓고 보니 어색하옵니다. 쓰는 나보다도 받아 보실 당신이 더 어색함을 느끼겠지만. 그러나 『사랑하는 이여!』라고 쓸 수 있는 지금 나의 행복감은 어디에도 비할 수 없이 가장 큰 행복입니다.

이 한마디는 나로서는 당신에게, 사랑하는 당신에게 보내는 처음 겸 마지막 겸 인사입니다. 그런데 이 인사말을 쓰고 있는 내 손이 왜 이렇게 떨릴까요? 때는 무더운 여름날 재밤중인데.

당신께서는 어찌 생각하실는지 모르오나 내 기구스런 일생의 하소연을 이 한 통 편지에나 털어놓고 나서 내가 택한 내 갈 길을 가려고 하는 것입니다. 이 자리에서 아무런 원망도 미련도 없이 오직 내 진심을 당신에게 마침내 고백할 수 있는 용기에 내 마음은 감격으로 차 있습니다.

그날 오후의 당신의 행동은, 그 동기는 여하간에, 사회의 여론이 어디로 흐르건 불관하고, 살인 행위였습니다. 당신이 분명한 청년을 사살한 이상 당신은 살인자인 것입니다. 파란 많은 해외 망명 혁명가 노릇을 해온 당신이라 정치적 필요성에 의해 과거 몇몇 사람들의 목숨을 상해하셨는지는 내가 알 바도 아니고 비난할 바도 아니지만. 그리고 그 사건이 생긴 이튿날 숱한 신문지상에 대서특필 센세이션을 일으킨 그 저격 사건은 이 가련하고 의지할 데 없는 나에게는 치명상을 준 사건입니다.

당신은 정당방위 행동을 했다고 세상이 다 인정하고 있고 거기 대해 나도 일체의 의혹도 품을 수 없고 원망할 근거도 없기는 하지만——그러나, 아! 당신이 쏴 죽여 시체가 되어 연기로 변하여 화장터 높은 굴뚝을 기어올라 창공에 퍼져 버린 그 청년은, 내가 가장 사랑하는 당신의 손에 죽은 그, 그 청년은, 청년은 나에게 둘도 없는, 또 그리고 당신의…… 아, 뭐라고 써야 하오리까?

내가 이때까지 당신에게 글월을 올린 일이 한번도 없었을 뿐 아니라 이 글월을 받아 읽으실 당신은 내가 누군지 알 리가 없으니, 혹시 어떤 실성한 여인의 헛소리라고 오해하실는지도 모르겠습니다. 그러나, 그러나, 나는 이 편지를 당신에게 올릴 권리가 있는 몸입니다. 지금 내 아들의 피가 내 혼에게 호소하고 있습니다. 이 글월을 쓰고 있는 손은 나 자신의 의지에 복종하고 있는 손이 아니라 당신이 쏜 총알을 맞고 죽은 내 아들, 이십 년간이나 고이 길러 온 내 아들의 손이 내 손을 이끌어 이 편지를 쓰게 하는 것입니다.

「이 여인이 과연 누구간디 감히 이런 무례한 편지를 나한테 보냈을까?」고 당신은 노하시겠지만, 나는 당신을 첨 뵈온 날부터 지금 이 순간까지 당신을 사랑해 왔습니다. 내가 극진히 사랑해온 당신이, 내가 또 극진히 사랑해 왔던 아들을 총살했으니 이 어인 운명의 희롱입니까? 생각하면 생각할수록 야속하기만 한 운명입니다.

그때가 지금으로부터 삼십여 년 전, 흰 줄을 둘러친 중학교 교모를 쓰고 새까만 교복을 입은 당신이 평양 만수대 아래 있는 『계월향(桂月香) 턱』을 뛰어내려오곤 하던 모습, 지금도 내 눈에 서언합니다. 퇴락된 계월향 사당 건너편에는 수양버들이 머

리 풀고 깃들인 조그만 연못이 있었었지요. 얼마 뒤 그 연못을
메운 왜놈들이 현대식 건물을 세웠지요.

돌봐 주는 이 없는 계월향 사당은 주춧돌만 남아 있는 폐허가
돼 버린 데다 바로 그 앞에 보기 흉한 여자 감옥소 건물이 서게
된 뒤부터 열녀 명기 계월향의 순국 정신을 기념하는 사당이 그
감옥소 뒤에 있다는 걸 아는 사람이 별로 없게 되었지요.

그러나 지금 우리 나라가 해방이 된 만큼 임진왜란 때 소세비
라는 왜장을 죽이고 순국한 기생 계월향의 혼을 모시는 사당이
재건되었으리라고 믿어집니다.

그 사당이 아직 서 있었을 시절, 단청한 전각 앞 돌 깔린 뜰
돌틈을 뚫고 기어나오는 잡초를 뜯으며 놀고 있었던 코흘리개
소녀를 본 기억이 당신에게는 없을 것입니다. 그러나 일요일만
빼놓고는 매일 오후 가파른 언덕을 성큼성큼 뛰어내려오곤 했던
중학재학 시절 기억은 당신에게도 남아 있으리라고 믿습니다.

『꺽다리』가 그 당시 당신의 별명이었지요. 중학생인 당신의
키가 너무 컸기 때문에 우리 몇 철없는 계집애들이 그런 별명으
로 당신을 호칭했던 것이었습니다.

매일 오후 하학하고 나자 당신네 중학생들이 떼를 지어『계월
향』을 껑충껑충 뛰어내려올 때마다 계집애들이 당신네를 놀려
주곤 했었던 일을 혹 기억하고 계신지요? 어느날 오후 나와 몇
어린동무들이 여느 날 마찬가지로 사당 뜰에서 풀을 뽑으며 놀
고 있었습니다. 갑자기 한 어린이가「저기 꺽다리 혼자 온다.」
라고 소리치는 것을 나는 들었습니다. 머리를 들어 쳐다보던 나
는 무슨 혼에 씌었던지 손에 들고 있던 흙 달린 풀포기를 당신
께로 홱 던졌지요.

기억나십니까?

기억하시는지 못하시는지 알 도리가 영 없는 나는 안타깝기

만 합니다.

풀포기에 얼굴을 얻어맞고 날 쏴보시던 당신의 눈! 한순간의 응시! 그러고는 너털웃음을 웃으면서 그냥 뛰어가고 만 당신의 모습. 무안하고 수줍던 내 마음.

그 다음날부터 당신이 지나가는 것을 보면서도 나는 다른 애들처럼『꺽다리 지나가신다.』고 놀리지를 못하고 멍하니 바라다만 보는 버릇이 생겼습니다. 또 당신이 지나가는 것을 기다리는 마음. 너무 조숙한 계집애였다고 욕하실지 모르나 외동딸로 자라난 나는 큰 오빠를 그리는 그런 감정으로 당신을 그리워했던 것입니다.

그러나 당신이 중학교를 졸업하고『계월향 턱』에 다시 나타나지 않게 되자 몇 달 못 가 나는 당신을 잊어버리고 말았습니다.

두 해 세월이 흘러 1918년 봄 서울로 유학온 나는 여학교 학생이 되었습니다. 치맛자락 밑에 흰 줄을 선친 교복을 입고 학교에 가고 있던 어느 날 아침 길거리에서 네모꼴 모자를 쓴 전문학교 학생인,『꺽다리』와 딱 마주치게 되었습니다. 그 순간 내 가슴은 무척 울렁거렸어요. 당신의 모습만 보고도 가슴이 울렁거리는 것이 큰 죄를 범하는 것같이 느껴진 나는 그 다음날부터는 겁이 나서 딴 길을 택해 학교에 다녔습니다.

그러다가 당신을 또다시 보게 된 것은 서울운동장에서였습니다.

「하, 하, 그 숱한 팬들 중 하나가 되었었단 말이군.」
하고 당신은 대수롭지 않게 생각하겠지요. 그건 그렇습니다. 수천 수만 명의 관중. 선수가 볼 때에는 구름처럼 둘러 있는 평범한 팬들이 평범 이상으로 보였을 리가 없겠지요.

하지만 당신이 한 축구 팀의 선수로 출장한 것을 확인하는 순간 평범한 도를 넘어선 열렬한 팬이 되었습니다. 일방적이기는 하지만 나는 당신의 이름도 처음 알게 되었지요. ——신문에 보도된 팀멤버들 명단을 읽어서. 당신의 슛이 골인되면 다른 선수가 골을 쟁취한 것보다 더 기쁘고 당신 사진이 신문에 나면 그걸 나는 남 몰래 가위로 오려 내어 열다섯 살 처녀만이 기획하고 유지할 수 있는 비밀 장소에 고이 모셔두기도 했어요.

이것이 일종의 영웅 숭배에 가까운 감정일는지도 모르지만 내 가슴 속에서는 영웅 숭배의 도를 넘어 그리움, 연모의 정으로 발전해 나갔습니다.

창경원 동물원에서 본 바 있는 기린의 가죽처럼 얼룩덜룩한 유니폼을 입은 당신이 그 큰 키, 그 긴 다리, 그 굳센 발로 공을 몰며 돌진할 적마다 내 근육마저 당신의 긴장한 근육에 끌려가는 듯 긴장과 흥분을 느끼곤 했습니다. 몰고 가다가 패스, 껑충 뛰며 다시 받는 패스, 슛! 슛! 골인! 열광하는 관중이 소리지르며 일어서고, 나도 모르는 사이에 일어서는 나는 「우리 꺽다리 잘한다!」고 소리 질렀어요. 내 옆에서 구경하던 학우들도 그 날부터는 당신을 『꺽다리 선수』라고 부르게 되었어요.

잊혀지지 아니하는 1919년 2월 28일! 당신은 그 날이 당신팀 우승한 날쯤으로 기억하고 계시겠지만, 나로서는 그날 밤 잠 한숨 못 자면서 가슴 떨리는 기대와 공상과 희망으로 한밤 꼬박 세웠습니다. 왜냐구요?

그날 오후 우승 팀의 스타 플레이어인 당신이 선수들의 옹위로 공중으로 치켜올려질 때 관중 전체가 흥분되었고, 나와 한반 학우인 순애 역시 흥분을 가누지 못해 그녀 옆에 있는 당신 사촌누이를 조여 이튿날 당신을 방문하여 축하드리자고 제의하는 것을 우리 모두 박수로 환영했던 것이었습니다.

그날 밤 달콤한 꿈에 사로잡힌 나는 혼자서 수줍어하고 기뻐

했습니다. ──나는 당신을 이미 잘 알고 있었지만 당신에게는 일면식도 없는 내가 당신의 사촌누이와 함께 불쑥 당신이 묵고 있는 하숙으로 찾아갈 때 당신은 나를 지독한 말괄량이라고 멸시하지나 아니 할까 하는 두려움에 시달리면서.

얼룩덜룩한 유니폼을 입은 당신이 공을 몰고 있었습니다. 골을 향하여 공을 모는 것이 아니라 관람석을 향하여 몰고 오던 당신이 나를 향해 슛하더군요. 나는 마치 골 키퍼가 된 양 그 공을 냉큼 받아 가슴에 안았습니다. 새벽녘에야 겨우 잠들었던 내가 꿈을 꾼 것이었습니다.

이십여 년이 지나간 어젯밤에도 당신이 내게로 공을 슛하는 꿈을 꾸었습니다. 바로 한 달 전에 당신을 만났을 때──놀라십니까? 한 달 전에 당신이 날 우리 집으로 찾아오셨던 일이 있었지요. 지금 내가 누구인지 짐작이 가십니까? 이십여 년이라는 긴 세월이 당신의 체구를 비대하게 만들었고, 얼굴에는 숨길 수 없는 주름살이 깔렸고, 젊음의 야성이 스러져 없어지고 그 대신 세련되고 미끈한 노장 신사가 되신 당신을 지척에 두고 마주앉는 영광을 나는 맛보았던 것이었습니다.

그러나 어젯밤 꿈에 본 당신은 젊은 축구 선수의 모습 그대로였습니다.

사랑하는 이여!

사람 한 개인의 운명은 용솟음치는 거센 파도에 휩쓸리는 섬약한 부평초 같은 미미한 존재인가 봅니다. 한 소녀의 첫사랑의 꿈이 세계 사조에 휩쓸리는 거대한 민족적 파도 앞에 머리도 못 들어 보고 산산조각으로 깨어질 것을 하루 전, 아니 한 시간 전까지도 모르고 있었던 것이 나의 운명이었습니다.

3월 초하룻날 오후에 생긴 일입니다.

한 축구단 주장에게 우승 축하를 드리려고 서울 거리를 기쁘게 걸어가고 있었었던 다섯 명 처녀들의 발걸음이 중도에서 방향이 바뀌어졌던 것이었습니다. 손에 손에 태극기를 들고 만세 만세를 부르며 거리거리를 누비는 군중 홍수 속으로 다섯 처녀들이 휩쓸려 들어갔는데 그들 중에 나도 끼어 있었던 것이었습니다.

『독립 만세』는 그날 내가 당신을 만날 수 있는 기회를 소멸시켰습니다.

그뿐 아니라 그것은 내 일생의 커다란 전환기의 포인트가 되었습니다.

민족적인 큰 일에 나 같은 하나의 미미한 여성이 아무렇게 되든 무슨 상관이 있사오리까마는, 희생당하는 개개인에게는 진실로 쓰라린 일입니다.

이날 『독립 만세』 가두 데모 선두에 나서셨던 우리 아버님이 왜놈 헌병들이 휘두르는 칼에 맞아 목숨을 거두었습니다.

따라서 나는 학교를 더 못 다니게 되었고 과부가 되신 어머님과 어린 동생을 먹여 살리기 위해 나는 직장을 구해야만 하게 되었습니다.

지금 와서 새삼 이런 하소연을 당신에게 해서 무슨 소용이 있겠습니까만, 나로서는 십 년 전에 지하에 묻히신 어머님에 대한 원한을 지금에도 풀 도리가 없습니다. 어머님은 생활 방도의 도구로 수단 방법을 가리지 아니하고 나를 혹사하셨습니다.

또 그리고 일반 사회에 대한 내 원망도 여태 풀리지 못하고 있습니다. 겨레의 독립을 위해 희생된 애국자의 유가족에 대해 그당시 조선 사회는 너무나 쌀쌀했습니다.

독립 만세 부르다가 순국한 열사의 딸이 기생으로 전락되다니 ! 믿을 수 없는 말 같지만 나는 기생이 되지 않을 수 없었습니다.

하기는 계월향의 영향이 나를 기생으로 만들었는지도 모르겠습니다. 어려서부터 나는 계월향 사당 그늘에서 자라났습니다. 비천한 기생이면서도 국난에 임하자 왜장을 죽이고 자기도 죽은 순국혼이 된 월향이 얘기가 몸에 밴 나였는지라 나 자신이 비록 기생이 되더라도 정신만 바로 차리고 살면 겨레를 위해 헌신할 수 있는 기회가 있지 아니할까 하는 막연한 기대가 나를 기생이 되게 부채질해 주었는지도 모릅니다.

그리고 지금 이 편지를 쓰면서 생각하니 내가 기생이 되었길래 당신을 단 몇 차례나마 직접 모실 수 있는 행운을 차지할 수 있었다고 믿어지기도 합니다.

사랑하는 이여 !

혹시 기억나십니까? 그 옛날, 아득한 옛날, 당신도 젊고 나도 젊었었던 어느 여름날 당신이 나를 직접 만났었던 것을.

기억을 더듬어 보시옵소서, 내 사랑이여.

1925년 여름. 이십여 년 전 일을 현재까지 어떻게 잘 기억하고 있었느냐고 물으실지 모르지만 그날이 나에게는 죽는 날까지 잊어버릴 수 없는 값있는 날이었습니다.

무대는 정릉 물 골짜기를 타고 앉아 있는 청수장 요리집 별관.

주연 배우는 당신과 나.

그러나 그것은 연극이 결코 아니었고, 청년인 당신이 갓 스무 살 나는 나를 끊으려야 끊을 수 없는 인연의 줄로 동여매 주신 날이었습니다. 그러니 그날을 어찌 잊어버릴 수 있겠습니까?

그날 오후 등에 땀이 촉촉히 밴 나는 개울 징검다리 위에 구부리고 서서 손수건에 찬물을 적셔 등덜미를 닦고 있었습니다.

기생으로의 직업적인 호기심으로 오늘은 또 어떻게나 생긴 놈팡이들에게 시달리게 되나 하고 생각하면서 누바위를 쳐다보는 순간……

아, 그 순간! 축복받은 그 순간? 발을 헛짚은 나는 하마터면 물에 빠질 뻔했습니다.

누각에 계시는 여러 남자 손님들의 눈, 눈, 눈이 모두 다 우리들 기생 일행의 거동에 못을 박고들 있었는데 당신 하나만은 굽이굽이 도는 산골짜기를 멍하니 바라보고 계셨습니다.

내 눈은 당신의 그 옆얼굴에 못박혔습니다.

「그이다, 분명 그이다 !」라고 나는 거듭 다짐했습니다.

별안간 무한히 수줍어진 나는 고개를 푹 숙이고 징검다리 돌들을 조심조심 골라 짚으면서 걸었습니다.

그 당시 나는 벌써 삼사 년이나 겪어 온 기생 생활에 익숙해져 제법 노련한 기생으로 자처하고 있었건만 그날 놀이에서만은 당신 앞에서 어떻게나 수줍고 가슴 두근거렸는지.

『술 취하면 재롱 잘 피우는 명기』라는 평을 들어왔었던 그날 저녁에는 꾸어 온 보릿자루처럼 멍청하게 앉아 있기만 했습니다.

당신도 벽창호인 양 기생들과 희롱하는 일은 통 없이, 권하는 대로 사양 않고 술만 얼마든지 마시면서 열변을 토하셨습니다.

가까운 숲속에 혹시 형사라도 숨어서 당신 말을 엿듣고 있다면 당신은 체포당해 갈 것이 분명하여 조바심으로 가슴을 죄는 나는 그냥 듣고만 있었습니다.

말씀이 청산유수 같고, 목소리도 우렁차서 당신이 한참 내리섬길 때에는 몇 해 전 학생 시절에 서울 그라운드에서 풋볼을 몰며 달리시던 모습이 연상되는 것이었습니다.

『여름 밤의 꿈』 아니 꿈이 아니었습니다.

다른 손님들과 기생들은 다 자동차 타고 시내로 들어갔는데 어떻게 되어서 당신과 나만이 그 요리집 본관 으슥한 방에 단둘이 남아 있게 되었는지를 그때 생각해 보셨던가요?

단 하룻밤만이라도 당신을 독점해 보고 싶은 내가 몇년간 쌓아올린 기생의 수련을 총동원하여 계획을 꾸며 우리 단둘이 남아 있도록 만든 것이었습니다.

세상 모르도록 담뿍 취했던 당신이 겨우 정신이 들어 눈을 떠보실 때 당신은 놀라는 기색도 없이 한참 동안 옆에 있는 나를 물끄러미 바라다보셨습니다. 당신의 침착한 태도!

보통 사내 같으면 벌떡 일어나며「여기가 어디야?」라고 소릴 지를 것이었는데 당신만은 당신이 마땅히 누워 있는 곳에 누워 있는 것 같은 태연한 태도로 천천히 방을 휘둘러 보고는 고요히 일어나 앉으면서「날이 샜나 보군.」이라고 말씀하셨지요. 그러고는 이어「참 좋군, 산골짜기 물 흐르는 소리 졸졸 들려 오고, 내 옆에는 절세미인이 지키고 앉아 있고. 우리 산보나 나가 볼까.」라고 중얼거리며 당신이 내 손목을 지그시 잡고 끌었지요.

놀란 토끼처럼 뛰노는 내 가슴. 숱한 사나이들이 내 손목을 잡았었지만 당신의 손에 잡힐 때처럼 짜릿짜릿한 감각을 느낀 일은 일찍이 없었습니다.

보얀 안개 속에 손과 손을 꼭 붙잡고 오불고불 꼬부랑 산골짜기 길을 나란히 서서 걸었지요. 가끔 나뭇가지에 얼굴을 할퀴면서 언덕길을 올라갔었던 기억이 당신에게는 남아 있지 아니합니까.

걸어가면서 당신이 얼마만한 자기 본위 옹고집이라는 것을 나는 곧 느낄 수 있었습니다. 혼잣말에 너무나 열중하는 당신은 나에게는 입을 벙긋할 기회를 영 주지 않으셨지요. 그러나 동행하는 젊은 기생이 무식하고 천한 여성이라는 관념을 조금도 품지 않으신 듯 당신의 포부와 야망을 활활 다 털어놓는 것이었습니다.

산마루턱까지 다 올라가서 숨을 돌릴 때에야 당신은 깨달은 듯이 「아, 이거, 나 혼자만 너무 떠들어대 미안하게 됐구먼.」이라고 말씀하셨습니다.

그리고는 말을 끊고 우두커니 서서 물 흐르는 소리는 들려도 보이지는 않는 계곡에 눈을 주고 계셨습니다. 이윽고 깊은 한숨을 쉬고 난 당신은,

「아, 아름다운 삼천리 금수강산! 이렇게 아름다운 강산이 동양 천지 어디 또 있을까? 없지, 없어. 그런데 우리 삼천만은 이렇듯이 잘났는데 이 땅 위에 살고 있는 우리 겨레는 왜 이다지도 못나고 쓸개가 빠졌을까. 아, 아! 얼마 전 우리 글로 씌어진 어떤 소설을 읽다가 이런 귀절이 감명이 깊었소. 그 귀절을 원문대로 다 외고 있지는 못하지만 대강 이랬소. ——이 나라 사람들 모두가 다 깊은 잠에 빠져 있는데 나 혼자만이 왜 깨어 있으면서 거리거리를 왜 헤매며 외롭고 슬픈 노래를 불러야만 하는가라고. 이 귀절에 공감을 느끼는 나는 비분강개한 마음 걷잡을 수가 없었소. 몇 해 동안 해외로 떠돌아다니다가 잠시 고향에 내가 들러 봤는데 그 목적은 외국 국내 통틀어 혼자 깨 있으면서 외롭고 슬픈 노래를 부르는 조선 청년들이 몇몇이며 어디어디 있는지를 찾아보고 싶은 거요. 이들 먼저 깨서 노래 부르는 청년들이 모여 뭉치면 그것은 저절로 커단 합창대가 되어 외롭고 슬픈 노래가 아니라 집단적이고 우렁차고 기쁘고 희망이 가득 찬 노래가 될 것이오, 따라서 잠자는 대중을 깨어 일으킬 수 있게 될 것이 아니겠소. 아! 센치한 넋두리는 그만하고…… 그, 어, 당신 이름이 무어지?」

「설송이라고 불러 주십시오.」

「흠, 눈 설자, 소나무 송자로구먼. 누가 그 이름을 지어 주었지? 이몸이 죽고 죽어 무엇이 될고 하니, 봉래산 제일봉에 낙락장송 되었다가 백설이 만건곤할 제 독야청청하리라. 눈 속에 혼자 서서 절개를 지키는 솔! 허지만 그건 너무 소극적이야…… 내가 다른 이름 하나 지어 주어도 괜찮을까?」

「불감청이오나 고소원이로소이다.」

「야, 이것 봐! 상당히 유식하구먼…… 우리 같은 무식쟁이 섣불리 굴다가는 망신패 차겠는걸…… 허, 허, 가만 있자…… 눈이라, 설은 당신 살결에 어울리니 그대로 두어야겠고, 솔보다는 매화가 더 좋을 것 같군. 설중매가 어떨까?」

「고맙습니다. 지금부터 설중매라고 불러 주십시오.」

「그렇지, 그래. 나약해 보이는 섬세한 매화가 눈 속에서도 굳세게 살아 꽃을 피우는 그 강직성…… 그게 좋아.」

사랑하는 이여! 내 이름을 고쳐 주신 당신. 인제는 내가 누구인지 알아채릴 수 있으십니까? 아니, 아시리라고 믿어지지 않습니다. 왜? 그 뒤에도 한두 차례 더 만나 뵈올 때 나는 첫눈에 당신을 알아봤지만 당신은 날 몰라 보던걸요.

그날 밤 당신은 날이 샌 줄 알고 있었지만 차차 도로 어두워 오기 시작했습니다. 달빛 남아 있어 훤했던 것이 달이 져 버리고 해 뜰 시각은 아직 안 되어 도로 어두워진 것이었습니다.

어둠 속에서 언덕길을 내려오며 한참 묵묵하시던 당신은 갑자기 「설중매, 무엇 한 곡조 부르며 걸어가지. 너무 조용하니까 범 나올까봐 무섭구먼.」이라고 말씀하셨지요. 그리고는 이어 「언제 또 다시 만날 기회가 있을 것 같지 않으니, 인상에 남게 특별난 노래를 하나 불러요.」라고 하시면서 당신은 내 허리를 꼭 껴안으셨지요.

　나는 노래를 불렀지요. 「사랑인들 님마다 하매, 이별인들 다 서러우냐? 평생에 처음이요, 다시 못 볼 님이로다. 이후에 다시 만나면 연분인가…….」라고. 그때 그 노래는 내 혼백의 애끓는 진정한 호소였습니다.

　인제는 기억나십니까?

　그 노랫가락을 다 끝맺지 못한 내가 눈물 흘리는 것을 눈치채신 당신은 나를 으스러지도록 껴안고 서서 뜨거운 키스를 오래오래 해주셨지요.

　어둠 속을 더듬어 방안으로 들어가니 방안은 밖보다 더 어두웠습니다.

　그 새벽. 그 어두운 방에서의 꿈 아닌 꿈. 그렇습니다. 지금도 나는 가끔 그날 저녁 새벽 꿈을 꾼 것이 아니었던가고 문득 생각할 때가 있습니다만 그것이 꿈이 아니었다는 산 증거를 나는 가지고 있었습니다. ──엊그제까지는 말입니다.

　술 냄새 가신 당신의 체취, 팽팽하게 바람 넣은 풋불처럼 탄력있는 당신의 포옹, 불같이 뜨거운 당신의 입김.

　그때 내가 순결한 육체의 소유자는 물론 아니었습니다. 그러나 내 정신만은 순결했었습니다. 그리고 그 새벽 당신과의 교섭에서 나는 처음 깨달은 것이 있었습니다. 남녀간의 참된 사랑은 육체 따로 정신 따로, 따로 따로 성취되는 것이 아니라『지극한 사랑』은 정신과 육체가 동시에 서로 융합되는 상태에서만 가능하다는 걸 나는 체험한 것이었습니다.

　그날 새벽 그 요리집 한방에서 당신이 내 육체를 소유하기 시작하시기 일 초 전까지도 나는 성행위는 어디까지나 추잡하다고 느꼈었습니다. 나는 순전히 돈을 벌기 위하여 그런 추잡한 행동을 피동적으로 응했었던 것이었습니다.

　돈 벌기 위해 내가 그리 좋아하지도 아니하는 남자에게 내 정조를 처음 제공할 때 느꼈었던 그 수치심과 고통과 자포자기하는 심정은 말로는 형용할 수 없는 야릇한 감정이었습니다. 그러나 그런 경험을 몇 차례 겪은 뒤부터는 이미 정조를 더럽힌 추잡한 년이라는 열등감을 느끼기는 하면서도 순간적인 육체적 쾌미는 감각하게 되어진 것이 무서워서 나 자신을 경멸하게 되었습니다.

그날 새벽 내가 돈을 바라고 당신의 품에 안긴 것은 절대 아니었고 단지 정말 사랑하는 이, 그것이 짝사랑이기는 했지만, 사랑하는 이의 품에 안기고 싶은 본능적인 행위이었는데도 불구하고 그 만족감과 황홀감은 내가 일찍 경험해 보지 못했었던 것이었습니다. 그리고 처음으로 나는 당신의 아내가 되는 기분으로 즐겁게 몸과 마음을 송두리째 당신에게 제공했습니다. 평생 처음 맛보는 극도의 흥분과 황홀과 만족을 얻은 나는 곧 잠이 들었습니다.

잠을 깨 눈을 떴을 때 나는 놀랐습니다. 해가 이미 떠 방이 환한데 당신 모습은 보이지 않는 것이었습니다. 어리둥절해진 나는 꿈을 꾼 것이 아닌가 하는 착각에 잠시나마 빠졌더랬습니다.

새벽 어둠 속에 나를 찾아왔던 행복의 신이 날이 밝자 그림자도 남김없이 사라져 버린 것이었습니다. 아무런 표적도 남겨 놓지 않고──아니, 표적이 있었습니다. 내 눈이 그때 머리맡에 놓여 있는 봉투에 머물렀던 것이었습니다.

꽤 두툼한 봉투.

왜놈 헌병과 경찰의 눈을 피해 다니시는 갈 길 바쁜 당신이라는 걸 이미 눈치챈 나는 그 부피 큰 봉투 속에는 당신이 쓴 다정한 긴 편지가 들어 있을 것이라고 생각되어 가슴이 뛰놀기 시작했었습니다. 파들파들 떨리는 손가락을 봉투 속에 넣어 본 나는 실망했습니다. 아니 통분했습니다.

두둑한 지폐 뭉치.

그 돈을 나는 팽개쳤습니다. 평생 처음 아무런 대가도 바라지 않고 내 혼과 몸을 정성껏 당신에게 바쳤는데 그런 내 심정을 몰라 주는 당신은 내 몸값만 던져 놓고 가버린 것이었습니다.

사랑하는 이여!

기억을 더듬어 봐 주십시오. 내 얼굴은 물론 기억하지 못하시겠지만 그건 문제가 아닙니다. 그 어느때 정릉 산골짜기에서 어떤 기생에게 설중매라는 이름을 지어주시고 하룻밤 정답게 놀아 본 일이 있었거니, 그리고 또 아무 때 아무 데서 이름도 모르고 얼굴도 기억 못하는 양장한 댄스 걸과 더불어 재미있게 놀아 본 일이 있었거니 하는 기억만이라도 당신 머리에 남아 있다면 그것으로 나는 만족하겠습니다.

당신이 설중매라고 이름 지어 준 그 기생이 양장한 댄스 걸이 되어 가지고 당신을 두번째 만나 하룻밤 즐겼었던 얘기를 여기서 되풀이하여 당신의 무딘 기억을 긁어 드릴까 하옵니다.

때는 1938년. 그러니까 설중매가 당신에게 몸과 혼백을 몽땅 바친 후 십사 년의 세월이 지나간 뒤였습니다. 서울 장안에서 이름을 날리던 기생 설중매가 그 해에 쥐도 새도 모르게 서울에서 자취를 감추고 말았던 것입니다.

열세 살 나는 더벅머리 총각 하나를 데리고 중국 상해에 나타난 조선 여성.

머리 쪽지고 긴 치마 입고 외씨 버선을 신었었던 기생티를 홀랑 벗어 버린 나는 퍼머넌트 새둥지 머리에 새빨간 연지칠한 입술, 새까맣게 물들인 눈썹과 눈두덩, 열 손가락 손톱에 사철 봉사를 들이고 역시 빨간칠을 한 엄지발가락이 뾰죽 내다뵈는 샌들을 신고, 코티분 냄새와 향수 냄새를 풍기면서 국제 도시 상해 거리를 활보하는 모던 걸이 되었던 것이었습니다. 그런 내 모습을 보고 당신이 설중매인 줄 알아보시지 못한 것은 무리가 아니었습니다.

그때 내 나이가 몇 살이었을까를 손꼽아 세어 보셔도 좋습니다. 서른네 살이었지요. 그러니까 기생 사회에서는 이미 환갑을 지난 늙은 기생이었어요. 하지만 상해로 가서는 맥스펙터라는 미국인 요술사와 코티라는 프랑스 마술사 덕분에 나는 십 년은 더 젊게 보였습니다. 그랬기 때문에 내가 데리고 다니는 소년을 보는 사람들은 그 애가 내 아들일 거라고는 상상도 못하고 남동 생일 거라고 믿는 것이었습니다. 그러니 내가 사내들 앞에서 인 기를 유지하기 위하여서는 구태여 그 애가 내 아들이라는 걸 깨 우쳐 줄 필요가 없었습니다.

상해 인터내셔널 카바레에서 어떤 날 밤 생겼었던 일! 십 사 년 동안이나 자나깨나 내가 그리워해 왔던 당신과 마주치는 순 간! 이 순간을 인연지어 준 장본인은 우리 나라 사람이 아니라 우리 겨레의 원수인 일본 군인이었습니다. 군율보다도 더 강한 욕정에 사로잡힌 한 일본 졸병이었습니다.

중화민국 하북성 북평시 교외 십리 허에 자리잡은 노구교 대 리석 다리. 당신도 아시다시피 먼 옛날 마르코폴로라는 이탈리 아 사람이 원나라 때 중국에 와서 버슬도 살며 구경 다니다가 이 대리석 다리에 그만 홀딱 홀려 버려 그가 쓴 기행문에 이 다 리를 너무도 칭찬했기 때문에 서양 사람들은 이 다리를 『마르코 폴로 브리지』라고 부른다더군요.

이 노구교 근처에서 야간 기동연습을 실시하던 천진 주재 일 본군 한 중대 소속 졸병 하나의 실종 사건.

지금까지 폭로하지 못하고 쉬쉬해 왔었던 비밀 역사를 지금 마음 턱 놓고 공개할 수 있는 자유를 우리에게 가져다 준 공로는 미국과 영국 등 연합군에게 있는 것이올시다마는.

하여튼 그 1937년 7월 7일 무더운 밤중에, 남의 나라 영토 내에서 건방지게 야간 기동연습을 하고 있었던 일본군 병사 하나가 갑자기 강 건너 중국인 창녀촌에 정들여 둔 중국 꾸냥 생각에 정신이 혼미해졌습니다. 기동연습이건 뭐건, 나중에는 삼수갑산으로 도망치게 되건, 군법회의에 회부되어 총살형을 받게 되건말건 간에 그는 꾸냥이 그리워 어둠을 타 슬그머니 빠져나가 강을 건너갔던 것입니다.

하룻밤 오십 전만 가지면 몸을 살 수 있는 중국 갈보를 끼고 누워 씩씩거린 그 일본 병사의 일이 그 이튿날 커단 센세이션을 일으키는 결과를 가져왔던 것이었습니다.

일본의 제일이라는 신문들이 호외를 찍어 돌렸습니다. 급보 제목에 왈 〈야간 기동연습중 황군(皇軍) 한 명이 포악한 지나 폭도들에게 납치당하다.〉였습니다. 이런 허망한 뉴스를 에누리 없이 믿는 왜놈들은 격분해 떠들어대고, 일본 군대는 선전포고도 하지 아니하고 중국 대륙 침략전을 시작했던 것이었습니다. 그 일본 사병을 홀린 중국 시골뜨기 창녀가 그날 밤 주홍빛 긴 잠옷을 입고 모란꽃 수놓은 비단신을 신고 밤에만 향기를 뿜는 야래향꽃 한 송이를 칠흑같이 검은 머리에 꽂고 있었으리라고 생각하여 별 틀림이 없겠으나, 어쨌든 계집이 가진 매력으로 인하여 터진 소위 대동아 전쟁의 영향으로 우리 조선 화류계 여자들이 세계적 무대, 특히 일본군이 점령한 중국 방방곡곡으로 갑작스레 크게 진출하게 되었던 것이었습니다.

노랑 저고리에 다홍 치마 입고 땋아 내린 긴 머리채 꽁지에 자주빛 댕기를 매고, 물동이 머리에 이고 맨발로 새벽 이슬을 밟으면서 다니던 조선 농촌 처녀들이 열 명 아니 백 명 천 명씩 갑자기 일본식 『히사시가미』를 틀고 몸에 어울리지 아니하는 울긋불긋하고 소매가 긴 『기모노』로 몸을 두르고는 발가락 사이에 물집이 생기고 헌데가 나서 아프고 쓰라린 것을 참으며 쪽발이 『다비』 위에 『조리』를 끌며 소위 『황군 위안대』라는 괴상한 명목을 대고 일본군 점령하에 있는 아시아 대륙에 편만하게 되었던 것이었습니다.

한반도 도회지 화류계 여자들 대다수가 한국 옷을 벗어 던지고 일본 옷 아니면 양장, 심지어 중국 꾸냥의 옷을 입고 만주로 하얼빈으로, 천진과 북평으로, 상해로, 청도로 대거 돌진해갔습니다.

미나리 타령을 하던 시골 처녀들의 입에서 『오류고부시』가 흘러 나오게 되었고, 공명가를 부르던 기생들의 입에서는 『사께와나미라까』노래가 흘러나오게 되었습니다. 이름도 모두 바꾸어 은주는 『요시꼬』가 되고, 옥선이는 『데루꼬』, 홍난이는 『마리아』가 되는 바람에 설중매도 덩달아서 『에레나』가 되었지요.

이렇듯이 중국 대륙으로 진출하는 한국 여인들이 무엇으로 밥벌이를 했느냐고요. 『황군 위안대』 여자들은 주로 전투지구 제1선으로 가서 일본 사병들의 총애(?)를 받게 되었지요. 『하루조』라는 이름으로 행세하는 서분네는 매일 밤낮 평균 삼십 명의 군인 손님들을 치러 불과 반 년에 수천 원 돈을 벌었다는 소문이, 발도 날개도 없이, 그녀의 고향 동리에 파다하게 퍼져 그 동네 우물에 모이는 여인들간에 가장 흥미있는 화제가 되었습니다.

나처럼 댄서로 돌변한 기생들은, 아편 중독자가 되지 아니하는 한, 백만장자의 귀동딸 못지않은 차림새를 하고 기고만장 중국의 대도시 거리거리를 활보하게 되었습니다. 겨울철 날씨가 기껏 내려갔대사 영하 이삼 도 정도밖에 더 안 되는 상태에서 댄서들은 흰 여우털 외투를 입고, 손가락에서는 세 캐럿 금강석

반지와 대추알만한 비취가락지가 광채 자랑내기를 하게 되었습
니다.

  택시 댄서들이 중국인 난봉꾼들을 녹여서 그 많은 돈을 벌었
을까요? 아닙니다, 천만에요.

  장소는 중국 대륙 대도시였지만 이들 한국인 택시 댄서들을
호강시키는 봉들은 전쟁 경기에 벼락부자가 된 한국인들과 일본
인 남자들이었습니다.

  한반도에서 일본 헌병대 급사 노릇을 이십 년이나 해온 박서
방이 별안간『니시무라상』이 되어가지고 일본어를 잘하는 덕분
으로 일본군의 통역이 되어 중국 전선으로 갔습니다. 점령군 통
역이라는 요직을 이용하여 중국인 양민들을 토색질하여 큰돈을
단시일에 쉽게 벌어들인 것이었습니다.

  시골 면서기 노릇 십 년이나 했던 홍서방은『나까하라상』이
되어 내륙으로 가, 아편 소매 밀매업자가 되어 큰 돈을 많이 벌
었지요. 중국인이 아편 밀매하다가 일본군 점령지대 내 중국인
이 경찰에 발각 체포되면 즉결 처분을 받아 저승으로 직행하는
데 반해 일본식 이름을 가지고 일본 국민으로 치외법권 보호를
받는 조선인들은 중국 경찰에 체포되더라도 곧 일본 경찰에 신
원을 넘겨 줘야만 되었던 것이었습니다.

  한반도 조그만 마을에서 조그만 잡화상을 수십 년간 해온 강
서방은『가네자와상』이 되어 일본군 점령하의 화북지구로 가서
중국 돈 대양 은전 몇백 개씩을 허리에 차고는 만주국 국경지대
인 산해관까지 기차 타고 가서는 그 은전을 일본군 구매처에 삼
십 퍼센트 프리미엄을 붙여 팔아넘겨 폭리를 봤습니다.

  한반도 여러 도시에 포목상을 경영하던 김 · 최 · 이 · 장
한 · 박——수백 명 아니 수천 명이『나까무라상』이 되어 일본
인 인조견 밀수출자와 결탁하여 일본군 점령하 아시아 지역 방

방곡곡을 편답하면서 일본제 인조견을 중국인들에게 비싼 값으로 팔아 폭리를 거두었습니다.

그렇듯이 쉽고 빠르게 번 돈으로 그 남자들은 우리들 댄서들에게 털외투, 다이아몬드 반지, 기타 패물 등속을 마구 사주는 것이었습니다.

정릉에서 당신과 끊을 수 없는 인연을 맺고 헤어진 지 수년 후 어머님이 저 세상으로 가버리고 나는 혼자몸이 됐습니다. 아니, 혼자몸이 아니었습니다. ——돌 지난 아들을 데리고 살게 되었던 것이었습니다.

제 아버지 얼굴은 한번도 못 보고, 과부처럼 사는 쓸쓸한 어머니 아래 모락모락 자라나는 정호가 딸리고 보니 기생 노릇하기가 무척 어렵게 되고 싫증도 나고해서 첩살림을 차려 보기도 했습니다. 그러나 애정이란 손톱만큼도 없이 단순히 돈에 팔린 가정생활이라 얼마 못 가 파탄으로 끝나곤 했습니다.

돈 많은 색마들도 내 육체만 정복하고는 얼마 안 가 딴 계집 궁둥이를 따르더군요.

첩살림하다가 도로 기생이 되었다가 다시 첩살림, 또다시 기생——나는 진절머리가 났습니다.

엎친 데 덮친다고 소위 대동아전쟁이 질질 끌게 되자 서울에서의 생활은 물질면에서나 정신면에서나 질식해버릴 만큼 궁하게 되었습니다.

상해 방면으로 먼저 간 친구들한테서 편지가 자꾸 왔습니다. 경기가 좋을 뿐 아니라 아무런 구속 없이 자유스런 생활을 즐길 수 있으니 곧 오라는 사연이었습니다.

그러나 열 살나는 아들 하나만을 데리고 낯선 외국땅으로 전전할 용기가 얼른 나지 아니했습니다.

그러나, 그러나, 혹시나, 잠시도 잊을 수 없는 당신을 중국 땅에서는 만날 수가 있지나 아니할까 하는 기대가 나를 유혹하기 시작했습니다. ——막연하기 짝이 없는 기대기는 했지만.

일본군 점령지대에 당신이 나타날 가능성은 매우 희박했지만 그러나, 일본 경찰의 철통 같은 경계망을 뚫고 십여 년 전에 서울에 잠입하는 데 성공했었던 당신이었던만큼 일본군 점령지대라도 뚫고 들어와 활약하실 가능성이 있다고 생각들었습니다.

그래서 나는 정호를 데리고 상해로 간 것이었습니다.

국제적 대도시인 상해. 날로날로 더 번창해 가는 댄스 홀들. 일본 여자나 중국 여자로 행세하는 한국 여인 댄서들, 진짜 일본인 댄서들, 진짜 중국인 댄서들, 그리고 공산 치하에서 망명해 온 백계 러시아 여자 댄서들도 많았습니다.

어둑신한 홀, 매끈매끈하는 마루 위로 남녀 쌍쌍이 포옹하고 빙글빙글 돌아갑니다.

천장에 달린 오색 채광등도 뱅글뱅글 돌고 억센 남자의 다리들과 날씬한 다리들도 빙빙 돌며, 탁자에는 샴페인이 흐르고 넘치는 것이었습니다.

마시자. 춤추자. 시외에서는 치열한 게릴라전이 전개되고, 점령하 중국 농민들이 굶어죽건말건 아랑곳없이 댄스 홀에는 남녀들이 한데 어울려 마시고 춤추고 광란에 도취되어 있는 것이었습니다.

뜨겁고 분내 향수내가 풍기는 홍도 같은 여자의 뺨에 꺼칠꺼칠한 남자의 뺨이 밀착되어 있고…… 수군수군, 소곤소곤, 고개가 까딱까딱, 끄떡끄떡, 흥흥거리는 음흉한 웃음소리와 자지러들게 호호호 하는 선정적인 웃음소리. 이글이글 타는 눈짓…… 아, 돌자, 돌자. 다리도 돌고 머리도 돌고, 달도 돌고, 지구도 돌고, 태양도 돌고, 정신도 돌고, 돈도 돌고 도는 것이었습니다.

이리하여 택시 댄서들이 호강을 하게 된 것이었습니다.

몇 해인가 나도 큰 부자가 되었습니다. 하지만 장성하는 정호가 철이 좀 들자 제 어미의 방종한 생활에 대해 노골적 불만을 품기 시작했습니다.

홀에서 만나던 그날 밤.아들과 첫 대판 언쟁을 하고 만 나는 여느 때보다 술을 과히 마셔 상당히 취한 채 의자에 앉아 있었습니다. 그때 내 앞으로 와 허리를 조금 굽히는 당신이 춤추자고 청했습니다.

금시 당신이라고 알아보지 못한 나는 기계적으로 일어서서 내 손을 당신의 어깨에 사뿐 올려 놨습니다.

그리고는 조금 뒤 당신이 내 귀에 입을 대고 「나비처럼 가볍게 잘 추는구먼.」이라고 속삭이신 것처럼 당신 리드에 잘 맞추어 돌았습니다.

홀 중앙에 샹들리에 바로 밑에 이르렀을 때 밝음 속에서 당신 얼굴을 똑똑히 인식하게 될 때 나는 놀라고 가슴이 뭉클했습니다. 가슴이 뛰는 나는 미칠 듯한 행복을 맛보았습니다. 수백 수천의 남자들 품에 안겨 춤을 추어 온 나였지만 그날 밤 당신과 춤춘 서너 시간만큼 즐거운 적은 없었습니다.

내가 설중매라는 걸 알아채지 못하는 당신은 그날 밤 나에게 한번 더 매혹당했던 것은 숨길 수 없는 사실이었습니다. 춤이 끝나자 당신은 나를 당신 테이블로 데리고 갔습니다. 그리하여 그날 밤 그 댄스 홀에서 내가 당신의 유일한 파트너가 되게 된 것은 참으로 천만 다행한 일이었습니다.

처음 나에게 춤을 청할 때 당신은 중국말을 했지만 샹들리에 아래서 당신이 누군가를 곧 알아차린 나는 비밀 사명을 띠고 일본군 점령지대로 잠입해 온 당신이 중국인 행세를 하고 있는 것이라고 확신하게 되었던 것이었습니다. 불안과 호기심에 나는 사로잡혔습니다. 그 시절 상해의 댄스 홀들은 한결같이 국제 스파이들의 소굴이었습니다. 댄서들 대부분도 이중 스파이들이었구요. 댄서 직업만으로도 돈은 얼마든지 벌면서 그 위험한 스파이 노릇을 왜 했을까? 고 반문하실지 모르나 그 짓을 부득불 하게 되는 원인은 여러 가지가 있었습니다.

가장 큰 원인은 애정에 있었던 것입니다. 애정 관계에 있어서 여자란 얼마든지 강할 수도 있고 얼마든지 약할 수도 있는 것입니다. 사랑한다, 사랑을 받는다 하고 폭 빠진 뒤에는 애인이 화약을 지고 불속으로 들어가라고 명령한달지라도 달게 복종하는 것이 여자입니다.

또 사랑하는 남자의 마음이 다른 여자에게로 옮아가는 듯한 기미가 엿보일 때 여자는 남자의 사랑을 빼앗기지 않기 위하여서는 물불 헤아리지 아니하고 세상 아무런 짓도 감행하는 것입니다.

또 더러는 자기 일신상 어떤 비밀을 숨길 필요가 있는 여자가 못된 사나이의 협박에 눌려 마음에 없는 간첩질을 하는 경우도 있습니다.

스파이라는 구렁덩이에 한번 빠지면 다시 기어나올 도리는 절대 없습니다. 도피할 수 있는 길은 오직 하나——죽음이 있을 뿐입니다. 소설에 나오는 간첩 생활은 로맨틱하기도 하고 스릴도 있지만 그것은 어디까지나 허구고 진짜 스파이는 절망에 빠진 노예입니다.

그날 밤 처음부터 당신이 나에게 반하여 나를 독점하신 일을 나 한 개인의 행복이었다는 것은 말할 것도 없고 당신의 안위, 나아가서는 우리 나라 국운을 위하여 참으로 다행한 일이었습니다. 내가 당신을 독점했었기 때문에 당신이 일본군에게 체포당해 끌려가지 아니하고 중대한 사명을 완수하고 중경으로 돌아가셨다가 해방된 오늘 환국하셔서 건국의 주춧돌이 되게 된 사실을 생각할 때 그날 밤 상해에서의 일은 단순한 우연이었다고 보이기보다는 국운을 축복하는 하나의 천지신명의 보호였었다고 나는 믿습니다. 왜 그런고 하니 당신처럼 자아 과대 망상에 치우친 사람들은 대개 자기 능력을 과대 평가하기 때문에 조심하지 아니하여 실수할 때가 있고, 그 실수가 간첩에게 간취되는 때 일신상 파멸은 말도 말고 기획하던 중에 사업의 파멸까지 초래하는 경우가 많았기 때문입니다. 그날 밤 그 댄스 홀에서의 당신의 실수가 무엇이었는지 아십니까? 당신의 품에 안겨 춤추기 시작하자마자 당신 몸에는 무기가 숨겨져 있다는 걸 발견하는 내가 놀라웁고 또 가슴이 떨렸던 것이었습니다. 만일 당신이 스파이 댄서와 춤을 추셨던들!

이 글월을 읽으시면서 당신은 상해에서의 그날 밤 일을 회상하시리라고 믿어집니다.

지금의 이 미군 군정이 끝나고 우리 나라가 진실로 독립국가가 되어 축하 잔치가 벌어질 때, 이 몸은 당신의 위대한 마음을 보지못하고 땅속에서 썩어 없어질 것이라고 생각하니 제 가슴은 찢어지는 듯 아픕니다. 그러나 그 영광의 자리에 오르실 때 상해의 댄스 홀 택시 댄서 에레나의 공이 컸었다는 것을 당신 혼자 속으로나마 기억해 주신다면 나는 무덤 속에서나마 행복하게 감읍하겠습니다.

사랑하는 이여!

술에 취하신 당신은 그때 그 춤에만 혹하셨던 것이 아니라 내 몸까지 탐하셨지요. 중국어와 영어를 섞어쓰면서 택시 댄서인 나를 유혹하시던 당신의 달콤한 말!

홀에서 나의 인력거에 올라타고 나서야 나는 안도의 한숨을 쉬었습니다. 인력거 한 채에 당신을 먼저 태우고, 당신 무릎 위에 나는 올라탔습니다.

당신을 모시고 간 곳은 백계 러시아인이 경영하는 서양식 호텔이었지요. 부끄러운 고백이올시다만 지금 숨길 필요도 없고 숨길 수도 없는 일입니다. ——택시 댄서 노릇 몇 해 동안에 이 러시아인 경영 호텔로 봉들을 끌어들인 일은 상당히 많았었습니다. 돈 벌기 위한 것이 주동기였고, 때로는 내키는 기분 때문이기도 했습니다.

그렇지만 그날 새벽녘에 당신을 모시고 그 호텔 층층대를 올라 갈 때처럼 흥분했었던 때는 일찍이 없었습니다. 정신 못 차릴 정도로 취하신 당신을 침대 위에 눕히고 난 내가 얼마나 오랫동안 주무시는 당신의 얼굴을 지켜보고 있었는지 모릅니다.

정릉 요리집 뒷방에서 삼십 미만인 당신을 내가 독점했었던 일이 새삼 기억에 떠올랐습니다. 그 이십 년 뒤 중년신사가 되신 당신을 다만 몇 시간이나마 내가 독점할 수 있다는 생각이 내 몸과 정신이 아플 만큼 황홀감과 만족감을 가져다 주는 것이었습니다.

이윽고 약간 떨리는 손으로 나는 당신의 옷을 가만가만 조용조용히 벗겼습니다. 그렇지요. 정릉에서 제가 처음 당신에게 몸을 바칠 때에는 당신이 내 옷을 벗겨 주셨지요. 돈 벌기 위한 것도 아니고, 순간적 기분도 아닌 나는 당신의 아내 자격으로 혼과 몸을 몽땅 당신에게 드렸습니다.

정릉에서 첫번 우리가 결합되었을 때 당신은 내 몸을 돈 주고 산 줄로만 착각하시고는 내가 잠든 틈을 타서 몸값을 봉투에 넣어 내 머리맡에 놔두고 슬그머니 가셨드랬지요. 그것이 나에게는 언제나 불유쾌하고 불만스러운 일이었습니다.

그래 이번에는 그 앙갚음을 할 양으로 내가 먼저 일어나서 아래 충으로 내려가 우리 둘의 숙박료를 호텔 주인에게 물어 주고 살그머니 나와 버리고 말았습니다.

그러나 그건 슬픈 일이었습니다. 잠드신 남편을 외국인이 경영하는 호텔 한 방에 혼자 버려 두고, 아내인 내가 내 남편인 당신이 혹시 깨일까봐 겁이 나서 구두도 신지 아니하고 양말 바람으로 방안에 깔린 융단과 층층대에 깔린 융단을 조심조심 밟을 때 내 눈에선 눈물이 하염없이 흘렀습니다.

그뒤 당신을 마지막으로 옆에 모셨던 것이 바로 한 달 전. 자기 아내의 집인 줄도 모르는 당신이었지만 내집 안방에까지 당신은 들어오셨지요. ──겨우 반 시간 가량 앉으셨다가 불쾌한 기분으로 휙 나가 버리셨지요.

인제 내가 누군지 아시겠어요?

그날 오후 모처럼 아내의 집을 찾아오셨다가 분연히 후닥닥 일어서서 아무말 없이 나가 버리는 당신을 볼 때 나는 달려들어 당신을 붙들고 모든 걸 고백하고 싶었습니다. 그러나 이를 악물고 나는 그 충동을 참았습니다. 당신이 작별 인사도 안 주시고 나가 버리신 뒤 나는 방안에 쓰러져 몸부림치며 실컷 울었습니다. 울긴 왜 울었느냐고 당신은 반문하시겠지요.

이 펜을 던지기 전에 모든 것을 반드시 고백하여 당신이 품으신 의혹을 풀어 드리겠습니다.

그러나 그러기 전에 저 자신의 기구한 평생 사정을 좀더 자세히 말씀드려야만 하겠습니다. 아무리 지루하시더라도 끝까지 읽어 주세요. ──내가 처음 겸 마지막 겸 당신에게 보내는 단 한 통의 편지인 동시에 제 유서인 사실을 알아주세요.

1945년 8월 15일 !

우리 겨레의 해방의 날!

이날은 우리 전민족의 환희와 감사와 희망의 날이거니와 나 개인으로는 삼중으로 감격 깊은 날이었습니다.

첫째로 그립고 그립던 당신이 개선 장군으로 귀국하실 길을 터준 날, 둘째는 내 사랑하는 외아들이 개죽음을 면하고 집으로 돌아올 수 있는 길을 열어 놓은 날, 그리고 셋째로는 독립 운동 하시다가 왜놈 총칼에 세상을 하직하신 아버님 혼백이 지하에서 나마 마침내 행복을 느끼실 날이었습니다. 그렇거늘! 아, 아, 그렇거늘! 지금 이 애타는 나의 가슴, 애통하는 마음——이 어찐 모순당착입니까?

해방되던 날부터 매일 초조하게 기다리는 내 마음. 일 년 전에 소위 『학병』이라고 이름하는 강제 징집에 끌려나가게 된 제 아들의 무사 귀환을 초조하게 기다리는 것이었습니다. 훈련 끝내고 전선으로 가는 날 어딘지 장소도 밝히지 못하고 그냥 전선으로 나가노라는 간단한 엽서 한 장이 그 애로부터 온 뒤 소식이 묘연했던 내 아들 언제나 돌아오려나?

아무개네 눌째 아들은 일본 큐슈 비행대에 소속되어 있다가 무사히 돌아왔대. 아무개네 조카는 중국 어느 최전선에까지 끌려나갔다가 어제 돌아왔대. 또 아무개의 외아들은 전사했다는 통고를 받았고 얼마 뒤 해골까지 일본국 당국에 가서 찾아와 죽은 것으로 체념하고 있었는데 그저께 팔 하나만 잃어버린 채 불쑥 돌아왔다느니.

열흘을 걸어왔다느니, 한 달을 걸어왔다느니.

사람 서넛만 모여도 이런 소리뿐인데 내 아들놈은 돌아오지 않는 것이었습니다.

그리고 또 살아 계시기만 한다면 비행기 타고 환국하실 당신조차 오신다는 소식이 없어 매일매일 종이 반 장맹이로 나오는 수십가지 신문들을 모조리 사다가 눈이 빨개 들여다보던 그 조바심.

그러다가 내 아들과 당신이 거의 동시에 돌아올 때 기쁘고 반갑고——그랬었던 것이 한 달이 못 돼 거품처럼 꺼져 버렸으니——이 어떤 몹쓸 도깨비의 장난입니까!

남편인 당신이 내 아들인 동시에 또 당신의…… 아, 아, 지금 와서 이 말씀을 드려야만 하겠습니까?…… 그럼 말씀드려야지요. 그것이 아무리 고통스런 일이라 할지라도…… 당신은 당신의 아들을 권총으로 쏴 죽인 것입니다.

그놈이 죽을 혼이 씌워 당신을, 자기 아버지인 줄 모르고, 쏴 죽이려다가 도리어 당신의 총에 맞아 죽었으니 누구를 탓하리까마는 하필 왜 그놈이 당신을 암살하려고 했으며 왜 하필 당신의 총이 우리들의 아들의 목숨을 앗아가야만 했단 말입니까!

내가 그것을 낳아 놓고 얼마나 당신을 그리워했겠습니까! 삼칠일이다, 백날이다, 몸을 된다, 돌이다, 긴다, 걸음마를 뗀다, 짝짜궁 도리도리 하고, 엄마엄마엄마 부르기도 하고 (아빠 소리는 영 못 배우고) 하며 자라난 아이입니다.

밤놀이에 불려 요리집으로 가 밤 늦도록 취객들에게 시달리다가 이차 회, 삼차 회 등은 슬쩍 피해 집으로 돌아와도 그 어린 것은 어미 젖을 못 빨아 배고파 울고 울다 기진맥진해 잠이 들어 있곤 했습니다. 젖 한 모금 빨려 주려고 잠을 깨워 젖꼭지를 물려 줄 때 그 어린것은 배고픈 것보다도 밤 늦도록 자기를 버려 둔 어미의 행동에 야속한지 비쭉거리며 젖을 잘 안빨 때 내 속이 얼마나 상했겠습니까.

세상에 못할 짓은 기생 노릇——특히 젖먹이 애기가 딸렸

을 때에는. 내일부터는 놀이에 안 나가고 애기와 종일 함께 있
겠다고 결심하고도, 목구멍이 포도청이라서 실천에 옮기지 못하
기 몇몇 차례. 화류계에 처음부터 몸을 던질 게 아니라 고되기
는 하겠지만 빨래나 바느질 등 품팔이를 시작했었더라면 좋았을
것을 하고 후회도 해보고, 기생 학교에 강제로 나를 보낸 어머
니(지하에 계시기는 하지만)를 원망도 해보았습니다.

 같은 기생들끼리 모여 앉은 자리에서 서로 신세한탄을 나누
면서 헤어나갈 수 있는 길을 궁리도 해봤지만, 냉정하고 억센
사회구조의 울타리를 끊고 뛰쳐나간다는 일은 우리 기생들의 연
약한 힘으로는 도저히 불가능한 일이었습니다.

 단 한번 세상에 태어나서 한 생만 살고는 죽는 인생 ! 불교에
서는 전생, 이승, 저승이 있다고 하고 예수교에서도 죽은 뒤 천
당이나 지옥으로 간다고 말들 하지만 내가 친히 경험한 바 없는
전생 또는 지나보지 못한 저승이 이승의 현재 생활과 무슨 관계
가 있겠습니까? 무어니무어니해도 당장 감각할 수 있는 슬퍼하
기도 하고 기뻐하기도 하는 이승이 제일 아니겠습니까.

 남들처럼 면사포 쓰고 결혼식도 해 보고 싶은 때가 때때로 있
었고, 남편이 밤 늦게 돌아올 때 마가지도 긁어 보고 남편의 생
일이 오면 앞치마 허리에 두르고 부엌으로 오르내리며 수선도
피워 보고 싶고…… 아, 이런 부질없는 넋두리를 지금 내가 왜
하고 있는 것일까요? 정신이 혼미해진 탓일까요?

 그렇지만 면사포 쓰고 결혼식 올리고 깨가 쏟아지는 신혼살
림을 해오던 여성들 중 더러가 결혼생활이 시들해지고 남편의
애정이 식어 버려 감쪽지 물러나듯 떨어져 나오는 것을 볼 때마
다, 나는 당신과 멀리 떨어져 있어 항상 그리워하고 죽을 때까
지 사랑이 변치 않는 도리어 아름다운 생활을 하고 있는 것이라
스스로 위로하기도 하곤 했었습니다.

146

일본이 패전한 결과가 우리 겨레에게는 커다란 행복을 가져다 주었지만 나 개인에게 미친 영향은 이상야릇할 따름이었습니다.

그리고 그리웠었던 당신과 사랑하는 아들이 거의 동시에, 따로따로이기는 하지만, 내 앞에 나타날 때 나는 눈물이 날 정도로 반가웠습니다. 이때까지 서로의 존재조차 모르고 있었고 한 번도 대면해 본 일이 없는 아버지와 아들을 내 안방에 한자리에 모아놓고 처음 부자 대면을 시키고 싶은 욕심은 거의 억누를 수 없을 만큼 컸습니다.

건국의 주춧돌이 될 아버지와 건국의 기둥이 될 아들을 한자리에 모아놓고 나까지 끼여 일가 단란할 꿈을 꾸고 또 꾸었던 것이었습니다.

내 아들이요 당신의 아들인 정호가 강제로 일본군에 입대하여 전투지대까지는 나가기는 했었으나, 한 해 이상 전투 최전선에서 단련을 쌓은 몸과 마음으로 해방된 조국으로 돌아와서는 정호가 제 나라 건설을 위하여서는 목숨을 바치려고 결심한 것이 틀림없었습니다. 그리고는 자기가 결사 헌신할 수 있는 일과 장소를 찾아다니노라고 집에 붙어 있는 날은 거의없이 부지런히 돌아다녔습니다.

정호가 학병으로 끌려가기 직전까지 제 어미인 내 직업에 대하여 멸시감과 증오심을 품고 있었다는 사실을 난 잘 알고 있었습니다.

어미와는 이승에 있어서의 마지막 대면이라는 비장한 마음을 먹은 정호가 훈련소로 가기 직전에 나를 만나러 왔었습니다. 강철같이 억센 그의 손아귀로 내 두 손을 깍지낀 그는 부들부들 떠는 목소리로 「어머니, 저는 깨달은 바 있어 가벼운 마음으로 떠나는 것입니다. 왜놈의 강제에 못 이겨 끌려가는 것이라고는 생각지 마세요. 왜놈에게 대적할 수 있는 절호의 기회라고 깨달아 떠나는 것입니다. 그러나 살아와 다시 뵈올 길 없는 것같아 말씀드리오니 제 유언으로 알고 들어주셔요……」하다가 목이 메어 말을 못 맺고 내 무릎에 쓰러졌습니다. 몸과 혼이 한꺼번에 으스러져 버리는 것 같은 감을 나는 느꼈습니다. 얼마나 오래 우리 모자가 끌어 안고 울었는지 시간은 염두에 오르지 아니했지만 그 애 마음과 내 마음은 한데 뭉쳐 융화되어 버렸습니다.

돌이켜보면 정호가 철이 들면서부터 제 어미의 직업에 대한 반감과 멸시와 절망감이 연민의 정보다 더 강하게 되었다는 것을 나는 느꼈습니다.

내가 상해에서 택시 댄서 노릇하고 있을 때 정호가 나 몰래 일본 동경으로 도망쳐 버린 것도 어미인 내 꼴이 보기 싫어서였던 것이었습니다. 그래도 핏줄이 진해 동경 가서 나에게 무사하고 고학해 가며 공부한다는 편지를 보내 왔어요.

내가 학비를 우송했더니 정호는 그것을 도로 나한테로 우송하면서 〈어머니, 절 공부시키기 위해 이머니가 계속 몸을 판다면, 그런 돈은 한푼도 제가 받아 쓸 수 없습니다. 이 불효자는 어머니와 절연해 버리고 싶은 심정입니다. 저 혼자서 제 힘으로 깨끗한 돈을 벌어 제 앞길을 개척해 나가렵니다.〉라는 편지를 동봉해 보냈어요.

그러나 정호가 훈련소로 갈 때 나와 작별하던 날 나는「정호야, 내 장한 아들아, 나는 곧 과거를 일체 청산하고 새로운 생활을 펼쳐 나갈 테니 염려 말아라.」라고 말했어요.

정호는 홀가분한 마음으로 전쟁터에 나간 것이었습니다.

　그러하오나 해방이 되어 남편인 당신과 우리의 아들인 정호 둘이가 다 이 서울 시내에 살고 있음에도 불구하고 부자 상봉을 못시켜 주는 내 가슴 속 고통과 번뇌는 필설로는 다 묘사할 수 없습니다.

　청년의 불타는 정열로 새나라 건설에 이바지해 보겠노라고 침식을 잊고 동분서주하는 정호의 모습이 기특하고 대견해 보였습니다. 그런데 하루는 「진정한 애국 애족자를 어디 가야 발견할 수 있지? 참된 지도자가 나서야 할 텐데, 속상해 죽겠어.」라고 정호가 중얼거리는 것을 나는 들었습니다. 이 말을 들을 때 나는 생각했어요.

　어서 속히 제 아버지를 만나게 해주어 「참된 지도자는 다른 사람이 아니라 바로 네 아버지시다.」라고 알려 주기만 한다면 그 애는 새로운 감격과 희망과 정열을 느끼게 될 것이라고 생각했습니다.

　그래서 용기를 얻은 나는 당신 계신 곳을 찾았습니다. 그러나 문 지키는 사람의 제지로 대문 안에는 발도 들여놔 보지 못하고 되돌아올 수밖에 없었습니다. 낙심천만 집으로 와 곰곰 생각해 보자 내 의도가 얼마나 무모했는가를 깨닫게 되었어요. 설혹 당신을 대면할 수 있었다손치더라도 「나는 당신의 아들을 낳은 여인입니다.」라고 말을 하면 당신은 나를 미친년으로 다루어 쫓아냈을 것이 분명하다는 생각이 들었던 것입니다.

　그랬었는데, 아, 그랬었는데 참말 지도자이신 자기 아버지를 힐끔 본 정호가 당신이 아버지라는 것을 알 턱이 없는 정호가, 화가 나서 방안에 들어오지도 않고 나가 버리고 말았습니다.

　그리고는 민족의 복리보다도 독재권을 노리는 위선자의 꾐에 빠진 정호가 자기 아버지를 민족 반역자로 알고 암살하려고 권총을 뺐던 것이었습니다. 그랬다가 도리어 제 아버지가 쏜 총알

에 맞아 젊은 목숨이 희생되고 만 것이었습니다. 이 원통한 사
실을 당신 외 어느 누구에게 호소할 수 있겠습니까!

그날 당신이 우리 집에 오셨을 때, 오래간만에 집으로 돌아온
정호는 당신과 나 단둘이 안방에 마주앉아 있는 것을 보고는 화
가 나서 획 돌아 어디론가 달아나 버린 것이었습니다. 당신이
자기 아버지인 줄 알 턱이 없는 정호인지라 당신이 내 몸뚱이를
탐내 찾아온 색마인 줄로 오해하고 골이 나서 가버린 것이었습
니다.

또 당신은 당신대로 웬 젊은 놈이 제 집처럼 들어오다가 당신
에게 눈을 흘기고는 문을 쾅 닫고 가버리는데 기분이 잡쳐 잠시
묵묵히 앉아 계시다가 아무말 없이 불쾌하신 표정으로 가버리신
것이었습니다.

그때 따라나가 당신의 옷소매를 부여잡고 사실대로 고백하지
못한 것이 나의 천추의 한이옵니다. 어쩐 일이었는지 그 순간
나는 벙어리가 된 양 당신의 뒷모습만 멍하니 바라보고 있었습
니다. 그날 뒤 정호는 영 집으로 돌아오지 아니했습니다.

당신에게 향하여 그 놈이 총을 겨누기 전날 밤에 나한테 편지
한 장이 왔습니다. 편지를 여기 동봉해 보내오니 아들의 얼굴은
기억 못하시더라도 그의 필적이나마 눈여겨 봐 주십시오.

〈어머님 전 상사리.

어머니에 대한 한번 더의 환멸을 느끼고 집을 뛰쳐나온 소자
는 이 세상에서 마지막으로 이 글월을 올립니다. 평생 불우하게
자라난 소자는 해방된 조국에 멸사 봉공하는 것으로 자신의 권
위와 행복을 살리려고 결심했습니다. 그런데 지금 기회가 왔습
니다. 지금 소자는 역적 한 놈을 죽이고 불여의한 경우에는 자
살해 버릴 각오를 했습니다.

　지금 한 새로운 광명에 접하여 소자가 이 편지를 쓰고 있습니다. 이번 일이 성공하면 저는 청사에 영원히 빛날 영예의 기록을 남기게 될 것이고, 불여의하여 실패해 제가 죽더라도 어머니는 조금도 슬퍼 마시고 부끄러워하지도 마시옵소서. 반역 분자를 숙청하고 깨끗하고 굳센 새나라를 세우는 성스러운 터를 제가 닦는 것이니까요.
　제가 이 일을 맡게 된 것은 진정한 애국자여서 제가 믿고 존경하고 복종하는 지도자님의 말씀이요, 명령이기 때문입니다. 어머니, 제발 과거 생활은 청산하시고 건전하게 오래오래 사시옵소서. 소자가 먼저 죽더라도 어머니만은 우리 나라가 완전 독립을 누리게 되는 날까지 부디 오래 사시옵소서.
죄많은 소자 올림〉

　사랑하는 이여 !
　어떤 히틀러 같은 놈이 지금 서울에도 숨어 있어 순진한 애국 청년들을 최면술에 걸어 이용하고 있는 것인지요. 생각하면 할수록 몸서리쳐집니다.
　우리 나라 장래가 적이 우려되옵니다.
　그러나 그 놈의 어리석은 짓이 하나의 귀감이 되어 다른 청년들은 독재 꿈꾸는 진짜 민족 반역자들의 음모에 속아넘어가지 않게 된다면 정호의 죽음은 가치가 있다고 생각되기도 합니다.
　이만큼 아뢰었으니 내가 누구라는 걸 알아차리게 되었으리라고 믿습니다.
　내 머리가 지금 무척 혼란하여 두서가 없는 말을 횡설수설 사뢰는 것 같습니다. 그러나 이 글월이 당신의 수중에 들어갈 때 내 입은 영원히 봉해져서 그때 당신이 혹 의심나는 것이 있어 나에게 물어 보더라도 대답해 드릴 도리가 없을 것입니다. 그러니까 어떻게 되어서 내가 한 달 전에 당신이 우리 집으로 오시도록 한 것인지를 말씀드리고 나서 이 펜을 영원히 영원히 놔버릴까 하오니 끝까지 읽어 주시길 바랍니다.

일본군에 끌려 정호가 입대한 다음날 나는 과거를 청산하고 재생했습니다. 그렇지만 당신은 이 말을 아마 곧이듣지 않으실 거예요. 「그럼 어찌 되어서 그 어떤 날 밤 너는 아무개씨 댁 사랑방 놀이에 나와 늙은 기생들 틈에 섞여 있었느냐?」고 반문하실 테니까, 그 사정 간단히 말씀드리겠습니다.

아들을 전쟁터로 내보낸 뒤부터 제 아무리 친숙한 늙은 기생들이나 퇴기들이 찾아와서 요리집이 아닌 여염집 사랑방 놀이에 같이 나가자고 권해도 나는 번번이 거절하고 나가지 아니했더랬습니다.

놀이에 안 나가도 생계엔 지장이 없게 되었으니까요.

중국 상해에서의 택시 댄서 노릇 몇 해 하는 동안 번 거액의 돈을 가지고 서울로 돌아온 나는 시골에 논뙈기나 좋이 사서 타작만으로 유족한 생활을 할 수 있었으니까요.

당신이 환국하셨다는 신문 보도를 읽은 아침! 설레는 내 가슴! 어떻게 하면 당신을 만나 볼 수 있을까? 며칠 두고 아무리 연구해 봐도 뾰족한 궁리가 나지 못했습니다. 세상에 이런 안타까운 일이 어디 또 있을까요. 나는 당신의 아내요, 당신의 아들의 어머니였지만 그 사실을 아는 자는 세상에 나 혼자뿐이었고 증명세울 아무 건덕지도 없었거든요. 내가 나서서 나는 당신의 아내라고 주장해 보았댔자 당신부터 인정하지 않을 것이요, 세상 사람들은 나를 미친년으로 돌리고 말 것이었으니까요.

그러나 내가 과연 미친년일까요? 혹시 내 평생이 하나의 환상이었거나 꿈이었는지도 모르지요.

당신을 지척에 두고도 만나 뵐 도리가 없어 혼자 벙어리 냉가

슴 앓듯 하고 있는 참에, 그것이 우연이었는지 혹은 운명의 작
희였는지 모르지만, 근 일 년간이나 발길 안해 오던 옛날 친구
선옥 언니가 예고도 없이 불쑥 우리 집 대문 안에 들어섰어요.

선옥 언니가 나더러 사랑방 놀이에 함께 나가자고 권할 때 처
음 나는 화를 내며 단호히 거절했습니다. 그러나 그 수선 잘 떨
기로 유명한 선옥 언니가 자기가 가진 재주를 다 부려 나를 설
득하려드는 것이었습니다.

「네 기분 내가 모르는 바 아니야. 하지만 이번만은 경우가 다
르단 말야. 네가 젊었을 시절에 서울 장안의 명기로 날릴 때가
있었지만, 기껏해야 왜놈 나으리들이나 녹여내서 그놈들 노리개
노릇하는 것이 고작이었지 않니. 그런데 말야. 오늘 밤 손님들
이 누군지 알아? 우리 독립 대한을 맡으시려고 중경서 들어오
신 대감님들이야. 그래 너 그분들에게 술 권할 생각 도시 없단
말이니?」

그녀의 이 말에 나는 감전되는 것처럼 온몸이 짜르르했습니
다.

「언니, 그게 정말요? 참말?」

「내가 너한테 실없는 소리 하러 찾아오겠니, 내 원!」

당신도 중경으로부터 들어오신 『대감님』 중 한 분이신데,
혹시나, 혹시나, 당신도 그 자리에 참석하시는지? 참석하신다
면…….

「언니, 그분들 중에 혹시…….」

하다가 나는 말을 중단했습니다. 당신의 이름이 나오다가 목이
걸리고 만 것이었습니다.

선옥 언니를 보내고 곧 화장대 앞에 앉은 내 가슴 속에는 방
망이질이 시작되었습니다.

예, 그날 밤, 분명히 그 놀이에서 당신을 만났습니다. 우연이

라고 할 수도 있고 또는 장난꾸러기 운명이 선옥 언니를 사절로
나에게 보낸 것이라고도 볼 수 있겠지요. 오래간만에, 참으로
오래간만에 당신의 무릎에 바싹 붙어 앉게 된 나는 너무나 반갑
고 기쁜 생각에…… 아, 기억하시겠습니까? 그날 밤 그 술자리
에서 동료 노기들뿐 아니라 처음 대하는 손님들까지도 내가 첫
눈에 당신에게 반했다고 놀리면서 내 손목과 당신 손목을 끌어
다가 맞잡게 해주며 폭소를 터뜨렸지요.

술이 취하자 선옥 언니 주례로 당신과 내가 엉터리 결혼식까
지 올렸지요.

그것이 장난이 아니고 진정한 결혼식이었으면 나는 얼마나
행복을 느꼈을는지 모르겠습니다.

그리고 당신도 취중이기는 했지만 나를 무척 귀여워 해 주셨
지요. 그러나 그때까지도 당신이 평생 단 두 번 내 몸에 인을 쳐
주셨고, 그 첫번째 교섭에서 당신의 씨를 내 자궁에 뿌려 주어
열매까지 맺었다는 사실은 당신이 모르고 있었습니다.

그리고 며칠 뒤 당신이 제 집으로 오셨을 적에도, 내 정체를
확실히 모르는 당신은 단순한 호기심으로 들리셨던 것이었습니
다.

그런데 짖궂은 운명이 부자 상봉을 훼방 놓은 것이었습니다.
어디 그뿐입니까. 당신이 자기 아버지인 것을 모르는 정호가 당
신을 암살하려고 권총을 빼들었고 명사수격인 당신이 선수를 쳐
당신 아들을 사살했지요…… 자객이 당신의 아들이라고는 꿈에
도 생각 못하신 것이 사실이긴 하지만.

정호가 저지르려던 행동의 동기는 불순한 점이라고는 티끌만
큼도 없었다고 나는 믿습니다. 순진한 청년들의 애국심을 악이
용하는 놈들의 제물이 된 정호였지요.

왜정 36년간 한결같이 해외에서 투쟁을 계속해 오신 분들이

나 국내에서 만난을 극복하면서 끝까지 절개를 지켜 오신 분들이 이 기쁜 시각에 서로 흉금을 털어놓고 손잡고 도와 새나라 건설에 일심 협력해야만 성사도 되고 대중의 신뢰를 받게 될 것이 아닙니까. 그런데 어찌하여 소소한 의견 충돌이나 오해를 청산하지 못하고 중상 모략, 심지어는 폭력 행사와 살상까지 감행하여, 삼천만 겨레가 갈망하는 독립국가 건설을 도리어 방해하고들 있는 것입니까.

참으로 한심한 일이옵니다.

비겁하고 비루한 민족 반역자들의 횡포를 묵인하는 미국 군정이 한스럽기 한이 없습니다.

죽어도 합작하기는 싫고 한쪽을 죽이고 나야만 정권을 잡을 수 있다고 그들 소위 거물급들이 믿고 있다면 그들 자기네끼리 사생결단을 할 것이지, 비겁하게도 뒤에 숨어 순진한 애국 청년들을 그릇 인도하는 꼴은 하늘과 땅과 사람들이 다 분노할 극악이 아니옵니까. 누가 우리 아들을 그런 무서운 함정 안에 몰아넣었을까요 ?

누구가, 누구가, 예 누구가 ?

정호를 잉태하던 순간이 지금 새삼 회상되옵니다. 내가 오래오래 짝사랑해 왔었던 당신을 그 여름밤에 정릉에서 독차지하게 될 때 내 가슴을 떨리고 정신은 황홀했습니다. 당신과의 처음 육체적 접촉. 흥분한 당신의 몸냄새. 억센 포옹. 가쁜 숨소리. 클라이맥스.

그것은 한 쌍의 수컷과 암컷이 동물적 만족을 느끼는 데만 그친 것이 아닙니다. 한 새로운 생명을 창조하는 조물주적인 위대한 조화였던 것이었습니다. 생명 창조의 신성성과 희열은 어떤 동물에게나 암컷만이 느낄 수 있는 특전이라고 나는 생각하게 되었었습니다.

엄지와 새끼. 어미의 자식에 대한 사랑과 희생심은 맹목적이고, 한이 없고, 이유가 없고, 이론이 없는 절대적인 본능이 아닐까요.

그런데 그렇게도 귀애하고 정성들여 기른 자식들에게 총을 매워 마구 쏴 죽여야만 되게 마련된 이 인류는 과연 정상적인 정신의 소유자라고 볼 수 있겠습니까?

엄지의 운명! 그것은 나 한 개인의 운명이 아니라 전체 생물계가 가진 공통 운명이라는 것을 깨달은 나는 내 운명에 순종해 버리리라고 애쓰고 있습니다.

지금의 내 호소는 전인류의 역사를 통하여 기천만 아니 기억만 어머니들의 공통된 호소가 아니겠습니까.

누구의 손에 의해 누구가 죽었다는 게 문제가 아닙니다. 사람이 사람을 죽인다는 것 그 자체가 이해할 수 없는 모순입니다.

왜? 왜? 왜?

천만 번 되풀이해 물어 봤댔자 시원한 대답이 불가능합니다. 영원히 해결지을 수 없는 수수께끼인 듯싶습니다. 그렇지만 나 하나의 슬픔이 인류 전체 만대에 긍한 커단 슬픔과 비교해 볼 때 무슨 가치가 있겠습니까. 죽음을 당하거나, 병들어 앓다가 죽거나, 횡사하거나, 늙어 죽거나, 또 지금 내가 취하려고 하는 자살이거나 한번 죽으면 그만인 것을. 살아 있으니까 바락바락 애도 쓰고, 기막힌다, 슬프다, 괴롭다, 원통하다 등이 있는 것이지, 한번 죽어 버리면 그 뒤에는 아무런 감정이나 감각도 느끼지 못하게 될 것이 아니겠습니까. 나같은 미미한 존재가 이 고해 사바에 이 이상 더 남아있어 무슨 소용이 있겠습니까. —— 아니, 소용이 없다기보다도 살아 있는 그 나날이 고통과 슬픔과 원망의 누적이 될 따름입니다.

내가 클레오파트라가 아닌 이상 죽는 방법을 시험해 볼 필요가 없고, 또 죽음이 무섭게 생각되지도 않습니다.

날이 새는 모양입니다.

내가 죽어 버린 뒤 나에게는 새벽도, 대낮도, 해도, 달도, 별도 없게 될 것입니다.

산뜻한 세수물의 신선한 감촉도, 소배춧국의 구수한 냄새도, 혀끝에 감치는 따끈하고 매끈한 밥의 감촉도, 새소리, 바람 소리, 우뢰 소리, 사람의 목소리까지…… 아무것도 감촉하지 못하게 되겠지요.

개미도 두더지도 살아 있을 것이고, 여우나 뱀이 내 무덤에 구멍을 뚫어도 나는 속수무책이겠지요. 그래도 만일 내 시체가 무덤에 묻힐 수 있다면 무덤을 덮은 잔디는 봄마다 새싹을 내미게 될 것이라지만 내 몸은 썩어 물이 되고 흙이 되어 버리겠지요…… 차라리 화장되어 연기가 되어 공중에 사라져 버리는 것이 좋겠지요.

아버님도 연기가 되셨고, 어머님도 연기가 되었으며, 아들까지 연기가 되어 사라져 없어진 오늘 나는 연기로 변하여 부모와 아들의 연기들과 하늘에서 합치는 것이 내게는 더 행복하겠습니다.

어느 절에서 치는지 새벽 종소리가 은은히 들려 옵니다. 일백번 하고 여덟 번을 계속 친다는 그 종소리가 지금 새벽 안개 속으로 퍼져나오고 있습니다.

온 사방 세계 속속들이 빈틈없이 그 종소리가 스며들고 있습니다.

사람의 생활에는 일백여덟 가지 번뇌가 있다고들 하고, 그 번뇌를 좀 덜게 해달라고 인생은 몇천 년간 내리 종을 울려왔습니다만 그 번뇌들 중 한 가지도 줄어들기는커녕 정도가 더 깊어가기만 하옵니다.

어제에도, 오늘에도, 내일에도, 모레에도…… 영원토록, 영원히 좋은 울겠지만 그 효과는 나타나지 않으리라 나는 믿습니다.

나고 죽고, 나고 죽고 인생은 대대손손 끝이 없을 것이로되 이 일백여덟 가지 번뇌는 계속 인생을 괴롭힐 것이 분명하오니, 그 모든 번뇌를 다 벗어 버리고 나는 가려는 것입니다…… 가려는 것입니다…… 무감각의 저승으로.

〈1948〉

개　밥

　　주인나리가 바둑이라는 서양개 새끼를 얻어 온 것은 벌써 석 달전 일이었다. 어떤 사냥군의 집에서 얻어 온 것인데, 처음에는 우유 외에는 아무 것도 먹지 않으므로 아씨의 속도 무던히 태우고 나리의 돈지갑도 무던히 비게도 만들었다. 첫 한 주일 동안은 나리의 극진으로 우유를 사다 먹였으나, 백만장자가 아닌 형세로 개에게 우유만 먹이기는 너무 심하였다. 그래서 우유를 그만두고 밥을 먹여 보기도 했더니 처음 며칠은 먹지 않았다. 그러나 주인나리와 아씨의 용단으로 우유는 절대로 다시 먹이지 않기로 하고, 그러나 서양개에게 그냥 밥만은 아무래도 좀 뻑뻑할 터인즉 흰밥에다 고깃국물을 두어서 대접하기로 결정이 되었다. 어멈에게는 이 주인 내외의 하는 짓이 모두 미친 것같이 보이었으나, 물론 참견할 데가 아니라 입을 꾹 다물고 있었다. 우유가 얼마나 좋은 것인지를 똑똑히 모르는 어멈에게는 개에게 우유를 먹일 때보다도 흰밥에 고깃국을 먹이는 것을 더 못할 것으로 생각했다.

　　「사람두 흰밥을 못 먹는데, 원 개에게 흰밥, 고깃국이라니 !」
하고 어멈은 부엌에서 아침마다 개밥을 준비하면서 속으로 생각하곤 하였다. 처음 이틀은 그 개가 흰밥 고깃국을 다치지도 않았다. 하나 처음 서양개도 배가 고픈데는 별 수가 없었던지 사흘 되는 날부터는 조금씩 짤딱짤딱 핥아먹기를 시작하였다. 처음 며칠 동안 개가 흰밥 고깃국을 잘 먹지 않는 동안에 어멈은 한편으로는 불평이면서도 한편으로는 슬그머니 좋은 일이었다. 그것은 주인아씨가 개 앞에 한번 놓았던 밥은 내다 버리라고 어멈에게 명령하는 까닭이었다.

어멈은 그 흰밥 고깃국을 내어 버릴 수는 없었다. 그에게는 세살 난 귀여운 딸이 있었다. 행랑방 어둡고 더러운 방구석에서 혼자 울고 웃고 중얼거리고 잠자고 꿈꾸는 이쁜 딸 단성이가 있었다. 첫날 개가 다치지도 않은 개밥을 들고 행랑으로 나와 어멈은 그 밥을 단성이에게 주었다. 단성이는 세상에 난 이후로 흰밥 고깃국이 처음이었다.

오죽이나 맛있게 그가 그 밥 한 그릇을 다 먹었으랴! 더욱이 과한 노동으로 말미암아 어미 젖에서 젖이 잘 나지를 않으므로 젖도 변변히 못 얻어먹고 자란 단성이에게는 이 흰밥 고깃국 한 그릇이 그동안 쌓였던 영양 불량을 한꺼번에 모두 회복시킬 수 있을 것같이 맛나고 좋은 음식이었다. 그렇게도 맛나게 그릇 밑까지 핥는 단성이의 조그만 모양을 볼 때, 어멈은 눈물이 나도록 기뻤다.

그후에는 며칠 동안 개가 밥을 조금만 먹고는 늘 남기는 고로 (개가 처음이 되어서 맛을 못 들여 많이 아니 먹은 이유도 있겠지만, 개밥 얻어먹는 재미에 어멈이 일부러 밥을 많이 담아다 주는 까닭도 있었다. 주인아저씨가 무어라 말하는 것은 아니건마는, 어멈은 그의 마음속을 아씨가 알까 싶어서 개밥을 많이 담을 때마다 주인아저씨가 옆에 있으면 변명 삼아서『잘 먹지두 않는 거 많이나 담아다줘야 그래두 좀 먹는다우.』하고 중얼거리곤 했다.) 어멈은 매일 흰밥 고깃국을 얻어서 단성이도 먹이고 자기도 그 짭짤하고 단 국물과 입안에서 녹아스러지는 듯한 매끈매끈한 쌀밥 한두 술을 얻어 먹을 수가 있었다. 한번은 좀 너무 많이 담았던 개밥을 바가지에 쏟아 들고 행랑으로 나가자,

대화정 어떤 두부장수에게서 두부 메고 다니며 팔아 주고 월급 오 원씩 받는 단성이 아범이 마침 집에 들렀으므로 그것도 오래 간만이라고 그것을 바가지째 먹으라고 주었었다.

아범은 시장하던 끝이라 단성이가 입에 손가락을 물고 그의 입과 손만 치어다보고 앉았는 것도 깨닫지 못하고 훌훌 모두 들이마시었다.

「안에서 오늘 누구 생일인가?」

하고 아범이 개밥을 먹으면서 물어 보았다. 어멈은 남편이 방금 맛나게 먹은 밥을 개 먹다 남은 밥이라고 말하기가 어려워서,

「생일날은? 꼭 생일날만 고깃국을 끓여 먹습디까? 그저 끓이게 돼서 끓였지 !」

하고 우물쭈물해 버리었다.

이때까지 아버지만 쳐다보던 단성이는 아버지가 내려놓은 빈 바가지를 보고는 그만 그 바가지를 끌어안고「으아」하고 울었다. 어멈이 점심 때 또 얻어다 주기로 약속하고 겨우 달래어 놓았다. 아버지는,

「그런 줄 알았더문 안 먹을걸, 난 그 오까미상이 청결통에 내버리는 흰밥 부스러기나 이따금 배부르게 얻어먹는걸 !」

하고 단성이 몫을 공연히 먹어서 불쌍한 딸년을 울린 것을 후회하면서 월급 받으면 댕구알 사탕 사다 주기로 약속하고 일어서 나갔다.

개도 먹지 않고는 못 사는 법이다. 두 주일이 못 되어 개는 그 흰밥 고깃국을 있는 대로 홀딱 먹어 없애게 되었다. 더욱이 자라나는 개라, 매일 식량이 늘어서 무섭게도 밥을 많이 먹어댔다. 그래서 이제는 어멈이 아무리 밥을 많이 주어도 개가 먹다가 남기는 일이 없었다. 주는 대로 먹어치우는 개는 물론 단성이가 지금 어두운 방에서 흰밥 고깃국을 꿈꾸고 기다리고 있는

줄을 알 리는 없었다. 또 안다고 한들 그를 위해 밥을 남길 자선
심도 없을 것이다.

매끼 어멈은 단성이를 낙망시키었다. 어멈은 언제나 단성이
에게 했던 약속을 지키지 못하게 되었다. 팔자없는 입에 당치도
않은 버릇을 배워 줘서 큰 야단이 났다. 하루는 단성이의 성화
를 더 받을 수도 없고 또 그 애원을 차 버릴 수도 없고 해서 개
밥은 내다가 단성이를 먹이고 저희가 먹으려고 지었던 조밥을
슬그머니 개에게 주었더니 개는 킁킁 두어 번 맡아 보고는 뒤도
안돌아보고 부엌으로 들어가서 끙끙 앓으면서 돌아갔다.

주인아씨는,

「이 놈의 개가 오늘은 게걸이 들렸나 원, 한 사날 못먹은 개처
럼 구네.」

하고 쫑아거리었다. 설겆이를 하면서 어멈은 아씨가 혹 어멈의
한 것을 발견할까 보아서 속이 얼마나 죄었는지 모른다. 아무도
없다면 그 밉살스럽게 끙끙거리며 온 부엌 안을 헤매는 그 개새
끼를 도마 위에 놓인 식도로 쿡 찔러죽여 버렸으면 좋을 생각이
났으나 꾹 참지 않을 수 없었다. 어찌도 속이 죄고 원통하고 분
한지 속이 클클하고 안타까워서 씻고 있는 사발이라도 한 개 내
동댕일 치고 몸부림을 하고 싶었으나 그럴 처지도 아니라 죄를
숨기는 듯, 용서를 비는 듯한 눈으로 아씨를 힐끔힐끔 쳐다보면
서 나오지도 않는 웃음을 억지로 만들어 웃어보이었다.

설겆이를 겨우 마치고, 즉시 어멈은 행랑으로 뛰쳐나왔다. 나
와서는 잡담 정지하고, 그때 문턱에 앉아서 오줌을 내싸고 있는
단성이를 머리채를 휘어잡고 끌고 들어가서 엉덩이가 깨어져라
하고 몇 번 몹시 갈기었다.

「이 썩어데 나갈 기집애야, 그 팔자에 흰밥은 무슨 흰밥을 먹
는다구…….」

어멈은 단성이를 탁 밀치었다. 단성이는 아랫목으로 굴러가 떨어지면서 벼락치듯이 악을 써 울었다. 어멈은 씩씩거리며 앉아서, 눈앞에서 대룽대룽 굴며 섧고 아프게 우는 단성이를 바라다보았다. 눈물이 흘러내려 얼룩이를 짓는 햇빛 못 봐 시들은 얼굴, 뼈만 남게 여윈 손발, 가을이 깊었건만 아직 홑옷을 감고 있는 조고만 몸뚱아리!

『저것이 내 것인가!』

하고 생각할 때 어멈은 말할 수 없이 섧고 애처롭고 후회가 났다. 더욱이 그의 엉엉 우는 울음 소리는 어멈의 간장을 모두 녹이어내는 듯하였다.

「이 계집애! 그래두 소리내 울갔네? 방치맛 좀 보구야 말간? 뚝 *끄쳐……* 그냥 못 *끄쳐?*」

울음 소리는 뚝 그치었다. 난 때부터 절대 복종으로 버릇된 관능은 위협 한마디면 좌우하기에 족한 것이다. 울음 소리는 멎었으나 단성이가 울기를 그친 것은 아니었다. 들먹거리는 어깨, 코를 길게 들이마시는 소리, 이따금 숨을 한꺼번에 서너 번씩 들이쉬는 소리, 또 이따금 참을 수 없이 입 사이로 새어나오는 짧은 느낌소리!

『저것이 에미를 못 쓰게 만나서 맘 놓구 울지도 못하는가?』

하고 생각하니 어멈은 더 견딜 수가 없었다. 후회와 같이, 그러면서도 어머니가 된 위엄을 보전하려는 구차스런 억제. 어멈은 단성이를 물끄러미 바라보았다. 그의 동글동글한 두 눈이 눈물로 채워졌다. 그는 억지로 울지 않으려 했으나, 코끝이 씽해지면서 골치가 지끈 아팠다. 한줄기 눈물이 여윈 뺨 위로 주르르 내리흘렀다. 더 참을 수가 없었다. 어멈은 미친개처럼 소리를 지르면서 단성이를 얼싸안고 뒹굴었다.

「단성아! 단성아…… 에구 내 딸아…… 네 어미가 몹쓸년이다…… 울지 말아 엉…….」

　단성이는 이젠 맘놓고 소리내 울었다. 어멈도 슬피 울었다. 단성이의 따끈따끈한 뺨이 어멈 뺨에 와서 닿을 때 그는 있는 힘을 다하여 단성이를 꽉 끌어안았다. 새로운 눈물이 멎을 줄도 모르고 내리흘렀다. 그후에 단성이는 일체 흰밥에 고깃국을 달라는 말을 한번도 입 밖에 내지 않았다.

　바둑이를 데려온 지 한 달이 좀 넘은 때 단성이 아범은 직업을 잃었다. 별로 잘못한 일도 없으나, 영업을 축소한다는 이유로 밥 자리를 떼였다. 그후 두어 주일간이나 일자리를 구해 보느라고 번둥번둥 놀고 있다가 나까무라조[中村組]에서 오사카인가 어디로 노동자들을 모집해 가는데 노자는 그냥 대주고 가서는 하루에 이원씩이나 돈을 벌 수 있다고 삼 년을 계약하고 태손이 아범과 그밖에 여러 노동자와 함께 바다를 건너갔다. 떠나면서 아범은 돈 많이 벌어가지고 삼 년 후에 단성이가 입을 양복(일본촌으로 두부 팔러 다니면서 일본 아이들이 입은 것을 보고 어찌도 맘에 들었던지 얼마든지 돈이 좀 풍부히 생기면 꼭 하나 사다 입히기로 벼르고 있었으나, 아직 시행을 못했던 것이다.)을 사다 주기로 약속을 했다 어멈은 남편을 그렇게 멀고 생소한 곳으로 보내는 것이 좀 맘이 아니 놓이고 어째 무서운 생각이 들었으나, 가서 삼 년 후에는 돌아올뿐더러 돈을 많이―― 얼마나 많이일지는 모르나 하여간 많이――벌어 온다는 말에 귀가 빌룩했고 더구나 태손이 아범이랑 모두 같이 가니까 별로 염려 없으리라고 억지로 맘을 진정하였다.

　「삼 년 세월이야 잠깐이지 뭐！」

하고 어멈은 삼 년 후에 돈 전대 차고 돌아올 남편을 상상하고 혼자 한숨을 쉬었다.

　바둑이는 그동안 벌써 꽤 컸다. 바로 제법 큰 개가 되어서 모를 사람이 오면 컹컹 짖는 소리도 차차 굵어지고, 다갈색 털이 매끈매끈한 몸뚱아리는 살이 포동포동 찌고 기름이 반지르르 흘렀다.

단성이는 한동안 차차 몸이 더욱더 쇠약해 갔다. 저고리를 벗으면 갈빗대가 아롱아롱하고, 두 눈 아래는 영양 부족으로 시커멓게 멍이 졌다.

바둑이는 매주 주인나리가 안고 귀애하고 다루어서 아는 사람을 보면 무릎으로 부득부득 기어오르고 뺨과 손등을 핥고 하여 거리낌없이 사람들의 친구가 되고 또 모두의 귀염을 받았다. 그리고 서양개로 우유를 안 먹고 밥과 고깃국을 먹는다고 누구에게나 기특하다는 칭찬을 들었다.

단성이는 행랑방 속에서 구겨박혀 있어서 (더구나 추운 겨울이 되었으므로) 바깥 구경은 못하고 더욱이 사람을 보면 무서워서 어릿어릿하여 공허한 눈에는 공포와 의심뿐이 방황할 따름으로, 주인 집에 드나드는 손님들 중에도 하나도 이 단성이를 주시하는 이가 없었고 또 그 초췌한 얼굴이나마 본 이가 몇 사람이 되지 않았다.

그러는 동안에 개는 차차 더 크고 자유스럽게 되어서 그 커다란 귀를 실룩거리면서 바깥 마당으로 뛰쳐나오는 때에는, 만일 그때 단성이가 거기 있다가는 그만 혼비백산하여 외마디소리를 지르면서 황급히 방으로 쫓기어 들어가는 것이었다. 단성이에게는 그 커다란 개가 한없이 무서웠다. 그 길쭉한 입으로 단성이를 깨물어 삼킬 것 같았다. 그러나 바둑이는 단성이를 본 체도 아니 하는 모양이었다.

한 이십 일 전부터 단성이는 기침을 콜롱콜롱 하면서 열이 있는 것이 감기가 들린 것 같다고 하여 며칠 내버려 두면 제 안 나으리하고 생각하는 어멈은 무관심하였다. 그들에 속한 백성들은 자연을 가장 좋은 의사로 믿는 것이 습관이었다. 그러나 단성이의 병은 그리 쉽게 나을 것이 아니었다. 자리에 누운 지 사흘이 못 되어 위중해졌다. 죽 한 술 먹지 않고 연해 기침을 하며 신열이 났다. 어멈은 그제야 심상치 않은 줄을 알고 놀라서 주인아씨께 말하여 감기약 한 봉지를 얻어먹이고 다시 땀을 내게 하면 낫는다고 안집에 사정을 하여 나무를 좀 얻어다가 불을 뜨뜻이 땐 후, 단성이 몸을 더러운 이불로 푹 덮어 주었다.

이튿날 아침, 어멈은 단성이가 거의 죽게 된 것을 발견하고 몹시 놀랐다. 감기보다도 필경 무슨 다른 병이라고 직감한 때 어멈의 온몸은 떨리고 혼은 흔들리었다.

어찌하랴! 그는 주인아씨에게 그 사연을 아뢰었더니 의사를 청해다 보이라고 한다. 의사는 왔다. 깨끗한 새 외투를 입고 가방을 든 의사가 그 더러운 방안으로 들어갈까 하고 어멈은 스스로 염려하고 부끄러워했으나, 지금 그런 것을 꺼릴 때가 아니었다.

어멈은 의사의 얼굴만 바라다보았다. 사형 선고가 내리는가? 어멈의 눈은 의사의 입술에 풀로 붙여 논 것처럼 의사의 입만 바라다보았다.

「별로 염려는 마시오.」

하는 말이 떨어질 때, 어멈은 다시 살 것 같고 제 귀를 의심하게 되어서 재차 물었다. 의사는,

「그런데 먹이는 것을 조심해서 먹여야겠소. 허튼 것은 먹이지 말고 고깃국물 우유 같은 것이 좋고, 밥은 흰밥을 먹이고 병이 좀 낫거든 닭고기두 좀 먹이고, 달걀 같은 것을 먹이면 좋지요. 다른 병보다두 먹지 못한 병이니깐——약은 별로 쓸 것 없으나, 원한다면 좀 있다 애 시켜 보내리다.……그리고 문을 이렇

게 꼭 닫아 주지 말구 신선한 공기를 좀 통하게 하소. 그래두 추
워서는 안 될 테니까, 불을 많이 때고 잠시잠시 열어서 공기를
순환시켜야 돼요…….」
하고 의사는 갔다. 속에서 안 나오는 것을 부끄럼을 무릅쓰고
시재 돈이 없으니, 후에 월급 사 원을 타거든 올리마고 겨우 말
해서 의사를 보내 놓고, 돈도 없는데 약은 차라리 보내 주지 않
았으면 좋겠다 하고 속으로 생각하였다. 어멈은 정신 잃은 사람
처럼 찬바람이 병자의 온 몸을 스치고 엄습하는 것도 잊어버리
고 문턱에 주저앉은 채 의사가 방을 끼고 나가던 대문간만을 멀
거니 바라다보고 앉아 있었다.

약도 얼마간 먹였으나 효험이 없었다. 날로 변해가는 형세를
보아서는 의사를 다만 한번 더 청해다 보이고 싶었으나, 지난번
왔을 때 인력거 삯도 못 주었고 또 약값도 못 준 것을 생각할 때
에는 도저히 다시 그를 청할 용기가 없었다. 주인아씨에게 월급
을 한달치 먼저 뀌어 주는 셈 치고 빌어 달라고 여쭈어 보았으
나, 나리가 월급 받을 날이 아직 안 되어서 돈 없다고 거절을 당
하였다.

요새 며칠 단성이는 삶과 죽음의 경계선에서 방황하였다. 그
런데 어젯밤 처음으로 단성이는 다 죽어가는 소리로,
「엄마, 나 흰밥에 고깃국이나 좀 줘.」
하고 두 달 동안이나 일체 입 밖에 내지 않던 말을 하였다. 이튿
날 아침에 어멈은 부끄럼을 무릅쓰고 그 사연을 주인아씨에게
아뢰었더니, 주인아씨는,
「아니, 미친 소리 하지두 말아. 한 달씩 앓구 누었는 애가 밥
을 먹다니? 체해 죽으라구 이걸 내다가 죽이나 쑤어 주소.」
하고 흰쌀을 한 줌 집어 주었다.

어멈에게도 그것은 그럴듯이 생각되었다. 우선 흰죽이라두

쑤어주면, 조 미음보다 얼마나 맛이 있게 먹으랴 하고 생각하니
한없이 기쁘기도 하고 주인아씨가 고맙기도 하였다. 죽을 할 수
있는 대로 좀 많게 하려고 물을 너무 많이 됐기 때문에, 죽이 아
니고 그만 미음이 되었다. 단성이는 그 죽을 한술 떠 보고는 더
먹지 아니하였다.

「이게이 흰밥이가?」

하고 원망스러운 목소리로 한마디 하고는, 아무리 권하여도 영
흰죽을 먹지 않았다. 어멈의 마음속으로는 흰밥에 고깃국을 단
성이 죽기 전에 꼭 한번만이라도 먹여 보고 싶은 생각이 간절하
여졌다. 그러나 주머니에는 동전 한푼 없었다. 전당 잡혀 먹을
물건이라도 있나 휘둘러보았으나 헌 의복가지나 있던 것을 단성
이 아버지가 오사카로 갈 제, 차비는 나까무라조에서 담당해 준
다고 한들 객지에 가면서 그래 돈 한푼도 없이야 갈 수가 있겠
느냐고 해서 모조리 전당을 잡혀 돈 이 원을 만들어 주어 보내
고 남은 것이라고는 아무것도 없었다. 어멈은 방금 안방 마룻간
에서 흰밥에 고깃국을 실컷 먹고 있을 바둑이를 그려 보았다.

「우리 단성이는 그래 개만두———.」

「왜?」

단성이는 가쁜 듯이 숨을 자주 쉬었다.

「흰밥이나 한 그릇…… 고깃국…….」

어멈은 죽그릇을 들고 벌떡 일어섰다. 안에 들어가서 고깃국
물을 좀 얻어서 죽 속에 쳐다가 먹이어 볼 생각이었다. 안에 들
어가보니, 마침 주인나리는 출타해 안있고, 아씨가 먹다 남은
밥과 고깃국을 개밥궁이에 주르륵 들어 쏟는 때이었다. 그러고
나서 아씨는 밥상을 들고 부엌으로 내려갔다. 어멈은 조심조심
히 마루 옆으로 가서 개밥궁이를 넌지시 들여다보았다. 아직도
밥이 한 절반이나 있었다.

168

『여기서라두 국물을 좀 얻어가야겠다.』

하고 어멈은 생각하였다.

개밥궁이를 들어서 국물을 좀 죽그릇에 쏟으려 하니까, 다 자란 개는 제 밥을 안 빼앗기겠다고 어멈을 향하여 달려들었다. 그 서슬에 어멈이 들었던 밥그릇이 내려지면서 요란한 소리를 내며 깨어졌다. 단성이를 먹이려던 흰죽이 겨울날 언 땅에서 질펀하게 덮이어 거기서 김이 문문 났다. 어멈은 개를 너무나 괘씸하다고 생각하였다.

「국 국물 조끔 얻어 갈래는데, 이 망할 놈의 개새끼.」

하면서 그는 개밥궁이를 개를 향하여 내갈기었다.

「이거 무얼 또 새벽부텀 깨뜨리니?」

하는 주인아씨의 쨍한 목소리가 부엌에서 들리어 오고, 그의 찡그린 얼굴이 부엌문 앞에 나타났다.

밥궁이로 얻어맞은 개는 저도 지지 않겠다는 듯이 달려들어 어멈의 팔을 덥석 물었다. 어멈은 통분과 본능적 자위심과 복수심으로 온몸이 떨리었다. 그의 앞에는 세상도 없고, 아무것도 없고 다만 개 한 마리가 보일 따름이었다. 어멈은 달려들어 개 허리를 두 다리 새에 끼고 언 땅 위로 뒹굴었다. 그리고 그 억센 이로 개 몸뚱이를 닥치는 대로 물어뜯었다. 어멈이 개한테 물린 팔에서 피가 흐르고 개 몸뚱이에서도 이곳저곳 어멈에게 물린 곳에서 피가 흘렀다. 피투성이가 된 두 동물은 미친 듯이 서로 씩씩거리면서 뜰 위로 뒹굴었다. 주인아씨는 이 갑작스런 소란에 어찌할 바를 모르고 발을 동동 굴렀다. 여인들이 갑자기 이상한 일, 무서운 일을 당하면 아뜩해져서 어찌해야 할는지 모르고 선 자리에서 뱅뱅 도는 법이다. 아까운 개가 죽지나 않을까 겁나서 가서 뜯어 말리고 싶었으나, 섣불리 굴다가 자기도 물리거나 또 옷에 피칠을 할까 겁이 나서 그러지는 못하고, 그

냥 두 팔을 벌리고 선 채,

「어멈, 왜 미쳤나?」

하고 빽빽 소리만 질렀다.

사람에게 악이 난 후에는 못할 일이 없다. 시골 사람들이 산골에서 밤에 호랑이와 싸워서 이긴다는 이야기도 가끔 듣는 바다. 어멈에게도 이 악이 한번 발하매, (그 악은 사십 년 동안이나 그 큰 몸뚱아리 어느 구석엔가 배기어 있으면서도 아직 한번도 폭발되어 나오는 때가 없었던 것이 오늘 이 위기를 당하매 그것은 온갖 위력을 가지고 폭발된 것이다.) 그 악은 개 한 마리를 물어뜯어 죽이기에는 족하였다. 물론 어멈도 여기저기 여러 곳을 그 개에게 물리었다. 어멈 의복은 새빨갛게 피로 물들었다. 개가 이미 맥이 없어져서 어멈이하는 대로 내버려두고 대항을 못하는 것도 인식하지 못하면서 그냥 개를 물어뜯던 어멈이 우연히 마당 한가운데 허옇게 얼어붙은 흰밥에 고깃국을 보았다. 그에게는 단성이 생각이 스치고 지나갔다. 그는 미친 듯이 소리를 지르며 늘어진 개 몸뚱아리를 내버리고 그곳으로 달려갔다. 피투성이가 된 손으로 그 개밥 얼어붙은 것을 그러모아 쥐고, 나는 듯이 그는 행랑으로 나아갔다. 방문은 아까 열고 나간 채로 열려 있었다. 방안은 바깥처럼 추웠다.

「단성아! 자, 흰밥에 고깃국 가져왔다…… 애, 단성아! 단성아!」

하는 어멈의 말소리는 너무 컸다.

단성이 입에서는 영 대답이 없었다. 그의 곱게 감은 눈은 영영 다시 뜨지 않기 위하여 마지막으로 감은 것이었다. 정신 나간 어멈은 달려들어,

「얘, 단성아!」

를 부르면서 그를 끌어안고 뒹굴었다. 이때에야 행랑까지 쫓아

나온 아씨는 무서워서 방안에는 못 들어가고 문 밖에서 오들오들 떨면서 이 광경을 바라다보고 있었다.

「이게이 흰밥이가, 어데?」

하는 원망 섞인 목소리를 어멈은 들었다. 어멈은 단성이 몸을 흔들었다.

「애, 또 말해라, 엉.」

그러나 단성이는 대답이 없었다. 어멈은 단성이 목소리가 대문 밖에서 나는 것을 들었다.

어멈은 대문 밖에서 단성이가 깨끗한 흰옷을 입고 서 있는 것을 보았다. 어멈은 단성이 시체를 던지고 문 밖으로 뛰어나갔다.

어멈은 피투성이가 된 치마를 내두르면서,

「단성아! 단성아!」

를 부르며 큰 거리로 달음박질해 나아갔다.

〈1932〉

북소리 두둥둥

1

내 네 살 난 아들놈 장난감으로 북을 한 개 사다 주었던 것이 우리 집에서 밥 짓고 있는 복실이 어머니에게 그렇게 큰 슬픔을 가져다 주리라고는 나는 꿈에도 생각 못했던 것이다.

2

복실이 어머니가 우리 집에 와 있게 된 것은 단순한 주인과 식모간이라는 그런 주종 관계로서는 아니었다.

복실이 아버지는 본래 내 큰삼촌과 죽마지우로 자란 사람이 었는데 장성하자 북간도로 건너가서 번개처럼 찬란하게 떠도는 생활을 하다가 그만 총부리 앞에서 찬이슬이 되어 버린 호협한 사람이었다.

복실이 아버지가 그처럼 외지에서 횡사를 하자(그것이 벌써 이십 년 전 옛일이지마는) 과부가 된 복실이 어머니는 그때 여 섯 살 나는 딸 복실이와 또 바로 남편이 죽던 날 아침에 세상에 나온 아들 인선이를 데리고 조선으로 돌아와서 이리저리 방황하 다가 마침내는 남편의 죽마지우인 내 큰삼촌 댁에서 식객처럼 들어 있게 되었다.

처음에는 식객처럼 와 있도록 했으나, 복실이 모는 그냥 앉아 서 얻어먹고만 있기가 미안하다 하여 자진해서 부엌일을 돕기 시작하였다. 내 삼촌 모는 처음에는 부리기가 어렵다 하여 복실이 모가 부엌일하는 것을 꺼리었으나, 그러나 날이 감에 따라 어색한 기분이 차차 줄고 혹시 이전 있던 식모가 나가고 새 식모가 아직 안들어오고나 한 기간에는 복실이 모가 아주 식모격으로 일을 하게 되고, 이럭저럭하여 마침내는 복실이 모는 내 삼촌 댁에 한 부리우는 사람으로 자연화해 버리었다. 그래서 얼마 후에 그렇게 무보수로 일만 시킬 수 없는 일이라고 내 큰삼촌이 주창해서 일정한 월급까지 정해 놓고 나니 아주 복실이 모는 식모가 되어버린 것이었다.

이래 이십 년간, 복실이 모는 오직 두 자식을 위해서 살아온 것이었다. 딸은 몇 해 전에 함흥서 잡화상을 한다는 사람에게 시집을 보냈으니 그만했으면 시집을 잘 보냈다고 복실이 모는 만족해 하고, 인선이는 상업학교를 마치고 지금 백화점 점원으로 들어가서 일급 칠십 전을 받고 있으니 이 또한 복실이 모는 퍽으나 만족한 모양이었다.

그런데 복실이 모가 우리 집으로 옮겨오게 된 내력을 말하면, 재작년에 삼촌이 강원도 강릉으로 솔가하여 이사를 가게 되었는데, 복실이 모는 될 수만 있으면 아들이 취직하고 있는 평양에 남아 있어서 아들과 함께 살고 싶다는 희망이어서 우리 집으로 옮겨오게 된 것이었다. 그때 마침 우리는 처음으로 어린애도 생기고 해서 내 아내가 혼자서 쩔쩔매던 판이라 복실이 모가 오겠다는 것이 결코 싫지 않았다. 그래서 복실이 모는 우리 집에 와 있으면서 건넌방에서 아들 인선이를 데리고 있고, 월급은 없이 그저 그들 모자의 식사를 우리 식구 먹는 대로 먹기로 하고 와 있었다. 이리해서 인선이가 벌어들이는 월 이십 원이란 돈은 거기에서 옷이나 해 입고 그대로 꽁꽁 모아서 이제 한 십 년만 그렇게 공을 들이면 그 모은 돈을 한밑천 삼아서 인선이를 가게나 놓도록 한 후, 며느리나 얌전한 색시를 하나 맞아서 살림을

차리고, 복실이 모는 늘그막에 손자 애들이나 업어 보는 조그마
한 양상이나 해볼 수 있으리라는 희망, 그것이 복실이 모의 생
에 대한 전부였던 모양이다.

3

그런데 복실이 모에게는 아들 인선이에게 대한 꼭 한가지 불
안이 늘 떠나지 않고 있어 왔다. 그것은 인선이가 어렸을 적부
터 다른 아이들과는 좀 별다른 성격을 가진 것에 있었다.

그것은 인선이가 여남은 살 났을 적 일이라 한다. 하루는 복
실이 모가 저녁에 부엌에서 저녁을 짓다가 잠시 무엇 때문인가
방안에 들어 가 보았더니 인선이가 방 아랫목에 가만히 누워 있
는데 모양은 잠자는 것 같으나 숨소리가 몹시도 가쁘고 별스러
웠다 한다. 그래서 가까이 가서 들여다보니까 두 눈을 다 뻔히
뜨고 누워 있는데, 그 두 눈은 천장만을 뚫어지도록 바라다보
고, 어머니가 옆에 오는 것도 안 보이는 모양이더라 한다.

그래서 어머니는,

「인선아, 너 자니?」

하고 물어 보았으나 아무런 대답도 없어 다시,

「야, 인선아, 너 어디 아프냐?」

하고 물어도 아무 대답이 없더라고. 그래서 복실이 모는 인선이
어깨를 붙들고 흔들어 보았으나, 인선이는 그것도 깨닫지 못하
는 듯이 그저 옴짝 않고 누워서 숨소리를 가쁘게 씨근거리면서
천장만을 바라보고 있더라고 한다. 그 증세가 『지랄』 증세가 아
니더냐고 내가 언젠가 한번 복실이 모에게 물었더니 결코 지랄
증세는 아니었다고 그는 단언하였다.

복실이 모는 놀라서 한참이나 붙들고 이름을 불러 보았으나
영 대답이 없고 또 깨나지도 않는 고로 할 수 없이 나와서 내 삼

촌 모에게 급보하였다. 그래 삼촌 모도 놀라서 들어가 보니까, 그동안에 인선이는 일어나 앉아 있는데 몹시 피곤한 모양으로 벽에 기대앉아서 씩씩하고 있었더라 한다. 그래,

「너 어데 아프니?」

하고 물으니까, 고개를 살랑살랑 흔들고,

「목마르다.」

하고 대답하더라고. 그래 물을 떠다 주니까 물을 한 대접 다 마시고는,

「오마니, 나 인제 자문성 별난 꿈 꿨다.」

하고 말할 뿐, 무슨 꿈을 꾸었는가 자꾸만 캐물어도 인선이는 그 꿈의 내용 이야기는 안하고 그저 이상스런 꿈을 꾸었노라고 만 대답하더라고.

그런데 우리 삼촌 모는 인선이가 정신없이 누워서 씨근거리는 광경을 친히 보지는 못했는 고로 인선이 모더러 공연히 잠자는 애를 가지고 호들갑을 떨어서 남을 놀라게 했다고 도리어 복실이 모를 핀잔을 할 뿐이고 또 복실이 모도 무어라고 설명을 할 수가 없어서 그때는 그저 잠잠하였다고 한다.

그후로 복실이 모는 인선이의 몸에 다시 무슨 이상이나 없나 해서 늘 조심히 보살폈지마는, 아무런 별다른 이상을 발견 못했고 해서 차차 복실이 모도 마음을 놓았다고 한다. 그러나 한 일년 세월이 흘러간 뒤 어떤 날 역시 어슬한 저녁때인데 복실이가 부엌으로 갑자기 뛰쳐나오면서,

「오마니, 인선이 좀 보라우. 개가 별나게두 구누나.」

하고 황망히 떠드는 고로 곧 뛰쳐들어가 보았더니 이번에도 인선이는 작년 그때 모양으로 눈을 뻔히 뜨고 누워서 숨소리를 씨근거리고 있었다. 그래 이름을 계속 불렀더니 부시시 일어나 앉으면서,

「오마니, 나 별난 꿈 꿨다.」

하더라고. 그래 무슨 별난 꿈을 꾸었는가고 물으니까,

「사람들이 나팔을 자꾸 불두나.」

하고 대답하였다. 복실이가 옆에 있다가,

「흥, 그것이 꿈인 줄 아니? 저녁땐 데에게 데 병대들이 늘 나팔 불더라. 나두 들었다 좀.」

하고 말하니까 인선이는 열 살 난 애로는 너무 야무진 태도로,

「아니야, 꿈에 불어.」

하고 대답하더라고.

그후로도 몇 번 복실이 모는 아들 인선이가 죽은 듯이 한참씩을 누웠다가 일어나서는 냉수를 찾고, 그러고는 이상한 꿈을 꾸었노라고 하곤 하는 것을 목도하였다. 그러나 이제는 복실이 모도 여러 번째 당하는 일이라 그렇게 과히 놀라지도 않았고 또 그런 일이 생기는 수도 그저 일 년에 한 번 가량밖에 더 안되었고, 또 그 일 하나 외에는 별다른 거동이 없는 고로 차차 안심하게 되었다고 한다.

4

인선이가 열일곱 나던 해 늦은 가을 어떤 날 밤.

그날 밤엔 바람이 몹시 불고 비가 억수로 퍼부었다. 복실이는 바로 며칠 전에 시집을 가고 인선이와 어머니 둘이서만 한방에서 잠을 자고 있었는데, 새벽녘이 다 되었을 때에 복실이 모는 몹시 추운 감각을 얻어서 잠이 깨었다. 잠을 깨고 보니, 언제 문이 열렸던지 문이 쫙 열렸는데 그리고 비바람이 쳐들어 와서 막 얼굴을 때리고 이부자리를 적시고 야단이었다. 복실이 모는 일어나서 문을 닫으려고 하다가 보니, 바로 문 밖 처마 밑에 무엇인지 시커먼 것이 우뚝 서 있더라고 한다. 복실이 모는 몹시 놀

라서 외마디 비명을 질렀으나, 워낙 비바람 소리가 요란했기 때문에 안방에서는 그 비명 소리를 못들었다. 복실이 모는 가까스로 정신을 수습하면서,

「인선아!」

하고 크게 불렀더니 방안에 누워서 자는 줄만 여겼던 인선이가 의외에도 문 밖에서,

「응.」

하고 대답을 하였다.

「인선아!」

「응.」

그 대답은 바로 문 밖에 서서 비를 맞고 있는 그 시커먼 것에서 오는 것이었다.

복실이 모는 더한층 놀라서 웃목을 쓸어보니 인선이는 과연 방에 없었다. 그래서 밖에 서 있는 시커먼 것을 자세자세 보니, 그것이 다른 사람이 아니라 바로 인선이었다. 인선이는 쪽 벌거벗고 거기 우두커니 서서 비를 온몸에 맞고 있는 것이었다.

복실이 모는 너무도 놀라고 기가 막혀서,

「인선아! 너 이게 웬 짓이가?」

하고 물었으나 아무런 대답도 없었다.

「인선아, 야, 인선아, 인선아, 야.」

하고 여러 번 부르니까 그제서야 인선이는,

「오마니, 데게 무슨 소리요? 데게?」

하고 말하였다. 복실이 모는 귀를 기울여 한참을 들어 보았으나, 비바람 소리 외에는 아무런 다른 소리는 들려 오지 않았다.

「소리라니? 무슨 소리?」

하고 마침내 물으니까 인선이는

「아니, 오마니, 저 소릴 못 들소? 저 북소리! 두둥둥 두둥둥

하는 거, 저것이 북소리 아니요?」

이 소리를 듣자 복실이 모는 기절할 듯이 놀랐다.

북소리 !

다른 날도 아니고 바로 이날 이 새벽 이 시각에 북소리 ! 복실이 모의 귀에는 십오 년 전 옛날이 바로 방금 전인 듯 그날처럼 요란한 북소리는 그의 고막을 찢어 놓을 듯이 요란히 사방에서 들려오는 것 같았다.

두둥둥둥 ! 두둥둥둥 !

십오 년 전 이날 이 새벽에 북소리는 요란히도 온 동네를 뒤흔들었다. 복실이 모는 밤부터 산기가 있어서 잠 한숨 못 들고 앓고 있었고 석 달 동안이나 총을 메고 사방으로 싸다니다가 잠시 집에 들렀던 남편도 피곤한 몸을 잠도 못 자고 아내를 지키고 앉아 있었다. 그날 새벽녘에 조금 더 있으면 먼동이 트리라고 생각되던 시각에 복실이 모는 복통이 한층 심해져서 허리를 비비꼬며 쩔쩔매었고 남편이 몸을 꽉 껴안아 주었다.

그때, 쥐죽은 듯이 고요하던 동네에는 갑자기 요란한 소리가 새벽 공기를 깨치고 울려 온 것이었다.

두둥둥둥 ! 두둥둥둥 !

남편은 이 북소리를 듣자 흠칫 물러 앉았다. 북소리는 차차 더 요란스럽게 울려 왔다. 사방에서 개짖는 소리가 나고 총소리도 간혹 쨍쨍 섞여 들려 왔다.

「여보.」

하고 마침내 남편은 떨리는 목소리로 불렀다.

「여보, 난 아무래두 가봐야 하겠소. 저 북소리를 듣소. 저 총출동하라는 명령이우.」

아내는 아무런 대답도 못하고 앓는 소리만 더 크게 할 따름이었다. 남편더러 가라고 하기도 어렵거니와 가지 말랄 수도 없는 줄을 그는 너무나 잘 알고 있는 것이었다. 북간도를 개척한 조선 사람의 생활에 있어서 이 끊임없는 투쟁은 한 일과로 되어 있고 용감한 아내들은 언제나 남편이 총 메고 나설 때 이를 만류하지 않아야 한다는 것을 잘 알고 있는 것이었다.

잠들었던 어린 복실이는 소란통에 깨어 눈을 비비면서 일어나 앉았다. 남편은 벌떡 일어나서, 머리맡에 놓였던 탄환 혁대를 바쁘게 두르면서,

「아무래도 나가 봐야갔쉐다. 한 사람 있구 없는 데 승부가 달렸으니께니…… 총출동, 총출동———.」

혼자 말하듯이 이렇게 중얼거리더니 벽에 기대 세웠던 총을 들고 황망히 문 밖으로 뛰쳐나가면서,

「복실아, 엄마 잘 봐라, 응.」

하고 한마디 하고는 바깥 어둠 속으로 사라지고 말았다.

그것이 남편의 이 세상에서의 마지막 목소리였던 것이다.

남편이 나간 후, 북소리는 더한층 요란해지고 콩볶듯 하는 기관총 소리와 사람들의 아우성 소리, 숨이 막힐 듯이 짖어대는 개소리, 이 모든 소리들이 모두 뒤섞여서 아주 천지가 떠나가는 듯하였다. 복실이는 무서워서 어머니께로 바닥바닥 다가앉았으나, 어머니는 그것도 인식 못하고 오직 그 두둥둥 울리는 북소리만이 온 몸뚱이를 속속들이 뚫고 뻗고 채워서 그냥 전신, 온 우주가 그 북소리 하나로 뭉쳐 버리는 것 같은 환각을 느낄 따름이었다.

이런 아픔, 이런 소란, 이런 북소리…… 마치도 영원에서 영원까지 끊임없이 계속되는 듯이 생각되어, 조금만 더 그대로 계속된다면 몸도 으스러지고 천지도 으스러져 버리고, 세상 모든 것에 마지막이 이르리라고 생각 들 때 복실이 모는 갑자기 「응아!」하고 세차게 울리는 어린애 첫 울음 소리가 그 북소리, 그

총소리 위로 쫙 퍼져서 온 방안을 채워 버리고, 온 우주를 채워 버리는 듯한 것을 들었다. 동시에 복통이 멎고 온 몸의 기운이 확 풀렸다.

먼동이 환하게 터 왔다. 북소리도 멎고, 총소리도 멎고, 오직 「으아, 으아.」계속해서 외치는 어린애 울음 소리만 들렸다.

핏덩어리처럼 뻘건 해가 초가지붕들을 빤히 비출 때에는, 그 동네 젊은 사람의 거의 절반의 시체가 길거리에 넘어져 있었다. 복실이 아버지도 그들 중 하나이었다. 이것은 북간도 조선인 생활의 중요한 역사의 한 페이지였다.

십오 년! 그것이 벌써 십오 년 전 일이었다. 그러나 이날 새벽 아들의 이야기를 듣고 귀를 기울일 때 복실이 모의 귀에는 그 폭풍우 소리가 십오 년 전 이날이 새벽 인선이가 세상에 나오던 날 새벽에 북간도 한촌에서 듣던 그 북소리와 총소리처럼 들려 왔다는 것을 순전히 복실이 모의 착각으로만 돌릴 것인가? 복실이 모는 한참이나 꿈꾸는 사람처럼 문턱에 엉거주춤하고 앉아 있었다.

두둥둥둥 울리는 북소리, 뼈까지 저린 복통, 그러고는,
「으아.」
하고 터져나오는 새 생명의 외치는 소리! 복실이 모는 마치도 그때 그순간이 반복되는 듯싶은 환각을 느끼었다. 그런데 그 새 생명이 벌써 저렇게 살아서 떠꺼머리 총각이 되었구나!
「인선아.」
하고 마침내 부르는 어머니 목소리는 몹시도 떨리었다. 목소리만 떨리는 것이 아니라, 온몸이 모두 푸들푸들 떨리는 것이었다.
「인선아, 북소리는 웬 북소리가 난다구 그러니? 바람 소리밖엔 안 들린다.」

　그러나 인선이는 아무말도 없이 그냥 비를 맞고 서 있었다.
　「인선아, 어서 들어오너라.」
　그제야 인선이는 묵묵히 방안으로 들어왔다. 비에 흠씬 젖은 몸을 수건으로 대강 문지른 후 이불을 쓰고 자리에 누웠다.
　「인선아, 너 갑자기 왜 그러니？」
하고 어머니가 염려스럽게 물었다.
　「북소리가 자꾸 들려서 그래요…… 또 아바지가…….」
　「응？ 아바지가？」
　「아바지가 어데서 날 자꾸만 부르는 것 같아요.」
　복실이 모는 몸에 소름이 쪽 끼쳤다.
　「오마니, 우리 아바진 싸우다가 총에 맞아 돌아가셨대디요？」
하고 인선이는 또 불쑥 물었다.
　「응.」
하고 복실이 모는 겨우 소리를 내었다.
　「아버진 싸와야 되갔으니깐 싸왔갔디？」
　「그럼.」
　「한 사람 있구 없는 데 …… 오마니, 그게 무슨 소릴까요？…… 한 사람 있구 없는 데…….」
　「인선아, 너 어데서 그런 소릴 들었니？」
　「몰라, 그저 아까부터 자꾸만 그 생각이 나요. 한 사람 있구 없는데, 한 사람이 있구 없는 데 하구.」
　「너 아버지가 마지막 그런 말씀은 하시구 나가서 돌아가셨단다.」
　「응, 오마니. 나두 이제 그 뜻을 알아요…… 아버진 그 한 사람이 될라고 나가서 돌아가셨디유.」
　「인선아, 거 무슨 소리가？」
　「아니야요.」

5

인선이의 심상치 않은 현상에 복실이 모는 몹시 놀라고 염려
되어서 다시 잠도 못 들고 걱정을 하였다. 그러나 그 이튿날부
터 인선이는 다시 아무런 별다른 이상이 없이 학교에 잘 다녔
다. 그리고 그 생일날 새벽에 생겼던 일은 아주 잊어버렸는지
다시 북소리 이야기도 없고 아버지 이야기도 아니 하는 고로 다
시 어머니는 마음을 좀 놓았다.

인선이는 나이에 비겨서 퍽 침착하고 우울한 성격의 소유자
가 되었다. 언제나 무엇을 깊이 생각하는 듯한 태도였다. 특히
자기 생일 때가 가까워 오면 더한층 깊은 명상 속에 잠기는 것
이었다.

한번은 이런 일이 있었다.

바로 인선이 생일이었는데, 그날 새벽 밝기 전에 인선이는 일
어나서 어디론가 나갔다가 해가 뜬 후에야 몹시 피곤해진 몸으
로 돌아왔다. 어머니는 놀라서 어디 갔다왔느냐고 물을 때, 그
냥 새벽 산보로 모란봉엘 다녀 왔노라고 대답해서 어머니 마음
은 안심시켰지만, 사실에 있어서는 인선이는 자기도 모르게 용
악산 쪽으로 자꾸만 가다가 조그만 개천에 첨벙 빠지면서 정신
이 들어서 집으로 돌아온 것이었다.

학교를 졸업한 후 점원으로 취직이 된 후에는 인선이의 성격
은 더한층 침울해지고 밤이면 대개 혼자서 을밀대에 올라가서
한 시간씩 두 시간씩 깊은 명상에 잠기는 버릇이 생기었다. 그
러다가는 갑자기 주먹을 부르쥐고는,

「동물원이란 말이냐?」

하기도 하고,

「원숭이들처럼.」

하기도 하고,

「때가 이르면…….」
하기도 하고,
「한 사람, 사람.」
하고 어두운 밤 홍두깨 격으로 소리를 버럭 지르곤 해서 가끔
다른 산보객들을 놀라게 하는 때가 있었다.

6

내가 네 살 난 내 아들놈에게 북을 사다 준 것은 어떤 늦가을
날 저녁때였다. 내 아들놈이 두드리면 둥둥둥 소리가 나는 북이
신기해서 자기 전에 한참이나 귀 시끄럽게 두드리고 놀다가 그
북을 손에 쥔 채 잠이 들고 말았다. 그런데 웬일인지 그 이튿날
새벽에 채 밝기 전에 내 아들놈은 갑자기 잠을 깨 가지고 기를
쓰고 울기 시작하였다.

나와 아내는 그놈 울음 소리를 좀 멈추어 보려고 여러 가지로
얼리어 보았지만 무슨 꿈에 몹시 가위가 눌렸는지 어찌 된 심판
인지, 그냥 악을 쓰고 울기만 하고 그치지를 않는 것이었다. 마
지막에는 그놈 자리 옆에 놓인 북을 들어서 두드려 보았다.

두둥둥! 두둥둥!
하고. 북소리가 나자 아들놈은 울음을 뚝 그치었다. 나는 한참
이나 요란하게 북을 두드렸다. 잠시라도 북을 그치면 아들놈은
또다시 울음을 터뜨리는 고로 나는 할 수 없이 오랫동안 계속해
서 두드리었다. 그러노라니까 갑자기 바깥뜰에서,
「인선아, 야, 인선아.」
하고 황급히 부르는 복실이 모의 목소리가 들리는 듯했다.

나는 북을 멈추고 귀를 기울였으나 아들놈이 또다시 울기를
시작하는 고로 또다시 북을 두드리었다. 그러노라니까 이번엔
어디 멀리서,

「야, 인선아, 야.」

하고 부르는 복실이 모의 목소리가 들리는 둥 마는 둥 하였다.

나는 별로 괴이하게 생각하지 않고 그냥 계속해서 북을 두드렸다. 겨우 아들놈을 다시 잠을 들여 놓고서 다시 눈을 좀 붙였다가 해가 뜬 후에야 일어나서 뜰에 나가 보았으나, 조반을 짓고 있어야 할 복실이 모가 보이지 않고 부엌은 비어 있었다. 그래 복실이 모의 방으로 들어가 보니까 방문은 쫙 열려 있고 이부자리도 개지 않은 채로 방은 비어 있었다. 우리는 새벽에 어디들을 갔을까 이상히 생각하면서 복실이 모가 돌아오기를 한참이나 기다려 보았으나, 도무지 오지 않는 고로 아내가 나와서 조반을 지으러 부엌으로 가고, 나는 거리에 나서서 이리저리 좀 돌아다녀 보았으나, 인선이도 없고 복실이 모도 보이지 않았다.

내가 회사로 출근할 시각까지도 복실이 모는 돌아오지 않았다. 오후에 회사에서 집으로 돌아오니 그때까지도 복실이 모는 어디로 갔는지 돌아오지 않았다고 아내는 걱정하는 것이었다. 나는 슬그머니 염려가 되어서 인선이가 일하고 있는 백화점으로 나가 보았더니, 인선이는 그날 애초에 출근을 아니 했다는 대답이었다. 무슨 영문인지는 알 수 없고 많이 염려되었으나 하여간 밤까지 기다려 보아서 소식이 없으면 내일 아침에는 어떻게 대책을 강구해 보기로 하고 기다렸다. 저녁을 먹어치우고 밤이 어두웠으나 인선이 모자는 나타나지 않았다. 이게 필경 무슨 곡절이 생겼구나 싶어서 마음이 무척 초조해졌는데 마침내 복실이 모가 돌아왔다. 우리는 그 방에 맥없이 주저앉는 복실이 모의 모양을 보고 놀라지 않을 수 없었다. 이 노파가 종일 어느 흙더미 위에 가서 뒹굴다가 왔는지 온통 옷은 흙투성이가 되고 머리는 풀어져서 산발이 되어 있었다. 우리 내외가,

「아니, 웬일이오?」

소리를 한꺼번에 지르면서 뛰쳐나가니까 복실이 모는 주저앉아서 엉엉 울기만 하였다.

가까스로 그를 달래서 띄엄띄엄 그에게서 나온 그날 새벽에 생긴 이상스러운 일의 대강을 적으면 아래와 같다.

그날 새벽은 바로 인선이의 스무번째 생일이었다. 새벽이 채 밝기도 전인데, 복실이 모는 어떻게 잠이 풀쩍 깨었는데 깨어 보니 바로 그때 인선이가 문을 열고 밖으로 나가는 참이었다. 그런데 그때 복실이 모를 기절을 할 만큼 몹시 놀라게 한 것은 복실이 모의 귀에는 너무나 똑똑하게 두둥둥 울리는 북소리가 어디선가 요란스럽게 들려 오는 것이었다. 복실이 모는 제 귀를 의심했으나, 북소리는 갈데없는 북소리이요, 그날이 또 인선이 생일인지라 복실이 모는 불안한 예감에 붙잡혀서 얼른 옷을 되는 대로 주워 입고 인선이를 따라 나섰다.

인선이는 벌써 대문을 열고 문 밖에 나서 있었다. 인선이는 휭 하니 빠른 걸음으로 어디론가 가고 있었다. 북소리는 복실이 모의 귀에도 너무나 똑똑하게 두둥둥 자꾸만 들려 오는데, 어떻게도 마음이 황망한지 그 소리의 방향이 어딘지도 알 수 없었다고 한다. 그저 인선이가 그 북소리 나는 곳을 찾아서 가는 것이라고 직각이 되어서 허둥지둥 그 뒤를 따르면서 인선이 이름을 불렀다. 그러나 아들은 대답도 없이 뒤도 안 돌아보고 그냥 휭 하니 가고 있는 것이었다. 복실이 모는 숨이 턱에 닿아서 따라 갔다.

그들 모자는 보통강까지 다다랐다. 복실이 모 귀에는 인제는 북소리는 조금도 들리지 않는데, 인선이는 신도 안 벗고 그냥 철벅철벅, 정강머리에 차는 보통강을 건너갔다. 복실이 모는 달려들어서 아들을 붙들고 늘어졌다.

「인선아, 애, 너 어딜 가니? 엉, 너 왜 그러니? 엉?」

인선이는 아무 대답도 없이 한참을 물끄러미 어머니를 바라다보고 서 있더니 아주 침착하고 매진 목소리로 이렇게 말했다.

「오마니, 난 아무래도 가야 돼요. 아바지를 따라가야 되디요. 날더러 오래는데, 데 북소리가 들리지 않소? 날 부르는 아바지 목소리가 들리지 않소! 한 사람 더 있구 없는 데…… 아바지두 그 한 사람, 나 또 그 한 사람…… 그 한 사람, 그 한 사람들이 가야 돼요. 가야 돼요.」

그리고 인선이는 어머니를 뿌리치고 달음질해서 보통벌 저편으로 달아났다. 복실이 모가 기를 쓰고 뒤를 쫓아갔으나 늙은 노파의 기력으로 젊은 아들과 경주하여 따라 잡을 수는 도저히 없는 일이었다. 복실이 모는 대타령 부근까지 쫓아가 보았으나 아주 아들의 모양을 잃어버리고 말았다. 노파는 더 뛸 기운도 없어서 허덕거리면서 고개를 넘고 또 고개를 넘어가 보았으나 인선이의 그림자도 찾을 수 없었다.

복실이 모는 촌길 가에 뒹굴면서 실컷 울었다. 그러나 그 울음이 이미 가버린 아들을 도로 불러 올 수는 없는 것이었다. 북소리의 이끄는 힘은 어머니의 눈물의 힘보다도 더 힘센 것이었다.

7

복실이 모를 겨우 달래서 방으로 내다 뉘고 나서 나는 방안에 앉아서 담배를 피워 물고, 이 사건을 머릿속에 이리 굴리고 저리 굴리며 음미하여 보았다. 네 살 난 내 아들놈은 멋 모르고 북을 목에 걸고 박자도 없이 두드리면서 방안을 좁아라고 헤매고 있었다.

그 박자 없는 북소리는 차차 내 머리를 점령하기 시작하였다.

한 사람, 한 사람을 끄는 북소리! 지금 멋도 모르고 북을 두

드리며 안방을 헤매는 저 네 살 난 내 아들놈, 저놈이 또한 자라나서 한 사람이 된 때에는 한 사람을 부르는 그 북소리를 따라서, 나와 제 어미를 내버리고 가버리지 않겠다고 누가 담보하겠는가?

내 머리는 차차 이 북소리에 정복되어, 이 북소리 이 외에는 다른 존재는 그 존재 가치를 잃어버린 듯이 느껴졌다. 내 머리, 내 전신, 온 집안, 마침내는 온 우주가 이 박자 없는 북소리로 가득차서 울리고 흔들리고…… 두둥둥둥! 두둥둥둥!

〈1937〉

대　서(代書)

1

조선 제일의 대도시 문화 도시라고 떠드는 서울! 대도시임에는 틀림없을는지 모르나 고리짝을 끌고 하숙 구석으로 쫓겨다니는 독실 샐러리맨 그룹에게는 대도시라기보다는 소지옥이다. 더럽고 불편하고 못마땅하기로 서울 하숙은 아마 세계에서 첫번째일 것이다.

나는 하숙을 또 옮겼다. 금년 봄 벌써 네 번째 옮기는 것이다. 한번 옮길 적마다 짐은 조금씩 줄어진다. 그것은 옮기기 귀찮아서 웬만한 것은 내버리거나 남을 주거나 헐값으로 팔아먹거나 해서 짐을 줄이기 때문이다.

「이렇게 삼 년만 서울 장안을 헤매고 나면 고리짝 한 개 안 남겠네!」

하고 이삿짐을 도와주러 왔던 L이 허허 웃었다.

「그렇게 되었으면 되려 편하겠네. 잠은 친구들 집으로 다니며 얻어자고 밥도 얻어먹고 했으면 경제도 더 되고.」

하고 대답하고 나서 나도 오늘 처음으로 유쾌하게 한번 웃었다. 이사란 참으로 못할 노릇이라 이사를 하게 되면 며칠을 두고 마음이 우울해지기 때문에 그렇게 유쾌하게 한번 웃어보는 것도 여간 힘든 일이 아니었다.

이삿짐이라고 싼대야 별것이 아니고 그냥 고리짝에, 있는 세간 다 함께 둘둘 말아 넣는 것이다. 책은 비루 상장에 넣고 이부자리는 둘둘 말아 이불싸개로 싸놓은 오직 그것이다. 그러나 웬일인지 이 단순한 노동이 천하 무엇보다도 하기 싫었고 짜증나는 일이었다.

새로 정한 하숙에 이삿짐을 날라다 놓고 나서 나는 L과 함께 다시 거리로 나왔다. 삼십 분 전에 모두 꾸려놓았던 놈을 이제 다시 또 모두 풀어헤쳐야 한다는 생각은 소름이 끼칠 만치 진절머리가 나는 일이었다. 그래서 나는 언제나 이사하는 날은 짐을 날라다 방안에 되는 대로 던져 두고 나서는 동무들과 함께 찻집 순례를 하는 것이 버릇이 되다시피 되었다. 그러나 밤이 늦어져 집으로 돌아가지 않으면 안 될 시간이 되어야 억지걸음으로 돌아와서 짐들을 한편 구석에다 몰아 놓고 이부자리만 풀어서 펴고 잔다.

이제 그 짐들을 모두 풀어서 정리를 해 놓으려면 적어도 몇 달이 걸린다. 아니 채 정리가 다 되기 전에 또다시 꿍쳐 싸가지고 다른 하숙으로 옮기게 된다.

2

열 시가 넘어서야 새로 이사 온 하숙으로 돌아왔다.

객도기를 쓰고 앉았느라니 뜰에서 웬 여자 목소리로,

「나리 돌아오셨수유?」

하고 묻는 소리가 들린다. 그러자 내 방문이 저 혼자 방싯이 열리면서 뉘 집 어멈 비슷한 할멈의 얼굴이 나타났다.

나는 의아스러운 눈으로 이 할멈을 바라보았다. 되는 대로 꿍진 머리털이 희끗희끗 여윈 얼굴에 주름살이 조록조록하고 왼편 눈 위에 커다런 검은 멍이 보였다.

「원, 원국이 어머니두, 내일 오라니까. 지금 나린 분주하신데.」

하고 객도기를 들고 들어온 하숙 하인 아이놈이 소리를 질렀다.

할멈은 입술을 한번 실룩하고 그리고 하인 아이를 한번 흘겨 보고 나서는 나를 똑바로 쳐다보며 다시 말했다.

「나리, 분주하십네까?」

나는 잠시 멍하니 이 뜻 아니 한 방문객을 바라보았다. 똑바로 쳐다보는 그의 눈. 그 두 눈에서 나는 마치 개가 고깃조각을 든 주인을 쳐다볼 때와 같은 그 애원하는, 그 기대하는, 그 순종하는 눈빛을 발견했다. 나는 잠시 대답을 잃고 그를 바라다볼 뿐이었다.

「원국이 어머니라고 이 뒷집에서 어멈 노릇하는 할멈인뎁쇼. 나리더러 편지를 좀 써달란다고 아까 낮에부터 온 것을 내일 오라고 그랬더니 지금 또 왔어요.」

하고 하인 아이가 대신 설명해 주었다. 이 설명에 원국이 어머니라는 노파는 그 눈을 굴리어 방바닥을 내려다 보았다. 웃는다고 할는지 찡그린다고 할는지 분간할 수 없는 이상한 표정이 스치고 지나간다.

「편지?」

나는 단박에 호기심에 끌리어 그 노파를 들어오라 하였다. 그는 잠시 머뭇머뭇하더니 결심한 듯이 문안으로 들어섰다. 땟국이 흐르는 흰 양말 뒤축에는 시뻘건 발 뒤축이 비죽이 나와 보였다. 그는 때와 기름으로 밴 치마로 무릎을 가리면서 한구석에 쭈그리고 앉았다.

하인 아이가 객도기를 받아 들고 문 밖으로 나간 뒤 노파는 아주 공손하게 이야기를 꺼냈다. 물에 시달려서 거칠어지고 변색된 손을 턱에 대었다 무릎에 놓았다 방바닥을 쓸었다 하면서 이야기를 했다.

「이렇게…… 상게 채 자리도 못 잡으셨는데 나리께 이런 청을 와서 참 안됐습네다. 넴테레 없세다. 그래두 그 망할 놈의 새끼가 벌써 한 달째 편지를 안하무다레…… 이 늙은 것을 혼자 내테두구 글쎄……(그는 잠시 우는 듯싶었으나 즉시 이야기를 계속하였다.) ……여게 학생네덜한테 편지 좀 써 달래두 그 놈들은 나더러 미쳤다만 하구 싱글벙글하면서 한 놈두 써 줄라는 놈이 없습다레. 그래 오늘 나리가 새루 이사 온단 말을 듣구 그래두 나리는 이 학생들관 다르가키 편질 한장 써달래라구 아까부텀 와 보아두 영 안들어오세서 여지껏 있다가 아무래도 어디 잠이 와야지요. 그래서 자기 전에 한번 더 와 본다구 왔더니 마츰 나리가 계시기…….」

여기까지 말하고 그는 한참이나 가만히 앉아 있었다. 오직 그 거칠고 변색된 손으로 방바닥을 쓰다듬고 있을 따름이었다. 얼른 번개처럼 『혹시 제 말마따나 미치지나 않았나?』 하는 생각이 머리 위로 지나갔으나 나는 그 생각을 곧 꾸짖어 퇴각시켜 버렸다. 한참 후에 다시 고개를 들어 나를 쳐다보는 그 눈에는 애원하는, 기대하는 뜻을 보일지언정 결코 미친 사람의 눈은 아니었다. 나는 할 수 있는 대로 목소리를 부드럽게 하여 물었다.

「누가 어데를 가셨습니까?」

「예?」

「할머니의 집안 사람 누가 어데를 가셨어요?」

「원국이 새끼디요. 그놈의 새끼가 늙은 어미를 홈차 내배리두고…….」

「아, 원국이란 이가 자제분이로군요. 그런데 어델 갔어요?」

「더——게데 북간도 아니 아니지요. 그 어드메라나 더——케 뒤루 가서 되따이 웨라데. 만주래든지?」

「네 만주요.」

「예, 예 만주요. 벌써 간 데리 오 년이우라. 이달 초엿새 날이

문 꼭 오 년이우라. 그놈이 새끼레 낮에두 안 떠나구 밤중에 떠
나문성 날 보구『어머니 내 가서 돈 많이 벌어 가지고 올께니.』
하문성 떠나더니 오 년이 되두룩 돌아올 생각도 안하구…… 그
놈은 에미 생각두 안나는지. 돈을 벌었건 말았건…… 당개(장
가)두 들어야 하겠구…… 젊은 아이가 그렇게 되따라 오래 돌
아단기문 배린답데다.」

여기까지 말하다가 노파의 눈이 나의 빙그레 웃는 눈과 마주
치자 그만 말을 뚝 그치고 고개를 떨어뜨렸다. 그러고는 그 거
칠어지고 변색된 손으로 방바닥을 슬슬 쓸어 만지었다. 나는 얼
른 이 늙은 어머니의 마음을 위로해 주고 싶은 생각에,

「네. 편지 써드리지요. 곧 오라고 쓸까요, 돈 많이 벌어 가지
고 오라고 쓸까요.」

하면서 나는 구석에 놓인 고리짝을 열어 젖히고 종이와 잉크와
펜을 꺼내 등불 밑 방바닥에 늘어놓았다.

노파는 묵묵히 앉아서 방바닥을 그 거칠고 변색된 손으로 슬
슬 쓰다듬었다.

「무엇이라구 쓸까요?」

하고 펜에 잉크를 묻혀 들면서 다시 물었다. 노파는 이상스런
얼굴로 나를 쳐다보았나. 그 흐리멍덩하던 눈에서는 이상스러운
새로운 광채가 나는 듯하고 그 눈 하나가 모든 것을 내게 말해
주는 것 같았다. ——「이렇게 늙은 어미 혼자를 남의 집 부엌에
내버려 두고 만주로 가버린 젊은 아들에게 그 어머니가 보내는
편지. 그 편지에 무슨 말을 써야 할지 나리께서 죄다 알고 있지
않습니까? 나더러 물을 필요도 없지 않습니까?」

하고.

나는 잠시 정신을 모아 생각하다가 곧 편지를 쓰기 시작하였
다. 처음에 만리 타향에서 얼마나 고생을 하느냐? 네 어미는 남

192

의 집 부엌 구석에설망정 몸만은 건강하고 자나깨나 네 일만을 생각한다──응 몇 줄을 써내려 가다가는 나는 아주 나 자신이 흥분되어 꽤 기다란 편지 한 장을 써놓았다. 아, 내가 이날 밤처럼 온 정신을 집중하고 온갖 정력을 다 들여 편지를 써본 일이 (편지라곤 일 년 가야 몇 장 안 쓰는 나이지만) 없을 것이다. 나는 진심으로 그 불효한 아들을 달래고 꾸짖고 또 달래고 또 꾸짖었다.

이렇게 한참 동안 편지를 쓰는 동안 그 늙은이는 쉬지 않고 그 거칠어지고 변색된 손으로 방바닥을 쓰다듬고 있었다.

편지를 다 쓰고 나니까 그 노파는 나더러 그 편지를 한번 크게 읽어 달라 하였다. 그래서 나는 그 편지를 쓸 때보다 못지않은 정성으로 차근차근히 읽어 들려 주었다. 악센트를 가하며 익스프레션을 가한 내 읽음은 나 자신으로도 자신이 있을 만치 잘된 것이라고 스스로 만족을 느꼈다.

편지를 읽는 동안 노파는 까딱 아니 하고 죽은 듯이 앉아서 들었다. 가끔 그가 기다란 한숨을 내쉬는 것으로써 그가 잠들지 않았다는 것을 증명하였다. 내가 편지를 다 읽고 나자 노파는 또다시 그 거칠어지고 변색된 손으로 방바닥을 쓰다듬기 시작하였다. 갑자기 그 손이 멈칫하는 듯하더니 거뭇거뭇한 손잔등이 부르르 떨렸다. 그 다음 순간 나는 물방울이 서너 방울 똑똑 그 손잔등 위에 떨어져 흩어지는 것을 보았다. 내 눈으로도 눈물이 스며오르는 것을 인식하고 나는 억지로 참으려고 눈을 감고 벽에 기대면서 숨을 몰아쉬었다.

한참 동안은 침묵이 흘러갔다. 나는 눈을 떠서 노파의 동정을 보고 싶었으나 용기가 나지 않았다. 그래서 눈을 감은 채로 만주 벌판으로 헤매고 있을 원국이란 청년의 모양을 상상해 보려고 노력하고 있었다.

얼마나 오랜 시간이 경과되었는지 나로서도 알 수 없었다. 나는 마침내 조심스러이 부르는 『나리』 소리에 눈을 번쩍 떴다. 역시 그 노파의 애원하는 듯한 눈동자와 마주쳤다. 그는 그의 거칠어지고 변색된 손으로 아들에게 갈 편지를 만지작거리고 있었다.

『나리』 부르는 그의 목소리는 약간 떨렸다. 그는 치마 앞자락에 코를 횡하니 풀고 나서 다시 말을 계속한다.

「나리, 『네 에미는 남의 집 부엌 구석에설망정 맛난 것을 볼 때마다 네 생각이 난다』라든 그 소리가 씌어 있는 데가 어디쯤이웨까?」

하고 물었다. 내가 손가락으로 그 자리를 가리켜 주니까 그는 그 자리를 한참이나 물끄러미 들여다보더니 그 자리 글자 위를 그 거칠어지고 변색한 손가락으로 꼭꼭 찔러 보았다. 마치도 그 글자가 빠져 달아날까 싶어 꼭꼭 꽂아 놓듯이 그러고 나서는 또다시 조심스런 목소리로,

「그러쿠 또 그 『어서 바삐 돌아와서 장가를 들도록 채비하라』하던 데는 어디쯤이웨까?」

하고 물었다. 그 장소도 역시 아까 모양으로 손가락으로 꼭꼭 누르더니 조신조심 편지를 집어 손에 늘고 자리에서 일어섰다.

「이거 원 첨 뵙는 나리께 폐가 많쉐다. 늙은 것이란 어서 공둥묘지루나 가야디요. 안녕히 주무시우.」

하고 퍽 쾌활스럽게 인사를 한 후 나가 버렸다.

나는 눈을 감고 벽에 반쯤 기대어 누워서 그 노파의 고무신 끄는 소리가 사라져 없어질 때까지 귀를 기울이고 있었다.

일어나 자리를 깔고 불을 끄고 누웠으나 곧 잠을 들지 못하고 어느 집 시계인지 멀리서 세 번을 땅땅 치는 소리를 들은 후에야 잠깐 잠이 들었다.

3

　이튿날 친구들을 만나 어젯밤 노파의 이야기를 하고 조선 안에 그런 노파가 몇 만이나 될는지 모른다고 서로 탄식하였다. 이삼일 동안 나는 한가할 때마다 걸핏 그 노파의 환영이 머리에 떠올라서 일종의 우울과 애수로 날을 보냈다. 더구나 그 이튿날 저녁때 주인부인을 만나서 그 노파의 아들은 어디 가서 죽었는지도 모른다는 의견을 듣고 나서 마음이 더한층 캄캄하여졌다. 만일 그렇다면 여러 해 전에 어떤 소설에서 지은 모양으로 내가 몰래라도 그 아들 대신으로, 편지를 써서 만주 가 있는 친구에게 보내 가지고 다시 그 노파에게 부치도록 하여 그 노파로 하여금 실망하지 않도록 해야겠다고 속으로 생각하고 있었다.

　그러나 한 가지 이상스런 것은 그 노파가 나에게 아들에게 보내는 편지 봉투를 써 달라는 일이 없는 일이었다.

　이삼 일 후에야 이 생각이 머리에 떠올랐으나 혹은 봉투란 몇 자 안 되는 것이니까 혹 어떤 학생에게나 써 달랬으려니 하고 생각했다.

　『잊어버리는 일』이란 미운 일인 동시에 고마운 일이다. 그것은 사람의 생활을 몰인정하게 만드는 동시에 또 그것이 있기 때문에 우리들은 오십 년이고 칠십 년이라는 긴 세월을 살아갈 수 있는 것이다.

　한 주일도 지나지 못하여 나는 그 노파의 일을 잊어버리기 시작하였다. 그러나 혹 어떤 때 갑자기 그 거칠어지고 변색된 손이 생각나면 쾌활하던 심리도 갑자기 우울해지고 또 나 자신이 그런 비참한 현실을 너무도 속히 잊어버리는 데 대하여 약간의 나 자신에게 대한 반감을 감각하는 것이었다.

　반 달 세월이 후딱 지나갔다. 그때 어느 날 나는 아침에 나오다가 골목에서 그 노파와 마주쳤다. 그 노파는 길을 비키면서

공손히 인사하였다. 그의 눈이 몹시도 더 흐려진 것 같은 느낌
을 주었다. 나는,

「그래 그 동안 만주 가 있는 자제분에게서 편지가 왔습니까?」
하고 할 수 있는 대로 쾌활스럽게 물어 보았다. 노파의 얼굴은
갑자기 변하였다. 조록조록하고 누르검푸스레한 얼굴이 잠시 창
백해지는 듯하더니 입술이 비틀어지고 눈이 갑자기 빛났다. 그
눈에는 원망이 가득 차고 노여움의 빛이 떠도는 것이었다. 그리
고는 거친 목소리로,

「안 왔수다 !」
하고 소리를 지르고는 뒤도 안 돌아보고 뒤축이 찢어진 고무신
을 질질 끌면서 달아나다시피 가버렸다.

　나는 그날 하루 종일 마음이 불유쾌하였다. 그 노파가 한편으
로 노엽기도 하며 또 한편으론 불쌍도 한 것이었다.

4

　두 달이 후딱 지나갔다.

　나는 원국이 어머니 일을 잊어버리고 말았었다. 그러나 원국
이 어머니는 내게로 다시 그 애원하는 기대하는 눈을 가지고 찾
아오기를 잊시 않았던 것이다.

　좀 늦게 저녁상을 받고 앉아서 벌써 한 달째 한 알도 안 다쳤
건만 꾸준히도 계속해 밥상을 차지하는 콩자반 접시를 들어 뜰
에 내동댕이치고 싶은 것을 겨우 꿀꺽 참고 맨밥으로라도 배를
채울 양으로 숭늉에 밥을 말면서 속으로『또 다른 하숙으로 옮
기도록 해야겠군.』하고 결심을 하고 있는 차에 밖에서「나리
곕쇼.」하는 원국이 어머니의 조심스러운 목소리가 들려 왔다.
나는『망할 놈의 노파 같으니 대답을 말까보다.』하는 생각이
잠시 들었으나 곧 그 생각을 후회하고,

「예 지금 밥먹는 중이요.」

하고 대답했다.

「아이구 저녁이 늦으셨군. 어서 많이 잡수구레. 내 여기서 기다리우레다.」

하더니 그는 기다란 한숨을 쉬면서 마루에 걸터앉는 모양이었다. 나는 이 노파가 또다시 찾아온 목적에 대하여 여러 가지로 상상을 해보면서 물 만 밥을 맛도 모르고 훌훌 들이마셨다.

밥상을 물리고서 나는 그 노파를 방안으로 맞이하였다. 그는 눈이 더한층 흐리멍덩해진 것 외에는 별다른 변화는 없는 듯. 땟국이 흐르는 치마로 무릎을 가리고 방안 한구석에 쪼그리고 앉더니 그 거칠어지고 그 변색된 손으로 꼬깃꼬깃 접힌 종잇조각 하나를 펴기 시작했다. 다 펴 가지고는 호기의 눈으로 바라다보는 내 얼굴 앞에 그 종이를 쑥 내밀었다.

나는,『원국이에게서 온 편지나 아닌가?』하는 생각을 하면서 그 종이를 받아들다가 나는 깜짝 놀랐다. 이게 웬일일까? 내가 귀신에게 홀렸단 말인가? 내 손에 쥐어진 쪼글쪼글한 종이 위에는 내 자신의 손 글씨가 뚜렷이 나타나 있지 않으냐? 그것은 별다른 것이 아니라 내가 이 하숙으로 이사 오던 첫날밤에 노파에게 대서해 준 편지 그것이었다. 이 늙은이가 여태껏 이 편지를 보내지 않고 꼬깃꼬깃 접어서 두었다가 두 달 후인 지금에 다시 그 필자인 내 앞에 돌려보내 주는 것이었다. 대관절 이것이 무슨 영문인지 어찌 된 일인지 알 수가 없었다.

「나리 그 편지를 한번 읽어 주시우.」

하고 그 노파는 태연스럽게 말하였다.

「아니 원국이 어머니, 이 편지는 내가 써 드린 것인데 왜 원국이한테 보내지 않고 이때껏 가지고 계십니까?」

하고 물었다. 노파는 내 물음을 들었는지 못들었는지 거기에 대

답이 없이 태연히 또다시,

「나리 그 편지를 좀 읽어 주시우.」

하고 되풀이하였다. 그리고는 잠시 나를 쳐다보는 그 눈에서 나는 또다시 고깃조각을 든 주인을 쳐다보는 개 눈에서 발견할 수 있는 애원하는 기대하는 반기는 빛을 볼 수 있었다.

나는 나로서도 설명할 수 없는 이상스런 감정의 교차를 느끼면서 그 편지를 읽기 시작했다. 쓰던 그 당시에는 꽤 잘 쓴 것으로 생각되던 편지가 이렇게 두 달 후에 다시 한번 읽어 보니까 싱겁고 유치하기 짝이 없는 것같이 생각되었다.

하여튼 나는 단숨에 끝까지 죽 내리읽고 나서 노파를 바라다보았다. 그는 고개를 뚝 떨어뜨리고 가만히 앉아 있었다. 그의 거칠어지고 변색된 손만이 방바닥을 슬슬 쓰다듬고 있었다. 잠시 후에 그는 고개를 들었다. 줄을 지어 두 뺨으로 흘러내리는 눈물을 씻을 생각도 아니하고 노파는 떨리고 느끼는 목소리로 말하였다.

「나리, 나리…… 원국이 녀석이 그 편지를 보문 이내 회답을 쓰갔디요?」

이 돌연스러운 질문에 나는 무엇이라고 대답하는 것이 좋을지를 몰라서 멍하니 바라다만 보고 있었다. 늙은 두 눈에서는 두 뺨 위로 쉴새없이 눈물이 흘러내리고 있었다.

「나리, 나리…… 원국이 녀석이 회답을 쓰갔디요. 나리가 원국이 대신으로 그 회답을 좀 써 주시구레!」

이것이 무슨 소리인지 나는 알 수가 없었다.

「아――니…….」

하고 내가 영문을 물어 보려 했으나 그 노파는 가로질러 가지고 이야기를 계속하였다.

「나리, 나리께선 나를 미쳤다고 안하시디요? 원국이 녀석 원국이 녀석…… 그놈의 새끼는 삼 년 전에 죽었대요. 그놈의 새끼레 얼마 동안 펜지두 안하더니 건너 동네 보똘이가…… 그애두 만주를 돌아당기다 왔디요…… 보똘이가 여게 서울까지 나를 찾아와서『원국이 어머니, 원국이는 만주에서 죽었다우. 내가 죽은 것을 보구 장사까지 지내구 왔다우.』하고 일러주갔디요…… 나리 그래두 난 보똘이녀석 말을 믿지 않수와요. 그녀석이 원국이 새끼레 나를 여기다 팽개테 두구 혼자 죽다니요? 그럴 리가 있나요. 나는 언제나 원국이 녀석이 살아 있거니 하고…… 나리…… 원국이레 살았담 하구 나리가 원국이 대신 나한테 펜지 한장 써 주시구레. 이제 그 펜지를 원국이레 보구 그 펜지 답장하는 펜지를 한장 써 주시구레…… 그러카문 나는 그 펜지가 원국이한테서 왔거니 하구 간수하갔수다…….」

나는 무슨 말을 하려 해도 목이 메어서 말을 꺼낼 수가 없었다. 나는 묵묵히 편지와 잉크와 펜을 불 밑에 벌여 놓았다.

「나리. 복 많이 받으십사 나리 !……『이젠 돈을 많이 벌었것다. 이제 몇 달만 더 있으문 어머니한테 가서 당개들구 어머니랑 테불구 룡천후 되루 가서 느트나무 뒤두 그 집 되루 사 가지구 아들딸 나쿠 살갔수다.』이렇게 써 주시구레…….」

나는 묵묵히 펜을 날리고 있었다. 곁으로 보니 그 거칠어지고 변색된 손이 방바닥을 가만히 쓰다듬고 있는 것이 보였다.

〈1935〉

인력거꾼

1

밤 새로 두 시에야 자리에 누웠던 아찡이 아직 날이 채 밝기도 전에 졸음 오는 눈을 비비면서 일어났다. 잠자리라는 것이 되는 대로 얼거리해 놓은 막사리 속에 누더기와 짚을 섞어서 깔아 놓은 돼지우리 같은 자리였다.

그 속에서는 그야말로 돼지처럼 뚱뚱한 동거자가 아직도 홍홍거리며 자고 있는 것을 억지로 깨워 일으켜 가지고 아찡이는 코를 힝하니 풀어서 문턱에 때려 뉘면서 찌그러진 문을 열고 밖으로 나왔다.

잠자던 거리가 깨기 시작하는 때이었다. 상해 시가의 이백 만 백성이 하룻밤 동안 싸놓은 배설물을 실어내가는 꺼먼 구루마들이 요란한 소리를 내며, 잔돌 깔아 우두럭투두럭한 길 위로 이리 달리고 지리 딜리고 하는 섯이 아찡이 눈앞에 나타났다. 동편으로 해가 떠오르려고 하는 때이다. 일찍 일어난 동리집 부인들이 벌써 나무통으로 된 대변통들을 부시느라고 길가에 쭉 나서서 어성버성한 침대 쑤시개로 일정한 리듬을 가진 소리를 내면서 분주스럽게 수선거렸다. 아찡이와 뚱뚱보는 한꺼번에 하품과 기지개를 길게 켜고 바로 그 맞은 편에 있는 떡집으로 갔다. 거리로 향한 왼편 구석에 널빤지 얼거리가 있고, 그 얼거리 위에 원시적 기분이 농후한 꺼먼 질그릇 속에 삐죽삐죽하게 콩기름에 지져낸 유지꽤(조반죽 반찬하는 떡)가 담뿍 꽂히어 있고,

그 옆에는 방금 구워 놓은 먹음직스런 쪼빙(떡)들이 불규칙하게 담겨 있는 위로는 벌써 잠코 밝은 파리 친구들이 날아와서 윙윙거리면서 이 떡 저 떡으로 돌아다니면서 먹고 싶은 대로 실컷 그 고소하고 짭짤한 맛을 빨아들이고 있었다. 이 선반 바로 뒤에는 사람의 중키나 되리만큼 높이 쌓인 가마가 놓여 있고 그 가마 밑 네모진 아궁이에다 지금 떡 굽는 사람이 풀무를 갖다 대고 풀덕풀덕해서 불을 피우고 있고 가마 위 나무 뚜껑 아래에서는 길죽길죽하게 빚어서 한편에 깨알 몇 알씩 뿌린 쪼빙들이 우구구 하면서 뜨거운 진흙 위에서 모래찜들을 하고 있었다. 그것들이 모래찜을 실컷해서 엉덩이가 꺼머죽죽하게 되면, 그 손톱이 세 치씩이나 자란 떡장수의 손이 들어와서 한 놈씩 한 놈씩 잡아다가 앞에 놓인 선반 위 파리 무리의 잔칫터 위에 던져 주는 것이었다. 바로 이 떡가마 왼편에 기다란 부뚜막을 가진 가마가 걸려 있고 그 위에서 지금 유지꽤들이 오그그 하면서 콩기름 속에서 부어오르고 있었다. 그리고 역시 행길쪽으로 향한 이편 한모퉁이에는 네모반듯한 부뚜막 위에 보름달만큼씩이나 둥글은 서양철 뚜껑을 덮은 깊다란 물솥들이 네다섯 개 줄줄이 걸려 있고 부뚜막 바로 한복판에는 직경이 두 치나밖에 안될 쇠통이 뚫려 있어서 가마지기가 이따금씩 그 조그많고 뚱그런 뚜껑을 열고는 바로 그 부뚜막 안쪽에 쌓아 둔 물에 젖은 석탄 가루를 한 부삽씩 쭈르르 쏟곤 하는 것이었다. 그리하면 그 구멍 속으로부터는 까만 연기와 붉은 불길이 힐끗힐끗 밖으로 내치미는 것을 서양철 뚜껑으로 막아 버리고는 놋으로 만든 물푸개를 바른 손에 들고 왼손으로 이편 솥뚜껑을 열고는 부글부글 끓는 맹물을 퍼서는 저편 솥 속으로 쭈루루 붓고는 또다시 왼편 솥 속 물을 퍼다가 바른편 솥에 넣고 이렇게 쭈룩쭈룩 소리를 내면서 분주스리 퍼 옮기고 쏟아 옮기고 하다가는, 엽전 두어

푼이나 나무 조각물표 서너 개씩을 가지고 와서 빙 둘러섰는 아
가씨들과 할머니들의 서양철 물통(오리 주둥이 같은 것이 달린
것), 혹은 세숫대야, 혹은 사기 주전자 등에 엽전 두 푼에 물푸
게 하나씩, 그 절절 끓는 물을 담아 주는 것이다.

아찡이와 쭈로우(돼지)라는 별명을 가진 동거자 뚱뚱보는 어
두컴컴한 부엌 속으로 들어가서 둥그런 탁자를 가운데 놓고 뒷
받침 없는 걸상에 삥 둘러앉은 때묻은 옷 입은 친구들 틈에 끼
여 앉아서 떡 두 개씩과 꺼룩한 미음을 한 사발씩 먹고는 쩔렁
돌렁하는 전대 속에서 동전을 여섯 푼씩 꺼내서 탁자 위에 메치
고 코를 힁힁 아무 데나 풀어 붙이면서 거리로 나왔다.

둘이서는 잠잠히 걸었다. 조약돌을 깔아서 볼통볼통한 좁은
골목을 지나 나와서 전차길을 끼고 한참 올라가다가 다시 조그
만 골목으로 조금 들어가서 인력거 세놓는 집 앞에 다다랐다.
벌써 수다한 인력거꾼들이 와서 널찍한 창고 속에 줄줄이 세워
둔 인력거를 한 채씩 끌고 나아갔다. 아찡이도 거의 해져서 나
들나들한 종이로 둘둘 싸둔 대양(大洋) 오십 전을 인력거세 하
루 선금으로 지불하고 어둑신한 창고로 들어가서 제 차례에 오
는 인력거 한 채를 들들 끌고 거리로 나아왔다. 그는 잠깐 우두
커니 서서 분주스럽게도 있다있다 하는 군중을 바라보다가 인력
거 뒤채를 부득부득 밀면서 나아오는 뚱뚱보에게 이렇게 말했
다.

「오늘 어째 신수가 궁해. 어젯밤 꿈이 숭하더라니!」

뚱뚱보는 이 말 대답할 사이도 없이 벌써 맞은편 거리에서 오
라고 손짓하는 서양 여자를 보고 설마 남에게 빼앗길세라 줄달
음질쳐 가서 인력서 앞채를 내려놓고 그 여자를 태웠다.

아찡이는 절반이나 잊어버려서 무엇이었는지 잘 생각도 안나
는 꿈을 되풀이해 생각해 보려고 애를 쓰면서 정거장 쪽으로 향

해갔다.

마침 남경서 떠난 막차가 새벽에 북정거장에 닿았다. 제섭원(濟燮元)이가 노강상(盧江祥)이를 들이친다는 풍설이 한창 돌 때인데 이번 차가 아마 마지막 차일는지도 모른다는 염려로 소주(蘇州)서, 곤산(昆山)서 쓸어 밀리는 피난민들이 넓은 정거장이 찢어져라 하고 밀려 나왔다. 정거장 정문이 있는 곳에는 벌써 그동안 각처에서 몰려든 피난민들의 잃어버린 짐짝으로 가득 채워있어서 교통이 단절이 되어 버렸고, 좌우 옆문으로 쏠려 나오는 군중이 문간에 수직하고 있는 군인들의 몸수색을 당하면서 이리 밀치우고 저리 밀치우고 흐늑흐늑하였다.

아찡이는 이 기회를 안 놓치려고 이리 기웃 저리 기웃 하며 기회만 엿보고 서 있었다. 아니나다를까 저편 한구석으로 늙은 할머니 한 분, 젊은 색시 한 분, 또 돈푼이나 있어 보이는 젊은 사내 하나의 고리짝, 참대 궤짝, 바구니 등 수십 개의 짐짝을 겨우 검사를 마친 후 시멘트 길바닥에 쌓아 놓고 어쩔 줄을 몰라 안달을 하고 있는 것이 보이었다. 아찡이는 곧 그곳으로 뛰어가려다가, 「이놈아.」 하고 외치는 순사의 고함 소리에 눌려서 한편으로 물러서면서 아까운 듯이 그쪽만을 바라다보았다. 짐은 산더미처럼 쌓아 놓고 촌계 관청식으로 두리번두리번하기만 하던 사내가 마침내 짐짝들을 여인네더러 보라고 맡기고 인력거를 부르려고 정거장 구외로 나왔다. 아찡이는 인력거를 내던지고 번개처럼 이 사내에게로 달려들었다. 벌써 네댓 다른 인력거꾼들도 달려와서 이 젊은이를 에워쌌다.

「어데로 가오? 어데요? 여관으로요?」

젊은 사람은 어찌해야 좋을는지 모르겠다는 모양으로 한참이나 어릿하다가 겨우 상해 말은 아닌 어떤 다른 지방 사투리로 사마로(四馬路)까지 얼마에 가겠느냐고 물었다.

「사마로까지 육십 전만 내슈.」

하고 한 인력거꾼이 즐거운 듯이 웃으면서 말했다.

젊은이는 딱하다는 듯이 잠시 망설이더니,

「이십 전에 가면 가구 그렇잖으면 그만둬.」

하고 중얼거렸다. 인력거꾼 서넛이 펄쩍 뛰면서 한꺼번에 외쳤다.

「이십 전이라니, 어델, 우린 그렇게 에누리 없어요.」

「그자 촌놈이다. 상해 말은 할 줄도 모르는 모양이다.」

하고 인력거꾼 하나가 외쳤다. 그래서 그들은 이 시골뜨기를 잔뜩 곯려먹이려고 그냥 육십 전을 내어야 한다고 떠들었다. 얼마동안 승강이가 계속되다가 값은 마침내 매 인력거에 사십 전씩(보통 때 값의 사 배)에 작정이 되었다. 아찡이도 새벽부터 이게 웬떡이냐 하고 새벽부터의 운수를 웃고 떠들며 서로 축하하는 동무 인력거꾼들과 섞여서 정거장 구내로 들어가서 고리짝을 한 개 들어왔다. 아찡이는 큰 고리짝 한 개와, 또 어제 먹다 남은 것인지 생선대가리 같은 것을 주워 싼 조그만 보 꾸러미 한 개를 인력거 위에 올리어 놓고 앞장을 서서 줄곧 달음질해 나아갔다.

사마로에 즐비한 여관들은 어간마다 피난민으로 가득 차 있었다. 그래 그들은 이 여관 저 여관으로 한참이나 왔다갔다하다가 마지막에 겨우 어떤 좁고 더러운 여관으로 가서 그것도 남은 방이 없다고 해서 응접실에 그냥 있기로 하고, 겨우 짐을 풀어놓았다. 인력거꾼들은 그동안 미리 흥정한 장소까지 와 가지고도 여기 저기를 한참이나 끌려 다녔다는 것을 핑계로 해가지고 세상이 떠나갈 듯이 싸고 덤벼들어 떠들어댄 결과로 마침내 각 인력거꾼 앞에 대양 일 원씩을 떼내었다. 아찡이는 그의 손바닥에 놓인 번들번들 빛나는 은전 일 원짜리 한 푼을 눈이 부신 듯이 바라보면서, 저고리 앞자락으로 흐르는 땀을 훔치었다.

　그가 인력거채를 질질 끌면서 다시 큰 거리로 나아올 때 혼자서,

　「이게 웬 호박인구? 꿈자리가 사나우문 생시엔 되려 신수가 좋은 법인가?」

하면서 속으로는 좀 있다 밤에 방장이네게로 가서 한잔 할 기쁨을 예상하면서 그 번들번들하는 큰돈을 허리춤 전대에 잘 간수하였다.

　참말로 그날은 특히 운이 좋았던지 큰 거리에 척 나서자 마침 가랑이 넓은 바지를 입고 팽갱이 같은 모자를 쓴 미군 하나를 만나서 태우고 팔레스 호텔까지 가서 해군들 보통버릇으로 그냥 막 집어주는 돈을 받아서 헤어 보니 이십 전짜리 은전이 한 푼, 동전이 열두 푼이었다.

　그는 너무나 좋아서 벙글벙글 웃으면서 전차 궤도를 건너 인력거 정류소로 들어가서 차를 내려놓고 그 살대 위에 편안히 걸터앉아서, 행상하는 어린애를 불러 동전을 여섯 푼 던져 주고 쪼빙을 두 개 사서 맛있게 먹었다.

　해가 벌써 오정이나 되었으리라구 생각되는데 앞자리에 앉았던 인력거가 다 풀려 나가고 마침내 아찡이 차례에 이르렀다. 방금 팔레스 호텔 문지기인 인도인이 망치를 휘두르면서 「인력거꾼」하고 부르는 소리를 듣고 달려가려고 일어서다가 아찡이는 그만 벌떡 나가자빠졌다. 아찡이 바로 뒷자리에서 참새 눈깔 같은 눈을 도록도록 하며 앉아 있던 뾰죽이가 번개같이 아찡이 옆으로 뛰어나가서 손님을 태우려고 달려갔다.

　아찡이는 저도 모르게 「에쿠쿠」 하고 신음하였다. 뒷자리에 차례로 앉았던 다른 인력거꾼들이 뺑 둘러서면서 눈이 둥그래서 아찡이를 내려다보았다. 아찡이는 겨우 몸을 일으켜 인력거채

위에 걸터앉으면서 「으륵」하고 아까 먹었던 쪼빙 두 개를 그대로 토해 버렸다. 머리가 횡하고 온몸이 노곤해 들어왔다. 오 분, 십 분, 십오 분! 그는 다시 제 기운을 차려 보려고 노력했으나 소용없는 일이었다.

의아스런 눈으로 바라다보고 있던 동료들 중에, 그중 나이 많이 먹은 곰보 영감이 마침내 가까이 와서 아찡이의 싸늘하게 식은 손을 주물러 주면서 말했다.

「여보게, 요 골목을 돌아 들어가서 사천로(四川路) 청년회로 가문, 돈 안 받구 병 보아 주는 의사 어른이 계시다네. 그리 가 보게. 그저께 우리 장손 녀석이 갑자기 아프대서 거기 가서 약 두 봉지 타먹구 나았다네. 어서 가보게.」

아찡이는 무의식하게 고개를 끄덕이었다. 아마도 이 곰보 영감 말대로 하는 것이 좋을까보다 하고 흐릿하게 그는 생각하였다. 그러나…… 글쎄 어젯밤 꿈이 불길하더니…… 그는 마치 꿈속에서 길을 걷는 사람처럼 벌떡 일어나 남경로(南京路)로 뛰어들어갔다.

2

그가 어떤 모양으로 어떻게 여기까지 왔는지를 기억할 수가 없었다. 하여간 이 사람 저 사람에게 물어 보아 가며, 핀잔을 먹어가면서 여기까지 찾아는 왔다. 방안에는 자기 이외에도 서너 노동자들이 먼저부터 와서 아무말도 없이들 서로 번번이 쳐다들만 보고 앉아 있었다. 한 사람은 어디서 무엇에 치였는지 그냥 피가 뚝뚝 흐르는 팔을 치켜들고 「호호」하면서 부들부들 떨고 앉아 있었다.

아찡이는 한참 동안이나 벽을 기대고 반쯤 누워 있다가 차차 정신이 드는 것을 깨달았다. 인제는 정신은 똑똑해졌는데 몸이 그저 사시나무 떨듯 와들와들 떨리고 멎지를 않았다.

　의사님은 어디를 갔나?

　그곳 하인 비슷한 사람 하나가 비를 들고 들어왔다. 아찡이는 거의 본능적으로,

　「의사님 어데 가셨수?」

하고 물었다. 하인은 아무 대답도 없이 비로 방바닥을 두어 번 긁적거리고 나더니 기지개를 켜면서

　「규칙이 의사님은 새루 두 시가 돼야 오우! 갔다가 두 시에들 오라구. 두 시 전에는 의사님이 안 오시는 규칙이야.」

하고는 다시 방을 쓴다. 아찡이는 비가 가는 곳마다 풀썩풀썩 일어나는 먼지를 흠뻑 맞으면서, 잇몸이 딱딱 마주붙어서 떨리는 소리로 다시 물었다.

　「지금 몇 시쯤 됐소?」

　「열두 시.」

하고 그 하인은 마치도 시간을 따로 외어 가지고 다니기나 하듯이 빨리 거침없이 대답했다.

　두 시간! 그러나 여기서 기다릴밖에 없었다. 지금 아무데도 갈 기력이 없다. 왜 이다지도 몸은 자꾸만 떨릴까?

　아찡이 한참 동안 정신없이 있다가 다시 정신을 차린 때에는 떨리는 증세도 모두 없어지고, 그저 머리를 몽둥이로 얻어맞은 듯이 떵할 뿐이었다. 팔 부러진 사람은 아직두 「호호」하고 앉아 있고 다른 사람들은 일체 상관없다는 듯이 천장들만 치어다 보고 앉아 있었다.

　흐리멍텅한 아찡이의 귀로는 바깥 길 위로 뿡뿡 쓰르르 하며 오고가는 자동차 소리들이 어디 멀리서 들려오는 소리같이 들렸다. 그는 침묵이 무서워졌다. 그래서 그는 이 답답한 침묵을 깨뜨리는 것이 자기의 책임이나 되는 것처럼,

「지금 몇 시나 됐을까요?」

하고 공중을 향하여 물었다. 천장만 쳐다보던 사람들이 잠깐 얼굴을 돌려 표정없는 흐리멍텅한 눈동자로 바라다볼 뿐이요, 누구 하나 말대답하는 이가 없었다. 아찡은 무서운 생각이 나서 몸을 부르르 떨었다.

——글쎄 어젯밤 꿈자리가 사납더라니!

문이 열리면서 깨끗이 양복을 입고 금테 안경을 쓴 뚱뚱한 신사 한 분이 들어왔다. 아찡이는 직감으로 이 사람이 의사 어른이려니 하고 벌떡 일어나면서,

「의사 나리님, 제가 오늘 갑자기…….」

하고 말을 건넸더니, 그 신사는,

「아니오, 아니오, 의사는 아직 한 시간이나 더 있다가야 오십니다. 좀더 기다리시오.」

하고 대답하고 안으로 들어가 버렸다. 그러나 조금 후에 그 신사는 다시 나타났다. 아픈 몸과 가슴을 가진 노동자들의 멀건 눈들이 이 젊은 신사의 일거일동을 멀거니 바라다보았다.

이 신사는 좀 뚱뚱하고 퍽 쾌활스런 사람이었다. 그는 조그마한 세 다리 교의에 펄썩 주저앉으면서 구둣발로 마룻바닥을 한 번 쿵쿵 구르고 나서,

「당신들 의사 뵈러 왔소? 좀더 기다리시오. 아, 당신은 팔을 다쳤구료? 무슨 일 하오? 또 당신은?」

하면서 이 사람 저 사람 번갈아보면서 대답은 쓸데없다는 듯이 남이 미처 대답할 사이도 없이 혼자 주절대었다.

그러나 그도 입을 다물고 한참 동안 다시 침묵이 계속되었다. 그래서 표정없는 여러 눈들이 신사의 몸을 떠나서 다시 천장으로 향하려 하는 때에, 신사가 다시 버룩버룩하면서 말을 꺼냈다.

「세상은 고해이지요. 죄 때문이외다. 아담 이브가 한번 죄를 진 이후로 그 죄악이 온 세상에 관영해서 세상이 이렇게 괴로움 많은 세상이 되었습네다.」

하고는 가장 동정하나 구하는 듯이 군중을 한번 쭉 둘러보았다. 군중의 얼굴은 일체 『무슨 소린지 모르겠다.』하는, 그러면서도 약간 호기심에 끌린 표정이 나타난 것을 그는 간파한 모양이었다.

「당신들도 기도를 해본 적이 있소?」

하고 신사는 일동에게 물었다. 아무도 대답하는 이는 없었다. 모두 신사의 얼굴만 열심히 바라다볼 뿐이었다. 신사는 잠깐 말을 멈추었다가,

「기도함으로 죄 사함을 얻습니다. 요한복음 삼 장 십육 절에 말하기를 『하나님이 세상을 이처럼 사랑하사 독생자를 주셨으니 누구든지 그를 믿으면 멸망하지 않고 영생을 얻으리라.』했습니다. 하나님의 독생자 예수 그리스도가 우리의 죄 짐을 지시고 골고다에서 십자가에 못 박혀 죽으셔서 그 피로 우리 죄를 사해 주셨습니다. 그래서 누구든지 예수를 믿으면 세상에서는 이렇게 괴롭다가도 죽은 후에는 천당에 가서 금거문고를 뜯고 천군 천사와 함께 하나님을 찬양하면서 생명수가의 생명과를 먹으면서 살아가게 된답니다.」

하면서 절반이나 설교하듯 혼자 흥분해서 한참 내리엮고는 다시 한번 일동을 둘러 보더니, 벌떡 일어나며 눈을 하늘을 향하여 올려뜨고,

「오! 사랑하는 하나님이시여, 이 불쌍한 무리들을 굽어살피사 당신의 거룩한 성신의 불로 그들의 죄를 태워 버리고, 그들의 마음을 감동시키사 하나님을 믿게 하시오며, 풍성하신 은혜를 베푸소서.」

하더니 다시 눈을 내리며 군중을 둘러보면서,

　「여러분 오늘부터 예수 품안으로 들어오시오. 예수 말씀하시기를 『내 멍에는 가볍고 쉬우니라.』 하셨습니다. 이 세상 괴로움을 모두 잊어버리고 예수만 믿었다가 이 다음 죽은 후에 천당에 가서 무궁한 복락을 같이 누립시다.」
하고 끝내고는 그만 불쑥 나가 버렸다.

　소 눈깔같이 우둔한 눈으로, 이 흥분한 신사의 머리짓 손짓을 열심으로 바라다보던 눈들은 다시 일제히 어딘가 보이지 않는 곳을 물끄러미 바라보면서 각기 입으로는 약속했던 듯이 한숨을 내쉬었다.

　아찡이는 열심으로 그 신사의 말을 들었다. 그러나 그는 그것이 모두 무슨 소리인지 잘 알아들을 수가 없었다. 무슨 『죽은 후에는 무궁한 복락을 누린다.』는 소리를 들을 때에는,

　『그렇게 되었으면 오죽이나 좋으랴.』
하고 속으로 부러워했다. 그러나 지금 세상이 아담과 이브의 죄 때문에 괴롭게 되었다는 소리는 미련한 생각에도 믿어지지가 않았다. 자기 같은 인력거꾼들은 모두 아담 이브의 죄의 형벌을 받는 중이려고 하거니와 그러면 어찌하여 자동차를 타고 다니는 양귀자들이나 또는 자기도 가끔 인력기에 태우는 비단옷 입은 색시들은 아담 이브의 죄 형벌을 받지 않고 잘 사는지 알 수 없는 일이었다.

　신사가 나아간 후에도 아찡이는 한참이나 그 신사가 하던 말을 알아들은 대로 되풀이해 보았다. 「세상에서는 괴롭게 지내다가 일후 죽은 후에 천당에 가서는 금거문고를 타고…….」 죽은 후에 금거문고를 타려면 살아서는 왜 꼭 고생을 해야 되는가? 죽은 후에 천군 천사와 함께 노래 부르면서 잘 살려고 하면 왜 살아서는 매일 뚱뚱한 사람을 인력거 위에 태우고 땀을 흘려야

하며 발길에 채여야 하고 『홍도아째』 순사 몽둥이를 얻어맞아야만 되는가? 죽은 다음에 생명과를 배부르게 먹으려면 살았을 적에는 어찌하여 남 다 먹은 아침 죽 한 그릇도 맘대로 못 먹고 쪼빙과 미음으로 요기를 하여야 되는 것일까? 이것을 아찡이는 아무리 생각하여도 깨달을 수가 없는 것이었다……. 그 신사가 말한 바 그 소위 그 천당이라는 데는 그러면 우리 같은 인력거꾼들만이 몰려가는 데일까? 그렇다면 양귀자들과 양복 입은 젊은 사람들과 순사들은 죽은 후에는 어떤 곳으로 가는가? 그들도 예수만 믿으면 천당으로 가는가? 만일 그들도 천당으로 간다면 그들은 이 세상에서 고생이라곤 아니 했으니 그것은 불공평하지 않은가? 옳다. 만일 천당이라는 데가 있다면 거기서는 필시 우리 이 세상 인력거꾼들은 아까 그 사람이 말한 모양으로 금거문고나 타고 생명과를 배불리 먹고 놀고 이 세상에서 인력거를 타고 다니던 사람들은 모두 인력거꾼이 되어서 누더기를 입고 주리고 떨면서 인력거를 끌고와서 우리를 태워 주게 되나 부다! 그렇다. 그리만 된다면 나도 한번 그들을 「에잇끼놈」하고 소리 지르면서 발길로 차고, 동전 서 푼 던져 주고, 예수 만나 보러 대문 안으로 들어가게 될 터이지. 정말 그럴까…… 하고 그는 혼자 흥분하여졌다. 그래 그 신사가 아직 있으면 천당에도 인력거꾼이 있느냐고 물어 보고 싶었다. 만일 그렇다고만 하면 그는 이제라도 어서 속히 죽을 것이었다. 그래서 그 좋은 천당으로 한시바삐 갈 것이다. 그는 호기심에 끌려서 미닫이 칸 막은 안방에서 무슨 책인지 웅얼웅얼하면서 읽고 있는 하인에게 말을 건넸다.

「여보, 영감님, 영감님두 예수 믿수?」

웅얼웅얼하던 소리가 뚝 끊이고 잠시 가만 있더니,

「네, 왜 그러우?」

한다.

「천당에두 인력거꾼이 있답데까?」

「인력거꾼? 흥, 천당에도 인력거꾼이 있으면 천당이 좋달게 무얼꼬. 없어요.」

눈만 멀뚱멀뚱하고 앉아 있던 다른 사람들도 빙그레 웃었다. 피가 뚝뚝 듣는 부러진 팔을 들고 앉았는 사람만이 아무것도 모두 귀찮다는 듯이 그냥 물끄러미 팔만 들여다보고 앉아 있었다.

아찡이는 낙망했다. 천당에는 인력거꾼이 없다! 그러면 역시 고생하는 놈은 우리들뿐인 것이다. 돈 많은 사람들은 세상에서나 천당에서나 늘 즐거운 것뿐이니!

그는 그런 천당에는 가기가 싫었다. 천당에 가서도 낮은 데 사람이 위로 가고, 위에 사람이 아래로 가지지 않는다고 할 것만 같으면 그런 데까지 일부러 다리 아프게 찾아갈 필요는 조금도 없는 것이었다. 차라리 괴롭더라도 이 세상에서나 쪼빙이나 잔뜩 먹고 몸이나 성해서 한 달에 한 번씩 이십 전짜리 갈보네 집에나 가서 자면 그것이 더 행복스러운 일이라고 그는 생각하였다.

몸이 퍽 거뜬해진 것처럼 생각되어서 아찡이는 오지도 않는 의사를 기다리기가 싫어져서 그만 밖으로 나와 버렸다. 그런데 그가 분주스런 거리로 이 사람 저 사람 피하면서 걸어나갈 때 홀로 큰 고독을 깨달았다.

아찡이는 갑자기 이 세상 밖에 난 것같이 생각이 되어서 슬퍼졌다. 지나가는 사람, 지나오는 사람들이 모두 희미하게 멀리 딴 세상에 사는 사람들 같고, 자기는 지구 밖 어떤 곳에 홀로 서서 이 사람떼를 바라다보는 것처럼 생각되어졌다. 그는 이것이 흉조라고 생각되어 몸을 떨었다.

그는 정신없이 다리가 움직여지는 대로 걸었다. 팔레스 호텔

앞에 버리고 온 인력거는 기억에 나오지도 않았다. 그 인력거를 잃어버린 제 앞에 어떠한 비참한 일이 오리라는 것조차도 인식하지 못하였다. 저도 모르게 제 집 쪽으로 걸어오다가 건재 약국에 들어가서 감초 가루, 약을 동전 서 푼어치 사들고 그냥 걸어갔다.

아찡이 얼마나 오래 걸었었던지 제 집 동구 밖에까지 왔을 때 동구 밖에 울긋불긋한 기를 늘이운 책상 뒤에 앉아 있는 안경 쓴 점쟁이를 발견하였다. 아찡이는 저도 모르게 그리로 끌리어 갔다.

전대에서 이십 전짜리 은전 한 푼을 꺼내 이 점쟁이 앞에 던져 주고 우두머니 서서 점괘를 기다리고 있었다. 점쟁이는 누런 안경 속으로 그 큰 두 눈을 휘번덕거리면서 아찡이의 아래위를 한번 훑어보더니 작은 상자 속에 손을 넣어 돌돌 말린 종이 한 장을 꺼내서 펼쳐 읽어 보고는, 책상 밑에서 커다란 장지책 한 권을 꺼내 들고 세 치나 자란 시커먼 엄지 손톱으로 장장 들쳐 가면서 고개를 끄덕끄덕하며 몇 곳 읽어 보더니 책을 덮어 놓고서 책상 위에 놓인 유리판에다가 먹붓으로 글자를 넉 자를 써서 아찡이 앞에 쑥 내밀었다. 아찡이가 그 글자를 알아볼 리가 없었다. 점쟁이는 가장 점잔을 빼면서 판화가 조금 섞인 듯한 영파 방언으로 점의 해석을 길게 늘어놓았다. 이러쿵저러쿵 중언부언한 해석을 다 모아 보면 대략 이러한 뜻이었다.

……아찡이가 지금은 전생의 죄값으로 고생을 하지만 인제 얼마 안 있으면 돈 많이 모으고 잘 살게 되리라는 것이었다.

3

아찡이는 정신없이 제 방안으로 들어가서 고꾸라졌다. 그는 몸을 떨었다.

몸이 다시 으스스하고 구역이 나기 시작하였다. 아찡이의 눈앞에는 그의 전생애가 한번 죽 나타났다. 어려서 시골서 남의 집 심부름하던 때로부터 상해로 굴러 들어와서 공장에 들어갔다가 거기서 쫓겨나서는 이내 인력거를 끌게 된 것…… 그것이 벌써 팔 년이라는 긴 동안이었다.

팔 년 동안 인력거를 끌던 신산한 기억이 다시금 생각났다. 애스톨 하우스 호텔에서 어떤 서양 신사를 태우고, 오 리도 더 되는 올림픽 극장까지 가서 동전 열 푼을 받아들고 너무나 억울해서 동전 두 푼만 더 달라고 빌다가 발길에 채이던 생각이 났다. 또 언젠가는 한번 밤이 새로 두 시나 되어서, 대동여사에서 술이 잔뜩 취해 나오는 꺼울리(조선사람) 신사 세 사람을 다른 동무들과 함께 한 사람씩 태우고 불란서 조계 보강리까지 십 리나 되는 길을 끌고 가서 셋이서 도합 십 전짜리 은전 한 푼을 받고 너무도 기가 막혀서 더 내라고 야단치다가 그 신사들에게 단장으로 얻어맞고 머리가 터져서 급한 김에 인력거도 내버리고 도망질쳐 달아나던 광경이 다시 생각났다. 그러고는 또다시 언젠가 한번 손님을 태우고 정안사로 가다가 소리도 없이 뒤로 달려온 자동차에게 떠밀리어서 인력거를 부수고 다리까지 삐인 위에 자동차 운전수의 발길에 채이고 인도인 순사에게 몽둥이로 내맞던 일도 새삼스럽게 다시 생각이 났다.

길다면 길고 멀다면 먼, 또는 짧다면 또 짧은 팔 년 동안의 인력거꾼 생활! 작은 일, 큰일, 눈물 난 일, 한숨 쉰 일들이 하나하나씩 다시 연상되어서 그는 어린애처럼 엉엉 울었다. 그러다가 그는 갑자기 목이 갈한 것을 느끼면서 몸을 일으키려 하다가 온몸에 쥐가 일어나는 것을 감각하여,

「끙.」

소리를 지르며 도로 엎으러지고서는 다시 아무것도 인식하지

못하게 되고 말았다.

4

  종일 인력거를 끌다가 새벽녘에야 집으로 돌아와서 아찡이의 시체를 발견하고 공보국에 보고한 뚱뚱보를 따라서 공보국에서 순사와 의사가 검시를 하러 이 더러운 방으로 들어왔다. 의사는 방안에서 검시하고 영국인 순사 부장은 중국인 순사 통역을 세우고 뚱뚱보에게 여러 가지를 물어서 조그만 수첩에 적어 넣었다.

  「아찡이가 언제부터 인력거를 끌었지?」

  「글쎄 똑똑히는 모릅니다. 이 집에 같이 있게 되기는 바로 삼 년 전부터이올시다. 그때 제가 인력거를 처음 끌기 시작하면서부터 함께 있게 되었사와요.」

  「그래 똑똑히는 모른단 말야?」

  「네, 네, 아찡이 제 말로는 이 노릇을 시작한 지가 금년까지 팔 년째라구 말을 합니다만, 나리!」

  순사 부장은 알았다는 듯이 고개를 끄덕끄덕하더니 안에서 검시하고 나오는 의사를 향해 웃으면서 영어로 이렇게 말했다.

  「무얼요, 저 죽을 때가 다 돼서 죽었군요. 팔 년 동안이나 인력거를 끌었다니깐요. 남보다 한 일 년 일찍 죽은 셈이지만, 지난번 공보국 조사에 보면 인력거 끌기 시작한 지 구 년 만에는 모두 죽는다고 하지 않았습니까?」

  의사는 고개를 끄덕끄덕거리며,

  「흐흥! 팔 년으로 십 년, 그저 그 이내지요. 매일 과도한 달음질 때문으로…….」

5

공보국에서 온 일꾼들이 아찡이의 시체를 거적에 담아 실어 가지고 간 후, 뚱뚱보는 한참이나 멀거니 앉아 있다가 벌떡 일어나서 밖으로 나갔다.

그날 오후 두 시에 사람들은 그 뚱뚱보가 역시 아무 일도 없다는 듯이 인력거에 손님을 태우고 기운차게 달리고 있는 것을 볼 수가 있었다. 그는 아까 순사 부장과 의사와의 회화를 못 알아들은 것이 그에게는 다행이었다. 오 년이나 육 년 후에 그도 아찡이의 뒤를 따르게 될 것을 모르므로 뚱뚱보는 껑충껑충 아스팔트 매끈한 길 위에 기운차게 달리는 것이었다…… 마치도 한 백 년 더 살 것 같이……

〈1935〉

영원히 사는 사람

개는 미칠 듯이 짖어댔다. 수십 마리나 수백 마리나 되는 누런 개들이 선율없는 부르짖음 소리가 약해졌다 커졌다 하여 어두컴컴한 하늘에 울리는 것이 머리털이 쭈뼛해지도록 두려움과 불쾌한 감정을 일으켰다. 연산촌(連山村) 정거장 기수인 아쎄는 정거장 경계 말뚝에 반쯤 기대 서서 개소리 나는 편을 바라다보았다. 지옥같이 어두운 속에 멀리 반딧불같이 반짝거리는 불점이 하나 있고는 그 뒤로 하늘보다도 더 시커먼 언덕이 먹줄처럼 중간에 희미하게 가로 걸리었고 그뒤 어디서부터(아마 연산장 거리) 그 흉악한 개짖는 소리가 검은 날개를 펴고 훌훌 날아오는 것이었다. 천지는 그냥 『어둠』 하나로 채워 있었다. 정거장 구역 안에만 군데군데 세워 놓은 흐리멍덩하면서도 누러우리한 빛을 토하는 석유불 등대 때문에 흐릿하게나마 따스하게 보이는 밝음이 있었다. 그래 이 밝음의 그림자가 정거장 사면을 얼마만큼은 흐리흐리하게 만들었다. 그러고는 눈이 미치는 데는 어디로나 캄캄한 밤뿐이었다. 하늘은 먹장을 갈아 분 것 같았다.

아쎄는 눈바람에 시달리어서 여름날 어린애들의 정강이같이 벌겋게 타고 주름진 얼굴이 옆의 등대 불빛에 반쯤 비치어서 보기 싫은 반사광을 내는 것을 피하려고 하지 않았다. 그리고 중국 사람 중에서는 아주 찾기가 힘든 정기 있는 크지도 작지도 않은 두 눈방울을 방향도 없이 이리저리 굴리었다. 그의 앞빠른 누런 턱과 코밑에 다보록하니 돋은 까만 수염은 때묻어 새까맣게 된 양털옷 주위 속에 반쯤 가리워 있었다. 그래서 그의 불룩하고 밉게 생긴 콧구멍으로부터 쉴새없이 새어나오는 더운 기운이 양털옷 벌어진 틈으로 허연 수증기가 되어 나와서 하늘로 구불구불 피어오르다가 어둠 속에 스러지곤 했다. 아쌔가 늘 자랑하는 새카만 고양이털 방한모가 희미한 불빛을 받아 반들반들 반사했다. 옛적 선비가 쓰던 관같이 생긴 고양이털 방한모를 쓰고 모양 없는 덧옷을 입고 정강이까지 가리우는 개털 구두를 아쌔의 그의 발밑에 잿빛 그림자를 띠워서 이상한 괴물 같은 그림을 땅 위에 그려 놓았다.

마음 좋지 않은 한 찬바람이 휙 지나갔다. 그래서 아쌔의 덧옷 자락은 펄럭거리고 고양이털 방한모의 짧고 부드러운 털이 살랑살랑 물결지었다. 아쌔는 몸부림하는 듯이 오싹 몸을 떨었다. 왼편 삼등 대합실 쪽에서 낯익은 역부들의 큰 웃음소리가 새어나왔다. 아쌔는 한걸음 나서면서 웃음소리 나는 쪽을 돌아보고 빙그레 웃었다. 다시 바람이 휙 지나가면서 아쌔의 얼굴에 희고 쌀쌀한 눈을 한줌 뿌리고 갔다. 아쌔는 멈칫하면서 하늘을 쳐다보았다. 그리고 눈을 가리우느라고 두툼한 장갑을 낀 손을 이마에 대고 물끄러미 하늘을 쳐다보았다. 역시 하늘은 까맣다. 그러나 산뜻산뜻한 눈부스러기가 그의 얼굴을 스치곤 하는 것을 그는 감각했나. 등대 옆으로 희뜩희뜩한 눈송이들이 펄펄 내리는 것을 그는 보았다.

「아! 또 눈이 오는구나!」

하고 그는 천천히 대합실 쪽을 향해 걸어들어갔다. 손님 하나도 없이 텅 비인 지저분한 대합실 안에는 여남은밖에 안 되는 정거장 역부들이 모두 모여서 방금 터져나갈 것같이 새빨갛게 활활 타는 찌그러진 난로를 중심으로 둘러앉아서 얼굴들이 벌개 가지고 무슨 잡담들을 정거장이 떠나갈 듯이 하고 있었다. 아쌔는 시간을 보려고 역장실 출입문을 방싯 열었다. 역장실 뒤 바람벽에 걸린 둥그런 시계의 바늘은 열두 시 이십 분을 가리키고 있었다. 천진행(天津行) 최대 급행이 지나간 지 삼십 분밖에 지나지 않았다. 북경서 내려오는 봉천행 급행이 아직도 한 시간 후에야 이 정거장을 지나갈 것이다. 그 동안에는 이 정거장 쪽으로는 짐차 하나 얼씬 아니할 터이었다. 그러나 아쌔는 아직 한 시간 동안이나 아무것도 할 것이 없으니 천천히 역부들 틈에 끼여서 허튼 수작이나 한바탕 얻어 들으려고 허리지대 없고 낮은 동그란 의자를 하나 얻어 들고 난로 쪽으로 다가갔다. 밖에는 그냥 눈이 오고 있고 이따금 이따금 지나가는 회오리바람 때문에 유리창 문들이 일제히 떠드릉 하고 무섭고도 구슬픈 소리로 울곤했다.

역부 회의에서는 한참 동안이나 제각기 제 고향 자랑이었다. 그러다가 누가 먼저 꺼냈는지는 모르게 화제는 갑자기 미신에 가까운 도깨비, 귀신 이야기로 변하였다. 그래서 그중에도 나이 좀 어리거나 마음이 좀 약한 역부들은 겉으로는 그렇지 않은 체하나 속으로는 벌써 무서워져서 이야기하는 이의 입술을 눈도 깜박거리지 않고 열심으로 쳐다보다가는, 이따금 으르렁거리는 창문짝을 놀란 눈으로 힐끗힐끗 돌아보곤 했다. 그리고 이야기하는 사람이 아주 무서운 한 대목을 반쯤 꺼내놓고 침을 삼키노라 잠깐 말이 그친 때마다는 방금 그들의 뒤로 어떤 흉악한 귀신이 아가리를 활짝 벌리고 달려드는 것 같아서 몸서리를 오싹오싹 쳤다.

어디나 사람 모인 데에는 보통 있는 경향으로 여기서도 어느새엔가 알지 못할 동안에 도깨비 이야기는 도적놈 이야기로 옮겨갔다. 그래 어느 도적놈은 두 팔 밑에 날개가 있어서 하루에 꼭 삼 만리씩을 돌아다닌다는 둥 어디서는 도적놈 삼 백 놈이 큰

성내를 죽쳤다는 둥 이리저리 이야기가 방황하였다. 이때 아쌔
는 가만히 여러 사람들의 이야기를 듣고만 있다가 갑자기 생각
나는 것이 있어서 처음으로 입을 열었다.

「그런데 참 이번에 손미요(孫美瑤)를 총살했답디다.」

「누가?」

하고 역부측에서 바보 영감으로 불리는 순직스럽게 생겼으나 얼
떠보이는 덥석부리가 입을 비쭉비쭉하면서 한마디 꺼냈다. 그러
니까 바로 그 영감 앞에 앉아서 지푸라기를 난로 면에 댔다 떼
었다 하면서 그 지푸라기 끝이 파리우리한 연기를 가늘게 피우
면서 새까맣게 타들어 오는 것을 바라보고 혼자서 좋아하는 듯
이 그 영감을 쳐다보며,

「누구는 누구야요? 나라에서이지! 나라에서 말구 누가 감히
손이나 건드리게요. 손미요가 소리만 한번 꽥 지르면 사람이 이
백 명씩 죽어 자빠진다는데요.」

하고 의기 양양하게 지껄이다가 갑자기 맞은편으로부터 오는 노
려보는 눈치를 감각하고 본능적으로 흠칫하면서 원망스러운 듯
하고도 용서를 구하는 눈으로 그의 맞은편에 앉아 있는 석탄 나
르는 아버지를 쳐다보았다. 잠깐 동안 침묵했다가 이번에는 사
물사물 얽고 두어 오라기 노랑수염이 쿄밑에 기물가물하는 영악
하게 생긴 역부가 하품을 하면서 물어 보았다.

「손미요가 누구요?」

아무도 대답하는 이가 없었다. 잠깐 있다가 아쌔가 다시 입을
열었다.

「손미요도 몰라요! 손미요가 바로 지난 여름 임성(臨城) 사
건의 주인공 아닙니까? 새벽에 진포에 급행열차를 습격하고 양
귀자(洋鬼子)를 수십 인이나 포독고(抱犢峒)로 잡아다 가두었
던 그 유명한 마적왕이 손미요랍니다.」

이때까지 별로 이야기에 취미를 붙이지 않았던 사람들이 갑자기 재미가 난 듯이 턱을 받치고 잔기침을 하면서 시선을 아쌔에게 모두었다. 이때까지 건득건득 졸고 있던 영감들도,

「무슨 린청[臨城]사건이 어드래?」

하면서 눈을 번쩍 뜨고 아쌔를 바라다보았다. 그래서 아쌔는 처음부터 이야기를 하는 것이 좋으리라고 생각하여 전부터 벌써 여러 번 이야기하던 습격 사건은 생략하고 손미요가 부하들을 데리고 군대에 편입되는 이야기로부터 비롯하여 바로 얼마 전에 총살을 당했다는 보도를 역장실에 있는 신문을 보고 알았노라는 이야기를 간단히 했다. 모두들 재미있게 들은 모양이었다. 중에도 끈끈하기로 유명한 바보 영감은 다시 그 우둔해 보이는 순한 눈알을 평화롭게 굴리면서 물어 보았다.

「그래 그 신문에 뭐랬습데까?」

「뭐래긴 뭐래. 그저 그 손미요 죽이던 얘기를 자세히 냈습데다.」

하고 아쌔는 제가 신문을 능히 읽을 수 있는 학식을 가진 것을 큰 자랑으로 내밀었다.

「자세한 이야기가 다 났습데까? 하나두 빼지 않구?」

「그러믄요. 신문엔 그랬습데다. 이번 손미요 죽은 것은 나라에서 한 일이 아니라구――변명을 했습데다.」

하고 아까 보았노라고 떠들던 아이를 힐끔 넘겨다보았다. 일동은 쥐죽은 듯이 고요해져서 무슨 소리를 더 들어 보려는 듯이 아쌔의 입만을 들여다보았다.

「나라에서 안 죽이긴 무얼 안 죽였어! 나라에서 다 죽이라구 약속을 해서 죽이고는 누가 반대할까봐 입 막느라구 그런 소리를 다 지어내지. 이제 두구 보오. 그 부하들이 꼭 원수를 갚고야 마느니!」

하고 처음부터 입을 꼭 다물고 다른 사람들의 동정만 살피던 역부로 들어온 지 며칠 안 되는 나이 젊고 산동서 왔다면서 절강(浙江) 방언 섞인 말을 하는 표독스럽게 생긴 사람이 흥분한 듯이 떠들었다. 아쌔는 가만히 듣고 있다가 산동 사람의 말이 다 끝난 후 수염을 손가락으로 비비꼬면서 다시 말을 시작했다. 무슨 말을 하려고 입을 우물우물하던 바보 영감이 그만 단념한 듯이 입을 꾹 다물고 아쌔를 그 몽롱한 눈으로 멀거니 쳐다보았다.

「그거야 누가 옳은지 알 수 있소? 그 신문에 나기는 장장군이 사사혐의로 죽였다구 그랬습데다. 하기는 또 나라에서 장장군에게 돈을 많이 주고 죽이라구 그랬는지두 모르지요. 그거야 누가 아나요? 좌우간 신문에는 그랬습데다.」
하고 신문이라는 말을 힘있게 했다.

「신문에 있는 이야기를 다 할까요? 신문엔 그랬습데다. 손미요가——군대에 들어오게 되니까 전에는 그 군대에서 장장군이 제일 권세가 높았는데 이번에는 손미요하구 권세가 같아졌다구요. 그래서 시기가 나서 죽일 생각을 품구 하루는 손미요에게 점심이나 같이 먹자구 청했더랍디다. 그래 그날 점심때 손미요가 오니깐 술 한잔을 대접하면서 손미요가 술 마실 적에 장장군이 미리 준비했던 횟가루를 휙 손미요 상판에다 뿌렸대요. 그래 손미요가 눈을 못 뜨고 돌아가는 판에 시위 병정들을 시켜서 결박지워 내다가 뜰에 가서 하나 둘 셋 하구 탕 놓아 죽였답니다.」
하고 입에 침을 삼켰다.

눈 하나 깜짝하지 않고 듣고 앉았던 일동은 비로소 후——하고 숨을 내쉬었다. 아쌔는 다시 말을 이어서

「좌우간에 나라에서 그렇게 시켰다면 잘못이지요. 그걸 죽이지 않는다구 약조서까지 써놓고 들였던 사람을 그렇게 죄두 없

이 죽인다구 하여 말이 되나요?」

「그러기 보오, 이제 꼭 원수를 갚으러 오느니!」

하고 산동 젊은이가 다시 입을 열었다. 그리고 무슨 무서운 것을 내다보는 듯이 고개를 돌려 출입구 쪽을 건너다보았다. 다른 사람들도 따라 고개를 돌려 보았지마는 거기는 다만 이따금 바람에 흔들리는 시커먼 문짝이 가로막혀 있을 따름이었다. 산동 젊은이는 말을 이어,

「그러나 내가 어데서 말을 들으니깐 손미요의 누이가 하나 있는데 역시 이 근처 어느 산속에서 도적놈 여왕 노릇을 한답니다. 그런데 그 여인이 하루에 삼백 리나 사백 리 길 걷기는 우습게 안답데다. 아마 제 원수 갚으러 올걸요…….」

하고 의미있는 듯이 빙그레 웃었다. 모두 무서운 생각이 들어서 숨소리도 크게 못 내고 앉아 있었다. 방금 손미요 누이가 도적놈을 데리고 정거장으로 달려드는 것같이 생각이 되었다. 그래서 누구 하나 먼저 입을 벌려 볼 생각도 못하고 가만히 앉아 있었다. 이제껏 이야기를 하느라고 정신이 팔려서 잘 들리지도 않던 정거장 너머 개짖는 소리가 지금은 아주 약하게나마 똑똑하게 들려 왔다. 모두 다 무서운 꿈이나 꾸는 것 같아서 몸서리를 쳤다. 산동 젊은이는 무슨 생각이 났던지 갑자기 기지개를 본때 있게 켜고 일어서서 양털 두루마기로 목을 둘러 씌우면서 문을 열고 나아갔다. 모——든 눈은 약속했던 듯이 그의 뒷모양을 바라다보았다. 문이 열렸다 닫히면서 사람은 밖으로 나가 없어지고 찬바람이 휙 들어오면서 개짖는 소리도 잠깐 더 크게 들렸다가 찬바람이 앉은 사람들의 후끈후끈하는 얼굴을 스치고 지나가 버린 때 개 소리도 다시 희미하게 들려 왔다. 모두 무슨 무서운 일을 기다리는 사람들처럼 멍하니 앉아 어서 누가 이야기를 먼저 꺼냈으면 하고 서로 남의 얼굴들만 힐끔힐끔 쳐다보고 있

었다.

참기 어려운 깊은 침묵은 계속되었다.

이때 역장실 문이 열렸다. 그리고 금줄 두른 모자를 쓴 역장이 나왔다. 털외투 소매 밑에 가리운 손목걸이 시계를 들여다보면서 역장은,

「급행 지나갈 시간이 거의 됐으니 차차 나가서 일들 하오..」
하고 위엄스럽게 복종하지 아니할 수 없는 어투로 뱉는 듯이 말했다. 일동은 어떤 금고에서 놓여 나오는 듯한 감정으로 안심하는 한숨을 쉬면서 제각기 저 할 일을 하러 이리저리 헤어져 나아 갔다.

산동 젊은이는 어디로 갔는지 보이지 않았다.

아쎄도 플랫폼으로 나갔다. 그동안 함박눈은 쉴새없이 내리부어서 다른 사람 다니지 않는 플랫폼을 하얗게 덮어 놓았다. 그리고 그 밑에 기차 선로 위에도 하얗게 이불을 씌워 놓았다. 따라서 멀리 벌 밖으로도 하얀 눈이 덮여서 아까보다는 마치 달이 뜬 것같이 좀 훤해진 것 같았다. 추위도 아까처럼 혹독하지 아니한 것 같았다. 아쎄는 공연히 가슴이 기쁜 것도 같았고 슬픈 것도 같은 이상한 감정으로 빙그레 미소를 띠고 보드라운 눈 위로 거무레한 발자국을 내면서 플랫폼을 한번 왔다갔다했다. 상쾌한 생각이 번개같이 지나갔다.

아쎄는 저 할 직분이 생각이 나서 바람을 막아 돌아앉아서 성냥을 그어서 두 편은 새빨갛고 두 편은 새파란 네모난 유리등에 불을 켜 플랫폼 한 끝까지 걸어가 서서 쉴새없이 내리붓는 함박눈을 마음껏 맞으면서 숨을 깊이 들이쉬고 멀거니 서서 눈이 미치는 데까지 허옇게 반사되는 끝없는 평야를 내다보았다.

바로 이때였다. 어디선가 퍽 가까운 곳에서 쨍 하는 총소리가 들렸다. 아쎄는 제 귀를 의심하면서도 후닥닥 그 소리나는 편을

바라다보았다. 정거장 바른편 버드나무 줄 뒤로부터 어물어물하는 수십 개의 검은 물건들이 우르륵 소리를 내면서 정거장을 향해 달려왔다. 아쌔는 본능적으로 한 걸음 흠칫하면서 무엇이나 쥐고 내두를 것이나 없나 하고 번갯불같이 빠르게 사면을 휘둘러보았다. 아무것도 없다. 벌써 대합실 쪽에서 숱한 사람들의 미친 듯이 외치는 소리와 분주한 발자국 소리가 요란하게 들려왔다. 그리고 저편 쪽에서는 총소리가 요란하게 나고 유리창 깨지는 소리, 망치로 모두 때려부수는 소리가 모두 한데 뒤섞여서 처참하게 들려왔다.

아쌔는 무엇이 어떻게 되었는지 깨달을 수가 없어서 꿈꾸는 것 같은 머리로 급히 역장실 쪽으로 뛰어가서 창문으로 들여다보았다. 삼등 대합실로 통한 문은 반쯤이나 떨어져 나가 있고 역장실 안에는 벌써 혹은 군복을 입고 혹은 누더기를 입은 한떼의 총 멘 사람으로 가득 차 있었다. 역장실 서랍에 늘 넣어 두었던 호신용 육혈포는 벌써 어떤 장대하고 흉악하게 생긴 사람의 손에 쥐어져 있었다. 아마 역장이 대항을 해보려고 나대었으나 중과부적으로 즉시 빼앗겼을 것이다. 그리고 서너 사람은 벌써 역장에서 달려들어 팔뚝 같은 바오라기로 역장을 한 반쯤 결박지워 놓았다. 그리고 또 한떼 도적놈들은 이편 창문에 앉은 전신원(電信員)을 결박을 지우느라고 분주스럽게 돌아갔다. 전신원은 많은 사람한테 잡혀서 얽어 매이면서도 그래도 어디로 구원을 청해 보려는지 한사코 발신 꼭지 쪽으로 팔을 끌어가려 했으나 실패하였다. 나무 문짝이 처참하게 쪼개져 나간 그 뒤 삼등 대합실 안으로는 수많은 총 가진 도적놈들이 무엇이라고 고함을 치면서 왔다갔다 했다. 이때 그 사람들 틈을 헤치고 머리를 중국 고대 여자식으로 쪽진 채 아무것도 쓰지 아니하고 긴 칼을 빼어 바른손에 든 여대장이 들어왔다. 아쌔는 그 여인의 얼굴을 보고 기절할 듯이 놀랐다. 그 여인의 얼굴이야말로 마귀 할미 그것 같은 연고이었다. 얼굴이 까맣게 타고 입술을 잡아 물은 외씨 같은 얼굴에 거의 중앙에 있는 듯한 두 눈에는 불이 붙는 것 같은 악독과 살기가 가득 차 있는 것이었다. 그 뒤로 이어서 얼마 전에 정거장 잡역부로 들어온 산동 젊은이가 손에 도끼를 들고 즐거운 듯이 빙글빙글 웃으면서 들어왔다. 그래 거침없이 전신원 쪽으로 아직도아직도 몸부림을 하는 전신원을 한번 흘겨보고 전신 꼭지를 재미난 듯이 왼손 엄지손가락으로 꾹꾹 내리눌렀다. 그리고 크게 웃으면서,

「홍 요렇게 다른 데로 구원을 좀 청해 보겠다구 ! 암만 해보려무나 되나, 내가 벌써 이 도끼로.」

하고 바른손에 들었던 도끼를 쳐들어 보이면서,

「전신줄을 모두 끊어 버렸어.」

하고 잠깐 흥분된 듯이 얼굴을 히물거리면서 어이없고 놀라고 무서워서 정신없이 저를 바라보는 전신원을 한참이나 바라다보다가 갑자기 무슨 소리인지 고함을 힘껏 지르면서 책상 위에 놓았던 전신 꼭지판을 그냥 가지고 있던 도끼날로 한번 힘껏 내려갈겼다. 그러고는 그 전기 장치와 책상이 서너 갈래로 쩍 갈라져 떨어지는 위에 가 척 올라서서 그 도끼를 두 손으로 쳐들어 머리 위에 올려 가지고 부들부들 떨며 엉거주춤하고 있는 전신원을 노려보다가 떨리는 목소리로,

「이놈 네가 엊그제 뺨을 때렸지 이놈 ! 네 생각에는 너밖에 더 높은 놈은 없는 듯싶드냐? 나는 그저 백 년이고 천 년이고 네 종질이나 할 줄로 알았드냐? 내가 다 일이 있어서 여기 와서 네 놈들의 수모를 받아 가면서 밤낮 종질을 했어, 에 ! 이 뻔뻔한 놈아, 글쎄 네가 내 뺨을 때려.」

하고 한 발을 궁그르는 그 순간에 어느결엔지 벌써 도끼날이 짝

소리를 내면서 전신원의 골머리 속으로 푹 박혀 들어갔다. 와글
와글하는 소리를 꿰뚫어 외마디소리 비명이 들리고 전신원 몸뚱
이에서 피가 탁 퍼져나와 그 근방 사면으로 확 퍼졌다. 제각기
무엇이라고 떠들던 도적놈들도 놀라는 듯이 모두 그쪽을 바라다
보았다. 산동 젊은이는 미친놈처럼,

「허! 허!」

소리를 지르면서 도끼를 방향도 없이 내두르고 돌아갔다. 이
모든 일은 모두 눈 깜짝할 동안에 된 것이었다. 반 정신은 나가
서 나무로 깎아 세워놓은 듯이 물끄러미 이 광경을 보고 있던
아쌔는 몸에 소름이 쪽 끼쳐서 앗 소리를 치고 휙 돌아섰다. 그
러니 이번에는 이편에서 시커먼 것이,

「어데 가?」

소리를 치면서 총부리를 옆구리에 갖다 대었다. 그러나 아쌔
는 정신을 차리지 못하면서도 본능적으로 아까 제가 서 있던 쪽
으로 달음질쳤다. 그저 와그그 쨍쨍하는 무슨 이상한 소리가 들
릴 따름이었다. 그러나 그가 열 발짝을 못 가서 그는 어깨를 무
엇으로 단단히 얻어맞고 그 자리에 고꾸라졌다. 성난 목소리와
발자국들이 왔다갔다했다. 잠깐 후에 정신을 차린 아쌔는 가만
히 일어나서 두어 발짝 뒤로 움직여서 정거장 짐 창고 벽에 가
기대고 주저앉았다. 그리고 눈을 반쯤 뜨고 눈앞에 나타난 기막
힌 광경을 가만히 바라다보았다. 그리 넓지도 못한 플랫폼은 질
서 없는 발자국들로 막뭉개 놓아 버렸다. 그리고 눈을 맞아가면
서 시커먼 사람들이 저는 돌아다보지도 아니 하고 분주스럽게
플랫폼 위아래로 왔다갔다했다. 그리고 산동 젊은이와 여장군은
플랫폼 가운데 서서 그 사람떼들을 이것저것 지휘하고 있었다.

아쌔는 다시 눈을 감았다. 아쌔가 두번째 눈을 뜬 때에는 그
리 분주하던 정거장이 다시 차차 고즈넉해지기를 시작한 때이었

다. 플랫폼 가운데는 아직 그냥 그 여장군이 머리카락을 바람에 날리면서 서 있고 여기저기 총을 멘 몇 사람이 죽은 듯이 가만히 서 있었다. 아째는 몸을 옴짝도 아니 하고 고개만을 가만가만히 몰래 돌려서 사면을 휘돌아보았다. 정거장에 상관하던 사람은 한 사람도 아니 보였다. 아마 모두 어느 구석에 나처럼 얻어맞고 자빠져 있거나 무서워서 어느 구석에 숨어 박혀서 숨도 크게 못 쉬고 있는 것이라고 그는 생각했다. 그리고 전신원 죽던 광경을 다시 회상하고 역장의 안부를 염려하는 동안에 그는 철도 선로 저편 쪽에서 땅땅 하는 망치 소리와 우런우런하는 사람 소리를 들었다. 그래 그는 얼른 고개를 돌려 그쪽을 바라다보았다. 한 백 야드 선로에 서너너덧 사람이 모여서 불을 밝게 켜들고 무슨 일을 하는 것이었다. 아째는 숨도 아니 쉬면서 눈을 크게 뜨고 정신을 다해서 그쪽을 바라다보았다.

밝은 불빛 아래로 시커먼 그림자들이 어른어른하는 것을 보고 또 땅땅 하는 쇠망치 소리를 듣고 아째는 즉시로 그들이 철도 선로를 절단하는 줄을 알았다. 그는 망치를 쥐고 어른거리는 그림자 속에서 산동 젊은이의 그림자 같은 것도 있는 것을 보고 이상한 감각이 솟아서 치를 떨었다. 그러면 ㄱ 산동 젊은이는 단지 밥벌이 없어서 굶고 다니는 꺼울리가 아니었던가.

아째는 눈을 돌려 앞을 내다보았다. 앞으로 그리 멀지도 않게 허여무러하게 흰눈에 반사되는 평야는 반 시간 전에 꼭 같은 평평한 땅이었다. 그리고 그 뒤로는 시커먼 하늘과 땅이 모든 물건을 검은 보로 싸서 감추어 두었다. 그리고 플랫폼 위에 세운 연산(連山)이라고 쓴 네모난 유리등으로부터는 역시 누렇고 침침한 불빛을 발사하는 것이었다. 그러나 그렇게 내리붓던 눈도 이제는 그치었는지 한참 만에야 한번 새하얀 부스러기가 펄럭펄럭하면서 증판하게 하나씩 둘씩 등대 불빛에 반사되면서 소리도 없이 발바닥에게 유리된 그의 친구들을 만나러 땅 위에 떨어졌다. 아쌔는 춤추며 떨어지는 눈송이를 따라 그의 시선의 위로부터 아래로 차차 내려오다가 바로 그 등대 밑에 이르러 한편으로 놀라면서 한편으로 가슴을 울렁거리는 감정으로 그 시선을 흠칫 멈추었다. 그의 눈은 바로 등대 밑에 바싹 다가세워 있는 조그만 네모난 발광체를 뚫어지게 들여다보았다. 그 조그만 발광체는 이편으로는 파라우리한 광선으로 또 저편 쪽으로는 벌거우리한 광선으로 도적놈 발자국의 침략을 피한 판판한 눈 위를 곱게 반사하고 있는 것이었다. 아쌔는 알지 못하게 빙그레 웃었다. 그리고 저도 제가 왜 웃었는지 몰라서 고개를 흔들었다. 거기 놓인 것은 바로 그가 잠깐 전에(도적놈들이 오기 전에 켜놓고) 이 때까지 여러 가지 놀람과 무서움과 흥분으로 깜빡 잊어버렸던 것이었다. 그러나 지금에 도적놈이 정거장을 차지한 지금에 그 등이 무슨 쓸데가 있으랴! 아쌔의 직무는 빼앗겼다면 빼앗겼고 시작했다면 사직한 것이 아니랴! 아쌔는 자기가 벌써 근 십 년 동안이나 하루도 빠지지 않고 한결같이 이행하던 직무를 오늘이라는 오늘에 한해서는 할 수 없이 이행하지 못하지 아니치 못하게 된 운명을 생각하고 구슬픈 생각이 들어서 한숨을 길게 내쉬었다.

아쌔는 다시 등대 밑으로부터 눈알을 굴려서 저 자신을 찾아보았다. 그리고 그는 제가 바로 창고 처마 밑 어둑한 그림자 속에 숨어 있는 사실을 발견하고 일변 놀라기도 하고 일변 기쁘기도 했다. 그는 도적놈들이 저를 얼른 잘 알아보지 못한 한편 어두운 구석에 천연으로 숨어 있게 된 것을 직각하고 조금이라도 더 제 존재를 그들의 눈앞에서 감추려는 듯이 몸을 더 움츠려서 담벼락에 가 바싹 붙어 앉았다. 이때 갑자기 그의 머리로 어떤 이상한 생각이 번개같이 지나갔다. 그는 이 몽롱한 생각을 잡아

보려고 눈을 감고 머리를 흔들거렸다.

저——편에서 선로를 절단하던 도적의 떼는 일을 마치고 두런두런하면서 이쪽으로 왔다. 아쌔는 눈을 번쩍 뜨고 본능적으로 몸을 움츠렸다. 도적놈의 떼는 플랫폼으로 올라와 아쌔 있는 곳은 본체 만체하고 천천히 걸어서 출구 쪽으로 갔다.

눈은 확실히 멎은 모양인데 하늘은 그냥 새까맣다. 아쌔는 두려운 듯이 선로가 절단된 곳을 바라다봤다. 눈이 미치는 데까지는 꺼뭇꺼뭇한 밉살스런 발자국들이 보일 뿐이요 그 뒤로는 평야인지 하늘인지 분간을 못하게 어두웠다. 그 어둠 속에 아마 무서운 음모의 구렁텅이가 숨어 있을 것이었다. 아쌔는 기차가 그 근처로 급속도로 달려오는 상상을 하고 몸서리를 쳤다.

아쌔는 벌써 도적놈들의 계획을 대강 짐작을 했다. 짐작이 아니라 꼭 알아 맞혔다. 도적놈들은 이렇게 시골 조그만 정거장을 점령해서 사방으로 통신을 절단해 놓고 이 근처엔 선로를 끊어 놓아서 이제 얼마 아니 있다가 지나갈 최대 급행 객차를 탈선시켜 놓고는 그 틈을 타서 습격을 하려는 것으로 아쌔는 생각했다.

『흥, 먼젓번 린청 사건 비슷하게…….』
하고 혼사 숭얼거렸다.

『그리고 그 산동서 왔다는 놈은…… 내 그러기 전부터 행동이 좀 수상하다더라니…….』
하고 그는 그 젊은 놈이 눈앞에 보이는 듯이 얼결에 손을 내저으면서 이를 갈았다. 그리고 그는 손을 내어두른 것이 갑자기 후회가 나서 제 부주의를 속으로 원망하면서 숨을 죽이고 도적놈들이 서 있는 쪽을 바라다보았다. 여장군은 어느새 어디로 가 버리고 총 멘 도적놈들이 그냥 꼼짝 아니 하고 서 있었다. 고개를 반쯤 숙인 채 아쌔 있는 쪽은 보지도 않는 것 같았다. 아쌔는 비로소 안심하고 후——한숨을 내쉬었다.

여장군과 산동 젊은이가 이야기를 하며 걸어 나왔다. 둘이 다 아까보다는 퍽 가라앉아서 안정해진 모양이었다. 아째는 귀를 기울이고 다만 한마디라도 빼놓지 않고 들어 보려 결심했다. 둘이서는 아째 숨어 있는 쪽으로 천천히 걸어왔다. 산동 젊은이가,

「그리고 부하들은 철로 절단선 근처 좌우편에 충분히 매복을 시켜놓았습니다. 또 그 나머지는 모두 대합실에 몰아 넣고 조용히 있으라고 명령했습니다.」

하고 의미있는 듯이 어둑신한 선로를 내다보고 다시 돌아서 저편쪽으로 둘이서 걸어갔다. 그리고 아째는 다시 산동 젊은이가 여장군더러,

「이제 십 분만 있으면 오게 되었습니다.」

하는 소리를 똑똑히 들었다.

『십 분——십 분만 있으면 급행열차는 전복된다. 승객을 죽는다. 물건은 빼앗긴다…….』

하고 아째는 슬프게 생각했다.

산동 젊은이는 플랫폼으로 왔다갔다하면서 도적놈 대여섯에게 제가 그동안 정거장에 있으면서 급행차가 지나갈 적에 역부들이 어떻게 하던 것을 본 대로 가르치고 지도하느라고 야단을 쳤다. 물론 남이 보기에는 정거장에는 매일 있는 것과 같은 상태요, 별일이 없는 것으로 보이려 하는 모양이었다. 그리고 그는 얼른 안으로 들어갔다가 정거장에서 밤마다 쓰느라고 많이 만들어 둔 횃불대를 하나 들고 나왔다. 그것은 이 정거장은 촌조그마한 정거장인 고로 대개의 급행차는 머무르지 않고 그냥 지나가게 하기 위하여 밤에는 횃불을 붙여 플랫폼 위에 가만히 세워 놓아서 앞에 아무런 위험도 없으니 하고 마음놓고 지나가

라고 저편에서 기차를 몰아오는 기관수에게 암호를 하는 습관이 있는 것이었다. 횃불대를 받아든 도적놈은 구부리고 서서 횃불을 켜 놓으려고 꿈지럭거리고 있고 그 밖에 두어 도적놈이 그 옆에 서서 우두커니 들여다볼 뿐으로 그 나머지는 산동 젊은이까지 모두 어디론가 숨어 버렸다.

　정거장은 어제도 그렇고 그저께도 그랬으며 몇 해 전에도 그랬던 것같이 다시 조용하여졌다. 새까맣게 어두운 대지 한구석에 희끄무레하게 비치는 한 점 쌀알같은 정거장에 끝없이 어두운 하늘과 땅 한가운데 고즈넉히 떠 있는 것 같았다. 정거장이 조용해지면 해질수록 아쌔의 머리는 더 분주하게 되었다. 헤일 수 없이 많은 연락 없는 생각들이 순서도 없이 실꾸러미 뭉쳐 놓은 것같이 아쌔의 머릿속으로 뭉켜 돌아갔다. 아쌔는 고개를 쳐들고 그 실뭉텅이의 어느 곳이나 한 곳을 붙잡아 보려고 갖은 노력을 다 했으나 무효였다. 거진거진 그 실끝을 붙잡을 듯할 때에는 남실남실하던 그 실끝은 그만 어디론가 쑥 빠져 달아나서 그 헝클어진 얽거리 속으로 숨어 들어가는 것 같았다. 그리고 아쌔 생각에는 제가 그 실끝 하나만 단단히 붙잡을 수가 있으면 그 헝클어진 것은 솔솔 풀려 나와서 제가 무슨 일을 하여야 힐지를 찬찬히 조직적으로 생각도 하고 계획도 하게 될 것 같았다. 그러나 아쌔는 너무 분주하였다.

　『십 분, 십 분밖에 아니 남았다. 아니 지금은 아마 오 분밖에 아니 남았을 것이다. 그러면 어서 시간 늦기 전에 무슨 일을 하기는 하여야 하겠다. 그러나 어떻게, 그것은 불가능의 일이다. 그래도 그래도…….』

하는 급한 생각이 항상 그 실끝을 끌어다가 혼돈 속에다 집어넣곤 하는데 아쌔는 기가 막히게 골이 났다. 전신이 몹시 초조해져서 우들우들 떨렸다.

횃불은 소리 없이 희고 검은 연기를 피우며 발갛게 타올랐다. 그리고 그 벌건 불빛을 받고 서 있는 두 셋의 총멘 도적놈들은 죽은 듯이 꼼짝도 아니하고 서 있었다. 그리고 하늘은 역시 깜깜하고 눈으로 덮인 평야는 역시 잠잠한 속의 큰 비밀을 감추고 있었다. 그런데 이 견딜 수 없는 침묵 속에서 홀로 아쌔의 머리가 한없이 끓어올랐다. 그리고 그의 눈과 귀는 지금쯤은 두세 마일 저——편에서 앞에 놓인 커다란 함정은 꿈에도 아니 생각하고 마음 턱 놓은 기관수의 솜씨 아래서 한 시간에 삼십 마일씩이나 가는 속도로 우러렁거리면서 세차게 달려오고 있는 그 기차를 보거나 그 소리를 들어 보려고 매우 긴장되어 있었다.

침묵 속에서 시간은 한 초 한 초 지나갔다. 횃불은 불꽃을 얻어 활활 타올랐다. 아쌔는 다시 머리를 들어 눈을 가늘게 뜨고 왼편 쪽을 주의깊게 내려다보았다. 마치 그 꿰뚫을 수 없는 검은 장막에 다만 바늘 구멍만으로도 찾아보려는 듯이.

바로 이때였다. 아쌔는 정말로 그 바늘 구멍을 발견했다. 왼편 쪽으로 저 끝에 아마 두서너 마일쯤 밖에 캄캄한 속을 꿰뚫고 별인지 등불인지 분간하기 어려운 좁쌀알 같은 빨간 점 깜박깜박하는 것이 보인 것이었다. 아쌔는 모르는 결에 흑 하고 몸을 떨었다.

「마침내 때는 이르렀다 !」

하고 그는 땀난 주먹을 불끈 쥐었다. 이때까지 멍하던 머리가 갑자기 씻은 듯이 의심나는 것 같았다. 그래서 아쌔는 조금도 가리우는 것이나 의심나는 것이 없이 제가 할일이 무엇인지를 확실히 깨달아 알았다. 그리고 그것이 다만 한 가지 남은 길이라는 것도 확실히 인식했다. 지금 이때는 아쌔로는 별다른 길이 없었다. 밤은 캄캄하게 어둡고 정거장 근처는 철통같이 도적놈들에게 싸여 있다. 그리고 어두운 저기에는 기차 선로가 절단되어 있고 그 좌우로는 도적놈들이 매복하고 있는 것이다. 그런데 지금 급행열차는——매우 무사히 지나다니던 급행열차는 마음 턱 놓고 제 힘껏 달음질 해 오는 것이다. 이제 몇 분만 이대로 지나가면 기차는 절단된 그 선로까지 와서 거꾸러지고 말 것이다. 그리고는 피, 매, 고함, 고생, 공포, 오! 그것은 잘못된 일이다. 그렇게 되어서는 아니 될 것이다. 아무래도 무슨 짓을 해서라도 그 기차는 이 길로 오지 않게 해야 할 것이었다. 그런데 여기 지금 플랫폼 한구석 어두운 속에서 아째 하나가,

「어떻게 해야 어떻게 해야.」

하고 몸을 뒤꼬고 있는 것이다. 전신원은 죽었다. 역장은 지금은 어느 구석에 결박지운 채 우그리고 있을 것이다. 다른 역부들도 모두 혹은 죽었거나 혹은 어디 숨어서 우둘우둘 떨고만 있거나 또 혹은 도적놈들의 지시하에서 쪼그리고 있을 것이다. 그러면 아째 하나밖에는 없다. 아째는 사면에 야수를 두고 혼자 살아서 고민하는 파선과 같은 생각이 났다.

『혼자다!』

하고 그는 생각했다. 혼자밖에 다른 이는 없다. 그리고 혼자 이 많은 도적들을 대항하고 싸울까 하는 한 큰 미덥지 않은 공포와 또한 힌없는 법열에 그의 가슴은 뛰놀았다.

혼자! 혼자 하기는 해야겠다. 그러나 어떻게 하리오, 한 삼사십 야드 저——편에 있는 소옥(小屋)으로 뛰어가서 선로 맞추는 데를 앞으로 잡아 젖혀 버리면 그뿐은 그뿐일 것이다. 그렇게만 할 수 있다면 기차는 절단된 선로는 발길도 아니 들여놓고 이편 안전한 길로 평안히 달아나 버릴 수가 있을 것이다. 설혹 숨어 있던 도적들이 총알깨나 쏜 대야 급히급히 달아나는 차에 그리 많은 해를 줄 것은 없을 것이다. 많아야 유리창이나 몇 개 깨어질지언정 결코 인명에는 손해가 없게 될 것은 확실한 것이

다. 그러나 지금 이 자리에서 그 일이 가능한가? 지금에 정거장을 중심으로 하고 똑똑히 살피고 있는 눈은 더욱 많았다. 그 많은 눈들을 속이고 아쌔가 거기까지 걸어갈 수가 있다는 것은 기적이랄 수밖에 없다. 사람의 힘으로는 도저히 상상할 수도 없는 것이었다. 그러나 이런 때 능히 기적을 바랄 수가 있을까? 또 설혹 소옥(小屋)까지 간단들 거기는 도적놈의 떼가 벌써 지키고 섰지 아니하리라고 말할 수 없는 사실이었다. 물론 거기 많은 도적의 떼가 매복해 있을 것은 분명하다. 그러면 거기까지 가는 것이 첫째 불가능일 뿐만 아니라 거기 가더라도 아무 일도 해보기 전에 벌써 방지될 것은 두 말할 것도 없는 것이었다. 그러면 지금 아쌔에게는 다만 한 가지 길이 남았을 따름이었다. 다만 혼자서 다만 한 가지 일을 하여야 할 운명을 가진 것이다. 그래 그는 다만 그 한 가지 길인 등대 밑에 세워 놓은 신호등을 바라다보고 두 손을 마주 비비었다. 그리고 그는 눈을 돌려 기차 오는 편을 바라다보았다. 저——편 아직 먼곳에서 기차 머리불은 아까보다도 퍽 더 똑똑하게 깜박거리면서 움직여 오는 것을 바라다보았다. 아쌔의 다리 근육이 벌떡 일어서고 상반신이 흠칫 일어섰다. 눈 깜짝할 동안에 그의 전신은 플랫폼 밖으로 나아가게 되었다.

　바로 이때 어떤 번갯불 같은 생각이 머리를 스치고 지나갔다. 그래서 그는 그만 다시 펄썩 주저앉았다. 그는 얼굴을 돌려 플랫폼을 바라다보았다. 두서넛의 총멘 도적들이 벌겋게 비치는 횃불 빛을 잔등에 받아가면서 지루한 듯이 기차 오는 편을 깜짝 아니하고 바라다보고 있는 것을 아쌔는 보았다. 그리고 근처에 엎디어서 때를 기다리는 수십 혹은 수백의 도적놈들이 일제히 저를 향하여 총을 겨누고 방아쇠를 달그락거리는 것 같은 생각이 들어서 몸서리를 쳤다. 수백 눈이 저를 조롱하는 눈으로 바라다보는 것 같았다. 그래 그는 맥없이 쓰러져서 눈을 감았다. 그의 머리를 번갯불같이 스치고 간 것은 죽음이라는 무서운 두 글자이었다. 이 일을 하려면 목숨을 내놓아야 한다.

아쌔는 생각했다.

『나는 오늘 밤 여기서 죽는다. 왜? 정거장 역부 노릇을 해먹을 망정 삶이라는 것은 재미있는 것이요, 가치 있는 것이다. 더욱이 나 하나를 의지하고 살아가는 나의 어머니——늙어서 눈까지 먼 어머니, 내 아내, 내 가장 사랑하는 아내, 그리고 또 내 아들, 내 조상의 대를 이을 외아들, 그들을 가난이라는 벌판 위에 내어버리고 내가 오늘 죽을 수가 있나! 나만 죽으면 그들도 죽는 것이나 다름이 없이 될 것이다. 누가 보호해 줄 사람도 없고 먹여 주고 입혀 줄 사람도 없다.』

아쌔는 뚜렷하게 그의 앞에 나타나는 어머니, 아내, 아들의 얼굴들을 차례차례 바라보았다. 그리고 사죄하는 듯이,

「아니오, 아니오. 이 세상 천만 사람의 목숨보다도 당신들이 내게는 더 귀하외다. 그럴 리가 있습니까? 내가 왜 목숨을 내놓아요. 내가 일생에 보지도 못하고 상관도 없는 그 승객 수백 명을 살린들 당신들을 못살게 한다면 내게 무슨 쓸데가 있겠소. 아니오, 니는 가만 있을 네요.」

하고 속으로 주문 외듯 외었다.

아쌔는 생각했다. 사실말이지 자기는 아무런 책임이나 의무를 가진 것은 아니었다. 역장 통신원이 모두, 이유는 하여간에 찍 소리도 못하고 있는데 홀로 기수가 도적을 방어하지 못한다고 일후에 나라에서 벌 내릴 것은 결코 아니었다. 이제 몇 분 혹은 몇 십분 동안을 눈 딱 감고 귀 딱 막은 후 그냥 그 자리에 엎드려 있다가 일어나면 첫째는 제 목숨을 살릴 것이요, 둘째는 제 가족을 살릴 것이다. 지금 아쌔에게는 피하지 못할 중대한

선택이 있는 것이다. 그리고 이 선택은 절대로 자유인 동시에 또 황급히 하지 않으면 안 될 것이었다. 선택을 할 기회는 이제 사실로 몇 분이라기보다 몇 초밖에 아니 남은 것이었다.

아째는 가슴에서 끓어오르는 어떤 이상한 감정을 내리누르고 부인을 하려고 애를 썼다.

「나와 그들과 무슨 상관이 있나. 나는 내 가족이나 또는 내 몸이나 살려야지.」

하고 그는 자꾸자꾸 중얼거렸다. 그래서 이 생각으로 그의 머리 전체를 채워서 다른 생각이 생길 틈이 없게 해보려고 애를 썼지마는 그것은 무효이었다.

어느 구석에선가 그의 머릿속에는 끊임없이 법률이나 풍속의 책임이라는 것보다 사람이라는 이 인생의 책임이라는 것이 더 중한 것이라는 암시가 기어오르는 것이었다. 그렇다. 법률상으로 볼 때 지금 열차를 타고 오는 수백 혹은 수천 사람이 몰사를 한다고 하더라도 그에게는 아무 책임도 돌아갈 것이 없었다. 따라서 아무 벌도 받을 리가 없었다. 오늘 밤만 이대로 지나가면 내일부터는 다시 평화스럽게 일을 계속할 것이요 월급을 받아서는 사랑하는 부모 처자를 기를 것이다. 그러나 아째는 사람이었다. 과연 오늘 밤 일과 같은 경우에 사람으로서의 아째에게 사람으로서의 아무런 책임도 없으며 따라 벌도 없을 것인가.

아째는 괴로워서 몸을 비틀었다. 지금 아째는 괴로워서 몸을 비틀었다. 지금 아째의 눈앞에는 급행열차 삼등칸 안 모양이 아련히 나타났다. 희미한 전등불 아래서 딴딴한 나무 걸상을 침대 겸 베개 겸 하고서 울렁덜렁 몸을 들치우면서 화평스럽게 잠을 자고 있는 어린이, 여편네, 사나이들이 똑똑히 그의 눈앞에 나타났다. 어린애들이 앞에 놓인 두 개의 함정을 꿈도 아니 꾸고 온전히 깊은 잠에 들어 무슨 재미난 꿈을 꾸는지 어여쁜 입술을 방긋거리면서 그 토실토실한 주먹을 들었다 놓았다 하는 광경이 똑똑히 바라다보였다.

아쌔는 다시 몸을 떨었다. 그리고 이번에는 그는 그의 눈앞에 나타난 제 집안을 바라다보았다. 어머니와 아들이 화평히 잠들었고 아내가 명일날 아들 신길 신을 깁고 있는 것이 보이었다. 그의 아들은 머리만 내어놓고 이불을 푹 쓴 채 눈썹 사이를 행복스럽게 생끗생끗하면서 쌕쌕 잠을 자고 있었다. 그러다가 이번에는 아내와 어머니는 아니 보이고 곤히 자는 아들의 모양만 나타났다. 그리고 그 바로 옆으로 이상하게도 방금 조금 전에 보이던 기차 속에서 잠자는 아이 모습이 나타났다. 쌍동이 같은 두 아이, 형제 같은 두 아이는 둘 다 사랑스럽게 웃음을 띠면서 서로 돌아누웠다. 그러다가 어느 사이에 두 광경이 들어가 마주 붙어서 한 그림이 되었다. 그것은 급행 열차 삼등실이었다. 마음 놓고 잠자는 많은 사람들 가운데 그는 그의 어머니와 아내와 아들이 뒤섞이어서 잠자고 있는 것이 보였다. 그리고 그는 금시로 그 많은 사람들이 모두 어머니, 아내, 아들로 변해졌다. 이 구석에서도 저 구석에서도 어머니와 아내와 아들이 잠자고 혹은 주먹으로 두 볼을 비비면서 일어나려고 하기도 한다. 아쌔 저 자신까지기 그 기차 속에 담겨져 끌려가는 것같이 몸이 들추이는 것을 깨달았다. 그리고 그 순간에 모든 환상은 씻은 듯이 사라지고 그는 희미하게나마 확실하게 기차의 대지 위를 달리는 으르렁거리는 소리를 들었다.

이 희미한 덜컹 소리와 미약한 지진 같은 흔들림이 아쌔에게는 화약 뭉텅이에 성냥불 대인 것 같은 영향을 주었다.

아쌔는 다시 아무런 관념 사상 토론이 없이 번갯불같이 벌떡 일어섰다. 그리고 사슴을 본 범보다도 더 빠르게 걸핏 등대 앞을 지나는 듯이 서 반 길이나 되는 플랫폼을 내리뛰어서 선로 위에 섰다, 그리고 극한 홍분으로 무의식하게 『어허! 어허!』
소리를 지르면서 그는 그의 바른손에 들린 신호등을 그의 키와
팔이 미치는 데까지 높이 쳐들고 막 내두르면서 미친 듯이 기차
를 마주 향해 달음박질쳤다. 아쌔는 첫번에 기차가 아직 한 반
마일 가량 밖에 있는 것을 보았다. 그래서 저도 무엇이라고 하
는지 모를 뻔한 고함을 지르면서 신호등을 그냥 내두르면서 달
음박질했다. 아쌔가 휘두르는 신호등이 앞으로는 새빨간 반원의
불줄을 공중에 그리고 뒤로는 새파란 불줄을 그려 놓았다.
사면에서 외치는 소리가 들렸다. 그리고 외치는 모두들보다 더
날카롭게 여장군의 성난 외침이 들려 왔다. 그리고 사면에서,
　「죽여라 죽여라!」
하는 무서운 소리가 나는 듯하자, 팽, 팽 하는 총소리가 시작하
다가 마지막에는 기관총 여러 개를 한꺼번에 사격하는 것 같은
복잡한 총소리가 고요하던 하늘을 떠나 보낼 듯이 어지러이 들
려 왔다. 무슨 한없이 빠른 물건들이 아쌔의 몸 사면을 스치고
횡 횡 지나가는 것을 그는 깨달았다. 이 두려운 혼잡이 아쌔에
게 십 배나 되는 더 큰 열을 부어 주었다. 그래서 그는 더욱 더
욱 소리를 지르면서 선로 위를 껑충껑충 뛰어가면서 선로 절단
된 데까지 간 때 쨍강하고 그의 신호등 유리가 산산이 헤어져서
아쌔의 머리에 온통 뒤집어 씌우면서 불이 꺼져 버리고 말았다.
아쌔는 더욱더욱 열이 나서 미친놈처럼 소리만 버럭버럭 지르면
서 깨어진 등을 그냥 내두르면서 앞으로 더 뛰쳐갔다. 그러나
그가 서너 발짝을 더 못 가서 그는 그의 잔등을 무슨 무거운 쇠
망치 같은 것으로 얻어 맞는 것 같은 감각을 인식하면서 그만
앗 소리 지르고 그 자리에 고꾸라졌다.
　잠깐만에 그는 그가 눈 쌓인 선로 위에 가로넘어져 있는 것을
발견했다. 그리고 어디라고 형용할 수는 없이 온 몸이 아프고

쓰림을 깨닫고 제 주의에는 희고 깨끗한 눈이 하염없이 흘러나오는 제 피로 빨갛게 물들여지는 것을 직각했다. 그러나 그는 이런 일들을 오래 생각지 아니했다. 그의 머리는 다시 그 기차와 도적놈들의 생각으로 분주하여졌다.

그는 무슨 소리를 들어 보려고 전 정신을 귀로 모았다. 확실히 기차 소리는 멎었다. 울컹거리는 소리는 없어졌다. 그리고 다만 파장파장하는 성난 발자국 소리들과 명절날 오독도기 쏘는 소리 같은 총소리가 들릴 뿐이었다. 일이 어떻게 되었나? 그러면 나의 이만한 노력도 그만 허사가 되었는가 하는 비감한 생각이 핑 돌아갔다. 바로 이때 그는 분주한 총소리와 고함 소리 속으로 새로이 울려 오는 기관차의 푸푸 소리와 덜그럭 소리를 확실히 들었다. 그는 죽을 힘을 다 들여 고개를 소리나는 편으로 돌리었다. 얼마 멀지 않은 곳에서 기관차 머리불이 펄럭거리고 있고 그 앞으로 무엇들이 왔다갔다하는 것 같았다. 아쌔는 손바닥에 땀을 흘려가며 정신없이 그것만 바라다보았다. 기관차 머리불이 차차 멀어지고 푸푸 소리가 차차 희미해지는 것을 깨달았다. 따라서 아까보다 더 큰 외침 소리와 혼잡한 총소리를 들었다.

아쌔는 안심하는 한숨을 훅 내쉬었다. 그러면 기관수는 아쌔의 신호를 보고 기차를 급히 멈추었다가 총소리를 듣고 급히 뒷걸음을 쳐서 달아난 것이다. 아쌔의 일은 이루어진 것이다. 근 십 년이나 매일 하던 직무를 버리지 않고 끝까지 계속한 것이다. 그리고 오늘이 그 직무를 이행하는 마지막 날인 것이다. 그리고 마지막 이행으로 죽음을 얻었고 그 죽음으로 그 『영원한 삶』을 산 것이었다.

기차 머리불은 멀어서 잘 보이지도 않는 저 ——편 수평선에서 까물까물하고 그리 요란하던 총소리도 뚝 그쳤다. 다만 기쓰고 기차를 따라가며 총질하던 도적놈들이 제각기 무엇이라고 제 분풀이를 부르짖으면서 급히 이곳으로 다시 돌아오는 발자국 소리를 그는 들었다. 그리고 시커먼 것들이 아쌔 옆으로 혹은 넘어뛰어서 정거장으로 가는 것을 보았다. 잔등과 목에 맞은 상처도 찬 눈에 마비가 되어 아픈 줄을 알 수가 없고 구름 없는 하늘같이 새맑은 그의 머리에는 만족감과 환희의 감정으로써 가득 채워져 있었다.

「사람 노릇 했다.」

하는 감정이 아쌔를 끝도 없는 즐거움 속으로 그의 정신을 인도하는 것이었다. 도적놈들의 발자국 소리가 차차 멀어졌다. 후환을 무서워하는 그들은 한 시각도 지체하지 못하고 급급히 도망질치는 것이었다. 아마 복수로 역장을 죽여 버리고 가는지도 알 수 없을 것이었다.

싹 소리도 없이 다시 고즈넉해졌다. 언제부터인지 다시 곱고 느릿한 함박눈이 펄펄 내려와서 상기된 아쌔의 얼굴을 덮고 몸뚱이를 덮었다. 아쌔는 절반 꿈속같은 속에서 다시 개짖는 소리를 들었다. 그리고 그 컹컹 하는 소리 속으로 은은히 들리는 제 아들의 목소리를 그는 듣는 것 같았다.

「아버지 ! 아버지 !」

그는 대답을 하려 했다. 그리고,

「오 ! 너도 사람 구실을 하여라.」

하고 말하고 싶었지마는 절대로 불가능이었다. 벌써 그의 관능은 그의 지배를 거절하는 것이었다. 그는 그냥 꿈속같이,

「아버지 ! 아버지 !」

하는 소리를 들으면서 잠자는 듯이 무의식하게 되었다. 함박눈은 그냥 내리부어 아쌔를 곱게 둘러 덮었다.

〈1925〉

열 줌의 흙

카운터 앞 동글의자는 하나도 비어 있지 않았다. 그러나 식탁들의 앞뒤에 놓여 있는 네모난 의자들은 거의 비어 있었다.

카운터에서 제일 가까운 네모꼴 의자에 나는 주저 앉았다. 카운터 앞 동글의자가 하나라도 비면 얼른 뛰어가 차지하려는 속셈으로.

카운터 앞에 앉으면 아주 간단하고 값싼 음식 —— 햄버거 하나와 커피 한 잔 정도 —— 을 주문하고도 마음의 부담을 느끼지 않는 것이었다. 카운터 위에 놓여 있는 설탕과 크림은 얼마든지 공짜로 커피에 타 먹고도 돈은 육십 센트만 지불하면 되는 것이었다.

매부리코 남자 급사 하나가 내게로 가까이 왔다.

「혼자시군요. 저쪽 자리로 옮겨 앉으셔요.」

라고 ㄱ는 명령조로 발했다.

『자식 건방지군.「미안하지만」소리를 빼먹고…… 팁은 바라지도 마, 자식.』

이라고 나는 생각했다.

화가 난 나는 일어섰다. ——곧장 밖으로 나가 버리려고 그러다가 나도 모르는 사이에 나는 두 사람만이 마주앉을 수 있는 조그만 식탁 앞 의자에 앉고 말았다.

그리고 나는 안심고기 비프스테이크를 주문했다. ——철없는 만용. 나의 이런 망발에 내 돈지갑이 움찔할 것을 나는 알고 있었다.

그간 내가 사먹을 수 있었던 최고의 식사는 질기기 한이 없는 한 달러짜리 스테이크뿐이었었다. 브로드웨이 5가 뒷골목에는 값싼 스테이크 전문 식당이 있었다.

별안간——내 가슴은 설레이기 시작했다. 카운터 뒤에서 손님들 접대를 하고 있는 두 젊은 여급들의 모습이 내 눈에 띄었기 때문에. 그들 중 하나는 금빛 머리털에 파란 눈을 가진 미인이었고, 다른 하나는 머리칼이 까만 여자였다. 머리만 까만 것이 아니고 얼굴도 까맸다.

이 검둥이 여자의 움직임을 내 눈은 짓궂이게 따랐다. 손님들의 머리들 사이로 잠깐씩 나타나곤 하는 그녀의 한쪽 얼굴, 혹은 정면을 나는 볼 수 있었다.

그녀의 머리털과 얼굴이 까맣기는 했지만 형태는 아프리카산이 아니라고 내게는 보였다. 현대 인도인들의 얼굴 색깔보다는 좀더 검었지만 틀림없이 옛날 코카사스족의 후예라고 생각됐다.

미국인들의 나이를 옳게 판정하는 데 나는 서투르지만 그녀의 나이는 스물 정도가 아닐까 보여졌다.

매력 있는 여자였다.

왠지는 몰랐으나 그녀의 모습이 내 가슴 속에 거의 다 죽었던 불씨를 소생시켜 주는 것이었다.

이태 전에 날 버리고 가버린 한국 여성에 대한 원망심과—— 또 그리고 억제하기 힘든 그리움.

내 끈덕진 시선을 인식하기라도 했는지 카운터 뒤 검둥이 여자는 약간 경계하는 눈초리로 날 힐끗힐끗 보곤 했다.

그녀의 모습에 너무나 황홀해진 나는 내가 애초 이 조그만 식당으로 들어오게 된 참된 이유를 거의 잊어버릴 뻔했다. 이 식당은 작기는 해도 사람이 많이 다니는 분주한 네거리 한 모퉁이에 서 있기 때문에 영업이 꽤 잘 되리라고 생각되어 동정을 살피려고 나는 들어온 것이었다.

직업을 찾아 헤매고 있었던 나였다.

내가 주문한 음식은 빨리 왔다.──손님이 별로 많지 않으니까.

그러나 내가 식사를 반쯤 한 때 식당은 손님들로 가득 찼다.

자줏빛 모자에 금빛 솔을 단 터어키 모자를 쓰고, 자줏빛 코트가 아니면 아라비아식 저고리를 입은 남자들과 그들의 아내들이 좌석 절반 이상을 차지했다. 식당 윈도우에 크게 써붙인『귀족님들 환영』이라는 표지가 마력을 십분 발휘한 모양이었다. ──아니, 표지의 마력이 없었다손치더라도 미국 각 지방에서 일시에 모여든 이만여 명의 인파가 이 구석진 식당에까지 침투하지 않을 수 없었을 것이었다.

거의 백 년 전 바로 이 뉴욕에서 발족된『슈라인 협회』연차 회의가 다시 이 시에서 개최되고 있다는 뉴스가 연일 신문 지상에 대서특필 보도되고 있었었다. 종교 단체는 아니라고 하지만 협회의 각종 직위 명칭은 회회교 것을 따르는 단체였다. 단순히 사회 사업──주로 무료 병원 설립과 운영──과 회원긴의 친목을 목적으로 한다는 이 단체의 대표 이만여 명이 맨하탄 섬의 브로드웨이의 동서 5가 중심으로 집단유숙하고 있는 만큼 그들의 여파가 동 27가에 있는 이 식당에까지 흘러오는 것은 당연한 일이라고 볼 수 있었다. 더구나 모두가 다 돈 많은 부자들인데다 축제 기분에 들뜬 그들이 돈을 물쓰듯 쓰는 것도 이상할 게 없었다.

이 식당에 손님이 많아지자 서비스가 더디어 손님들이 오래 기다릴 수밖에 없었다.

『시간제 웨이터들도 소용되겠군……부엌에서도 손이 더 필요할 거고.』
라고 나는 생각했다.

　손님들이 계속 밀려드는 것을 보는 나는 얼른 먹어치우고 자리를 비워 줘야 하겠다고 마음먹었다.

　출입문 바로 안 한옆에 있는 데스크로 가 식사대를 치르면서 나는,

「몇 시쯤 식당문을 닫습니까?」
라고 회계원에게 물어 봤다.

「새벽 두 시――당분간은.」

「지배인 좀 만나 뵐 수 없을까요?」

「왜요? 직업 구하려구요?」

「예.」

「그럼 낸시를 만나세요…… 그녀가 주인이니까.」

「어디 계신가요, 그분이?」

「바로 저기.」
하면서 회계원은 카운터 뒤에 있는 검둥이 여자를 가리켰다.

「지금은 몹시 바쁘니까 새벽 한 시쯤 다시 들러 보는 게 좋겠지요.」

　새벽 한 시라면 여섯 시간을 기다려야 할 판이었다.

　나는 거리에 나섰다.

　거리거리에서는 『슈라인』 회원들이 진탕지게 놀고들 있었다.
――최고급 요정에서의 만찬, 행진하는 밴드, 먹고 마시고, 구경하려고, 모여드는 숱한 군중 앞에 자랑스런 만족감을 느끼며.

　이와 거의 때를 같이하여 흑인촌 할렘에서는 평등권을 달라고 외치는 검둥이 폭도들과 흰둥이 순경들이 치고 받고 때리고 체포해 가고 도망가고 하는 사실에는 아랑곳없이.

　구경꾼 속에 나도 휩쓸렸다. 오늘 밤만은 이곳저곳 자동식 식

당들을 순례할 필요가 없어졌기에. 오늘 저녁에는 참으로 오래 간만에, 정말 오래간만에, 나는 저녁을 배부르게 먹었던 것이었다.

아까 그 식당에 들어가기 전까지 하루 종일 나는 커피 석 잔과 쇠젖 두 잔으로 요기했었던 것이었다. ——자동식 식당들을 두루 찾아다니면서 돈 주고 사먹는 커피나 우유보다도 식탁 위에 놓여 있는 공짜 설탕과 크림을 더 많이 내 뱃속에 집어넣은 것이었다.

한 주일 전 어떤 날, 나는 진종일 냉수로 배를 채우고 다녔다. 자동식 식당 한쪽에 있는 공짜 얼음 물통으로 가서 유리컵에 물을 받아 가지고는, 남들처럼 그 자리에서 쭉 들이켜고 가는 것이 아니라, 나는 식탁으로 컵을 가지고 갔다. 식탁 위에 있는 공짜 설탕을 듬뿍 타 마시곤 했었던 것이었다. ——여러 자동식 식당들을 순회하면서.

재수 좋은 날에는 자동식 식당에서 남들이 먹다 남기고 간 음식을 훔쳐(?) 먹을 수 있었다. 빵쪼가리, 파이 조각, 샐러드 두어 숟갈, 때로는 고기 조각도 먹을 수 있었다. ——이 식탁 저 식탁으로 옮겨다니면서——빈 그릇 치우는 여급들과 단거리 경주 경기를 하면서.

훔쳐먹었다고?

글쎄. 자동식 식당 식탁에 남아 있는 음식——손님들이 사먹고 남기고 간 음식의 소유자는 과연 누구일까?

쓰레기통이 주인이지, 물론. 그런데 『배』라는 이름으로 알려진 내 뱃속 쓰레기통은 쇠로 만들어 은박 입힌 쓰레기통보다는 훨씬 고급이 아닌가. 더구나 쇠로 만든 쓰레기통은 음식물을 소화 못하는 데 반해 내 뱃속 쓰레기통은 소화할 수 있는 것이 아닌가. ——소화가 너무 빨리, 너무 잘 되는 것이 나에게는 원망스러운 쓰레기통이었다. 십여 년 전, 그러니까 1951년에 나는 한국 부산 근방 미군 주둔군 식당 쓰레기 버리는 덤핑 그라운드를 매일 배회하는 수백 명 어린이들 중의 하나였었다. 우리가 뒤져 먹은 음식은 『꿀꿀이죽』이라는 고상한 명칭으로 알려져 있었다. 이름은 그랬지만 음식 자체는 정말 기름졌고 맛이 별미였다.

한 해 동안 내 배는 꿀꿀이죽 수십 톤을 거뜬이 소화했었다.

인적이 드문 샛길을 걸으면서 나는 아까 식당 회계원이 하던 말을 되새겨 봤다.

『식당 규모가 작긴 하지만, 젊은 검둥이 여인이 그걸 어떻게 운영해 나갈 수 있을까? 그런 나이에 어디서 돈이 나서 식당을 샀을까? 정말 주인이라면 아무리 바쁘기로니 선두에 나서서 여급 노릇까지 할 필요가 어디 있을까? 아프리카족의 혈통이라고는 보여지지 않았는데…… 하여튼 새벽 한 시 뒤에 가 만나 보면 알게 되겠지.』

그러나 그때까지는 아직 네 시간이 남아 있었다. 더구나 걷고 있는 나는 자주 흐르는 땀을 주체할 수 없었다. 손수건 한 개가 추할 만큼 더러워졌고 퀴퀴한 냄새가 났다. ——새 손수건은 지닌 게 없는데.

영화관 하나가 내 시야에 들어왔다. 영화관 출입문 밖 공중에 걸려 있는 전등 장치에 크게 나타나 있는 상영중인 영화 제목——그것이 날 유혹했다.

어둑신한 영화관 안은 에어컨디셔너가 돼 있어서 서늘했다. ——거의 추울 정도로.

은막에 비치는 누드콜로니(나체굴) 순례 천연색 영화가 내 눈에는 어디보다도 더 서늘하게 보였고, 내 관능을 몹시 뜨겁게 만들어줬다.

두 차례 계속 앉아 나는 누드 영화를 감상했다. ——육체적
인 욕망을 정신적으로 만족시키면서.

새벽 한 시 조금 지나 나는 아까 그 식당으로 다시 갔다. 식당
은 한 절반 비어 있었다. 회계원 모습도, 남자 웨이터들의 모습
도 보이지 않고, 두 여급들만——낸시를 포함한——남아서
손님들 접대를 하고 있었다.
　카운터에 자리잡은 나는 커피 한 잔을 주문했다.
　커피를 졸금졸금 천천히 마시면서 용기를 북돋운 나는 낸시
에게 말을 걸었다.
　「일거리가　혹시　없을까요?　접시닦기라 든지……아무거
나…….」
　「일본인이십니까?」
라고 낸시가 나에게 물었다.
　「아니오.」
라고 나는 대답했다.
　「그럼 중국인?」
　「아니오.」
　「아, 그럼 한국인?」
　「그렇습니다……. 그런데 난 놀란걸요. 내 국적을 단 세 번
만에 알아맞히는 미국 사람을 만나는 건 오늘이 처음입니다. 미
국인들 대다수는 한국이라고 불리는 나라가 이 지구상에 있는지
없는지도 모르던데…….」
　낸시는 빙그레 웃었다. ——말없이.
　그녀의 미소——그 미소가 내 가슴을 철렁하게 했다.
　이태 전까지 미소로 날 그렇게도 즐겁게 해주었었던, 그리고
지금 와서는 나에게 견딜 수 없는 고통과 자학과 분노를 주고

있는 한 한국 여성의 미소와 낸시의 미소가 너무나 비슷했다.

「미국 시민이신가요?」

그녀가 물었다.

「아닙니다. 공부하려고 유학 온 학생이에요……. 삼 년 전에……난 직업을 구하고 있어요……. 결사적으로…….」

「글쎄요…… 단 한 주일 가량만의 임시 일자리라도 가져 보겠습니까?」

「좋습니다.」

「그럼 묻겠는데 하루 여덟 시간…… 새벽 세 시까지 일하고 한 시간 임금은, 아 잠깐……에, 칠십오 센트입니다. 고맙습니다. 또 오세요……. 실례했어요. 미스터…….」

「헨리라고 불러 주세요. 그냥 쉽게 한국 이름을 가르쳐 드리면 기억하시기가 귀찮으니까요. 기억할 노력조차 안했다가 다시 만나면 영낙없이 찰리라고 부르더군요. 찰리는 질색이에요…… 헨리라고 부르세요.」

낸시는 깔깔 웃었다.

「미리 말씀드려 둘 것은 임금은 한 시간에 한 달러입니다.」

「좋습니다.」

「숙소는 어디지요?」

「하룻밤 방세 두 달러짜리 싸구려 방이 있는 호텔들은 모두 다 내 숙소지요.」

눈을 동그랗게 뜨는 낸시는 잠시 날 노려봤다.

「그럼 부탁 드려요……. 지금 당장 일을 시작할 수 있으세요, 헨리?」

「좋습니다.」

「그럼 시작할까요. 부엌에 일이 산더미처럼 쌓여 있으니까요. 아, 잠깐, 샌드위치를 좀 만들어 드릴게 잡숫고 시작하지요……

나두 배가 고프니 우선 좀 먹어야겠어요.」

한 주일이 푸뜩 지나갔다. 그리고 식당 영업이 한산하게 됐다.
낸시가 금방 해고 통지를 내릴 것같이만 생각되는 내 마음은
초초하고 우울했다.
오늘 밤부터 식당 문은 열한 시에 닫기로 한다고 낸시가 선언
했다. 내 마음속 결정은 이미 내려져 있었다. ——내일부터는
또다시 한없이 걷는 내 발걸음으로 포장되어 있는 도로들을 뜨
겁게 해줄 것이요, 따라서 나는 자동식 식당들에나 드나들면서
쓰레기로 내 배를 채우지 아니치 못하게 될 신세를.
「나하구 얘기 좀 할까요, 헨리 ?」
라고 낸시가 말했다.
예기는 했었지만 막상 『해고 선언』하고 생각하게 되자 가슴
은 떨렸다.
그러나 나는 「좋습니다.」라고 말할 수밖에 없었다.
「잠깐 기다려줘요…… 문 닫을께.」
그녀는 나를 자기 자가용 자동차에 태웠다. ——내 숙소까
지 바래다준다는 것이었다. 그러나 차를 몰기 시작하자 내 숙소
가 어디냐고 묻지도 않는 그녀는 앞만 내다보며 『센트럴 파크』
중간 길을 몰고 있었다.
「헨리, 난 당신의 신상에 대해 좀더 자세히 알고 싶은 게 있어
요.」
라고 그녀는 불쑥 말했다. 눈은 앞만 보면서.
나는 얼른 말을 꺼내지 못했다.
컬럼비아 대학교 근처 가로수 그림자 아래에 그녀는 차를 멈
췄다. 나더러 차안에 그냥 남아 있으라는 뜻으로 내 어깨를 살
짝 두드린 그녀는 차에서 내렸다.

보도에 올라가 『파킹 미터』에 동전을 집어넣은 그녀는 차께로 도로왔다.

차를 다시 타는 그녀는 차 안 전등을 껐다. 가로등 불만 비치는 어스름한 차 안에서 그녀는 자기의 머리를 내 어깨에 기댔다.

「자, 헨리, 당신 애길 죄다 들려 주세요.」

나는 어리둥절해지고 거북하기 한이 없었다.

「왜, 무슨 턱에 내 사생활을 캐려고 드는 거지요? 지금 당장 이 내 마음을 가득 채우고 있는 생각은 다른 무엇보다도 언제쯤 내가 해고당하는가 하는 공포예요.」

「그러세요? 그럼 당신 가족에 대한 애기를 해주세요.…… 어떤 분이라는 걸 내게 다 알려주시면…… 당신이 훌륭한 분이라고 생각하게 되면 당신을 그냥 우리 식당에서 일하시도록 제가 붙들겠어요.…… 좀더 좋은 조건 밑에서…… 내가 그 식당 주인이라는 건 알고 계시지요.」

그녀의 말, 그리고 가까이 느끼는 그녀의 체온, 둘이 다 내 신경을 자극시켰다. 언뜻 내 마음에 깊은 상처를 남기고 가버린 미스 송이 날 다시 찾아와 지금 내 품에 안겨 있는 것이 아닌가 하는 착각을 나는 느꼈다. ──화해하자고 온 것인지, 날 더 괴롭히려고 온 건지는 알 수 없는 노릇이었지만.

낸시를 꼭 껴안아 주고 싶은 충동을 나는 느꼈다.

나는 군침을 꿀꺽 삼켰다.

「그다지 신경 쓰실 필요는 없어요, 헨리. 고향이 어디지요?」

「북한 평양 근처에 있는 한 촌락에서 태어났지요.」

「그래요? 그 동리 이름이 뭐지요?」

「이름을 대봤자 당신네 귀엔 치치푸푸로밖엔 더 안들릴 텐데 뭘 그러시오.」

「그래두 말씀해 보세요.」

「정 원한다면 내 말 듣고 한번 기억해 보려고 애써 보세요……칠골…….」

「아, 칠골…… 북한……평양서 가까운 칠골…… 부모님 다 거기 사시나요?」

「몰라요, 난.」

그녀는 몸을 떨었다.

한숨을 길게 쉬고 난 그녀는,

「소련군이 그 지방을 점령할 때 당신은 도망쳐 나왔다 그 말씀이군요.」

라고 말했다.

한국에 대한 그녀의 너무나 풍부한 지식에 나는 놀랐다. 미국서 이런 사람을 만난다는 것은 정말 뜻밖이었다.

「낸시, 난 참 놀랐습니다. 당신은 한국에 대해 아는 것이 참 많은데, 어떻게 그렇게…….」

「당신 혼자 남한으로 내려왔나요?」

하고 그녀는 물었다——내 물음은 대답 않고.

「그래요. 참 잘 맞혔었어요……. 당신의 한국에 대한 지식 훌륭합니다. 놀랐습니다, 낸시. 호기심을 끄는 구려…… 다른 미국인들에 비해 당신은 너무나 다르니까…….」

잠시 동안의 침묵이 흘렀다.

「결혼하셨나요, 헨리?」

하고 그녀는 불쑥 물었다.

나는 그녀를 포옹했다. ——그녀를 미스 송으로 착각하고.

낸시는 내 포옹에 순순히 응했다.

그녀의 입술에 내 입술을 갖다 댔다.

조용히 그녀는 내 키스를 음미하는 것이었다. 서로 꼭 껴안고 입술을 마주댄 채 우리 둘은 오래 앉아 있었다.

「제 집으로 가보실 순 없으세요, 헨리? 우리 할아버지를 좀 만나 보시게.」

라고 낸시가 속삭였다.

「왜 하필 할아버지?」

「제가 할아버지 한 분만 모시고 사니까요. 우리 식구는 단 둘 뿐…… 한국에서 오신 분이 그일 찾아봐 주면 그이는 무척 기뻐 하실 거예요.」

「왜?」

「할아버지께서 말씀드릴 거예요.」

낸시의 아파트먼트 실내 장치에 호되게 놀란 나는 정신을 잃고 그녀가 무얼 하고 있는지 인식하지 못했다.

오동나무로 짠 옛날 한국식 장롱들——물론 모조품이었지만 궤를 짠 기술은 진짜 뺨칠 정도였다. 자개 박은 나전칠기들. 한국산 인형들——필수품인 성춘향과 이몽룡이가 나란히 서 있는 인형.

꿈을 꾸는 것이 아닌가 하고 나는 생각했다. 이 환상이 스러져 없어질 시간적 여유를 주기 위해 나는 오랫동안 눈을 감고 있었다.

「자, 시원한 거 좀 드세요. 헨리.」

하는 것은 낸시의 목소리였다——분명.

나는 눈을 떴다.

내 눈앞에는 낸시가 분명 서 있었고, 번지 잘못 찾은 가구도 그대로 엄연히 놓여 있었다.

「조금 기다리시면 할아버지 만나 보시게 될 거예요…… 그이 침실로 들어가야 만날 수 있어요.」

너무 놀라서 나는 우뚝 섰다.

침대 머리맡 기둥에 등을 기대고 반쯤 일어나 앉아 있는 노인, 얼굴에는 주름살밖에 남은 것이 없는 것 같은 늙고늙은 할아버지——한국인에 틀림없는 늙은이였다.

「자네 날 만나려고 와 주어서 참 고맙네.」

하고 그이는 한국말로 말했다.

「자, 여기 이 의자에 앉으라구…… 난 턴디신명께 감사 감사하네……. 내 간절한 소원을 풀어 주셨으니꺼니. 내 듣기에 자넨 칠곡 출생이라구…… 나로 말하면 칠곡에서 오 리 떨어데 있는 조그만 촌에서 나서 거기서 자랐다네…… 헨리, 여보게, 자네 성은 뭔가?」

목소리가 저음이기는 했으나 건장한 음성이었다.

「황가올시다.」

「응, 황씨. 칠곡에는 황씨가 많이 살고 있디…… 모두 둏은 사람이야. 나는 고가 성을 가진 사람일쎄…… 칠십여 년 전에 미국으로 왔어…….」

눈을 가늘게 뜬 그는 얼마동안 나를 눈여겨봤다. ——마치 내 인품을 저울질해 보기나 하는 듯이.

낸시를 보려고 내가 뒤를 돌아봤으나 그녀는 방안에 없었다.

온통 주름살 투성이인 노인의 얼굴이 구겨졌다. 그이 딴엔 미소를 띠는 모양이었다. 그리고 그는 말을 이었다.

「흠, 자네 합격권내에 들었네. 자네가 우리 낸시를 둏아한대디. 사랑하나? 하긴 자네가 걜 사랑하건말건 그건 상관없어. 자네는 걔와 결혼해야 되니꺼니…… 그애는 자네가 둏다고 그랬으니, 턴생연분이디. 턴디신명은 남네 짝지어 주는 데 실수를 절대 안하셔…… 밤이 이미 너무 깊었구 자네가 피곤할 것두 난 알구 있어. 허지만 내 애길 끝꺼정 들어줘야 되네. 난 언제 죽을

지 모르는 몸이니꺼니…… 지금 당장 내가 죽어두 난 한이 없어
…… 이 행복한 순간에 죽어문 더욱 좋디…….」

　이때 노인의 말은 중단됐다.

　소반에 찻종과 찻잔 둘을 담아 든 낸시가 방안으로 들어온 것
이었다.

　「아, 인삼차!」

라고 노인은 말했다. 『인삼차』라는 말만으로도 그의 생기가 한
결 돋우어지는 것 같았다.

　「자, 이 참 우리 같이 마시자구. 인삼차 마시문 기운이 소생되
디. 나로서도 자초지종 자세히 니야기할 기운이 소생될 꺼야……
음, 참 좋군, 뜨끈하구 향기롭구…….」

　낸시는 밖으로 나갔다.

　「어디꺼정 니야기했더라? 응, 그렇디. 내가 미국에 온 건 칠
십여 년 전이었어. 낸시는 내 외손녀인데 걔 어멈은 한국 네자
야…… 내 사랑하는 딸 정옥이. 그리구 낸시의 아범은 흰둥이,
아, 아니디, 뒤늦게 아니끼니 그 개새끼는 사실 백인과 흑인간
의 튀기였어…… 그놈의 잘못을 바로잡기에는 너무 늦게 사실
이 발견됐디. ……칠십여 년 전 나는 처음에 하와이꺼정 왔어.
거기서 사탕 농당 일을 했디. 십여 년 동안 참 열심히 일했디…
… 하루두 쉬딜 않구. 그래 삼천 달러의 미국 돈을 데툭할 수 있
었거든…… 그 당시에는 삼천 달러면 큰 부자였디. 그래서, 그
래서, 난 한국 네자한테 당갤 들구 싶었어. 오십 년 전에 소위
사진 결혼이라는 게 성행했었다는 사실은 자네두 아마 들은 적
있을 꺼야. 미국 한인협회가 주관해서 한국에 사는 체니들과 미
국에 와 사는 한국 총각들이 서로 사진을 교환해 보구 피차둥
으문 짝을 지었디. 내가 받아본 첫 체니의 사진에 난 홀딱 반해
버렸어…… 칠골 사는 체니.

  그리구 그녀도 내 청혼을 데꺽 받아들였꺼덩…… 물론 내 사
진을 보구 나서 결덩지었겠디. 그녀가 미국꺼정 오는 네비와 혼
인 비용 전부 다 내가 치렀디. 그때 그녀의 나이가 열여덟이었
어…… 나보다 십오 년이 젊은. 난 디독히 행복했었디. 그녀가
내 가슴에 못을 박고 떠나가 버리기 전까지는 말야. 도무디 두
달밖에 더 안 난 애기, 우리 정옥이, 즉 낸시의 어머니를 버리구
그년이 어떤 놈팽이하고 함께 도망가 버린 거야. 그뒤 난 일을
더 열심히했어…… 나와 또 제 어린 딸을 버리구 도망간 화냥년
에 대한 분노감을 억누르려고 그리구 또 내 눈동자같이 소중하
고 귀여운 딸 정옥에게 온갖 사랑을 다 쏟으며 일을 열심히 했
어. 하와이가 싫어딘 나는 미국 본토로 이사 와서 조그만 골동
품 상점을 개업했디. 돈 참 끔찍이 많이 벌었디…… 재혼은 아
니 허구…… 계집들 믿을 수가 없었거든. 내 온갖 정성을 내 딸
정옥이에게만 쏟아 개는 건강하게 자랐고 학교에 가서는 공부도
무던히 잘했고 또 날 끔찍이 따랐어. 그러는 동안 정옥이는 아
주 예쁜 체니가 됐디. 그런데 말이디, 우리 정옥이가 열여덟 나
는 해에 그애가 내 가슴에 또 못을 박아 줬단 말이야…… 개 어
미가 박은 못보다 백 배나 더 큰 못을…… 어떤 흰둥이 놈팽이에
게 꾀임받은 정옥이가 그놈하구 나 몰래 도망을 갔단 말야. 난
미칠 것 같았어. 허지만 이듬해 봄에 개가 임신둥이란 편지를
받고는 내 마음의 얼음이 풀렸어. 우리 조상들 풍습에 따라 개
더러 친정에 와서 해산하라는 편지를 띄웠디. 그런데 그런데 우
리 정옥이가 낳은 딸이, 그 딸이 검둥이었어…… 낸시. 내 딸 정
옥이가 검둥이를 낳은 걸 본 내 사위녀석은 제 처가 흑인하구
간통했다는 터무니없는 트집을 잡아 정옥이를 버리구 가버렸어
…… 영 가버렸단 말야…… 검둥이 피가 실은 그녀석의 피인데
두 말야…… 아, 나무아미타불, 아, 아…….」

　노인은 경련을 일으켰다.

　놀란 나는 낸시를 부르려고 했다. 그러나 노인이 소리를 질렀다.

　「아니야, 아직 낸시는 불러들이나마나, 괜찮아…… 인삼차, 인삼차나 한잔 더 따라 주게…… 응, 응, 둥와…… 자넨 참 착해.」

　인삼차 한잔을 단숨에 들이켠 노인은 말을 계속했다.

　「자, 보라구, 나 아무렇디두 않아. 그 불쌍한년…… 내 딸 정옥이 말일세…… 그녀는 목매고 자살해 버렸어. 자기의 결백을 증명하기 위해. 그걸 본 나는 미칠 것 같았어. 허지만 한편 그녀의 행동이 자랑스러웠어. 한국 여성들만이 감행할 수 있는 떳떳한 일이 아닌가. 그때 낸시는 난 지 두 달밖에 안 된 젖먹이였어. 고아가 된 낸시를 내가 극진히 키웠디…… 긴 니야기를 줄여 말하자면 이렇네. 낸시가 무럭무럭 자라나고 있는 모습을 볼 때 어떻게 해서든지 개는 고향으로 데리고 가 훌륭한 한국 남자와 짝을 지어 주고 싶어졌단 말야…… 내 재산은 몽땅 다 개에게 물려줄 거니끼니 지참금은 어마어마하디. 허지만 겉으로 보기에는 검둥이에 틀림없는 체니가 내 고향 땅에 가서 우리 나라 사람들과 어떻게 어울려 살 수가 있을까 하는 염려가 날 괴롭혔어. 자네도 아다시피 우리나라 사람들은 대개 다 튀기는 싫어하구 자꾸 놀려 주디 않는가. 이 생각이 날 여러 해 동안 날 괴롭혔어. 그러다가 말일세, 천구백사십오 년부터 난 새로운 희망을 품기 시작했다네…… 그해 가을에 미군이, 흰둥이와 검둥이의 혼성 부대인 미군이 남한에 진주했디 않나. 해방된 조국에서 오는 신문들을 읽어 보니까니 남한에는 흰 피 검은 피가 섞인 튀기들이 많이 생겼다구 했더군…… 그래 검둥이인, 겉으로만 검둥이인 내 손녀딸 낸시도 고향에 가문 꽤 어울리리라고 나는 생각하게 됐어. 특히 그녀의 외할아버지인 나를 아는 사람이 혹시 여태 살아 있으문 그녀 대우를 잘해 주려니 하는 생각이 들었어 …… 더군다나 그녀가 한국인의 아내가 되는 경우 남편 테면을 봐서라두 그녀를 아껴 주리라구 나는 생각했어. 지금 내 수중에 오만 달러가 있네…… 그거 다 낸시의 것, 아니 그녀와 그녀의 남편, 물론 한국 남자의 공동 소유가 되디. 여보게, 헨리, 아니 황군. 명심해 듣게. 자네가 바로 낸시를 아내로 삼아 데리고 고향 땅으로 갈 그 사람이야. 적당한 한국인 남편을 물색하기 위해 낸시는 거의 일년간 식당에 나가 일을 했네. 식당을 차리는 게가 둏겠다구 생각해 낸 건 바루 나야…… 만국에서 모여드는 각계 각층의 사람들이 데일 자주 들르는 곳이 식당이거덩.」

노인은 단추를 눌렀다.

낸시가 들어왔다.

「낸시야, 그 화분 이리 가지고 온.」

하고 노인이 외손녀에게 말했다.

낸시가 들고 오는 조그만 화분에는 파란 풀이 자라고 있었다.

「여보게 황군, 여기 자라난 이게 뭔디 아나?」

나는 머리를 저었다.

「조야, 조. 바로 한국 흙에 심은 한국 조란 말야. 수백 년 동안 우리 선조는 대대손손 한 뙈기 땅에 해마다 조를 심고 거두어 왔다네…… 내가 집을 떠나 미국으로 올 적에 그 땅 흙 여남은 줌과 좁쌀씨 여남은 톨을 가지고 왔거덩. 내가 이 미국에서 미국인들의 돈을 긁어모으는 것터럼 이 흙은 미국 거름을 받아 가며 해마다 조를 길렀디…… 칠십여 년 내리. 고향 농토의 소유자는 우리 아버지가 아니고 디주였디. 그러나 이 화분에 담긴 흙은 내 꺼야, 나의 분신. 그런데 말이디 이 흙과 낸시를 내 고향으로 데리고 가 줄 사람은 바로 자네야. 나두 물론 고향으로 가서 뼈를 묻고 싶지만 난 먼 네행을 하기에는 너무 늙었고 몸이 쇠약해. 자네와 낸시와 흙이 지금 당장 고국으로 돌아가더라도 이북 땅으로 곧 갈 수는 없다는 걸 나두 잘 알구 있디. 허지만 난 이렇게 생각해. 너희들이 당분간 남한에 살고 있다가 북한이 해방되는 날 선두에 서서 고향으로 달려갈 사람은 자네가 아닌가. 내 고향은 자네 고향에서 오 리 안팎에 있어. 자네 고향으로 가거덩 큰 농장을 사라구…… 돈은 물론 넉넉히 있으니꺼니. 그래가지구 이 화분 속에 칠십 년이나 갇혀 있었던 흙을 그 농토에 부어 섞으라구. 이 흙 속에는 내 혼이 깃들어 있으니꺼니 농토가 자연 비옥해질 거야…… 자, 너희 둘 다 이리 가까이 오너라. 내 늙은 몸이 이상 더 지탱할 수 있으리라고 생각되지 않아…… 세월은 자꾸 흐르고. 지금 당장 이 자리에서 나 자신이 너희들 짝을 지어 주련다. 너희 둘 손을 포개 쥐어라…… 응, 그렇게. 둏다. 자, 너희들의 포개 쥔 손을 내 손이 이렇게 겹으로 포개 쥔다. …… 아, 잠깐…… 나 인삼차 한잔만 더…….」

나는 꼬리 아홉 개 달린 여우에게 홀린 것 같은 기분이었다. 여우의 홀림으로부터 벗어날 수 있는 단 하나의 방도는 날이 새는 데 있다고 우리 할아버지는 노상 말씀하셨었다.

「음, 참 둏다, 그 인삼차…… 자 너희들 손을 다시 포개 쥐어라. 그렇디, 그렇게.」

라고 말하는 노인의 목소리는 떨렸다.

「아, 아, 너희들의 손 참 따스하구나. 너희 둘이 지금 부부가 됐다는 건 난 턴디신명께 품고한다.」

노인의 두 눈에는 눈물이 홍건히 괴었다.

「턴디신명이 너희들의 부부됨을 인정하고 축복해 주실 거다 …… 지금 난 죽어도 안심하고 눈을 감겠다. 선조에 대한 나의 임무를 잘 수행하고 나서 죽는 나는 세상에 여한이 없다…… 난 기쁘기만하다…… 정말 됫새 기뻐…….」
　노인은 혼수상태에 들어갔다 ——주름살 투성이인 얼굴에 만
족하는 미소를 띤 채.

〈1967〉

봉천역 식당

봉천 정거장 앞 너른 마당에 척 나서 보면 어째 경성역 앞에 선 듯한 환각을 느끼게 됩니다. 환각이 아니라 기실 경성역 앞과 봉천역 앞은 그 규모의 대소가 있을 따름이지 아주 비슷한 것이 사실입니다.

맞은편에 선 집들의 광고판이며 뚫린 길들이며 앞으로 줄을 긋고 지나간 전차길까지도 서로 비슷하니까요.

정거장 구조조차 비슷하여서 들어가는 데와 나가는 데며 대합실(만주국이 생긴 이후로 대합실을 새로이 훨씬 안쪽 이층에다가 크게 꾸며 놓았지만 그 전으로 치면 말입니다)이며 식당 위치 등이 모두 비슷한 방향에 놓여 있단 말씀이지요.

이 『비슷』은 외지로 오래 여행을 다니는 사람에게 우연 이상으로 반가운 일이올시다. 오랫동안 고향 소식을 모르고 두루 헤매다가 봉천역에 척 내려서자 곧 경성역의 맛을 볼 수 있다는 것은 여간한 기쁨이 아닌 것입니다. 차에서 내려서 표 주고 나가는 울타리 밖에 죽 줄을 지어 읍하고 섰는 젊은 사람들, 곧 모자에다가 『아무 여관』『무슨 여관』『어데 여관』하고 여관 이름을 써서 쓰고 있는 『손님끌꾼』들까지가 경성역 냄새를 끼친단 말씀이죠. 더욱이나 오래간만에,

「조선 음식 잡수시지요.」

「조선 여관으로 가시지요.」

하고 외치는 조선말을 들을 때 나는 나도 모르게 자연,

「아, 여기가……」
하고 새삼스럽게 놀라게 되는 것입니다.

2

나는 사주 팔자를 그렇게 타고났기 때문인지 (서울서 가장 유
명하다는 사주장이 아무개 씨의 명판단으로 보면 꼭 그렇게 타
고났다고 단언하니까 말입니다만) 삼십 평생을 절반 이상 해외
로 떠돌아다니는 것이 나의 일이었습니다. 그런데 그동안에 봉
천역을 거치기 무릇 이십여 회에 달합니다. 그러나 봉천을 이십
여 회씩이나 들르면서도 이 또한 내 팔자이었든 또 혹은 봉천이
란 도시의 팔자이었는지 누구의 팔자 소관인진 모르나 하여튼
나는 한번도 봉천서 열 시간 이상을 머물러 본 일은 없습니다.
물론 봉천서 밤을 지내 본 일도 없고 따라서 그 흔한 것이 여관
이언만 한번도 그 안에 발을 들여놓은 일이 없었습니다. 언제나
아침 혹은 오후 차로 떠나게 되는데 언제나 봉천서 차에서 내리
면 나는 물건 한 가지에 대해서 십 전씩만 돈을 주면 스물네 시
간 동안을 잘 보관했다가 내주는 『짐짝 잠시 맡겨두는 곳』에다
가 초라한 짐짝을 맡겨 버리고 혼자서 온 봉천 시기를 두루 헤
매다가는 밤에 다시 차가 떠날 시간이 되면 정거장으로 돌아와
서 짐을 찾아 가지고 다시 기차 안에다가 지친 몸을 실어 버리
는 것이었습니다.

곧 봉천이란 도시는 내게 있어서는 한 개의 『기차 바뀌는 곳』
으로밖에는 아무런 다른 존재의 의미를 갖지 않은 곳입니다. 일
년에 한두 번 가끔 번개처럼 조선엘 다녀올 일이 있어서 봉천역
에 내리면 『오래간만에 조선 음식——』 운운해서 유혹하는
『손님끌꾼』들의 말에 마음이 십분 움직여지지 않는 것이 아니
로되——무얼 몇 시간 후면 다시 떠날걸——하고는 넉넉지

못한 돈지갑 생각이 나서 결국 여관을 단념하고 역시 보따리를 들고 짐짝 잠시 맡겨 두는 곳으로 어정어정 가는 것이 나의 으레 하는 일이었습니다.

그러면 봉천서 끼니를 때워야 하는 경우엔 밥은 어디서 먹느냐? 지당한 물음이지요. 나는 반드시 정거장 식당으로 가지요. 그것은 십여 년 전 일인데 역시 내가 봉천서 몇 시간을 보내게 된 때 나는 방향도 모르고 이리저리 싸다니다가 어떤 조그만 골목 안에 일본 음식점이 있는 걸 발견하고 들어갔다가 밥 위에다가 기름에 볶아 낸 새우 두 마리를 얹어 주는 무슨 덴동이라던가 하는 밥 한 그릇을 먹고, 놀라지 말지어다, 일금 일 원 이십 전야라의 대금을 빼앗기고 난 일이 있는 후로부터는 나는 익숙치 않은 음식집에는 일체 발을 들여놓지 않는 것으로 한 신조를 삼았었으니까요. 정거장 식당은 언제나 신용할 수 있을뿐더러 깨끗하고 또 밥값도 비교적 싼 셈이지요. 삼십 전만 주면 카레라이스라나요, 매캐한 밥을 한 접시 두둑이 먹을 수 있고 오십 전을 내면 들척지근한 화식(和食)이라는 것을 먹을 수 있고 또 융단을 내려서 일금 일 원 이십 전야라의 대금을 털어놓으면 맹물국으로 개시하여 생선 쇠고기 닭고기 과자 실과 면보 커피까지 뻑적지근한 양식을 먹을 수가 있지요.

3

이 이야기를 쓰는 목적은 봉천역 식당 메뉴 선전에 있는 것은 절대로 아닙니다. 목적은 딴데 있으면서 서론이 너무 길어진 모양이어서 미안한 말을 다 드릴 수 없습니다. 하나 원래 잔소리를 많이하는 성미라 그만 그리 되었으니 용서하시기 바랍니다. 이제 곧 본 이야기로 들어서겠습니다.

이야기는 한 팔 년 전으로 뒷걸음을 쳐 가지고 시작되어야 하겠습니다.

그것이 꼭 구 년 전이냐? 십 년 전이냐? 하고 정확한 대답을 하라고 따지는 이가 있으면 나는 그 대답을 할 수가 없습니다. 왜 그러냐 하면 그때에는 한 십 년 후에 내가 이 이야기를 쓰게 되리란 그런 선견지명을 못 가졌던 탓으로 그날 일을 공책에다 날짜를 적어두었던 것도 아니고 그때는 그저 무심히 지나쳐 버렸건만 오늘 이야기를 쓰고 앉았게 되니 자연 대강 짐작으로 팔구 년 가량 이전이리라고 생각이 되는 것입니다. 하여튼 장작림의 폭사가 아직도 기억에 새롭고 조선인으로는 중국 시가 안으로 들어가 다니기가 퍽 위험하던 때였으니까요.

그때 나는 역시 어디론가 여행을 떠나서 봉천서 기차를 갈아타게 되어 저녁을 정거장 식당에서 먹으면서 차 떠날 시간을 기다리고 있었던 것입니다.

정거장 식당이란 원체 목적이 여행자를 위해서 설비해 놓은 곳이라 그렇기 때문에 정거장 식당은 시내 다른 식당들보다 훨씬 재미있고 변화가 많은 곳이라고 나는 늘 생각하는 바올시다. 참 온갖 잡사람 별 괴물(물론 나 자신도 그중 하나이지만)이 다 한번씩 거쳐 지나가는 곳이 아닙니까? 정거장 식당에서 보이노릇 한 일 년만 하고 나면 일생을 써먹고도 남을 소설거리가 얼마든지 생기려니 하고 나는 일상 생각하는 바입니다.

여행중 심리는 자연 구경으로 기울어지는 것도 사실이겠지요마는 나는 정거장 식당 안에 들어가 앉으면 더한층 구경에 팔립니다. 사람 구경이지요. 남들이야 또한 나를 구경하겠지마는!

이 식당에 혼자서 앉아 삼지창으로 밥을 퍼먹고 있다가 갑자기 조선말이 들려 오는데 더구나 그 조선말 목소리가 옥을 굴리는 듯한 소프라노일 적에 문득 눈을 들어 그 소리나는 편을 바라다보는 것이 무엇 괴이할 것 없는 평범한 일이겠지요. 더구나 그 목소리의 주인공이 꼭 찌르면 터질 것같이 맑고 또 복사꽃같이 발그스레한 두 뺨의 소유자인 것을 발견할 적에 또 그 소프라노 목소리가 웃음소리로 변할 때마다 그 좌우측 뺨에 우물이 옴폭 패이고 메워지고 하는 광경이 눈앞에 나타날 때에 그때 나이 스물 안팎인 총각이었던 내가 먹던 밥을 잊고 한참이나 멀거니 바라다보고 있었다는 것을 지금 고백한다고 나를 가리켜 미친놈이라고 욕할 사람이 있습니까?

외지에서 동포 특히 이성(異性)의 동포를 볼 때 그가 아는 사람이고 모르는 사람이고를 막론하고 갑자기 가슴 속에 요동치는 흥분을 직접 체험해 보기 전에는 잘 상상하지 못하리라. 더구나 그 이성의 동포가 흑진주같이 빛나는 맑은 눈의 소유자일 적에 양장한 두 팔목이 대리석처럼 희고 부드러워 보일 적에 열칠팔세 난 처녀로 보일 적에 고독하게 외지를 헤매는 한 사나이가 미련스럽게도 공연히 가슴을 두근거리고 앉아 있었다고 나를 미친놈이라고 욕을 할 사람이 있습니까?

더구나 이 처녀의 몸에 행복이 넘치고 흘러서 그 순진스런 즐거움이 온 방안 공기를 진동시키고 남을 적에 그 눈길마다 그 움직임마다 그 목소리마다 사랑이(그렇습니다. 오직 사랑만이 그렇게도 행복에 가득 찬 분위기를 발산할 수 있는 것입니다) 넘쳐흐르는 것을 볼 때 그 처녀와 마주앉아서 그 아름답고 고운 사랑을 독차지하고 있는 한 젊은 사나이에게 향하여 내가 일종 질투 비슷한 또는 부러움 비슷한 야릇한 감정의 착란을 가지고 바라다보았노라는 것을 내가 지금 말한다고 나를 미친놈이라고 욕할 사람이 있습니까?

그러나 이야기는 이뿐입니다.

그날 밤 차를 타고 나서 잠을 좀 자 볼까 하고 일부러 침대차로 가서 누웠건만 잠은 한숨도 못 잔 것이 사실입니다. 다른 생

각은 별로 없고 그저,

「그 둘이 물론 애인일 게다. 아니 혹은 오뉘인지두 모르지. 아니야, 둘이 다 그렇게두 행복스러워 뵈던걸. 오누이간에야 무슨 그렇게! 고향이 어디들일까? 무얼 하는 사람들일까? 결혼했을까? 아니 분명 처녀야. 아직 처녀미가 있던걸. 오누이일까? 아니지, 연인이지, 연인이야.」

자 이런 소용없는 생각을 되풀이하고 또 되풀이하느라고 잠을 못 잤으니 이제야말로 미친놈이라고 욕을 한대도 대답할 말이 없습니다.

4

어느덧 이삼 년 세월이 흘러간 뒤입니다. 나는 그동안도 봉천을 두세 번 거치었지만 정거장 맞은편에 네온사인이 더 많아졌다는 것밖에 별로 이렇다할 기억 남은 일이 없었습니다. 오직 정거장 식당에서 밥을 먹을 때마다 문득 양장의 조선 처녀가 생각났으나, 『아직도 봉천 있을까? 행복스럽게 살기나 하는가?』 하는 당토 않은 생각이 나는 것을 혼자 빙그레 웃어서 눌러 버리고 그때 새로 배운 재간 곧 콧구멍으로 담배 연기를 내보내는 장한 재간을 연습하고 앉아 있었습니다.

이날 나는 봉천에 그때 새로 생겼다는 아라사 사람 티룸에 저녁때 잠깐 들러 본다던 것이 그 레코드 음악에 취해서 그만 늦도록 앉았다가 여덟 시가 지나서야 나갔습니다. 때가 늦은지라 식당 안이 텅 비었는데 저편 한편 무리가 되어서 웃고 떠들고 할 뿐 그외에는 아무도 없었습니다.

나는 언제나 하는 버릇 대로 식당 안에서도 제일 구석 자리에 자리를 잡고 앉았지요. 음식을 시켜 놓고는 할 일이 없이 갑갑해서 읽어야 소용도 없는 것이언만 메뉴를 들고 술값이 얼마얼마 담뱃값이 얼마얼마를 읽고 또 읽고 또 읽고 하였지요. 그런데 아까부터 귀에 낯익은 목소리, 그 말은 조선말이 아니건만도 그 목소리는 퍽 귀에 익단 말씀이지요. 그래 나는 무심코 그쪽을 바라다 보았더니 그 목소리의 주인공은 어떤 양장한 여성, 대여섯 남자틈에 오직 두 여성이 끼여 앉았는데 한 여자는 화복을 입었고 이 목소리의 주인공은 양장을 했는데…… 그 목소리 그 얼굴 그 몸맵시 분명코 이삼 년 전에 이 식당 안에서 행복의 절정에 싸여 있는 때 보았던 그 여자가 아니겠습니까?

그러나 그가 말하는 그 말은 조선말이 아니요, 같이 와 앉았는 사람들도 조선 사람이 아닌지라 나는 나 자신의 기억력에 의문을 느끼고 어느 딴 여자리라고 생각을 해보려 했습니다. 그러나 보면 볼수록 그 소프라노 목소리라든지 말끝마다 짜르르 웃으면 웃을 때마다 뺨에 우물이 패이고 메워지고 하는 것이라든지, 나는 언제나 한번 본 얼굴은 잊어버리는 일이 없노라고 늘 자랑을 하는 처지입니다마는 갈 데 없이 이 양장 미인은 다른 여자가 아니고 삼년 전 그 사람이었습니다. 더구나 얼굴이 조선 여자인걸요. 양장을 했지마는 현해탄 건너 여자보다는 한결 순후하고, 중국 여자보다는 한결 명랑한 얼굴, 봉천 여자 얼굴처럼 우둔하지 않고 또 동경 여자처럼 깜찍하지 않고 복스런 얼굴 그것이 조선 여자 얼굴의 특색이 아니고 무엇이겠습니까? 그리고 더구나 귀를 기울이고 자세히 들으니 그 여자가 유창하게 하기는 하는 말이지만 아무래도 조선말 악센트가 섞여 있는걸요.

나는 호기심이 바짝 당겨서 그 정체를 추측해 보려했습니다마는, 혹은 어떤 음식점 웨이트레스가 되었는가, 또 혹은 어떤 회사 사무원이 되었는가 얼른 추측할 수 없었습니다. 그러자 그들 일행은 모두 일어서서 밖으로 나갔습니다. 그의 일동일정을 추군추군히도 따르는 내 시선을 그 양장의 처녀(아마 그때는 처녀가 아니었겠지요마는)가 인식했던지 문까지 다 가서는 잠시 내 쪽을 돌아다보다가 내 시선과 그의 시선이 마주치자 그는 놀란 토끼 모양으로 얼른 고개를 돌립니다마는 그의 맑은 두 뺨에 홍조가 떠오르는 것을 나는 보았습니다.

『대관절 어찌 된 일일까? 그때 그 남자, 내가 연인이리라고 단정했던 그 남자는 어찌 되었는가? 어쩐 관계로 저 사람들과 함께 몰려 다니는가.』

이런 온갖 생각에 휩싸여서 그날 저녁을 어떻게 먹었는지, 그날 저녁을 먹었는지 또는 보이가 잊어버리고 안 가져오고(물론 그럴리야 없겠지마는) 나도 역시 잊어버리고 안 먹지나 않았는지 지금까지도 기억이 아니 납니다.

5

또 한 삼년 세월이 흘렀습니다.

만주 사변이 엊그제 생긴 일이라 봉천은 전시 상태와 같았습니다. 이때 역시 나는 여행을 안할 수 없는 일이 생겨서 그 무시무시한 감시와 취조를 받아 가면서 봉천에 내렸던 것입니다.

그때 내가 봉천역 식당에서 또다시 그 양장 미인을 만나 보았다고 말씀드리면 나더러 거짓말한다고 하시렵니까? 세상에 어떻게 그렇게 우연이 중복되고 또 중복되는 일이 있을 수 있느냐구요. 글쎄 나도 모르겠습니다. 아마 그것도 내 팔자의 한 부분인지 모르지요.

그러나 이번엔 나는 어찌도 놀랐는지 모릅니다. 세상에 사람의 얼굴이 불과 이삼 년간에 그렇게 틀려지는 수도 있는지요.

꼭 누르면 터질 듯이 말랑말랑하던 그 두 뺨이 핏기 하나 없이 노래져 버린데다가 입가에는 벌써 가는 주름이 잡혀서 입을 꼭 다물면 우는 상 비슷한 기분을 일으키는 얼굴, 그 명랑하던 웃음은 어디로 가고 아주 우울한 얼굴의 한 전형이 되어 버린걸요. 팔꼬뱅이부터 드러내 놓은 그의 팔은 오륙 년 전 그때보다도 더 하얘졌는데 그때에는 대리석처럼 반즈르하고 아름답던 것이 지금에는 회벽처럼 푸수수하고 거칠어져 버렸습니다. 오직 그 흑진주같이 빛나는 그 두 눈만이 그대로 옛날 그 아름다움을 간직해 내려왔습니다. 그래 그 눈만을 잠시 바라다보면 그 얼굴은 옛날 순진성은 없어졌지마는 그대신 더 요염한 매력을 아니 느낄 수 없습니다.

그와 함께 온 사람들은 이번엔 누구더냐고요? 혼자 와 앉아 있었어요. 내가 식당으로 들어설 때엔 벌써 그는 저녁을 다 먹고 치웠는지 식탁에는 아무것도 없고 혼자 턱을 괴고 앉아서 담배만 자꾸 피우더군요.

나는 그만 놀라고 슬프고 기분이 이상해져서 멀거니 그 여자만 바라다보고 있었습니다마는 그는 한두 번 나를 바라다보았으나 이번엔 얼굴이 붉어지지도 않고 그렇게 놀란 모양으로 시선을 피하지도 않고 그냥 잠시 바라다보고는 다시 천장을 치어다보면서 담배만 자꾸 피우는걸요.

아마 내가 식당에 들어간 뒤에도 그는 담배를 대여섯 대 계속해 피웠지요. 나는 한번 말이라도 건네 볼까 하는 호기심이 불일듯 일어났으나 원래 수줍음이 많은 성격인데다가 또 그 여자의 태도가 어떻게도 냉랭하고 청승 맞은지 그만 용기가 없어졌습니다. 보이가 내 주문한 밥을 가져올 때 그는 그만 일어나 밖으로 나가 버리고 말았습니다.

6

그러고는 바로 어제 일입니다. 어젯저녁을 내가 봉천서 먹었지요. 바로 아까 오후에 서울 내렸으니까요.

예, 벌써 짐작하시는군요. 그래요. 그 여자를 어제 또 봉천역 식당에서 보았어요. 그것도 무슨 인연이라고 할 수 있을는지요.

정거장은 그동안에 모두 수리를 해 놓아서 아주 으리으리하더군요. 안으로 커다란 대합실을 새로 내고 층층대를 크게 무엇으로 만들었는지 파란색이 도는데 발로 밟으면 물큰물큰하더군요. 식당은 마침 수리중이어서 이편 한편 구석에 임시로 자그마하게 열었는데 새로 산뜻 눈에 띄는 것은 하얀 에이프런을 맵시 있게 입은 여급들이 이제는 식당보이 직업까지도 사내들은 못해 먹게 된 세상입니다그려.

어서 그 양장 미인 이야기를 하라고요? 에, 지금 곧 하겠습니다. 그렇게도 우울한 얼굴이 세상에 다시 또 있을 수 있을까요? 그 흑진주같이 빛나던 눈도 웬일인지 그 광채를 잃고 언제나 눈물이 괴어 있은 것같이 보여서 금시에 그는 밥을 먹다 말고 울고 쓰러질 것같이 마음이 조마조마해지더군요.

혼자왔더냐구요? 아니오. 이번엔 둘이서 왔습니다. 내가 저녁을 한 절반이나 먹은 후에 그 여자가 들어왔는데 포근히 잠든 어린애——아마 네 살이나 났을까요——한 아이를 업고 들어왔습니다. 아이는 계집애인데 교의에 내려놓으니까 그냥 식탁에 두 팔을 얹고 엎디어 쌕쌕 계속해 자더군요.

양장의 그 여자는 이번엔 천장을 치어다보지도 않고 담배도 안 피우고 오직 식탁만을 만지고 그 위로 기어가는 개미까지도 놓치지 않으려는 듯이 들여다보고 앉아 있습니다. 내가 그렇게도 뚫어지게 바라다보았으나 내 시선을 감각을 못했을 리도 없으련만 눈 하나 깜짝 안하고 이 세상에는 오직 그 식탁 하나밖에는 아무런 다른 존재는 인식하지 못한다는 듯이 한 곳만 그렇게 바라다보고 있습니다.

그리고 세상에 그렇게도 눈물날 만치 구슬픈 밥 먹는 태도를 나는 입때 본 일이 없었습니다. 밥을 한 술 입에 떠넣고는 맥이 한 푼어치도 없는 사람처럼 입을 흐물흐물 그것도 가끔 밥먹기를 잊은 듯이 가만히 있다가는 갑자기 생각난 듯이 몇 번 흐물흐물, 그러다는 어떻게 가까스로 삼키고는 또 한참은 멀거니 앉았다가는 다시 새로 생각난 듯이 또 한 숟갈 떠다 넣고 흐물흐물, 이 모양이었습니다. 언제나 식탁 위 한 곳만을 뚫어질 듯이 주시하면서 그러더니 그는 밥 뜬 숟갈을 손에 든 채 입에 넣지 않고 한참이나 멀거니 앉아서 시선을 옆에 엎디어 자고 있는 애기에게로 옮겼습니다. 잠시 동안 애기를 물끄러미 들여다보더니 한순간——실로 눈 깜짝할 한순간이었습니다——나는 그 창백한 뺨 위에 우물이 패었다가 메워지는 것을 보았습니다.

그러더니 그는 한술 떠 들었던 밥을 도로 접시에 놓고 고요히 일어서서 자기 등에 둘렀던 덧옷을 벗어서 자고 있는 아이의 어깨를 덮어 주었습니다. 봄이 꽤 들어서 뭐 그리 추운 날은 아니었습니다마는!

그리고는 그는 다시 앉아서 아까 모양으로 절반 정신은 딴데 둔 사람처럼 밥을 먹는 것이었습니다.

이야기는 이것으로 끝이올시다. 나는 그 여자가 누구인지도 모르고 어디 사람인지도 모르고 지금 어떠한 곳에서 무얼 하고 있는지 지금 어떠한 환경 안에 있는지 모릅니다. 내가 그 여자를 봉천식당에서 서너 번 본 이외에 그 여자에게 대한 아무런 지식도 없고 내가 그의 반생을 그려 본다면 그것은 한갓 내 추측에 불과할 것입니다. 그러나 웬일인지 나는 이 여자에게 대한 내 추측이 바로 사실같이 자꾸 생각되어서 우울하고 구슬픈 생각을 금할 수 없었습니다.

나는 마치 해외로 떠도는 조선 여성의 한 타입의 표본을 눈앞에 앉히고 보고 있는 것같이 생각되어서 처참한 감정을 금할 수 없었던 것입니다.

　더구나 세상 모르고 쌕쌕 잠자는 그 어린 딸——추울세라 어머니가 덧옷을 벗어 덮어 주는 것도 인식 못하면서 지금 그 아이는 아이들만이 가질 수 있는 신선나라 꿈을 꾸고 있겠지요. 어머니의 슬픔도 모르고 자기 앞을 걸쳐 막고 있는 비애의 커다란 함정도 모르면서 어머니의 슬픔을 상속받아 대를 이을 이 애기! 어머니가 딸에게 그 딸이 또 딸의 대에 대를 이어서…… 조선인으로서의 비극, 여자로서의 비극, 인류로서의 비극을 부단히 대 이어 나갈 이 딸…… 이 쇠사슬 같은 연쇄의 영원을 생각할 때 나는 나도 모르게 한숨을 길게 쉬었습니다. 나는 내 입에서 나와서 뭉개뭉개 구름처럼 피어오르는 담배 연기를 바라다보면서 그 연기 속에다가 지금 내 앞에 앉아 밥 먹고 있는 이 한 조선 여성의 조그마한 기쁨들과 커다란 슬픔으로 짜였을 반생을 그림 그려 보고는 지워 버리고 또 그려 보고는 다시 지워 버리고 하면서 앉아 있었습니다.

〈1937〉

잡　초

　잡초는 아무리 뽑아 버려도 억하 심정인지 그냥 번성해 가기만 한다. 봄내 여름내 잡초 제거에 쓰이는 막대한 비용은 납세자들에게는 보람 없는 부담이요, 손실이었으나 세금을 바쳐 본 일이 없는 현보 개인에게는 쉽고도 좋은 밥벌이가 되었다.

　현보가 살고 있는 집에서 공원까지 가는 지름길은 낙타산 위를 굽이굽이 도는 고성(古城)을 넘어가는 길이었다.

　오늘도 새벽 조반을 비지에 말아서 먹고 난 그는 때가 새까맣게 낀 조각 보로 싼 도시락을 들고 문 밖으로 나섰다. 여느 날과는 달리 별난 광경 때문에 약간 지체한 그는 가파른 언덕길을 올라갔다.

　아직 해뜨기 전이었다.

　『입산 금지(入山禁止)』라고 크게 써서 박아논 말뚝은 시골밭에 세워지는 허수아비만한 임무는 수행하지 못하는지, 언덕 전체를 삥 둘러 가시돋은 쇠줄 울타리를 쳤다. 그러나 지름길 중에서도 또 지름길로 가야만 직성이 풀리는 현보는 철사를 기어코 끊고라도 그 언덕을 넘어가야만 했다. 현보가 그 철사가 끊지 않더라도 끊긴 철사가 보수된 지 한 시간 뒤에는 반드시 다시 끊기곤 했다.

　매일 아침 저녁 현보는 길 뚫리지 않은 언덕을 오르내리며 풀을 밟고 다니었다. 새벽 산보 다니는 늙은이들도 매일 풀을 밟으며 오락가락했다. 책 끼고 바위 위에 올라가 서서 읽어야만 공부가 제대로 된다는 중·고등 학생들도 꼭대기 바위까지 기어 올라가기 위하여서 무성한 풀포기를 발받침으로 하였다. 언덕 밑 골짜기에 얕게 파놓은 우물에까지 새벽에 내려가서 물을 길어 올려야 조반을 지을 수 있는 코흘리개 어린이들도 풀을 밟고 다니었다. 제 키 반도 더 되는 한 쌍 양철통에 물이 반밖에 더 안 찬 물지게를 지고도 힘에 겨워 두 다리를 바들바들 떨면서 50도(度)가까운 경사지를 오르자니, 한 발자국 올려딛고 쉬고 한 걸음 내딛고 쉬어야 되는데, 발이 미끄러지지 않게 하기 위하여서는 한 군데 모둥켜 있는 억센 풀더미 위를 골라 딛지 않을 수 없는 것이었다. 가파른 경사지에 제멋대로 자라난 풀이언만 뿌리를 어떻게 단단히 박았는지 그 무게에 끄덕도 하지 않고 받들어 주는 것이었다.

매일 이 풀밭 언덕을 오르내리는 현보는 사방 아무 데나 뿌리를 박고 핀 아름다운 꽃을 언제나 볼 수 있었다. 초봄부터 피는 할미꽃, 오랑케꽃, 그리고 이름 모르는 황금색 꽃송이들. 이 꽃들은 공원 안 화단에서 정성들여 가꾸는 꽃보다 훨씬 먼저 봄을 맞이하였고, 또 화단에 피는 꽃보다 더 아름답게 현보의 눈에는 띄었다. 지름길도 지름길이려니와 그가 매일 이 언덕을 택해 오르내리는 이유는 무의식중에나마 이들 숨어 피는 자그마한 꽃들을 찾아 내서 감상하는 재미에도 있었을 것이었다.

언덕을 다 올라가서 큰 길로 나서는 목에 끊어져 있는 철사 울타리 사이로 비집고 나온 그는 숨가쁨을 멈추게 하느라고 잠시 서서 쉬었다.

큰 길에서는 혹은 개를 끌고 혹은 개를 놔 주고, 삼삼 오오 우스운 이야기를 잠겨 걷는 장정들과, 운동복을 입고 마라톤 연습을 하는 청년들과, 허공을 대고 주먹을 내둘러 권투 연습을 하는 사람들을 으레 만난다. 거의 매일 보는 그들이라 얼굴은 익

히 알면서도 누구 하나 통성명하자는 일도 없고, 더러는 면구스
럽도록 빤히 마주 보면서 어기고, 더러는 슬쩍 곁눈질을 바꾸고
더러는 의식적으로 외면하고 지나가는 것이었다.

거인(巨人)의 앞 이빨 두 개가 빠진 것같이 보이는 터진 성터
위에는 언제나와 같이 사람들이 여기저기 드문드문 동쪽을 향해
서서 더러는 심호흡을 하고, 더러는 반주 없는 라디오 체조를
하면서 해가 떠오르기를 기다리는 것이었다.

터진 성터 바로 아래 광장에는 겨우내 싸리 장작더미가 한 구
석을 차지하고 있었는데, 그 싸리단은 몇 단 남지 않고 그 앞에
어디서 실어 온 것인지, 나무 널빤지·문짝·기둥·상자·판대
기 등이 무질서하게 널려 쌓여 있었다.

동저고리 바람인 사람 서넛이 벌써, 몇 가지씩 골라 따로 무
더기를 해 놓고 통좁은 바지를 입은 주인인 듯한 한 사람과 흥
정을 하고 있었다. 자세히 들여다보니 나왕 판대기도 꽤 많았
다.

두툼하고 자그만한 나왕 판대기를 본 현보의 머리에는 집 생
각이 났다.

겨우내 봄내, 아니 몇 해를 두고 내 집 방에 깐 자리 때문에
아내와 노상 옥신각신해 온 생각이 새삼스레 났다.

단칸집인 그의 집에는 그의 문패가 달려 있지 않았다. 그 대
신에 지금 그가 들여다보고 있는 나왕 판자만큼 큰 송판이 문밖
바른쪽에 외다리로 꽂혀 있었다.

『방공호 제5호

수용 인원 18명

책임자 신암 파출소 김 종우』
라고 먹으로 쓴 간판이었다.

꽤 큰 길가에 꽤 높이 솟은 돌버랑 맨 밑에 벽을 뜰고 낸 방공

호인데, 일제(日帝) 시대 말경에 판 것임에 틀림없었다. 일제 시대에 현보는 이 방공호에 대피해 보기는커녕 이런 데 방공호가 패여 있는 줄 알지도 못했었다. 해방되던 날까지 그는 압록강 북쪽에서도 3백리나 더 가는 만주 한 구석에 살고 있었었다.

해방이 되자 환고향만 하면 큰 수가 터질 것만 같아서 임신중인 아내와 네 살난 맏아들을 데리고, 천여 리 길을 거의 두 달이나 걸어서 서울까지 온 것이었다. 떠날 때에는 현보네 식구로는 평생 살아도 쓰고도 남을 만큼한 거금, 1원짜리 지폐 3백 장이나 품에 품고 떠났건만 오는 중에 노자 쓰기보다는 중국 군경·소련군·조선인 자위대 등등, 도둑은 아니면서도 총칼을 가진 자들한테 빼앗기는 금액이 더 컸다. 서울에 다다르니 세 식구 명실공히 알거지가 되었다.

그 해 겨울에 접어들자 그는 만삭된 아내를 데리고 방풍이나 하려고 찾아든 곳이 바로 이 임자 없는 방공호이었다. 그것도 꽤 일찍 서둘렀기 다행이었지 하루만 늦었더라도 제 차례까지 돌아갈 방공호가 남아 있지 못할 뻔했다.

밤낮 컴컴하고 음산하기만 한 굴바닥에 가마니 두 개를 깔고, 가마니 한 개로 입구를 가리니 제법 집 꼴이 되었다. 이 굴 속에서 차고 눅눅한 가마때기 위에 아내는 둘째아들을 낳아 놓았다. 삼동에도 방한 장차리고는 네 식구 체온밖에 없었다. 그럼에도 불구하고 춘풍 추우 열개 성상을 한 번 이사도 가지 않고 호 속에서 살아온 그의 가족이었다.

그 동안 현보 자신이나 아내나 정력이 별로 감퇴되었다고 느끼지는 않았는데, 웬일인지 10년 내리 아내에게는 태기가 통 보이지 않았었다. 한편 서운하기는 했으나 또 한편으로는 입이 하나 더 늘 것이라고 생각되어 단산된 것이 도리어 다행하다고 느끼기도 했었다. 그랬었는데 이건 또 무슨 망발인지 10년만에 아내는 다시 임신을 했다.

만삭이 된 아내는 10년 전에 둘째놈 낳던 생각은 다 잊어 버렸는지,

「이 냉하고 축축하고 냄새나는 썩은 거적 위에 갓난 애기를 받아 누이면 그 애가 살 것 같수?」
하고 바로 오늘 아침에도 푸념을 되풀이했다.

나왕 판자가 눈에 띄자 그의 머리 속에는 이런 두꺼운 판대기 위에 애기를 눈에 뉘면, 하는 생각이 퍼뜩 난 것이었다. 그리고 오늘 품삯 받으면 이런 나무 판대기 하나쯤은, 하는 생각도 났다. 그는 판자 한 장을 집어 들고,

「이거 얼마요 ?」
하고 물어 보았다.

「골라 싸 놓구서 말합시다.」
하고 주인이 대답했다.

「아니, 이거 한 개만 소용되는데요.」

「그래요, 그거 한 장쯤 뭐 적당히 주시지요.」

적당이란 말은 현보에게는 언제나 불리한 말이었다. 날품팔러갈 때 고용주가 날삯이 얼마라고 밝히지 않고 그냥, 「적당히 드리지.」 하고 말할 때엔 저녁때 계산에 골탕먹는 것은 언제나 현보였다. 자기가 돈을 받는 것이 아니라 내게 되는 경우에 『적당히』란 말을 듣는 것은 그에게는 이것이 처음인데, 그 쓰는 『적당』의 요령을 잡을 수가 없었다. 지금 당장 살 것도 아닌 만큼 그는,

「있다 또 들리지요.」
하고는 걸음을 옮기었다.

되는 대로 이리저리 굴러내린 성 돌을 피하기도 하고 올라 밟기도 하면서 그는 성 위까지 올라가서 숨을 돌리기 위하여 멈춰

섰다. 저쪽 아랫도리 성 위에 서 있는 떠꺼머리 총각 하나가 저 혼자서,『어, 아, 어———.』하고 소리를 질렀다.

돌아보니 아침해 한 귀퉁이가 동산 한 모퉁이 위로 방싯 나왔다. 자줏빛 강한 광채가 현보의 눈을 부시게 하였다. 해 떠올라오는 것을 보면서,『우, 아, 어———.』하고 소리를 지르던 자기 소년 시대가 회상되었다.

———좋은 시절이야. 그러고 보니 나도 벌써 늙었구나——하는 서글픈 생각과 함께 오늘 아침 새로운 인식을 준 아들의 모습이 떠올랐다.

양치질은커녕 겨울에는 물 한 방울 얼굴에 묻히기를 싫어하던 그 아들이 봄바람이 불기 시작하면서부터 무슨 귀신이 씌웠는지, 숱한 돈을 낭비하여 칫솔이니, 치약이니 심지어는 고약한 냄새를 피우는 비누까지 사들였다.

그러고 나서는 매일 아침 칫솔을 입에 물고 장한 듯이 길거리로 왔다갔다 하는 꼴이 밉살스럽기만 했었다.

현보 자신은 사십 평생 소금 양치질 한번 안 했는데도 치통 한번 앓은 일이 없었을 뿐 아니라 잣이 없어서 걱정이지 있기만 하면 입에 넣고 짝짝 깔 수 있는 튼튼한 이의 소유자였다. 그런데 철부지 아들놈은 양치질을 해야 위생이 좋다느니, 이가 튼튼해진다느니, 묻지도 않은 변명을 하고 돌아가는 것이 얄밉기만 하고 우습기도 했다.

더구나 오늘 아침 본 그 해괴 망측한 꼴이라니 치약을 칫솔에 담뿍 묻혀 가지고 아들이 거적문을 들치고 나간 때는 현보는 조반을 먹기 시작할 때였었다. 밥을 다 먹고 났을 때까지도 아들은 들어오질 않았다. 하기야 밥덩이를 별로 씹지도 않고 꿀떡꿀떡 넘겨 버리는 재주는 남에게 지지 않는 그였기는 하지만. 하여튼 밥 다 먹고 문밖으로 나설 때까지 아들은 밖에서 서성거리다가, 아버지가 나서는 기색이 보이자, 웬일인지 당황하게 획 돌아서는데 보니 칫솔을 아직 입에 물고 있는 것이었다.

머리를 돌려 보니 저 아래 제2호 방공호 거적문 밖에는 그 속에 사는 젊은 여자가 웅크리고 앉아서 세수를 하고 있는 꼴이 그의 눈에 띄었다.

——과년한 계집이 행길에 나 앉아서 세수를 하다니. 세상은 다된 세상이야——하고 그는 탄식하였다. 그녀는 웃통을 홀랑 벗었다. 날이 꽤 더위진 것은 사실이지만 해도 뜨기 전 서늘한 새벽에 한길에서 웃통까지 벗다니. 하도 해괴 망측하기 때문에 현보는 고개를 돌렸다. 보니 아직까지도 칫솔을 물고 있는 아들이 그녀 쪽을 멍하니 바라보고 있는 것이 아닌가. 현보도 부지중 다시 돌아다보니 그녀는 고개를 푹 숙이고 목덜미 앞뒤에 비누 거품을 열심히 문지르고 있었다. 목덜미 위로 오르고 내리는 그녀의 미끈한 팔, 오동통한 가슴, 현보는 눈을 가늘게 뜨고 침을 소리가 나도록 꿀꺽 삼키었다.

20년도 더 되는 세월을 함께 살면서도 현보는 제 마누라의 벗은 가슴을 똑똑히 본 일은 한 번도 없었는데, 고개를 돌려 보니 아들은 칫솔을 문 채 정신 잃은 듯이 그녀를 뚫어지도록 바라다보고 있는 것이었다.

「옛기놈.」

소리가 목구멍으로 넘어오는 것을 가까스로 참고 일부러 가래를 내서 침을 소리내 탁 배앝았다.

그는 언덕길을 올라가면서,

「놈두 인제는…….」

하고 한숨을 쉬었다.

잡초를 후벼내는 일이 이미 기계적으로 되어 버린 그는 칼을 든 손은 손대로 놀고, 생각은 생각대로 따로 놀고 있었다. 아침에 본 아들 꼴과 웃통 벗고 세수하던 옆집 처녀 모습이 다시 그의 머리를 차지했다. 그 옆집 그 여자의 정체를 그는 여태 모르고 있었다. 새벽에 나왔다가 이슥해서야 집으로 돌아가는 그인지라, 옆 방공호에 사는 사람들과 만나게 되는 일이 드물었다.

펵 여러 날 전 일이었다. 그 날 일자리가 없어서 오래간만에 늘어지게 낮잠을 자고 난 현보는 다음 날 일거리를 구해 보려고 종일 싸다니다가 다 저녁때가 되어서야 집으로 돌아왔다. 거적 문밖에 웅크리고 앉아서 『진달래』 꽁초를 신문지 조각에 말아 피우고 있노라니, 아래 방공호가 열리면서 여자 칠피 구두가 먼저 나왔다. 멋진 양장에 뒷굽 높고 앞이 뽀죠한 구두를 신은 젊은 여자가 대뚱대뚱 하면서 걸어가는 뒷모양을 보면서 그는, 『저런 하이칼라 여자가 방공호에 살다니 알 수 없는 일이로군.』 하고 생각했던 일이 있었다. 더구나 다 저녁때 그렇게 차리고 나가는 그녀의 직장이 의심스럽기도 했었다. 그때 본 기억과 오늘 새벽에 본 광경을 뒤섞어 음미하면서 그는, 『혹시나 그 녀석이 그런 계집에게 홀렸다가는 집안 망신인데.』 하는 근심을 억제할 수 없었다.

기분 잡치는 생각이었다. 그래서 그랬는지 그가 후벼내서 손에든 새파란 풀은 잡초가 아니고 잔디 한 움큼인 것을 그는 발견했다. 그는 잔디를 한동안 물끄러미 들여다보았다.

——이 잔디나 잡초나 푸르기는 마찬가진데, 꽃보다도 푸르게 만드는 것이 위주인 이 잔디밭에서까지 잡초를 제거해야 할 필요가 어디 있을까? 누가 반든 법일까!

그는 싫증이 났다. 지금 손에 들고 있는 잔디는 고이 가꾸어야되는 풀이라는 것을 알면서도 그는 그 잔디를 제 자리에 도로 심어 줄 생각이 없어져서 홱 멀리 내던졌다.

하도 오래 구부리고 앉아 일을 했기 때문에 허리가 아팠다.

그는 허리를 툭툭 치면서 일어섰다. 길게 기지개를 켜고 난 그는 담배 한 대를 피워 물고 시선을 아무 데나 보냈다.

저쪽 길가에 풀 두서너 포기가 싱싱하게 자라고 있는 것이 눈에 띄었다.

——아니 어느 새, 저것이 ! 참 지독두 하군, 잡초라는 것은——하고 생각하면서 그는 풀포기께로 어정어정 걸어갔다. 자세히 들여다보니 풀대가 굵고 잎이 무성한 것으로 보아, 이 봄에 새로 돋은 풀이 아니었다. 며칠 전 저쪽 잔디밭에서 잡초를 뽑아 길에 던져 모아 두었다가 삼태기에 긁어 담아 갈 때 모르는 사이에 아마 두세 포기 흘렸던 모양인데, 그 동안 비 한방울도 안 내렸건만 그것들이 도로 뿌리를 꽂고 살아난 것임에 틀림없다고 그에게는 보였다.

허리를 굽히고 그 풀을 뽑으면서 그는 부지중, 『네나 그년이나 둘이가 다 잡초 한가지야.』하고 중얼거리는 자신을 발견했다. 그렇다. 길에 나서서 양치질 오래 하는 그의 아들이나, 현보 자신이나 마누라나, 둘째놈이나 모두가 다 잡초 같은 시세라고 그는 새삼스럽게 느끼었다. 현보 자신을 두고 말할지라도 사십 평생에 그 누구한테나 물 한 모금 밥 한술 동정 받아 본 일이 없었다. 부모가 누구인 줄도 모르고 살아온 그였다. 부모도 모두 돌봐 주는 이 없을 뿐 아니라 기를 쓰고 뽑아 버림을 당하는 잡초였길래 아들도 아껴 기르지 못하고 아무 데나 내던졌을 것이 아닌가. 평생 그를 아끼고 가꾸어 주는 이가 한 사람도 없었으나 현보는 어떠한 박토에도 제 스스로 제 뿌리를 박고 악착같이 살아온 것이었다. 자기 뿌리가 송두리째 뽑혀 버렸던일도 한두 번이 아니라 수십 번이었다. 자기 잘못은 아니면서도 실직을 하게 될 때마다 그는 이번에는 별 수 없이 굶어죽었구나 하고 생각되어 그의 사기가 여지없이 떨어질 뿐 아니라 육체까지도 꼬챙

이처럼 말라가기만 했으나, 그러다가도 어찌어찌하여 그는 다시 뿌리박고 살 수 있는 일이 생기곤 했었다.

현보 자기뿐 아니라 20년간이나 계속 동거 동락한 그의 아내도 역시 마찬가지였다. 그녀가 맏아들은 영하 30도나 되는 북쪽 나라에서 낳았고, 둘째아들은 배 속에 밴 채 수천 길을 걷는 고생 끝에 차디찬 방공호 속에서 낳았기 때문에 그녀의 애기집은 말라 버린 것이라고 생각해 왔었다. 다시는 수태할 기능을 잃어 버린 것이라고 단념까지 했던 그녀가 10년 동안이나 생활은 조금도 나아지지 못했는데도 불구하고, 기적처럼 다시 애를 배었다는 사실은 그녀의 생활력도 못지 않게 강했다는 사실을 증명하는 것이었다.

또 두 아들의 경우로 보아도, 둘이가 다 탯줄을 잘라 준 그 날부터 구실이라는 구실은 하나도 빼놓지 않고 다 앓으면서도, 의사 진단은커녕 그 흔한 매약 한 알도 먹여 본 일이 없었으면서도 감기만 들리어도 의사 왕진을 청하는 고이 기른 아이들보다 더 건강하게 자라난 것이었다. 그러나 이것 역시 귀한 화초 대 잡초와의 생명력 대결이 아니었던가!

현보는 그야말로 일생 『낫 놓고 기역자노 보르는 인긴』이었기 때문에 일제 말기 학병(學兵)으로 끌리어 가서 총을 메는 고역은 면했었다. 그러나 그는 만주서 일본 관동군에게 징용되어 가서 『빠가야로』라는 욕을 밥먹듯 들으며, 총대로 두들겨 맞아 가면서 참호를 팠다. 참호를 판 인과로 그가 서울와서는 방공호 생활을 하게 된 것인지도 모를 일이었다.

보다 더 귀하신 몸이 되지 못했던 그는 6·25동란 때 한강을 건너지 못했었다. 공산도배 치하에 있으면서도 숨어 베길 능력이 없어 입에 풀질하려고 매일 거리를 쏘다닐 수밖에 없었다. 기어코 공산군에게 붙들리었다. 납치된 것이 아니라 징발되어

나가서 『개새끼』라는 욕 속에서 총대로 두들겨 맞아가면서 참호를 또 팠다.

서울이 탈환되자 그는 서울에 있지 못하게 되었다. 산악 지대 일선으로 끌리어 가서 『까땜』이라는 욕 속에 파묻혀서 중노동을 강요당했다. 유엔군 노무 부대 동원에 이끌리어 간 것이었다.

자기 자신은 물론 그의 가족 전체, 그리고 그가 사는 방공호 아래위에 즐비해 있는 방공호 속에 살고 있는 이웃까지 전부 잡초와 같은 신세라는 생각이 그의 전 정신을 차지하게 되자 현보는 자기네와 같은 처지에서 살고 있는 잡초를 제거하고 있는 자기 자신이 미워졌다.

혹시 언제고 사람들이 꽃을 감상하는 취미나 기준이 변하게 되어서 특별난 꽃만을 특별하게 가꿀 필요는 느끼지 않게 되어 모든 종류의 화초가 공평하게, 그 어떤 혜택이나 편파적인 대우를 받음 없이 공평한 환경 아래서 생존 경쟁을 하는 날에 이르르게 된다면 그때 그 승리는 그 어느 쪽에 있으리라는 것은 묻지 않아도 자명하다고 그는 느끼었다.

생각이 이렇게 들자 그 당장 잡초 제거 일에서 손을 떼어야만 되겠다고 결심했다. 이 잡초 제거 일은 그가 과거에 겪어 본 수십 가지 노동 중 제일 쉬운 일임에는 틀림없었다. 그러나 이 일을 계속하는 것은 현보 자신의 동료를 말살시키려는 몹쓸 일이라고 믿어졌다.

당장 그만두리라고 결심을 하고 나니 이때까지 자기가 고용주에게로 가서 자기 쪽에서,

「나 이 일을 그만두겠소.」

하고 자진해서 통고할 수 있는 일은 난생 처음이라 통쾌감을 억제할 수 없었다. 그에게는 일생 처음으로 자기 주장을 세우고

뻐기어 보는 기회였다.

잡초 제거 노동 두 시간을 앞두고 자진 포기해 버린 현보는 반나절 품삯만 주는 것도 불평 않고 그냥 받아 들고 나왔다.

그의 생활의 뿌리는 한 번 더 이번에는 그가 자진해서 뽑히었으나 그러나 그의 마음에는 아무런 동요도 느끼지 않았다. 도리어 자기의 용단을 자축하고 싶어졌다. 시간은 좀 이르지만 혼자서라도 막걸리 한 사발 단숨에 들이켜 보고 싶었다.

얼근해진 현보는 집으로 돌아가는 길에 지름길을 피했다.

잡초를 수없이 밟고 가야만 하는 지름길을 내버려두고 돌기는 무척 돌아야 하는 길이었으나, 언덕 등성이에 뚫린 소로를 타고 걸었다. 이 소로 위 가장자리에도 여기저기 몇 포기씩 풀 돋아난 것이 보였다. 그는 그 풀들이 현보 자신의 신세처럼 느끼어져서 의식적으로 밟지 않고 지나갔다.

아름드리도 더 되어 보이는 큰 바위 하나와 그보다 좀 작은 바위가 꼭 붙은 채 나란히 누워 있는 것이 그의 눈에 띄었다. 그런데 그 보이지도 않는 틈새에 풀 서너 포기가 싱싱하게 자라나 있는 것이 그의 주의를 끌었다. 그는 발을 멈추었다.

「야, 네 신세는 어쩌면 그리도 내 팔자와 신통히도 같으냐!」
하고 중얼거리는 그의 가슴은 뭉클했다. 그는 허리를 굽히었다. 그의 손은 바위 틈을 뚫고 나와 자라난 잡초께로 갔다. 바로 두 시간 전까지 잡초 뽑기에 분주했었던 그 손이었다. 그러나 지금 그의 손가락은 이 잡초 잎을 살살 쓸어 주고 있었다.

「응, 악착스럽게 씩씩하게 살아라!」
하고 그는 그 잡초를 축복해 주었다.

성터 꼭대기에 다다른 현보는 바로 어제 저녁때까지도 깔고 앉아 쉬었던 풀밭을 피하고 널찍한 바위 등에 올라앉아 담배를 한 대 피워 물었다.

아침에 그가 이 근처에서 서성거릴 때 그의 눈앞에서 아물거리면서 좀체로 스러지지 않았던 광경이 지금 또다시 그의 머리에 떠올랐다. 양치솔을 물고 섰는 그의 아들과 웃통 벗고 비누칠하던 여자의 모습이었다.

——흥, 네 놈이나 그년이나 모두가 잡초야. 허나 그 계집년은 경우가 달라졌다. 방공호에 살기는 살면서도 얼굴에 분바르고 입술에 연지 칠하고, 양장하고 뒤축 높은 구두를 신고 띄뚝거리면서 다 저녁때에야 어딘지로 나가는 그녀의 뿌리는 잡초밭에서는 벌써 뽑힌 뿌리이다. 남이 뽑아 준 것이 아니라 제가 일부러 뽑은 것이다. 그녀는 누구 하나 돌보아 주는 이 없고 밟히기만 하고 천대받는 신세를 면하고 귀하게 자라난 화초 틈에 비집고 들어가 보려고 애쓰는 모양이지만. 흥, 그건 안 될 일이야. 혹시 요행수로 귀하신 화초 틈에 잠시 뿌리를 박을 수 있을는지는 모르나, 나 같은 따위 노동자가 얼마든지 있으니까, 며칠 못 가서 그녀의 뿌리는 뽑히고야 만단 말야, 두고 봐. 잡초가 살아가려면 잡초끼리 함께 모여서 서로 서로 의지하고 돕고 해야 되거든. 잘 가꾸어진 화단에 뿌리를 박아 보려고 하는 어리석은 그녀의 뒤를 네가 따라가두 안 될 것이요, 흉내를 내보려구 해두 안된다. 이놈아, 가꾸어 주는 화초는 잠시간은 편안하구 호사스런 생활을 즐길 수가 있지마는 그 가꾸어 주는 손이 없어지는 날, 그들은 멸종되구 만다. 허나 우리 막 자란 잡초는 우리 멋대로, 우리 힘으로 영세토록 번창할 것이니라——하고 그는 마치 아들이 옆에서 듣고나 있는 것처럼 타이르고 있었다.

아래를 내려다보니 아침에 광장에 쌓여 있었던 잡동사니 나뭇더미는 반이나 줄어들어 있었다.

——아, 내, 참! 산기두 임박했구, 나왕 판대기 하나라두 사다가 펴 주면——하고 생각하는 그는 그 광장으로 내려갔다.

── 얌전하게 생긴 나왕 판자 한 개를 그는 골라잡았다. 그러나 그것을 든 채 서서 그는 망설였다.

── 아니, 잡초 틈에 잡초가 한 포기 더 돋아나는데, 이런 걸 사다 깔아 주어서 호사를 시키면 애기는 되려── 하는 생각이 언뜻 들어서 그는 판대기를 던져 버렸다.

내리받이 길에서 현보는 쇠줄을 뻐기고 들어서지 않았다. 그는 그냥 큰 길을 따라 내려갔다. 큰 길만 따라 내려가니 길이 이리굽고 저리 돌고 하여 굉장히 멀었다. 그러나 그는 그것을 탓하지 않았다.

방공호 제5호 앞에 다다른 그는 거적문을 붙잡았다.

「응아, 응아, 응아!」

하는 세찬 울음소리가 그의 고막을 때렸다. 그는 거적문을 벌컥 들치고 들여다보았다.

거적문을 들쳐야만 밝음이 약간 비쳐 드는 어둑어둑한 방공호 속이었지마는, 아내가 누워 있는 바로 옆에 불룩하게 솟아오른 자그마한 누더기 뭉치가 발룩발룩하는 것을 볼 수가 있었다.

애기가 아들이냐 딸이냐를 물어 볼 경황도 없이 그는, 『그럼 그렇지! 잡초 한 포기가 또 돋아났구나. 잡초는 잡초 틈에시 활개펴고 자라나야 하느니라. 악착스럽게, 극성스럽게!』하고 그는 외쳤다── 방금 난 갓난애기가 말귀를 알아 듣는다고 생각이나 하는 듯이.

비명 횡사한 유령의 수기

내가 죽었다고 ?

세상 사람들은 날 죽었다고 말들 하지만 나는 버젓이 살아 있다. 『김 아무개는 죽었다. 거룩한 죽음을 했다.』고 신문들이 매일 추켜 세우고 있지만 나는 살아 있고 거룩한 죽음이 무엇인지 나는 모른다.

내가 한 행동이 살신 성인(殺身成仁)이라고? 천만에. 내가 그런 착한 일을 할 수 있는 위인이라면 오죽이나 좋으랴! 내가 자동차에 치어 육체를 잃어 버린 건 사실이지만 그건 어디까지나 나의 이기적인 행동이었지, 내가 무슨 절개를 지키려 했거나 남의 육체를 살려 주려고 의식적으로 한 일은 결코 아니었다.

차에 치어 죽게 된 어린이를 구원해 살리고 내가 대신 죽었다고? 어림도 없는 소리다. 내가 육체라는 껍질을 홀랑 벗고 홀가분한 유령이 되어 삶을 지속하게 된 경로를 올바로 아는 이는 나 혼자뿐이다. 나 혼자만이 내 마음과 행동의 동기를 알고 있으니까 말이다.

지금 나는 거추장스런 용적, 무게, 형태 등을 다 버리고 자유스럽게 살고 있다. 아무것도 안 먹어도 배가 고프지 않고 안 마셔도 목이 마르지 않다. 춥지도 않고 덥지도 않고 병도 걸리지 않고 참말로 편히 살고 있다. 육체적 고통도 즐거움도 나는 모른다.

그러나 정신만은 말짱하고, 기억력은 더 늘었고, 마음의 고통과 즐거움은 예전보다 열 곱이나 더 강하게 느끼게 되었다.

　나는 지금 영 잠을 자지 않는 존재가 되었기 때문에 집이 소용없고 걸어다니지 않기 때문에 길도 소용 없다. 그러나 필요에 따라 나는 자유 자재로 커질 수도 있고 작아질 수도 있다. 내가 원하기만 하면 내 아내 또는 자녀들의 주머니 속으로 기어들어 갈 수 있고, 단숨에 수천 리 거리를 날아 갈 수도 있다.

　그런데 나에게는 고약한 버릇이 하나 생겼다. 아무 때나 세상 누구의 머리 속으로나 기어들어가는 나는 그들이 생각하고 있는 것을 시시콜콜 다 알게 된다. 이것이 지금 나의 커다란 고통이요, 또 슬픔이다. 인간들의 생각이 냄새를 풍기기 때문이다. 향기로운 내음보다 구린내가 더 많이 나는 것이다. 손, 발, 입은 좋은 일, 착한 일을 하는 것처럼 보이면서도 일하는 동기는 불순하기 그지없는 것이다.

　지나간 몇 해 동안 나는 줄곧 자살할 생각을 하고 있었었다. 『한 가족 집단 자살』 보도가 신문 지상에 거의 날마다 실리고 있는 것을 읽으면서도 나는 몸서리만 칠 따름, 용기를 내지 못하는 채 살아 온 것이었다.

　이승에 대한 미련이 남아 있어서가 아니라 삼 년 전에 자살을 감행한 내 맏아들의 유령을 저승에서 만나게 될 것이 무서웠던 것이다. 피투성이 얼굴에 독기 품은 눈을 가지고 나를 노려보곤 하는 아들의 모습이 연방 꿈에 나타나고, 낮에 길을 걸을 때에도 그 애의 유령이 날 졸졸 따라다니는 것 같은 직감으로 몸서리쳐지곤 했었다.

　삼 년 전에 열다섯 살이었던 그놈. 아비가 모르는 자기 나름의 고민도 물론 있었을 것이지만, 그 날 그놈이 달려오는 버스 앞에 몸을 던진 것은 내가 시킨 것이나 다름 없는——즉 내가 그 애를 죽였다는 자책감이 내 마음을 계속 고문하고 있는 것이었다.

그 날 아침 내가 무슨 이유로 하필 그 애를 두드려팼는지? 밥 달라고 조르는 철모르는 어린것들에 대한 나의 죄책감과 그 날 따라 여느때보다 더 심한 바가지를 긁는 아내에 대한 나의 분노가 엉뚱하게도 착하디 착한 맏아들에게 향해 터졌던 성싶다.

「이놈, 나가 뒈져라, 뒈져!」

하고 고래고래 소리를 지르면서 나는 그 애를 마구 팼던 것이었다.

내 육체가 차에 치어죽던 그 날 오후. 달려오는 버스 앞으로 뛰어가는 소년 하나가 내 눈에 띄었을 때 그 애를 삼 년 전에 죽은 내 아들로 착각하고 그리로 뛰어들어간 것이었다.

「아버지!」

하고 비명을 지르는 내 아들의 목소리를 분명 들었다고 나는 기억하고 있다. 그 애를 살릴 생각이었는지 나도 함께 죽어 버리고 싶었었던지, 자살하는 용기를 가진 그 소년의 기개에 대한 시기심이 발동했었는지, 아니 그 순간 나도 자살할 용기를 얻었는지도 모를 일이었다.

『나두 저 애와 함께 죽자.』하고 느끼며 뛰어들었는데 어쩌다가 내 발이 전차 궤도에 걸려 앞으로 고꾸라지면서 얼떨결에 그 소년을 밀치고 내 육체만이 차에 깔린 것 같기도 하다.

아니, 소년을 살리고 내가 죽으면 나의 유가족은 좀더 풍부한 생활을 할 수 있게 되리라는 공리적인 생각이 그 순간 내 머리를 지배했었는지도 모른다. 바로 며칠 전 어떤 장교 하나가 땅에 떨어진 수류탄 위에 몸을 던져 자폭하여 많은 병사들을 구원해 주었기 때문에 각처로부터 조위금이 쇄도하고 있다는 신문 기사가 그 순간 내 눈앞에 크게 떠올랐었다고 생각되기도 한다. 나같은 놈에게도 그런 좋은 기회가 와 주었으면 얼마나 좋을까

하는 생각을 나는 며칠째 하고 있었던 참이었다.

『웬걸, 그런 기회도 운이 좋아야 오게 마련이지. 하고많은 날, 하필 꼭 그날, 꼭 그 시각에. 하도 넓은 세상에 하필 바로 그 특정된 지역에……. 천년에 한번 있을까 말까 한 우연인걸.』하고 나는 생각하고 있었던 것이다.

아니, 내가 차 앞으로 뛰어들던 그 순간에는 아무런 생각도 못한 것 같다. 머리가 흔미하여 무의식중 본능적으로 뛰어들었을 것이다.

몇 해만에 처음으로 그 날 점심을 나는 배부르도록 먹었었다. 곰탕 두 그릇을 한 자리에서 다 먹은 것이었다. 웬 돈으로? 그 날 아침 나는 도둑질을 한 것이었다.

북새통 시장에서 지전 한 뭉치를 슬쩍해 가지고 시장 밖으로 태연히 걸어나오는데 성공한 나는 속으로 쾌재를 불렀다. 그러나 그런 기분을 가질 수 있게 만들어 준 것은 이틀 굶어 쪼르륵거리는 내 창자의 힘이었다. 배가 부르자 겁이 더럭 났다. 식권 살 때에는 조심조심 백 원짜리 지폐 한 장만 살짝 꺼냈었건만, 식당문 밖에 나서자마자 내 손은 자꾸 논 늘어 있는 주머니로 들어가고, 금방 형사나 순경이 어깨를 잡는 것 같은 공포에 떨게 되었다.

쌀 사 가지고 얼른 급히 집으로 가고 싶은 생각은 간절했지만 쌀가게에 들어섰다가는 곧 탄로날 것 같은 예감에 사로잡혔다.

마주 걸어오는 모든 사람의 시선이 모두 돈 들어 있는 내주머니에 집중, 눈독을 들이는 것만 같았다. 발각되기 전에 어서 속히 돈 뭉치를 처분해야만 되겠다는 초조감이 내 머리를 채웠다. 『어떻게 처분한다? 남몰래 감추어 둬야지. 어디에? 감춰 두려면 집으로 가야 한다. 그런데 집에까지 무사히 가는 것이 문제

다. 너무 멀다. 가는 동안에 형사에게 잡히고 만다. 아니, 형사
들이 집 근처에 잠복하고 있을는지도 모른다. 내 몸을 뒤져 봐
서 돈 뭉치가 발견되면 영락없이 유치장 신세를 지게 된다. 기
껏 곰탕 두 그릇 사먹고 숱한 돈을 빼앗기고 징역을 산다. 터무
니없는 일이다. 에키! 저게 파출소 아닌가? 되돌아가야지. 아
니 되돌아가면 되려 의심 받지. 골목이 없나? 아, 있다. 골목으
로 새서 인적이 없으면 길가 아무 데나 버리고 맘놓고 다녀야
지.』

　그런데 그 골목 끝까지 가도 인적이 끊이질 않았다. 두세 번
뒤돌아보던 나는 흠칫 놀랐다.『저기 저 자가 내 뒤를 밟는 것이
아닌가? 어서 큰 길로 나가 인파 속에 섞여야지.』

　벌기 어려운 것이 돈이었고, 도둑질하기는 더 어려웠는데, 도
둑질한 돈을 남몰래 버리자니 그건 더 어려운 일이었다. 돈이라
는 것이 이렇듯이 묘한 물건이라고 생각되기는 평생 처음이었
다.『벌기는 어렵고 쓰기는 쉬운 것이 돈이라고 말들 하는데, 쓰
지 못하고 버리려고 하니 이건 죽기보다 더 어렵구먼.』

　전전 긍긍하면서 한참 걷노라니 배가 꾸룩꾸룩하기 시작했
다. 무척 오랫만에 그것도 무척 기름진 것으로 별안간 꽉 채워
진 배가 놀랐는지 화가 났는지 배가 아프고 뒤가 마려웠다. 동
대문 옆 공중 변소까지 가는데 진땀을 뺐다. 날이 무더워서가
아니라, 금방 누가 목덜미를 덮치는 것 같은 공포에 쫓기면서
배가 아파 죽을 지경이기 때문이었다.

　다행히 비어 있는 변소간이 하나 있었다.

　바지춤을 내리기 무섭게 활활 내리 쏟았다. 곰탕 두 그릇이
온통 물로 변한 모양이었다. 기발한 생각이 머리를 스치고 지나
갔다. 그렇지, 그게 제일 안전하지. 돈 뭉칠 이 변기 속에 처넣
어야지.

돈 뭉치를 꺼내 들자, 너무나 아까운 생각과 더불어 묘한 생각이 났다. 『아무리 백만 장자라도 지금의 나 같은 짓을 감히 못할 게다.』

백 원짜리 지폐 한 장 한 장 차례로 나는 밑을 닦아 아래로 던졌다.

통쾌했다.

홀가분해진 기분으로 변소 밖으로 나오니 몸과 마음이 다 상쾌했다.

그러나 그건 한순간.

『이 바보 새끼야, 공짜로 생긴 돈을 변기 속에 버리는 천치가 세상 어디 또 있니!』하는 욕설이 내 귀를 먹먹하게 했다. 나는 뒤를 돌아보고 주위를 살폈다. 아무도 나에게 말을 건네는 사람이 없었다. 내 속에 있는 욕심이란 놈이 날 꾸짖는 것이었다. 『이 미련한 놈아, 네가 십 년을 번들 그 많은 돈을 한몫 손에 잡아 볼성싶으냐? 남들은 십만 원, 백만 원도 공공연히 도둑질해 가지고 떵떵거리고 살며, 백주에 대로를 활보하는데, 그까짓 돈 천원쯤 가지고 벌벌 떨다가 감추지도 못하고 구더기에게 선사하다니. 비겁한 놈. 구더기만도 못한 심장을 가진 놈. 미친놈. 얼빠진 놈. 너 같은 건 죽어야 한다. 오늘 저녁 네 가족이 또 굶는 꼴을 어떻게 보고 견디겠니? 길에서 불심 검문 받기가 그렇게 무서웠다면 곧장 술집으로 가서 술이라도 실컷 마시고, 오랫만에 계집질도 한두 번쯤 해 봤을 게 아니냐. 길 하나만 건너가면 대낮에도 소매 잡아 끄는 젊은 색시들이 우굴우굴하는데. 옹졸한 놈, 쓸개빠진 놈. 죽어라 죽어. 너 같은 놈은 이 세상에 살 자격이 없어.』

내가 생각해 봐도 역시 맹랑한 일이었다.

허탈감을 품은 채 정신없이 거리를 방황하다가 버스에 치일

순간에 놓여진 소년을 보고 부지중 달려든 나였다.

차에 치어 내 육신의 숨이 끊어지자마자 내 혼은 훨훨 나는 것을 나는 느꼈다. 방금 벗어 버린 내 껍데기가 너무나 초라하고 더러워 보이는데 나는 놀랐다. 머리가 터져 허연 골이 쏟아져 있고, 입, 코, 눈에서 시뻘건 피가 자꾸 흘러나오는 것만이 비참하고 더럽게 보이는 것이 아니라, 몸에 두른 누더기가 더러운 것이 아니라 육체 그 자체가 초라하고 더러운 것이었다. 그런 보잘것없는 껍데기 벗기가 싫어 사십여 년이나 고생하며 살아 온 내가 참말 어리석어 보였다.

내게 떠밀린 소년은 잠시 넘어졌다가 곧 일어섰다. 죽지 않고 살았다고 그 소년은 껑충껑충 뛰고 있지만 그 모습이 나에게는 가엾게 보였다. 급정거한 버스 앞으로는 구경꾼들이 모여들었다. 여기서 내려다보니 모두 궁상맞은 인간들이었다.

교통 순경들도 나타났다. 순경 하나가 내 옷 주머니를 뒤지기 시작했다. 주머니 모두가 빈털터리였고 작업복 바른쪽 옆구리 주머니에서 동전 다섯 잎을 꺼내 들고 흔들면서 얼굴을 찡그리는 것이었다.

『저 자가 내 주머니에게 지전 뭉텅이를 발견하고 꺼냈으면 어떤 표정을 지을까?』하고 생각하니 돈 뭉치를 이미 버리고 죽은 것이 잘 되었다는 생각이 들었다. 그러나 그 생각은 얼마 못 가서 웃음거리가 되고 말았다.

이 영혼의 나라에서는 돈이 필요 없다. 먹고 마실 필요 없고 옷입을 필요 없으며, 약도 필요 없고 여행하는 데 여비도 소용없는 생활에 돈이라는 게 필요할 리가 없다. 그래 바로 얼마 전까지 내가 돈 때문에 고생하고 도둑질까지 하고 그걸 몰래 버리느라고 진땀을 빼던 생각을 하니 어처구니없기 그지없다. 그리고 지구 위에 사는 사람들이 돈 때문에 싸우고, 돈 때문에 살인

하는 걸 볼 때 인간이란 참말로 한심하고 가련한 동물이라고 느껴진다.

이튿날 새벽 각 신문 조간에 살아난 소년의 사진을 살리고 『남 살리기 위해 자아를 희생한 거룩한 분의 신원은 알 길이 없다.』고 대서 특서 보도되었다. 그런 기사들을 읽으면서 나는 다시금 반성해 봤다.

소년을 꼭 살려 주고 싶은 충정을 가지고 그 순간에 내가 차 앞으로 뛰어갔던가? 그때 만일 내 발이 전차 궤도에 걸리지 아니하여 나도 소년도 둘이 다 살았더라면 신문 기자들은 어떤 기사를 썼을까? 만일에 내 행동으로 인하여 소년이 죽고 내 육체는 살아 있게 되었다면? 그렇게 되었을 경우에 경찰은 즉각 나를 체포했을 거고, 신문들은 하늘과 인간이 다같이 분노할 살인자 악당이라고 욕을 막 퍼부었을 것이다.

『살신 성인』과 『과실 치사』는 종이 한 장 차이가 아니라, 한 장 종이의 앞뒷면에 지나지 아니 한다는 사실을 나는 깨달았다.

알맹이가 없는 껍데기에 지나지 않는 내 몸뚱아리의 처리 문제를 가지고 언론계와 경찰이 신경을 쓰고 있는 꼴을 내려다보면서 나는 쓴웃음을 웃었다. 벌써 썩기 시작하는 송장을 방치해 두고 연고자가 나타나기를 기다린다니? 영혼이 떠나 버린 육체는 이미 아무의 소유물도 아니다. 사십여 년 동안 내가 그걸 걸치고 세상에 살아온 건 사실이지만 내가 홀랑 벗어 내버리고 이리로 올라온 이상 그건 폐물이다. 폐물이란 아무나 아무렇게나 처분해도 상관없다. 더구나 썩는 물건인 만큼 될 수 있는 대로 빨리 처리하는 것이 상책이다.

소나 돼지의 시체라면 연고자나 소유권자를 찾는 것이 필요할 것이다. 그런 것들은 썩기 전에 각을 뜨고 썰어 처분하면 적

잖은 돈벌이가 되기 때문이다. 그렇지만 사람의 시체 처분에는 되려 적건 크건 비용이 들기 마련이다.

인간이란 동물은 살아 있을 때에도 제일 말썽꾸러기 동물이요, 죽은 뒤에도 제일 말썽을 일으키는 귀찮은 동물이다.

매미나 뱀이 벗어 버린 허물은 아무 데나 방치되어 스스로 썩어 변모되고, 들짐승들이 벗어 버린 허물은 딴 짐승들이 먹어치우는데, 유독 사람이 벗어 버린 허물은 인공적으로 썩혀야만 되게 되어 있다.

그래 내가 벗은 허물을 당국이 가매장하기에 잘한다는 생각을 하며 내려다보고 있었다. 내가 버린 껍질에 미련이 남아 있다거나 소중하게 생각해서가 아니다. 살아 남은 인간들에게 보이는 미관상 문제와 위생 문제가 게재되어 있기 때문이었다.

옅은 땅 속에서나마 내 허물이 정상적으로 썩어 가고 있는 참에 땅 속에 함께 묻히지 않은 내 구두가 인연이 되어 내 신원이 밝혀지고 말았다. 이에 따라 조위금이 구역구역 내 아내의 손으로 들어오게 되었다. 살아 남아 있는 가족의 생계를 위해서는 반가운 일이었으나, 내가 한 일이 과연 많은 어린이들의 순정을 받아들여도 부끄럽지 않을 만큼 떳떳한 행동이었었나를 반성해 볼 때 나는 송구러운 마음에 사로잡혔다.

그러나 그 기분도 잠시. 역겨운 마음을 금할 수 없는 광경을 나는 목도하기 시작했다. 우선 불로 소득의 일종인 공돈맛을 보게 된 내 아내의 생각이 불순해지는 데 나는 환멸과 증오를 느꼈다. 나는 아내에게 충고했다.

「조위금이 자꾸 들어온다고 거기에만 등댈 생각을 해서는 못쓰오. 더 많이 들어오길 바라고 욕심부려도 안 되고. 평생 굶주리고 헐벗고 살아온 당신이라 한꺼번에 목돈이 손에 들어오니 도취되는 심정은 나도 이해할 수 있소. 허지만 허욕을 내도 안

되고 낭비해도 안 돼요. 지금 들어온 돈은 어디까지나 공짜로 들어오는 것인데 공짜만 바라고 살다가는 머지않아 실망하고 패가 망신하게 된다는 말요.」

『고마운 아저씨의 유가족 도와 주자.』

고 떠들면서 모금 운동을 하는 어린이들의 모습을 볼 때 나는 감격했다. 그러나 어린이들의 그런 성의를 받을 가치가 있는 일을 했다고 믿지 않는 나는 도리어 민망하고 무안하기 그지없었다.

순진성을 잃은 것같이 보이는 어른들이 이튿날 신문을 펴 들고,

「아, 이것 봐. 우리 이름이 여기 이렇게 났구면——돈 몇 푼 내고 성명 석 자가 이렇게, 평생 처음, 이렇게 신문에 났으니 해볼 만한 일인데.」

라고 소리지르는 꼴을 보는 나는 그자들의 얼굴에 침을 뱉아 주고 싶었다.

돈이 들어 있는 봉투 하나를 신문사에 전달하는 뚱뚱한 중년 여인 하나가 내 눈에 띄었다. 봉투를 내밀면서 그녀의 살찐 얼굴에 나타나는 회심의 미소. 나는 구역질이 났다. 그녀 자기에게는 있어도 그만 없어도 그만일 소액의 돈을 거지에게 던져 주면서 느끼는 값싼 자비심의 자아 만족감을 나타내는 미소.『내 가족은 거지가 아니다.』하고 나는 그녀에게 호통쳤다. 물론 그녀 혼자만이 들을 수 있는 내 목소리였다. 남이 보기에는 왜 그러는지 모를 일이었지만 별안간 얼굴이 붉으락푸르락해진 그녀는 황망히 신문사를 나와 밖에 기다리고 있던 자가용 세단을 타고 도망가 버렸다.

그 다음 액수를 밝히지 않는『금일봉』(그 봉투 속에 들어 있는 돈이 얼마라는 걸 나만은 물론 알고 있었다.)을 희사하옵시

는 정치인을 나는 봤다. 약간의 돈으로 자아 선전에 급급하는 약삭빠른 정치인의 생리. 분노라기보다 어처구니없는 조소를 나는 느꼈다.

굳이 제 이름 밝히기를 거부하는 『무명씨』의 조위금도 들어왔다. 이 무명씨가 내고 간 돈은 참말 거액이었다.

조위금이 웬만큼 들어오자 내 아내는 가매장해 둔 내 시체를 공동 묘지에 옮겨 묻어야 한다고 서둘렀다. 나는 다시 그녀에게 충고했다. 폐물이 썩는 것은 어디서 썩어도 썩기는 마찬가지이니까 옮겨 묻는 데 드는 비용을 아껴 남들을 돕는 일에 충당하라고.

나는 아내에게 거듭 암시했다. 무덤을 잘 쓰고 못 쓰는 것이 송장에게 아무런 영향를 끼치지 못하고, 자손의 생활에도 영향 주는 바 절대로 없다고.

송장을 화장에 붙이는 것은 최급속도로 썩이는 방법이요 땅 파고 묻으면 천천히 썩이는 차이밖에 없는 것이라고.

그런데 어쩐 일인지 인간들은 명당이니 무엇이니 하는 풍수설을 꾸며 가지고 막대한 돈을 들여 묘지를 선택해 사 놓고 다시 막대한 비용을 들여 분묘를 크게 만들기 경쟁을 하고 있다.

이 영혼의 나라에서는 만인이 모두 다 절대 평등이다. 거지의 혼, 혹은 극빈자의 혼이라고 해서 천대받는 일이 없고, 권력가 혹은 큰 재벌의 혼이라고 해서 우대해 주는 일도 없다.

또 세상에 벗어 남겨 두고 온 시체가 화장당했거나, 거적에 뚤뚤 말려 아무 데에나 평토장으로 묻혔다고 해서 그들의 혼백이 여기서 비굴감이나 열패감을 느끼는 일이 없고, 비단 수의에 입혀 두껍고 값진 관 속에 들어 명당 중에도 상명당 자리에 깊숙이 묻히고 집 한 칸만하게 크고 높은 봉분을 이고 있는 시체의 혼이라고 해서 뽐내거나 우월감을 가지지 못하는 고장이 곧 여기다.

뫼를 잘못 쓰면 자손이 벌을 받고 명당에 쓰면 자손이 상을 받아 부귀 영화를 누리게 된다는 엉터리 미신이 인간 세상 그 중에도 특히 한국 사회에 널리 뿌리 깊게 보급되어 있다는 사실은 나도 잘 알고 있다. 이전에 내가 육체라는 껍데기 속에서 지구상에 살고 있을 때에는 나도 그런 걸 믿고 있었다. 내가 못났다는 자각은 않고, 조상의 산소를 잘못 써서 내가 못산다고 조상 탓만 하고 살아 온 나였다. 책임 전가도 유분수지. 그러나 이 나라에 와 보니 그것이 커단 속임수에 지나지 않는다는 것을 체험하게 되었다.

지상에 벗어 버리고 온 껍질을 잘 위해 주지 않는다고 자손에게 화를 내고 벌을 줄 만큼 옹졸하거나 사랑이 부족한 혼백은 이곳에 하나도 없다. 또 송장을 잘 위해 준다고 자손에게 상을 줄 수 있는 권력도 가진 혼백도 하나도 없다.

땅에 버리고 온 껍데기는 이미 내 것이 아니라는 걸 여기 우리는 누구나 다 잘 알고 있어서 그 폐물을 자손들이 어떻게 다루긴 무관심이다.

단지 우리 모두가 기원하고 또 자손들에게 거듭 암시해 주는 것은 될 수 있는 대로 올바른 생활을 해 달라는 부탁이다. 올바르게 생활해 주기를 바라는 것이 육체가 죽은 뒤 혼령이 어떤 특권 생활을 하게 된다는 공리적인 동기에서 기인하는 것은 결코 아니다. 지상 생활이 우리 혼령 생활에는 아무런 영향도 미치지 않는다. 다만 올바르게 사는 것이 삶의 옳은 길이요, 살아 있을 때 기분이 좋기 때문이다.

무한 시. 영원 속에서 기껏 70년 단 한 번밖에 가져 보지 못하는 지상 생활을 착하게 보내는 것이 보람 있는 생활이라는 것을 우리가 알기 때문이다.

영혼의 나라가 천당과 지옥으로 나뉘어 있다는 학설도 믿을
바가 못 된다.

지금 내가 살고 있는 여기는 천당도 지옥도 아닌 단지『유령
의 나라』다.

세상에서 나쁜 짓한 자의 혼은 지옥으로 가 영원한 고통에
묻히게 되고, 좋은 일한 자의 혼은 천당으로 가서 영원 무궁한
복락을 누린다고 떠들어 대는 것은 하나의 협박인 동시에 유혹
에 지나지 않는다.

그렇다고 그런 협박과 유혹을 일삼아하고 다니는 선의의 사
람들을 나무랄 수도 없다. 좀더 착한 생활을 하는 것이 옳다고
아무리 타일러도 대부분 인간들이 한 귀로 듣고 다른 귀로 흘려
버리면서 자주 악을 저지르니까 애가 타서 협박도 하고 유혹도
하는 것이다.

그러나 지금 지구 위에 사는 자손들이 못된 짓을 하면 그들
선조의 혼들이 비탄에 잠기고 착하게 살도록 하라고 자손들에게
계속 호소한다.

어떤 민간인 기관에서 나에게 무슨 상을 준다고 하는 말이 들
려 온다. 참 거북하기 그지없는 소식이다. 내가 지상에서 한 행
동에 대해 지금 인간 세상에서 너무나 왁자하게 떠드는 것이 나
에게는 수수께끼다.

백 보를 양보해서 그날 오후 내가 버스 앞으로 뛰어든 동기가
순수했다고 가정해 보자. 위기에 처해 있는 동포를 구하기 위해
목숨을 버린 사람들이 과거에 얼마든지 있지 아니한가. 가까운
예 하나만 들어 보자. 지난 여름에 강에 놀러갔다가 물에 빠져
거의 죽게 된 동생을 구하려고 물로 뛰어든 형이 있었다. 그 형
이 동생을 건지기는커녕 자기 자신이 허위적거리고 있을 때 만

형이 또 뛰어들어갔다. 그러나 하나도 건지지 못하고 셋이 다 빠져 죽은 사고가 있었다. 그때 이 『거룩한 일』은 신문에 조그만 기사거리만 제공하고는 쉬 망각으로 들어가고 말았다.

하나는 살고 하나는 죽으면 죽은 이가 동포애의 화신이 되는데, 하나를 구하려다가 셋이 다 죽은 경우는 묵살되고 마는 세상——참 야릇한 세태다.

더구나 이상한 것은 한 어린이가 차에 치여 죽을 위기에 직면한 것을 제일 가까운 거리에서 목격하게 될 때 어떤 인간인들 무의식중에 뛰어들 것이 아닌가. 그건 인간의 본능이 아닌가! 다시 말하자면 그런 일은 인간 세계에 응당 있는 일이 아닌가 말이다. 응당 있는 일이고, 과거에 흔히 있어 온 일을 가지고, 유독 나 하나만을 영웅처럼 내세우는 심리를 나는 이해 못 하겠다.

인간이면 누구나 다 응당 해야 할 일을 한 걸 가지고 이처럼 거룩하게 추켜세워야만 될 만큼 우리 겨레는 비인간적이란 말인가 ?

히기는 지상에 사는 인간들 중 정신 병자가 아니면 위선의 화신처럼 보이는 분자들이 꽤 많이 있다.

한국 사람으로 전 세계에서 명성을 날린 음악가 하나가 수십 년만에 처음 귀국해 연주회를 가진 일이 수년 전에 있었다. 국내 음악가들 중 환영하는 이들도 없지는 않았으나 질투였는지, 많은 사람이 냉대 정도를 떠나 중상 모략과 악평을 퍼부었었다.

그가 외국에서 갑자기 죽자, 서울에서 그의 추모 음악회를 개최했다. 우리 나라 음악가들의 도량이 넓다고 생각되어 나는 무척 기뻐했다. 그러나 그들이 내세운 추진 위원 명단을 보고 나는 깜짝 놀랐다. 음악 감상은커녕 음악가들을 가리켜 『풍객쟁이들이 못되게 군다.』고 공공연히 멸시하여 사회에 물의를 일으켰던 인사의 이름이 그 명단에 버젓이 끼여 있었다. 그보다도 더 놀란 것은 현재 외국에 가 있는 사람들의 이름도 섞여 있었고, 이미 죽은 지 오래 되어 혼백이 나보다 먼저 이 나라에 와 있는 인사의 이름까지도 도용되어 있는 것이었다.

내가 기절 초풍한 것은 당연한 일이 아니겠는가. 육체적 모든 기능을 상실한 나, 하나의 유령에 지나지 않지만 정신적 기능은 이전보다 더 발달되어 있다. 이것이 지금 나의 고민이요, 슬픔이다.

바로 조금 전에 그 음악가의 영혼과 추모 음악회 개최 추진 위원 명단에 오른 사람의 유령과 나 그 밖에 여러 혼백들이 만나 한바탕 웃었다. 즐거워서 웃은 것이 아니라 어처구니없어서 웃은 것이다.

언제나 지구에 사는 인간들이 철이 들려는지?

〈1965. 11〉

붙느냐 떨어지느냐?

「떨어지느냐? 붙느냐?」

중이 염불하듯 무의식중에 자꾸 되풀이해 중얼거리고 있는 자신을 철규는 발견했다.

중학교 교정은 인파로 흐늑흐늑했다.

수험생들뿐 아니라 부모 형제 자매 친척들, 남녀 노소 모두 다 긴장한 모습으로 웅성거리고 있었다.

시험장 안으로 아들 수남이를 들여보낼 때까지는 온 정신이 자기 아들 하나에게만 팔려져 있었기 때문에 어른들도 꽤 많이 왔구나 하는 막연한 생각을 하고 있었다. 그러나 가슴마다 수험표를 단 학생은 하나도 보이지 않게 되자 보호자 수가 수험자 수보나도 더 많다는 것을 확인할 수가 있었다. 하기는 철규 자신도 애 업은 아내까지 데리고 온 것이 사실이었고, 사람들이 주고받는 이야기를 들어 보면 수험생의 가족은 물론 사돈의 팔촌까지도 다 몰려나온 것처럼 보이는 축이 수두룩했다.

일전에 본 일이었다. 어떤 고등 학교 교기를 단 버스 여러 대가 줄지어 달리는 것을 그는 보았었다. 학생들이 단체로 소풍을 가는 것이려니 하고 생각했는데, 옆 사람 말을 들으니 대학 입학시험을 치르는 졸업생들을 응원하기 위하여 고등 학교 3학년 생도들이 대거 출동한다는 것이었다.

철규는 일정 때 전문학교 입시에 합격된 경험의 소유자였는데, 그 당시에는 입시 응원이라는 것이 없었었다.

『응원』하면 운동 경기에 국한되어 있었다.

그런데 대학 입시장과는 달리 중학 입시장에는 출신교 학생들 대신 학부형 모자매들이 거의 통틀어 응원하러 온 것이었다.

시험이 시작되자 첫째 시간분인 국어·자연 고사 문제가 게시판에 나붙었다.

모두들 게시판으로 몰려갔다.

철규는 깜짝 놀랐다. 신문면만큼이나 큰 시험지 여섯 면이나 되는 거창한 문제인데, 고사 시간은 단 60분간으로 되어 있는 것이었다. 얼른 쭉 훑어보니 『자연』난(欄)에 가서는 냉장고, 시험관, 도표, 라이터 등 그림까지 그려져 있었다. 이 그림들 중 철규 자신도 잘 알고 있는 물건은 라이터 하나뿐이었다. 라이터는 그가 몇 해째 늘 주머니에 넣고 다니면서 하루에도 수십 차례씩 사용해 온 물건이었다. 그러나 이 시험 문제인 『라이터의 불이 켜지는 이치』에 대해서는 그것을 그가 알아볼 생각을 해 본 일도 없었고 지금 갑자기 생각나지도 않는 것이었다.

그는 라이터를 꺼내 들고 잠시 노려봤다. 담배에 라이터 불을 대는 그는,

「우리 수남이가 이런 것까지도 배웠을까?」

하고 혼자 물어 봤다.

그는 다시 국어 문제 나붙은 것을 들여다보면서 풀어 보기 시작했다. 답을 쓰는 것이 아니라 아라비아 숫자에 동그라미를 치는 시험이란 그에게는 난생 처음이었다. 그래도 억지로 떠듬떠듬해 보니 열네 문제 중 그가 통 모를 문제가 열두 개나 되었다.

저절로 한숨만 나왔다.

갑자기 사람들이 웅성거리면서 무엇인지 앞을 다투어 사고 있었다. 고등학교 교복을 입은 학생 몇이 등사판에 찍어낸 시험지 비슷한 것을 팔며 돌아다니는데, 날개 돋힌 듯이 팔리는 것

이었다. 한 장에 30환. 올바른 대답을 표시한 답안을 등사해 판다는 것이었다. 얼결에 철규도 한 장 샀다.

첫시간 시험이 끝나자 수험생들이 우르르 몰려나왔다. 모두 시험지를 그냥 들고 나오는 것이었다. 답안지만 감독 선생에게 바치고 시험지는 각자 가지고 나오는 것이었다.

수남이를 골라잡는 일이 여간 힘드는 것이 아니었다. 수험생들 모두가 다 나이가 비슷하고 복장도 같고, 생김새도 모두 영리하게 보였다——이 영리한 어린이들 중 절반만이 붙고 나머지 절반은 떨어지기 마련이라니, 그것 참——하고 생각하는 철규는 수남이가 꼭 붙을 수 있으리라는 자신을 잃었다. 겨우 찾아 낸 수남이를 붙들고,

「잘 치렀니?」

하고 묻는 철규의 목소리는 떨렸다.

「그저 그렇지요.」

하고 대답하는 수남이의 태도가 신통치 않았다.

바로 옆 수험생 하나는 그의 아버지의 물음에,

「아주 쉬웠는걸, 뭐.」

하고 자신 만만한 대답을 하는데.

가정 교사인 듯한 젊은이들은 자기네가 맡아 과외 지도한 수험생을 붙들고 딴 데로 가서 시험지를 펴 놓고, 시험장에서 대답한 대로 표를 해 보라고 하기도 했다.

그런데 수남이의 손에는 시험지가 쥐어져 있지 않은 것을 철규는 발견했다.

「넌 시험질 어떻게 했니?」

철규가 물었다.

「그까짓 건 들고 나와 뭘 해?」

하고 수남이가 톡 쏘는 것이었다.

아버지의 마음 속에서는 부아가 끓어올랐으나 꾹 참았다.

그가 샀던 답안지를 보이면서 그는,

「그럼 여기서 맞는 걸 골라 보려무나.」

하고 달랬다.

「싫어.」

하면서 아들은 고개를 저었다.

아버지는 분을 참느라고 입을 악물었다.

둘째 시간분인 사회 생활과 산수 문제가 게시판에 나붙은 것을 보니 부피가 첫째 시간분에 비해 적어 보이지가 않았다.

그 중에서도 더구나 누구나 다 어렵게만 생각하는 수학 문제가 서른 개나 되니 이 짧은 시간에 철규는 기가 막힐 따름이었다.

수남이가 산수에는 재주가 있다는 말을 아내에게 누차 들어오기는 했지만.

장사 일 때문에 철규는 아침 일찍 집을 나갔다가 밤 늦게야 돌아가곤 했었으므로 수남이의 공부하는 모습을 보는 일이 드물었던 것은 사실이었다. 6학년생이 될 때까지는 말이다.

수학 문제를 풀어 보려고 철규는 애썼으나 정신이 산란해진 탓인지 문제 자체의 의미조차 얼른 포착할 수가 없었다.

「야, 시험지 받아들 때 덤비지 말구 침착하게 해야 한다.」

하고 아들이 시험장으로 들어가기 직전에 그가 한 번 더 주의해 줄 때 수남이는,

「골백번도 더 들었어요. 알아요.」

하고 대답했었다. 그렇지만 이렇듯이 문제가 까다로운 인쇄물을 받아 드는 수남이가 과연 침착성을 유지할 수 있을까가 적이 의심되었다. 철규 자신도 이렇게 떨리기만 하는데.

둘째 시간분 시험이 끝나자 철규는,

「산수 다 풀었니?」

하고 아들에게 다급하게 물어 봤다.

「시간이 모자라서 세 문제 못 했어요.」

하고 말하는 수남이는 울상이었다. 아버지의 가슴은 철렁했다.

「산수는 다 했어요.」

「반도 채 못했어요.」

「어려워요.」

「쉬워요.」

「학교에서 배워 주지 않는 문제가 난 걸 어떻게 풀어요?」

등등 여러 수험생들의 목소리가 가까이서 멀리서 들려 왔다.

　남이야 어쨌든 간에 수남이만은 잘 치렀으면 하는 생각에 철규의 마음은 사로잡히고 말았다.

　수험생을 포위한 가족들이 교문이 메일 정도로 나가기도 하고, 교정 여기저기에서는 마치 피크닉이나 온 양 점심 보자기를 펴고 마호병 바개를 열고 기울이기도 했다.

　철규는 수남이와 아내를 데리고 점심 사먹으려고 교문 밖으로 나섰다. 마침 고등학교 교복을 입은 학생들 몇이 지나가다가 그중 하나가 수남이의 가슴에 달린 수험 번호 카드를 보고는,

「흥, 사팔뜨기구나!」

하고 흉보고 자나갔다.

　이 사팔(48)을 가지고 바로 어제 철규는 아내와 말다툼한 일이 있었다. 수남이가 받아 온 수험표가 48번인데, 그것은 사사사(死死死), 죽을 사(死)자가 세 번이나 겹친 것이어서 크게 불길한 징조라고 아내가 호들갑을 떠는 데 대해 철규가 벼락 같은 고함을 질렀던 것이었다.

바로 얼마 전에는 수남이가 지원하는 중학교에 수험 신청서를 낼 때 신청 번호가 땡이라고 기뻐 날뛰었던 그녀였다.

「학문은 도박이 아니야.」

하고 그는 아내에게 호통쳤었던 것이었다.

꼭같은 48을 아내의 해석과는 또 달리 해석하여 멀쩡한 수남이를 눈 병신이라고 놀리고 지나가는 학생 뒤에다 대고 철규는,

「홍, 숫자풀이에는 모두들 천재인 족속이야.」

하고 소리질렀다.

그는 기억하고 있었다. 6·25동란 때 일만 보더라도 그 해가 단기 4283년이라고 하여 국민 학교 학생들까지도 그 숫자를 거꾸로 부르면서 이 해에는 3·8선이 이사를 가니까 통일이 된다고들 떠들었었다. 이 숫자풀이가 엉터리였었다는 것이 사실로 증명되자, 소위 ≪정감록≫ 권위자로 자처하는 늙은이들은 그 책에 사천팔왕(四天八王)이라는 문귀가 있는데 그것을 파자(破字)하면 4288(四二八八)년에는 일토 (一土)가 된다는 뜻인 만큼 그 해에는 통일이 틀림없다고 예언하는 것을 철규 자신이 직접 들은 일이 있었다.

어렸을 적부터 미신의 허위성을 직접 발견한 철규는 온갖 미신에 대해서 불신 정도가 아니라 적개심을 품어 온 것이었다. 그의 할아버지는 동네방네 소문난 관상장이 겸 점장이었다. 그는 집에 가만히 앉아서 돈을 자꾸 벌고 있었으나 그와 한방에서 사는 철규는 할아버지의 속임수를 샅샅이 꿰뚫어 알고 있었다. 어린 소견에도 남을 속여 돈을 버는 할아버지가 밉기 그지없었다.

그가 중학교 재학 시절, 옆집 젊은 여자에게 무당이 내렸다. 아침까지 멀쩡했던 여인이 갑자기 솔가지를 들고 무어라고 외면

서 춤을 추며 돌아가는 꼴을 보는 철규는 놀라기도 하고 무섭기도 해서 그 여인에게 정말로 무당이 내리는 줄로 생각했었다. 이 새로 내린 무당은 여기저기 매일같이 잘 팔렸다. 그러나 며칠 못가서 이 무당놀음은 순전한 연극이라는 것을 철규는 간파했던 것이다.

재래적인 미신에 반감을 가진 그는 예수교 교회에 나가기 시작했다. 그러나 반 년이 채 못 가서 그는 예수교와도 절교하고 말았다. 어떤 장로가 안수 기도로 병을 고치노라고 하며 나서자 교회당은 삽시간에 불구자·병신·환자들의 집합소로 돌변하는 것을 그가 목도했기 때문이었다. 환멸을 느낀 그는 모든 종교, 모든 미신에 대해 거의 광적인 적개감과 반발심을 품게 되었던 것이다.

바로 어제 오후 일이었다.
「수험생에게는 시험 치르는 날 아침 엿을 먹여 보낼 것이요. 미역국을 먹여 보내서는 절대 안 됩니다.」
하는 충고를 여러 사람늘에게 빋았디. 말 같지 않아서 실소(失笑)하면서 그는 그 자리를 물러났다.

다방에 들른 그는 석간 신문을 사 읽었다. 소위 십만 선량을 꿈꾸는 입후보자들 덕분에 요새 관상장이·점장이·사주장이들이 돈 더미 위에 올라앉았다는 기사가 실려 있었다. 더구나 해괴한 것은 KNA 비행기로 납북된 사람들의 가족들도 점장이 집을 뻔찔나게 드나들었다는 기사가 나 있는 것이었다.

「홍, 꼴 좋다. 점장이가 그렇게 용하다면 비행기가 납북되리라는 것은 왜 예언하지 못했노!」
하고 중얼거리면서 일어섰다.

반발심을 억제하지 못하는 그는 몸을 부르르 떨었다.

집으로 돌아가는 길에 그는 일부러 시장에 들러 미역 한 타래를 샀다. 멋도 모르는 점포 주인은,

「축하합니다. 아드님인가요, 따님인가요?」

하고 말하면서 싱글벙글하는 것이었다.

「애기난 것이 아니구 내일 시험 치르러 갈 아들놈에게 끓여 먹여 보내 어디 미끄러지나 보려고 그러는 거요.」

라고 말하고 싶었지만 아무 말 않고 그냥 미역을 들고 점포 밖으로 나왔다.

집에 다다르자 아내와 일대 정면 충돌이 있었다. 아내가 엿을 사 왔기 때문이었다.

시험공부 마지막으로 하는 수남에게 방해가 되지 않기 위해 그들 부부는 뒤 언덕 위로 올라가 승강이를 했다. 결국 미역국도 엿도 먹이지 않기로 타협이 이루어졌다.

셋째 시간분인 실과·음악·보건·미술 시험 문제는 철규를 더한층 당황케 했다. 여러 가지 기발한 문제들 중 특히 책꽂이 만드는 문제는 그 문제의 뜻부터도 그에게는 통하지 않았다.

「이거 뭐, 목수 시험을 보는 건가?」

하고 그는 투덜거렸다.

그리고 또 악보! 오선지에 그린 콩나물! 음악이란 감상도 제대로 못 하는 그는 손만 아니라 발까지 번쩍 들고 말았다.

어느 날 밤 일이었다. 술이 대취해 가지고 통금 시간 겨우 대서 집으로 돌아온 철규는 아들이 그냥 공부하고 있는 옆에 쓰러져서 잠이 들고 말았다. 얼마나 잤는지 갈증을 느껴 깨 보니 그새 전등불은 나갔고 아들은 촛불을 켜 놓고 공부를 계속하고 있었다.

「아버지, 석전제는 어느 달 어느 날이야?」

하고 수남이가 묻는 것이었다.

「석전제가 무언데?」

하고 철규는 아들에게 되물을 수밖에 없었다. 국민 학교 생도인 아들이 일정 때 전문 학교를 졸업하고 나서 밥벌이하기 20년도 더 된 아버지에게 물어 보는 낱말을 그 아버지가 이해하지 못해 되물어 보는 일이 이번이 처음이 아니었다. 아들이 집에서 숙제 공부하고 있는 옆에 함께 있어 본 일이 아주 드문 그였으나, 이렇게 되물어 본 일은 수백 번 이상이었을 것이다.

그럴 때마다 수남이는 으레 했던 버릇대로,

「아버진 참, 그것두 몰라. 공자(孔子)의 탄생을 축하하는 일이 석전제야.」

하고 말했다.

——석전제가 무엇이라는 것을 아는 것만도 용한데 그 날짜까지 기억해야 할 필요는 어디 있을까 하고 철규는 생각했지만 그 생각을 수남에게 알려 주지는 못했다.

「글쎄, 날짜는 나두 모르겠다. 모를 건 꼭 표해 두었다가 내일 학교 가서 선생님께 물어서 꼭 외도록 헤라.」

하고 그는 말했다.

「꼭 표해 두었다가 내일 학교에 가서 선생님께 물어서 꼭 외도록 해라.」

하고 수남이에게 그가 말한 것은 이루 헤아릴 수 없도록 많았었던 것을 회상하는 그는——국민학교 선생이 되려면 백과 사전이 돼야겠군——하고 다시금 생각했다.

마지막 시험까지 끝내고 나온 수남이에게, 『그래 자신 있게 치렀니?』하고 묻고 싶은 생각을 굴뚝 같았으나 그는 그것을 꾹 참았다. 수남이의 대답을 듣기가 무서워서였다.

그러나 그가 지나간 일 년 동안 수남이에게 사 준 시험 준비용 서적 부피가 그의 눈앞에 아련히 나타났다.

학력 수련장, 전과 지도서, 실력 공부, 입학 시험문제집, 예능·보건·실과 완성, 방학 공부, 하기 완성, 모의 시험 문제, 모의고사 등등, 또 그리고 수남이가 매일 밤 한 시 두 시까지 앉아서 동그라미치고 ×자 긋고, 써 넣고, 지워버리고, 계산하고 하던 수십 권의 『4291년 중학교 입사를 위한 필답 고사 예상문제집』, 부피가 두꺼운 책, 얇은 책, 책, 책, 책, 수남이의 책상에 쌓이고 쌓인 책들은 을지로 1가 건물들의 축소판처럼 보였다. 또 그리고 겨울 방학이 시작되면서부터 5학년용 교과서 공부를 다시 해야 된다고 해서 아내가 인근 친척집들을 싸돌아다니며 5학년 교과서 빌려 오느라고 고생 고생하던 일!

또 그리고 밤마다 집에서 붙들고 씨름해 온 숙제, 숙제, 숙제!

「다 못 해 가면 선생님한테 매맞아.」

하고 우겨 대는 수남이는 모의 고사와 숙제가 겹치는 날마다 밤을 새우다시피 했었다.

수남이의 얼굴은 노래가고 신경질이 날로 늘어갔다.

국민 학교 5학년까지는 계산에 넣지 않고 6학년 일 년 동안만 수남이의 머리 속에 간직해 놓은 수십 억 낱말을 가지고는 물론 자신 만만하게 시험을 치렀겠지 하고 철규는 스스로 위로했다.

아버지는 수남이의 눈치만 살폈다. 명랑한가? 우울한가? 어찌 보면 우울해 보이고 어찌 보면 명랑해 보이기도 하여 도무지 종잡을 수가 없었다.

집에 다다르자 수남이는 곧장 자기 책상께로 갔다. 책상 위에 겹겹이 쌓여 있는 참고서 모의 시험 문제집, 실력 공부 책들뿐 아니라 교과서까지 전부 포개서 한 아름 가득 든 그는 문 밖으로 나갔다. 책 한 아름 들고 뜰 아래 변소로 들어간 그는 쉿쉿

소리를 지르면서 책들을 깡그리 변소 속으로 내동댕이치는 것이
었다.

「얼마나 지긋지긋했으면 저렇게 발광까지 할까? 쯧쯧쯧!」
하고 철규는 혀를 찼다.

이튿날 아침 늦잠 자는 수남이를 깨우지 않고 철규는 상점으
로 나갔다. 수남이를 데리고 학교로 면접하러 가는 일은 아내에
게 맡기고.

이 상점 저 점포들에서는 모두 중학교 입학 시험 이야기뿐이
었다.

「우리 딸년은 아마 백육십 점쯤 딴 모양이더군요.」
하고 한 사람이 말했다.

「하, 그거 참 잘 치렀구만요. 그럼 댁 애기는 붙었소. 찰떡
같이 붙었어요. 그 끝수면 평균 팔십이 퍼센트나 되니까. 우리
녀석은 백 점도 채 못 딴 모양이던데.」
하고 또 한 사람이 말했다.

철규는 어안이벙벙했다. 그는,

「아니, 몇 점 땄는지 어떻게 빌써 알아 냈소?」
하고 겅둥대고 물었다.

「오늘 아침 신문 여태 안 읽었소?」
한 사람이 물었다.

「신문이라니?」

「자, 여기 있소. 이것 보슈. 고사 문제뿐 아니라 답안, 그리구
매 문제 점수까지 다 나지 않았소?」

철규는 신문을 들여다봤다.

「으음! 백구십오 점 만점이군요.」
그가 말했다.

「그런가요? 아니, 난 매 과목 백 점 만점으로 보고 총 만점

사백점이라고 가정하고 우리 애 점수를 계산해 봤더니 이백 한 팔십 점 되던데요.」
하고 한 사람이 말했다.

「사백 점 만점치고 이백팔십 점이라. 가만 있자, 그럼 칠십 퍼센트 가량 되는구면요.」

「칠십 퍼센트면 붙을 수 있을까요?」

「글쎄, 아슬아슬하군요.」

「뚜껑을 열어 봐야 알지요, 그 전에 어떻게 알 수 있나요.」

「문제는 몇 점에서 끊느냐가 문제지요.」

「오늘 신문을 보니 모집 정원은 이만 삼천 명밖에 안 되는데 지원자 수는 삼만칠천 명이라고 했습니다. 그러니까 일만 사천 명은 미끄러지는 것이지요.」

「지원자 수가 정원에 미달되는 학교도 더러 있을 거라고들 하던데요.」

「시골서 육천 명이나 올라왔다는데요.」

「시골뜨기들은 왜 와 가지고 우릴 골탕먹일까, 내 원.」

그 동안 신문을 들고 들고만 앉아 있었던 철규는 신문을 접어 주머니에 넣으면서 자리를 떴다.

집에는 수남이도 아내도 맏아들도 없고 식모 혼자 있었다.

그는 기다렸다. 마음만 더 초조해졌다.

신문을 방바닥에 펴 놓고 들여다봤으나 글자들이 소리소리 아물아물할 뿐 의미를 포착할 수 없었다.

담배만 연이어 피웠다. 혀가 깔깔해졌다.

수남이와 아내가 돌아오자마자 철규는 신문을 수남이에게 보이면서,

「너 여기 이걸 보구 몇 점이나 땄을는지 계산해 보아라.」
하고 말했다.

「그건 해 보면 뭘 해요? 이 점수 본다구 붙구 떨어지구 하나요.」

「이 자식아, 애비 속 태우지 말구 한번 해 봐！」

「여기 해 봐야 소용 없어요.」

「에이, 망할 자식. 참 별 괴짜로군.」

「괴짠 누가 정말 괴짜요. 당신이 괴짜지.」

하고 아내가 가시를 올렸다.

「어째서？」

하고 철규가 고함쳤다.

「미역을 사 들고 오는 사람이 괴짜가 아니구 뭐요.」

「듣기 싫어.」

어느 새 수남이는 밖으로 나갔다.

「그놈 눈치가 어떻습디까？」

하고 철규는 목소리를 재간껏 부드럽게 해 아내에게 물었다.

「붙을 자신이 있길래 만판 천하 태평이겠지요.」

「붙을 자신이 있어서 그러는 건지, 자신이 통 없으니까 자포자기해서 그러는 건지 어떻게 아우？」

「구단위(區單位)고사 성적은 꽤 좋다고 그러던데요.」

「누가？」

「수남이가 그러지 누가 그래요.」

「제기랄 것. 이차 시험 제도는 왜 갑자기 없애 놓구 남 애를 이처럼 태우게 할까？」

하고 탄식하는 철규는 재작년에 중학교에 겨우 입학한 맏아들 생각을 하는 것이었다.

「이차 시험은 없어도 특차가 있답니다.」

하고 아내가 말했다.

「누가 그래？」

「모두들 다 그러지요. 수남이에게 엿을 못 먹이게 한 괴짜두 안심은 안 되는 모양이군. 안심 안 되면 호적 초본이나 빨리 한 벌 더 해 와요.」

이튿날 아침 일찍 철규는 구청으로 갔다. 사람들이 득시글거렸다. 특히 여인네들이 절대 다수였다.

——맏놈 때에는 2차 시험 치르는 학교가 많아서 덕을 봤었는데, 이번엔 특차 학교 하나밖에 없다니 이거 큰일 아닌가! 그러나 그때에는 개 담임 선생님이 하라는 대로 하지 않고 공연히 내가 고집 피우기 때문에 1차 시험에서 떨어졌지만. 이번엔 담임 선생의 소견에 따랐으니까 염려 없겠지——하고 철규는 생각하고 있는데 옆에 서 있는 사람 하나가,

「매사는 불여 튼튼이지요. 그런데 그 무시험 입학이라는 것 때문에 금년에는 이런 혼란이 일어났지요.」
하고 말하는 것이었다.

「그렇구 말구요. 무시험 입학 때문에 시골 학교와 변두리 학교들이 과외의 덕을 입고 우리만 골탕먹구 있지요. 그런데다 그 무엇이라더라, 뭐 상관 회귀 곡선(相關回歸曲線)이라는 것 때문에 무시험 전형이 전적으로 불공평하게 됐대요.」
하고 한 사람이 맞장구치는 것이었다.

「변두리 국민 학교에서는 수(秀) 하나에 삼천 환씩 주고 샀답데다. 시내 일류 중학에 무시험 입학하려고…….」

이런 대화를 들으면서 줄지어 서 있는 철규의 머리는 더욱더 혼란해지기만 했다.

지원서 접수 마지막 날 오후에 철규는 수남이의 지원서를 특차 중학교에 제출했다.

지원자 수가 2천여 명에 달했다는 소리를 듣고도 탄식하는 것 외에 별 도리가 없는 그였다.

합격자 명단 발표하기로 예정된 전날 밤, 철규는 몸을 뒤챌 뿐 잠을 들지 못했다. 아내도 잠 못 드는 모양이었다.

시험 치른 그 날 밤부터 수남이는 잠에 취해 있었다. 마치 지나간 1년 동안 밀진 잠을 한꺼번에 보충하려는 듯이.

철규는 그 날 새벽 일을 회상하고 있었다. 아직 동도 트기 전이었는데 수남이가 잠꼬대를 했던 것이었다. 제 잠꼬대에 가위눌려 잠을 깬 수남이는,

「엄마야, 나아 떨어졌어!」

하고 말했다.

「아니야, 너 꿈꾼 거야. 꿈 해몽은 반대로 하는 법이니까 넌 꼭 붙었다.」

하고 어머니가 말했다.

「꿈?」

하고 수남이는 의심난다는 듯이 물었다.

「그래, 그래, 네가 꿈을 꾼 거야. 그런데 꿈에 떨어지곤 어쨌니?」

어머니의 목소리였다.

「엄마랑 나랑 자꾸자꾸 울었어.」

「아버지는?」

「아빠는 없었어.」

철규의 가슴은 뭉클했다.

그날 오후 일이었다. 길 건너 상점 주인은 중학교에 아는 선생이 있어서 전화를 걸어 보았노라고 철규에게 말했다. 아직 채점이 다 끝나지 못했는데 밤 새워서라도 채점을 끝내고 이튿날 아침 일찍 뜯어 일람표를 만들고 커트 라인이 결정되는 대로 곧 방을 붙인다는 말이었다. 시험은 예년에 비해 대부분이 잘 치른 셈이므로 커트 라인이 좀 높아질는지 모르겠다고 덧붙여 말하더

라는 것이었다.

　뜬눈으로 새우다시피 한 철규는 푸떡 잠이 깨이자 라이터 불을 켜 시계를 봤다. 오전 4시 3분 전. 통금 시간은 금방 끝날 것이다. 그는 후닥딱 일어섰다.

　재작년 이맘때 방 붙이는 날 맏아들을 데리고 학교로 갔었던 생각이 났다. 처음 훑어 읽어 보고 제 이름을 발견하지 못한 소년의 얼굴은 해쓱해졌었다. 숨을 죽이고 두 번 세 번 거듭 자세히 쳐다보는 그의 이마에 구슬땀이 쫘 내돋는 것을 철규는 봤었던 것이었다.

　「오늘은 내가 혼자 가 봐야지.」

하고 중얼거리는 그는 어둠 속에서 가만히 옷을 갈아 입었다.

　동이 아직 트기 전이었건만 교정에는 벌써 수백 명 남녀가 모여 서성거리고 있었다. 안절부절 못 하고 교정을 왔다갔다 하는 철규의 머리 속에는 십땡이니, 48이니, 미역국이니, 엿이니 하는 생각이 꼬리에 꼬리를 물고 되풀이되고 있었다.

　──그 날 아침 엿이라도 먹었더라면──하는 허망스런 생각이 그의 신경을 좀먹기 시작했다.

　그런 생각을 떨어 버리려고 그는 몸부림쳤다. 갑자기 그는,

　「시대 착오다. 시대 착오…….」

하고 고함을 고래고래 지르면서 발을 동동 구르기 시작했다. 햇볕의 선발대가 하늘에 떠 있는 구름 떼를 물들이기 시작했다.

〈1958〉

朱耀燮의 작품세계
— 단편 《사랑손님과 어머니》를 중심으로 —

—文學評論家—　　申 東 漢

명작단편 《사랑손님과 어머니》 등 많은 작품을 발표한 작가 주요섭(朱耀燮)은 1902년 평남 평양(平壤)에서 태어났다. 아호는 여심(餘心)이다.

1915년에 숭덕소학교(崇德小學校)를 졸업하고 1918년 숭실중학교(崇實中學校) 3학년에 재학 중 일본으로 건너가 도쿄(東京) 아오야마학원(靑山學院) 3학년에 편입하였다.

이듬해인 1919년 3·1운동이 일어나자 학업을 포기하고 귀국하여 평양에서 작가 김동인(金東仁)과 더불어 등사판 지하신문인 〈독립신문〉을 발간하다가 경찰에 체포되어 10개월간의 복역생활을 하기도 했다.

1920년 중국으로 건너가 소주(蘇州) 안성중학(安晟中學) 3학년에 편입했다가 다시 상해(上海) 호강대학(滬江大學) 부속중학 3학년으로 옮겨 학업을 계속하였다.

그러면서 문학에 뜻을 두고 작품을 집필하여 1921년 단편소설 《추운 밤》을 국내의 대표적인 잡지 〈개벽(開闢)〉에 발표하여 문단에 데뷔하였다.

1923년 호강대학에 입학하여 1927년 졸업할 때까지 그는 상해에서 단편 《인력거꾼》 《살인(殺人)》 《개밥》과 중편 《첫사랑》 등 여러 작품을 발표하여 본격적인 문학활동을 전개하였다.

이 무렵의 그의 작품경향은 상해의 노동자를 비롯한 하층계급의 비참하고 빈곤한 생활상을 묘사하여 당시 유행하던 신경향파(新傾向派)적인 문학세계를 지향하고 있었다.

초기의 이러한 작품 중 하나인 단편《인력거꾼》을 보게 되면 이 소설은 1925년 잡지〈개벽〉에 발표된 것인데, 여기에는 상해에서 인력거를 끄는 아찡이라는 노동자의 생활을 그리고 있다.

비참한 노동생활을 하면서 아무리 애를 써봐야 돌아오는 대가는 별로 없고 인력거꾼 노릇을 8,9년만 하면 누구나 죽을 고비를 맞게 되는 밑바닥 빈민들의 실태를 이 작품은 구체적으로 파헤치고 있다.

그러나 여기에서는 도식적인 계급의식을 드러내, 있는 자와 없는자의 대립과 갈등을 그리는 것보다도 객관적인 묘사를 통해 인력거꾼 아찡의 충실하고 우직한 면을 부각시키고 있다. 당국조사의 통계에 의하면 인력거를 끄는 노동은 8,9년을 계속하면 치명적인 결과를 가져온다는 것을 내세워 그 실상을 고발하고 있는 것이다. 작가는 여기에서 냉철한 관찰을 통해 인력거꾼으로 상징되는 밑바닥 생활의 비참한 모습을 휴머니즘적인 입장에서 묘사하여 독자들에게 큰 감동을 줄 수 있도록 작품을 꾸미고 있다.

작가 주요섭은 1929년 미국으로 건너가 스탠포드 대학원에서 교육학 석사과정을 마치고 귀국하였다.

1930년에는 장편소설《구름을 잡으려고》를 동아일보에 연재하고 아동소설《웅철이의 모험》을 발표하였다. 1931년에는 잡지〈신동아(新東亞)〉가 창간되자 주간으로 일을 보기도 했다.

1934년부터 43년에 걸쳐서는 중국으로 다시 건너가 북경(北京) 보인대학(輔仁大學) 교수로 있으면서 그의 대표적인 명작으로 꼽히는 단편《사랑손님과 어머니》를 비롯하여《아네모네의 마담》《대서(代書)》《추물(醜

物)》《봉천역 식당(奉天驛 食堂)》《북소리 둥둥둥》 등의 알찬 작품들을
발표하였다.

이 시기의 작품경향은 초기의 신경향파적 문학세계를 탈피하여 자연
주의에로 전환하는 모습을 보이고 있다. 인간의 본성과 애정의 본질을
깊이 파고 들어가 삶의 진실을 밝히려는 작가의 태도를 여러 작품에서
엿볼 수 있는 것이다.

그 가운데에서도 작가 주요섭의 대표작이요, 출세작으로 널리 알려진
단편 《사랑손님과 어머니》는 1935년에 발표되어 오늘에 이르도록 명작소
설로 그 이름이 널리 알려져 있다.

이 작품은 여섯 살의 어린 소녀의 눈을 통해서 스물네 살의 젊은 과부
인 어머니와 사랑방 손님과의 미묘한 애정심리를 아름다운 한폭의 그림
처럼 절묘하게 그려 놓았다.

이 작품의 서두는 아래와 같이 시작된다.

"나는 금년 여섯 살 난 처녀애입니다. 내 이름은 박옥희구요. 우리 집
식구라고는 세상에서 제일 이쁜 우리 어머니와 단 두 식구뿐이랍니다.
아차, 큰일났군, 외삼촌을 빼놓을 뻔했으니."

이렇게 시작하는 이 소설은 어린이를 1인칭으로 한 고백소설이다. 이
러한 소설들이 흔히 빠지기 쉬운 감상이나 설명조의 서술이 이 작품에서
는 도무지 찾아볼 수 없는 것이 무엇보다도 작가의 뛰어난 기량을 보여
주는 것이다.

젊은 과부와 어린 외동딸이 사는 집의 사랑방 손님으로 들어온 사람은
딸의 죽은 아버지의 친구인데 이 동네의 학교선생으로 하숙을 하게 된
다.

이러한 가운데 어머니와 사랑방 손님은 날이 갈수록 서로 마음이 끌리
는 눈치이다. 이것이 소녀의 눈을 통해 아주 자연스럽게 묘사되고 있다.

그러나 두 사람은 각자가 자기의 위치를 지켜야 하는 사이이기에 서로

의 관계가 깊어지기 전에 헤어지게 된다.

이러한 애절한 사연이 어린 소녀의 눈을 통해서 담담하게 서술되고 있는데 그것이 아주 청초한 감동을 독자에게 전달해 주고 있다. 애정소설의 하나의 전형이 되어줄 만한 수작으로 그 기교와 내용이 뛰어난 자리를 차지하고 있는 것이다.

작품 《사랑손님과 어머니》에 이어서 애정소설로서 높은 품격과 내용을 담은 소설에 《아네모네의 마담》이 있다.

이 작품은 1936년에 발표된 것으로 미묘한 애정심리를 뛰어나게 묘사하고 있다. 『아네모네』라는 다방의 마담 영숙은 매일 이곳에 슈베르트의 〈미완성교향악〉을 청해서 듣는 젊은 학생에게 끌리게 된다. 말은 한마디도 하지 않고 쪽지에 곡을 청한 후 앉았다가 가곤 하는 학생에게 마담은 애정을 느끼고 예쁜 귀걸이를 하고 나온 어느 날 변괴스러운 일이 벌어진다.

친구 한 사람과 같이 온 그 학생이 침통하게 바닥에 엎드려 있다가 갑자기 고함을 지르고 미친 듯이 날뛰다 다방을 나가버린다. 얼마후 사과하러 되돌아온 그의 친구의 말에 의하면 학생은 학교의 교수 부인을 사랑하느라 고민하고 있었는데 그 부인이 병으로 죽게 되자 미친 사람처럼 발작을 했다는 것이다. 이와 같은 사연을 알게 된 마담은 마음 한구석이 허전하고 쓸쓸해진다. 그후부터 그 다방에서는 마담의 귀걸이도 사라지고 슈베르트의 〈미완성교향악〉의 음악소리도 들리지 않게 된다.

다방의 분위기 묘사를 통해 마담의 이루지 못한 허전한 사랑의 세계를 흥미진진하게 엮어나간 《아네모네의 마담》은 《사랑손님과 어머니》와 함께 작가 주요섭의 애정소설의 쌍벽을 이룰 만한 소설이라고 할 수 있다.

30년대 후반에 이렇게 활발한 작품집필을 계속해 오던 그는 일본 군국주의가 극성을 부리기 시작한 1943년 일본의 대륙침략정책에 협조하지 않는다는 이유로 중국에서 추방되어 귀국하여 고향인 평양에 머무르며 침묵을 지키고 있었다.

해방이 된 이듬해인 1946년에 월남하여 상호출판사(相互出版社) 주간, 〈코리아 타임즈〉 주필 등을 거쳐 1953년 이후부터는 경희대학(慶熙大學) 영문과 교수로 재직하였다.

그러면서 해방 후 바로 다시 작품활동을 시작하여 《눈은 눈으로》《극진한 사랑》《시계당 주인(時計堂 主人)》《대학교수(大學敎授)와 모리배(謀利輩)》《붙느냐 떨어지느냐》 등 여러 단편소설을 발표하였다.

이 작품들을 대충 분류해 보면 해방 후 수년간에 걸쳐서는 갑자기 바뀌어진 사회의 혼란상을 일종의 세태소설의 형식을 취하면서 그려나간 것이 그 특색이라고 할 수 있다.

단편 《눈은 눈으로》에서 보여주듯이 일제시대에 독립운동 혐의로 가족이 학살당한 과부가, 피난내려온 동포로 가장한 일인가족을 집에 모르고 받아들여 겪게 되는 갈등이라든지, 《시계당 주인》이라는 작품에서 평양에 진주한 소련군의 약탈상을 그린 모습 등은 모두가 해방직후의 혼란상을 그대로 소설에 반영하고 있는 것들이다.

또 양심적인 지식인이 혼란정국의 어시러운 세대에서 겪게 되는 고추와 모리배의 부정축재를 작가는 단편 《대학교수와 모리배》에서 통렬하게 고발하고 있다.

이 작품에 나오는 대학교수의 모습은 처참하다. 그 구체적인 모습은 아래와 같은 서술을 통해 짐작할 수 있다.

"청천벽력이라는 문구는 많이 들어왔지만 38선을 기점으로 미국·소련 양국 군대가 한반도를 분할 점령한다는 소식이야말로 정말 청천벽력이었다. 우물안개구리였던 대학교수는 너무나 달콤했던 꿈에서 너무나 싱겁게 깼다.

해방되었다고 너무나 감격했던 정비례로 대학교수의 우울은 신경쇠약에 걸릴 정도로 심각하게 됐다. 정신적 타격만이 아니었다. 사십평생에 처음 맛보는 굶주림. 하기는 그가 중학, 전문학교 재학시 고학을 했기 때문에 배도 많이 곯아 봤으나 그때 배고픔은 자기 혼자 겪는 것인 동시에 학업을 닦기 위한 잠정적인 고생이라는 생각으로 자위할 수 있었다. 그러나 지금에는 자기 혼자뿐 아니라 가족까지 굶기는 고통, 생활방도의 무능을 자각하는 그는 삶에 대한 공포감과 자포자기감에 사로잡혀 있는 것이다."

이렇게 굶주림에 직면한 대학교수가 우연히 만난 모리배 친구에게서 얻은 돈뭉치를 호주머니에 넣고 집에 와보니 소매치기를 당한 빈털터리였다는 결말에서 작가는 뼈아픈 풍자까지 섞어 넣었다.

이밖에도 오늘날까지도 계속되고 있는 입시지옥의 모습을 작가는《붙느냐 떨어지느냐》라는 단편에서 절실하게 그려 놓았다.

작가 주요섭은 단편에서뿐 아니라 장편에서도 그 기량을 발휘하여 1952년 동아일보에 장편소설《길》을 연재하였고, 미완성에 그쳤지만《1억5천만대 1》《망국노군상(亡國奴群像)》등의 장편소설을 집필하였다.

이렇게 해서 아름다운 애정소설을 비롯하여 가시돋친 풍자를 섞은 세태소설과 사회소설을 쓰는 등 다양한 작품세계를 보여온 작가 주요섭은 우리 문학사에 지워지지 않는 큰 자리를 이룩하고 1972년 71세를 일기로 세상을 떠났다.

▨ 주요섭(朱耀燮) 연보 ▨

1902년   11월 24일, 평안남도 평양에서 출생. 아호는 여심(餘心).

1915년   숭덕소학 졸업.

1918년   숭실중학 3년 때 도일(渡日)하여 도쿄 아오야마학원 중학부 3학년에 편입.

1921년   단편 《깨어진 항아리》를 매일신보에 발표하면서 문단에 데뷔.

1925년   단편 《인력거꾼》을 〈개벽〉에 발표.

1927년   중국 상해 호강대학 졸업. 영문학사 학위 받음.

1928년   미국 스탠포드대학교 석사 과정 수료. 영문학 석사학위 받음.

1930년   장편 《구름을 잡으려고》를 동아일보에 연재.

1931년   〈신동아〉창간과 함께 동아일보사에 입사, 주간이 됨.

1932년   단편 《사랑손님과 어머니》·《추물》·《아네모네의 마담》·《북소리 두둥둥》·《개밥》·《봉천역 식당》·《대서》능 발표. 수필 《미운 간호부》 발표. 중편 《미완성》·《세일즈 걸》 등 발표.

1934년   중국 북경 보인대학 교수 취임.

1946년   단편 《눈은 눈으로》·《극진한 사랑》·《대학교수와 모리배》·《입을 열어 말하라》·《해방 1주년》 등 발표.

1947년   서울 상호출판사 주간에 취임. 영문소설 《Kim Yu-Shin》 간행.

1950년   10월, 영자신문 〈The Korea Times〉 논설위원 취임.

1952년   장편 《길》을 동아일보에 연재.

1957년 장편 《일억오천만 대 일》《망국노군상(亡國奴群像)》등을
        〈자유문학〉에 연재.
1959년 국제 펜 클럽 제30차 세계작가회의에 한국 정대표로 참석.
1961년 〈코리안 리퍼블릭〉지의 이사장으로 취임.
1963년 미주리 대학 등 6개 대학에서 『아시아 문화 및 문학』을 강의
        영문소설 《The Forest of the White Lock》 간행.
1965년 《나는 유령이다》·《여대생과 밍크 코트》 등을 발표.
1972년 자택에서 별세.

사랑손님과 어머니

중판 · 발행 2003년 5월 20일   ⓤ 값 9,000원

■ 저 자 / 주　요　섭
■ 발행자 / 남　　　용
■ 발행소 / 一信書籍出版社

인지 생략

주 소 : ①②① － ①①⓪ 서울 마포구 신수동 177 － 3
등 록 : 1969. 9. 12. No. 10 － 70
전 화 : 703 － 3001 ～ 6
FAX : 703 － 3009
대체구좌 / 012245 － 31 － 2133577